HANIF KUREISHI

SON SÖZ

Türkçesi: Ahmet Ergenç

§

Yayın No **1504**
Çağdaş Dünya Edebiyatı **207**

Son Söz
Hanif Kureishi

Kitabın Özgün Adı: *The Last Word*

Editör: Başak Güntekin
İngilizce aslından çeviren: Ahmet Ergenç
Kapak tasarımı: Füsun Turcan Elmasoğlu
Sayfa tasarımı: Zülal Bakacak

1. Basım: Şubat 2016

ISBN: 978 - 605 - 141 - 977 - 0
Sertifika No: 10905

Baskı ve Cilt: Melisa Matbaacılık
Matbaa Sertifika No: 12088
Çiftehavuzlar Yolu Acar Sanayi Sitesi No: 8
Bayrampaşa/İstanbul
Tel: (0212) 674 97 23 Faks: (0212) 674 97 29

EVEREST YAYINLARI
Ticarethane Sokak No: 15 Cağaloğlu/İSTANBUL
Tel: (0212) 513 34 20-21 Faks: (0212) 512 33 76
e-posta: info@everestyayinlari.com
www.everestyayinlari.com
www.twitter.com/everestkitap
www.facebook.com/everestyayinlari
www.instagram.com/everestyayinlari

Everest, Alfa Yayınları'nın tescilli markasıdır.

EVEREST

1504

HANIF KUREISHI

Pakistanlı bir babanın ve İngiliz bir annenin oğlu olarak İngiltere'nin Kent bölgesinde doğup büyüyen Kureishi, Londra'da, King's College'da felsefe eğitimi gördü. Romanları arasında Whitbread Ödülü sahibi *Varoşların Buda'sı* (1990), *The Black Album* (1995), *Yakınlık* (1998), *Vücut* (2003) ve *Something to Tell You* (2008) bulunmaktadır. Aralarında En İyi Özgün Senaryo dalında aday olan *Benim Güzel Çamaşırhanem* (1984), *Sammy and Rosie Get Laid* (1987) ve *The Mother* (2003) da bulunan senaryo ve oyunlarının yanı sıra aynı zamanda bir öykü yazarı olan Kureishi'nin eserleri Chevalier de l'Ordre des Arts et des Lettres, PEN/Pinter gibi ödüllere layık görülmüş ve otuz altı dile çevrilmiştir. Hanif Kureishi hâlen Kingston Üniversitesi'nde Yaratıcı Yazarlık dersleri vermektedir.

AHMET ERGENÇ

İngiliz Edebiyatı bölümünde lisans, Amerikan Edebiyatı bölümünde yüksek lisans eğitimini tamamladı. Şu ana kadar edebiyat, sinema ve çağdaş sanat üzerine yazılar yazdı ve birçok kitap çevirdi. Üniversitelerde ders vermeye ve yayınevleri için editörlük yapmaya devam ediyor. Ayrıca 'Post.' dergisinin yayın yönetmenliğini yürütüyor.

Carlo için

BİR

Harry Johnson tren penceresinden İngiliz kırlarına baktı ve birilerinin bir hikâye anlatmadığı tek bir an bile geçmiyor, diye düşündü. Eğer şansı günün geri kalanında yaver giderse, Harry de ziyaret edeceği adamın hikâyesini anlatmakla görevlendirilecekti. Aslında, bu önemli adamın, bu mühim sanatçının hikâyesini *baştan sona* anlatması için seçilmişti bile. İnsan bu işe, diye düşündü ürpererek, nasıl başlar? Nereden başlanırdı anlatmaya ve halen yaşanmakta olan bu hikâye nasıl sona ererdi? Daha da önemlisi o, yani Harry, bu işin altından kalkabilecek miydi?

İngiltere; savaşın, devrimin, kıtlığın, etnik ya da dinsel çatışmanın uğramadığı o huzurlu yer. Ama gazetelere bakılırsa, Britanya, çoğu alabora olmak üzere olan küçük bir teknedeymiş gibi ülkenin kenarlarına tutunan işgüzar göçmenlerle dolup taşan, aşırı kalabalık küçük bir adaydı. Bununla da kalmıyordu; kaotik dünyadan çaresizce kaçmaya çalışan binlerce sığınmacı ve mülteci de sınırı geçmeye çalışıyordu. Bazıları tıka basa kamyonlara doluşmuş ya da trenlerin alt kısımlarından sarkıyor; birçoğu Manş Denizi'ni iki yaka arasına gerili ipleri cambaz adımlarıyla katederek geçiyor, diğerleriyse Boulogne'a yerleştirilmiş toplardan fırlatılıyor. Hayaletler için hava hoştu. Bu esnada da, ekonomik çöküşten bu yana ülke güvertesindeki yerleşik herkes o kadar dip dibe ve sıkışmış haldeydi ki, kapana kısılmış hayvanlar gibi birbirlerine saldırmaya başlamışlardı. Yaklaşan kıtlıkla –azalan istihdam, düşen emekli maaşları ve vasat bir sosyal güvenlik– beraber insanların hayatları gitgide kötüleşecekti. Harry ve ailesinin yaşadığı savaş sonrası güvenlik hali sona ermişti. Fakat şimdi Harry'ye öyle geliyordu ki hükümet politik bünyeye kasten sağlam bir kaygı dozu enjekte ediyordu, zira tek görebildiği şey yeşil ve asude bir İngiltere'ydi: sağlıklı inekler, bakımlı tarlalar, budanmış ağaçlar, köpüren nehirler ve yukarıdaki parıltılı erken ilkbahar göğü. Sanki kilometrelerce gitseniz bile körili yemek yenecek bir yere rastlayamazdınız.

Foş diye bir ses çıktı ve yüzüne bira sıçradı. Kafasını çevirdi. Harry'nin karşısında oturan ve bir kutu bira daha açan Rob Deveraux saygın ve yenilikçi bir yayıncıydı. Harry'ye seçkin bir yazarın, Hindistan doğumlu Mamoon Azam'ın biyografisini sipariş etmişti. Azam, Harry'nin genç bir kitap canavarı olduğu yıllardan beri –yazarları birer tanrı, kahraman, rock yıldızı olarak gören inek bir cümle erbabıydı o zamanlar– hayran olduğu bir romancı, denemeci ve oyun yazarıydı. Harry çok heyecanlanmış, hemen cevap vermişti. Yıllarca çalıştıktan ve itaat ettikten sonra artık talih yüzüne gülmeye başlamıştı, öğretmenleri de fermuarını ve çenesini kapalı tutup, düşüncelerine odaklanırsa bunun böyle olacağını tahmin etmişlerdi zaten. Bu onun dönüm noktasıydı; duyduğu rahatlama ve heyecandan ağlayabilirdi.

Hak ettim bunu, diye düşündü. Birkaç yıl önce, yirmili yaşların sonundayken, iyi tepkiler alan, birçok yeni malzeme barındıran bir Nehru biyografisi yazmıştı; o tanıdık hikâye artık modern bir tavırla ırklar arası çiftleşme, oğlancılık, alkolizm ve anoreksiyayla çeşnilendirilmek zorunda kalsa bile, biyografi genel olarak aydınlatıcı bulunmuştu. Hindular bile sevmişti kitabı. Harry için bu kitap bir "ev ödevi"ydi. Artık kitap eleştirileri yazıyor ve ders veriyor, bir yandan yaratıcı tutkusunu, enerjisini ve adanmışlığını aktarabileceği yeni bir proje arıyordu; adını duyuracak, onu topluma mal edecek ve toz pembe bir geleceğin kapılarını aralayacak bir şey.

O gün, güneşli bir pazar sabahı, Harry ve Rob efsanevi yazarın olgunluk yıllarının çoğunu geçirdiği evin bulunduğu Taunton'a doğru trende ilerliyorlardı. Mamoon evini şimdi, ellili yaşlarının başında, hayat dolu bir İtalyan kadını olan ikinci eşi Liana Luccioni'yle paylaşıyordu. Eğer Rob bir boks koçu gibi Harry'yi yaklaşan müsabakaya hazırlık olsun diye kışkırtmakta ısrar etmeseydi, pencereden görünen dünya –onun İngiltere'si– Harry'yi rahatlatıp sakinleştirebilirdi.

Rob hayatta olan biri hakkında yazmanın hem bir avantaj hem de bir musibet olduğunu açıklıyordu. Söz konusu kişi sana yardımcı olabilir, dedi Rob, Harry mendiliyle yüzündeki bira damlalarını silerken. Kişi dönüp geriye baktıkça geçmiş yeni tonlara bürünebilirdi ve Mamoon'un dönüp geriye bakmasını sağlamak Harry'nin işiydi. Mamoon'un Harry'ye yardım edeceğinden Ron'un hiç şüphesi yoktu, zira bu kitabın çok önemli olduğunu nihayet fark etmişti. Liana'nın, Mamoon'un daha önce birlikte olduğu bütün kadınlardan daha masraflı olmasa bile daha savurgan ve daha hiddetli olduğu anlaşılmıştı. Gandhi, Shirley Bassey'le evlenip Ambridge'de yaşamaya başlamış gibi düşün, demişti Rob.

Mamoon edebiyat dünyasında ve sağcı gazeteler arasında çok saygın bir konuma sahipti. Nihayet Hindistan Yarımadası'ndan gelme, sevebilecekleri bir yazar bulmuşlardı; bilhassa da eğitimli, bilgili ve zeki insanların –tuhaf bir biçimde, kendisi gibi insanların– kuracağı bir egemenliğin evrensel aptallığa ya da hatta demokrasiye yeğ olduğunu düşünen biri.

Ama geniş kitlelerce okunamayacak kadar zeki, ödün vermez ve rahatsız edici olduğu için Mamoon ekonomik açıdan çöküşe doğru gidiyordu; övgülere ve ödüllere rağmen, mali bir duraklama içindeydi. O sıralar arşivini bir Amerikan üniversitesine satma sürecindeydi. Karısı ve temsilcisi, evini yeniden ipotek etmek zorunda kalmadan sessiz kariyerini –Mamoon insanların "Hâlâ yaşıyor mu, biliyor musun?" diye sordukları türden bir yazar haline gelmişti– canlandırmanın en iyi yolunun "tartışmalara yol açacak" yeni bir biyografi yayımlanması olduğuna karar vermişlerdi; kapakta da gençlik yıllarından kalma, karşı konmaz derecede yakışıklı ve tehlikeli bir fotoğrafı yer almalıydı. Bu keskin, akılda kalıcı görüntü de kelimeler kadar önemliydi; örneğin Kafka, Green ya da Beckett'i ele alalım, suskunlukları seksi, marazi bir fotoğraf vermelerine asla engel olmamıştı. Öyleyse, Harry'nin yazacağı kitap işte buydu. Bu biyografi bir "olay," "büyük bir patlama" olacak ve elbette buna bir televizyon belgeseli, röportajlar, bir okuma turnesi ve Mamoon'un kitaplarının kırk dilde tekrar yayımlanışı eşlik edecekti.

Öte yandan, diye devam etti Rob, yazarın hayatta olması biyografi yazarına engel olabilir. Rob, Mamoon'la on kez falan görüşmüş ve Mamoon'un, neyse ki, E.M. Forster'dan çok bir Norman Mailer olduğunu söylemişti. Dolayısıyla, Harry'nin herhangi bir engel falan hissetmesine gerek yoktu. Mamoon'a uymazdı bu.

Harry'ye kalsa Rob, Mamoon'a nazaran daha bir "Norman Mailer" dı. Mamoon'la tanıştığında temkinli ve asil bulmuştu onu. Rob tıraş falan olmayan, genelde içki kokan, dağınık, zeki bir aylaktı. O gün de sarhoş gelmiş ve trene biner binmez bira içmeye başlamıştı; bir yandan da sürekli cips yiyor, cips kırıntıları da yüzüne ve kıyafetlerine, saçtan dökülen kepek gibi yapışıyordu.

Rob yazmayı bir tür yakın dövüş ve insanlığın "kurtarıcısı" olarak görüyordu. Ona göre yazar son derece şeytani olmalı, hayalleri alt üst edip, aptalca ütopyaları yok ederek, gerçekliği açığa çıkarmalı ve yeni dünyalar yaratma isteğiyle Tanrı'ya rakip olmalıydı.

Harry, her zaman olduğu gibi, masada ciddi bir ifadeyle başını sallıyor, telaşa kapıldığına dair bir işaret vermek istemiyordu.

Harry kendini muhafazakâr değilse bile temkinli bir insan olarak görürken, Rob yazarlarını kavgacılığa, aşırılığa ve "harbiliğe" teşvik ediyordu, zira yazarlığın ya da editörlüğün bile "sanatsal," feminen ya da muhtemelen gey görünebileceğinden, birilerinin böyle düşünebileceğinden korkuyordu. Mamoon bir yana, Harry, Rob'un "sosyopat" eğilimlerine dair birçok hikâye duymuştu. Akşamüstü beşe kadar ofise gitmezdi fakat gidince de bütün gece ofiste kalır, yazı işleriyle ilgilenir, telefonlar açar ve çalışırdı, sonra da muhtemelen Soho gecelerine akardı. Kısa bir süre önce evlenmişti ama evliliğin bir kerelik bir olaydan çok süregiden bir bağ olduğunu unutmuş gibiydi. Farklı yerlerde, genelde rahatsız bir pozisyonda ve suratında bir kitapla uyur ve faşizan bulduğu saate göre değil, ihtiyaçlarına göre daralıp genişleyen bir zaman diliminde yaşardı. Eğer birilerinden sıkılırsa onları kovar ve hatta tokatlardı. Yazarlarının eserlerini onlara danışmadan, keyfine göre kesip biçer ya da kitap adlarını değiştirirdi.

Ama Harry deliliğe dair bu hikâyelere aldırış ediyor değildi; bir tek delilerin kayda değer bir şeyler başarabildiğinin farkındaydı. Ayrıca, Rob yayıncılıkta çok sayıda büyük ödül kazanmıştı ve güçlü, ikna edici ve muktedir bir figürdü. Beş yıldır onunla öğle yemekleri yemiş ya da partilerde laflamış olan Harry'nin, bugüne kadar, Rob'un hovardalıklarına tanık olduğu pek söylenemezdi. Rob, Londra'daki en havalı yazar listesine sahipti ve yaratıcı bir film ya da müzik yapımcısı kadar sanatkârdı. İş bitiriciydi, risk alırdı; "çokyönlü" biri olduğu söylenirdi. Harry, Rob'un onu birlikte çalışmaya davet edeceğini hiç hayal etmemişti. Dahası Rob kitap için ciddi bir avans da ödeyecekti. Eğer Harry babasından da biraz borç alırsa Alice'le almak istediği küçük evin depozitosunu ödeyebilecekti; nişanlısı Alice'le üç yıldır beraberlerdi ve Alice onun bekâr evine taşınmıştı. Çocuk yapmaktan konuşmuşlardı ama Harry bu işe kalkışmadan önce daha yerleşik bir hayat kurmaları gerektiğini düşünüyordu.

Bir yıl önce falan, yaşı ilerledikçe ekonomik refaha kavuşması gerektiği Harry'nin kafasına dank etmişti. Birincil önceliği bu değil, ciddi olmaktı ama hayatta başarması gereken şeyler listesinin bankada yüklü miktarda parayı da içermesi gerekebileceğini düşünmeye başlamıştı; statü, beceri ve ayrıcalığının işareti olacaktı bu. Rob buna yardım etmeye gönüllü olmuş, Harry'ye yolculuğunda yardım elini uzatmıştı. Vakit gelmişti. "Ben senin Mephisto'num ve şu anda resmen ortalığı yıkmanı emrediyorum," demişti Rob. "Elbette bana bunun için teşekkür edeceğin gün gelecek. Hem de adamakıllı bir teşekkür olacak bu. Belki de beni minnetle dudaklarımdan öpecek ya da dilini dilime dolayacaksın."

Tren onları buluşmaya daha da yaklaştırdıkça Rob, Harry'ye mümkün olduğunca "deli ve vahşi" bir kitap yazmasını salık verdi. Harry için büyük bir sıçrama olacaktı bu. Bol bol imza provası yapması gerekecekti; Güney Amerika'da, Hindistan'da, İtalya'da edebiyat festivallerine katılacak, televizyona çıkacak ve yüklü miktarlar karşılığında, hakikatin doğası ve biyografi yazarının hakikate bağlılığına dair konuşmalar yapıp, dersler verecekti. Bu kitap başına konmuş bir talih kuşuydu. Bir tane başarılı kitap yazmanız yeterdi, on yıl ekmeğini yerdiniz.

"Dikkatimizi dağıtmayalım. Ateşten bir çember olacak bu." Rob birasından büyük bir yudum aldı. "Bu yaşlı herif inatçılığı ve alaycılığıyla seni çileden çıkaracak. Karısı ise, biliyorsun, tatlı ve eğlenceli olabiliyor. Ama onunla yatman gerekebilir, aksi takdirde seni bir sigara gibi içer bitirir."

"Ne? Niye ki?"

"Eskiden yaşadığı ve Mamoon'u da kaptığı yer olan Roma'da hiçbir öğünü atlamayan bir erkek yiyici olarak tanınırdı. Ve sen de bir kadının pastasını koklamak söz konusu olduğunda keskin burunlu domuzun tekisin."

"Rob, lütfen..."

"Dinle," diye devam etti editör, "Mamoon denen o yaşlı kurnaz tilki sana donuk ve ölgün gelebilir, ailesi de dâhil herkese de öyle geliyor." Öne doğru eğilerek fısıldadı: "İlk bakışta bir kadına hiç bile isteye zevk vermemiş, kendinden başka hiç kimseyi sevmemiş gibi görünür. Ama tam bir haz hırsızıdır. Adi piçin, zamparanın, yalancının, caninin ve muhtemelen de, katilin tekidir."

"Peki bu söylediklerin ne kadar biliniyor?"

"Sayende bilinecek. Sınırları zorlayan bir biyografi: Senin işin bu."

"Anlıyorum."

"Kaide üzerindeki Baconvari bir heykeli andıran eski metresi fena acı çekiyor ve halen ona kin kusuyor. Amerika'da yaşıyor, seninle görüşmeyi kabul etmekle kalmayıp, radyoaktif bir yarasa gibi üzerine atılacaktır. Yolculuğunu ayarladım; bazı insanlar beni mükemmeliyetçi olmakla suçlar. İlk karısı Peggy'yi de felakete sürüklediğini unutma. Eminim bir portakalı havluya sarıp, onu çürümüş küflü peynirden de beter bir biçimde morarıp kararana kadar dövmüştür."

"Yapmış mı bunu?"

"Araştır bakalım. Peggy'nin günlüklerine erişebilmen için ısrar ettim."

"Kabul etti mi?"

"Harry bizim Büyük Edebi Şeytan'ımız şu anda koskoca bir uyuşturucu tabancasıyla vurulmuş bir aslan gibi sersemlemiş ve zayıf düşmüş durumda. Onu ele geçirmenin zamanı geldi. Ve bizimle işbirliği yapmak da onun çıkarına. Kitabı okuyup da ne biçim bir piç kurusu olduğunu öğrendiğinde, iş işten geçmiş olacak. Mamoon'un bile kendine dair bilmediği şeyleri bulup çıkaracaksın. Kavrayışının şişine geçirdiğinde bir et parçasından ibaret kalacak Mamoon. Halk sanatçıları böyle görmek ister: Teşhir edilmiş, pantolonu indirilmiş ve kıçı havada, seri katillerin arasında uzun uzun hapis yatıp yabancıların önünde sıçarken. Böylece yeteneklerinin onları, bizim gibi beyinsiz, vasat, vergi mükellefi maaşlı kölelerden daha üstün kıldığını düşünmek neymiş öğrenirler."

Rob'a göre, yayıncılar kitabın "ağız sulandıran" kısımlarını gazetelerin pazar eklerine satacaklar, kitap uluslararası yankı uyandıracak ve birçok dilde inanılmaz satışlar yapacaktı. Ve dahası, Mamoon öldüğünde –"umarım," demişti hiçbir fırsatı kaçırmak istemeyen Rob, "beş yıl içinde ölür"– kitaba yazarın son flörtlerine, son hastalığına, ölümüne, cenaze törenine, gayrimeşru çocuklarına ve elbette önce cenazeye, sonra da gazetelere koşup, göğüslerini dövecek, saçlarını yolacak, kendi aralarında kavga ederken kendi anılarını hazırlayacak metreslere dair yeni bir bölüm eklenecek ve kitabın satışları tekrar patlayacaktı.

Tren mezarlıkların bulunduğu kasabaların içinden hızla geçiyordu ki Harry bedeninin Mamoon'la o gün buluşma fikrine isyan ettiğini fark etti; aslında bütün projeyi korkutucu buluyordu, özellikle de Rob içip içip bunun Harry için "dönüm noktası" olacağını tekrar ettikçe. Rob, Harry'ye "inanıyordu" ama

Harry'nin potansiyelini, Rob'un bütün itirazlara rağmen keşfettiği potansiyelini, hiç kullanamadığı konusunda ısrar ediyordu. Rob söz konusu olduğunda öpücüğün ardından mutlaka bir tokat gelirdi.

"Mamoon'u senin için kıvama getirdim, dostum," diye ekledi Rob, tren istasyona yaklaşırken.

"Nasıl kıvama getirdin?"

"İşini iyi bildiğini ve gecelerce uyumadan en yoğun metinleri, Hegel'i, Derrida'yı, Musil'i, Milton'ı okuduğunu söyledim ona..."

"Hegel'i anladığımı mı söyledin yani?"

"Kolay pazarlanacak biri değilsin. Her şeye sıfırdan başladım."

"Ya bana Hegel'in diyalektiğini sorarsa?"

"Ona bir özet geçmek zorundasın."

"Peki ya ilk kitabım? Ona bir kopya vermiş olmalısın."

"En nihayetinde vermek zorunda kaldım. Ama çok uzun ve sıkıcı bölümler vardı, annen bile kabul eder bunu. Zavallı adam giriş kısmını okumaya çalıştı ve ağzındaki kötü tadı temizlemek için bir hafta boyunca Suetonius'la yatıp kalkmak zorunda kaldı. Bu yüzden bir sonraki aşamaya geçsen iyi edersin adamım, yoksa o kadar feci bir hale düşeceksin ki akademisyenliğe razı gelirsin. Ya da daha kötüsü..."

"Daha kötüsü mü? Eski bir teknik üniversiteye dönmekten daha kötü ne olabilir ki?"

Rob duraksadı ve baklayı ağzından çıkarmadan önce pencereden dışarı baktı. "Yaratıcı yazarlık dersi vermek zorunda kalırsın."

"Lütfen, hayır. Yeterli donanıma sahip değilim."

"Böylesi daha da iyi. Bütün ilgini vermen gereken bitmemiş ilk romanların karanlık ormanında sonsuza dek kaybolduğunu düşün." Eşyalarını toplayıp, ayağı kalktı. "Görüyorum ki çorak ülkeye vardık! Dışarı bak; dövmeli mankafaların, hilkat garibelerinin ve tiner koklayan zavallıların doldurduğu şu bataklığa bak. Dehşet, dehşet! Hayatının geri kalan kısmının başlamasına hazır mısın?"

İKİ

Mamoon'un evliliklerinin son yedi yılında çokça değişime uğramış olan sevimli evi, rüzgârlı, çukurlarla dolu bir patikanın sonunda yer alıyordu. Patikanın etrafı düz araziyle kaplıydı ve bu arazinin büyük bir kısmını zamanında satın almış olan Mamoon şimdilerde burayı çiftçilere kiralıyor, çiftçiler de burada ot kurutuyordu. Mamoon'un arazisi geyikleri uzak tutmak için elektrikli tel örgülerle çevriliydi. Ev yetmişli yıllarda eşi Peggy'nin ailesi tarafından Mamoon ve Peggy için satın alınmıştı. Öfkeli ve kederli bir alkolik olan Peggy on iki yıl önce ölmüş ve birkaç yıl sonra, Mamoon'un sadece birkaç aydır görüştüğü Liana elinde bavullarıyla kapıdan içeri girmişti.

Sonrasında küçük bir ek bina Mamoon'un çalışma odası olarak restore edilmişti. Başka bir yıkık kulübede de kullanılmayan kitapları, çeşitli dillere çevrilen kitapları ve dağınık bir arşiv bulunuyordu ama bir süredir kimse oraya girmemişti. Liana'nın yazmak, resim ya da tasarım yapmak için kullanacağı bir "stüdyo" da inşa edilmeye başlanmış ama bitirilmemişti, Liana da burayı dans etmek için kullanır olmuştu. Liana ayrıca bir mimarla birlikte, misafirler için ek bir bina daha tasarlıyordu. Evde yaptığı bütün diğer değişikliklerin yanı sıra, Mamoon'u ekonomik anlamda çökerten şey işte bu gelişme olmuştu; vaziyet düzelmezse, bir işe girip çalışacağını söylemişti Mamoon.

Artık yetmişli yaşların başında olan Mamoon, yanında Liana ve durmadan havlayan iki küçük spanyel köpekleri Ying ve Yang ile birlikte avluda durmuş onları bekliyordu. Geniş göğsü, keçi sakalı ve siyah gözleriyle halen yakışıklı ve güçlü görünen Mamoon ufak tefek bir adamdı, yeşil ve kahverenginin hâkim olduğu yünlü İngiliz kasaba kıyafetleri kuşanmıştı. Liana ise tamamen kürklere bürünmüş gibiydi; ölü hayvanların kuyrukları göğsünden aşağı sarkıyordu.

Çift konuklarını içtenlikle selamladı ama Rob taksiden paldır küldür inip Mamoon'a saygıyla baktığında Mamoon'un onunla ilgilenmediği çok açıktı, zira Mamoon Rob'a o meşhur iğneleyici sırıtışını takınarak bakmış, Harry de buna çok memnun olmuştu.

Rob yalpalayarak uzaklaşıp telefonda birilerine bağırmaya başladı. Sonra, Liana yemek yapmaya gittiğinde oturma odasındaki kanepeye doğru hızla ilerledi, bu esnada yerdeki bir kilimi beraberinde sürükleyip, altına kıvrılıp yattı. "Temiz kır havası beni hep rahatlatmıştır. Senin başına gelmesine izin verme," dedi, hafiften bayılarak. "Ve, onu etkilemeyi de unutma."

Üstünü değiştirmeye giden Mamoon'u beklerken Harry, Rob'u düşündü; yaratıcı düşünmekten çok, çözümleri erteleyen biriydi bu editör, kıskandıracak derecede özgür ve özgündü, gerçeğin insanı hayal kırıklığına uğratan pençesinin ötesindeydi. "Hey Harry, hadi gel gidelim."

Harry bir an için afalladı, zira kapıda beliren Mamoon tepeden tırnağa mavi Adidas eşofmanlara bürünmüştü ve ayağında da spor ayakkabılar vardı. Genç adama el sallayarak, ona arazisini, iki göleti ve arazinin bitimindeki nehri göstereceğini söyledi.

"Hadi bir yürüyüş yapıp konuşalım, zira ikimiz de aynı şeyle ilgileniyoruz."

"Neymiş o efendim?"

"Ben."

Harry, Mamoon'un alaycılığı, tepeden bakan halleri, kesinliği ve tartışmalardaki inatçılığıyla bir sürü çetin ceviz adamı ve özellikle de –uzmanlık alanı olan– birçok iyi kalpli, eğitimli kadını ağlattığını duymuştu. Fakat evden çıkıp bahçede yürürlerken Mamoon biyografiye dair hiçbir şey söylemedi, espri yapmadı, iğneleyici laflar da sarf etmedi. Harry üç hafta önce Rob'un organize ettiği bir öğle yemeğinde Mamoon ve Liana ile tanışmıştı. O zamanki konuşma hafif, dedikodu kıvamında geçmişti; Mamoon son derece kibar ve etkileyiciydi, birkaç kez de eşinin elini öpmüştü. Harry kırda gerçekleşen bu buluşmanın geçmesi gereken asıl sınav olacağını düşünmüştü ama hale bakılırsa işi şimdiden almış gibi görünüyordu. Öyle miydi hakikaten? Nasıl öğrenecekti bunu?

Çiçeklere, bitkilere, göletlere ve kirli görünen ve o sırada kapalı olan yüzme havuzuna baktılar. Sonra Mamoon, Harry'ye bakıp egzersiz yapması gerektiğini açıkladı. Zamanla anlaşıldı ki, Rob, Mamoon'a Harry'nin, diğer şeylerin yanı sıra, güzel şarkı söyleyen bir entelektüel ve okuldayken tenis şampiyonu olduğunu söylemişti. Ama maalesef, şu anda kanepede horul horul uyuyan o namussuz, Mamoon'la tenis oynamanın da anlaşmanın bir parçası olduğunu, bahçesinin hemen yanındaki tenis kortunda onun için toplara vururken Mamoon'un eski şortlarından birini giyeceğini Harry'ye bildirmemişti.

Öğleden sonra, Mamoon öfleyip pöfleyip kendini helak ederken, Harry ters vuruş tutuşu yapmasına yardım ediyor ve hatta onun hizmetinde çalışırken Mamoon'un bedenini kendi bedenine yapıştırıyor ve Mamoon'un kortta düşüp öleceğinden, onu kelimelerle mumyalamak üzere gönderilen adam tarafından vaktinden önce öldürüleceğinden korkuyordu.

Tenis seansı Mamoon'un keyfini yerine getirmişti. Harry'nin varlığının hiç de fena bir şey olmadığını açıkça gören Mamoon yumruğunu diğer elinin avcuna vurarak "Sende İngiliz kriketçilerinin o centilmen görünüşü var. Cambridge adına oynamış mıydın?" dedi.

"Evet."

"Ve teniste de hiç fena değilsin. Beni bile zorladın. Hoşuma gitti bu. Buna ihtiyacım var. Sen hakkımda yazarken, rakip olabiliriz. İkimizin oyununu da geliştirecektir bu. Beraber, yan yana gitgide daha iyi olacağız. Tamam mı?"

Mamoon duşa gitti, Liana da Harry'yi bahçeye götürüp, bir banka oturttu ve dizine hafifçe vurdu. Aynı anda, siyah saçlarını arkadan toplamış, beyaz, dar bir bluz giymiş kara gözlü bir kasaba kızı sonu gelmez bahçe yolunu çay ve bisküvi dolu bir tepsiyle arşınlamaya başladı. Kız, ona kırk dakika gibi gelen bir sürenin ardından yanlarına ulaşıp çay doldurduktan sonra –kasabada her şey ağır çekimde gerçekleşiyor gibiydi; buharlar çaydanlık ve fincan arasında donup kalmıştı– Liana, Harry'ye ciddiyet ve merhamet karışımı bir ifadeyle bakıp, etrafı gösterdi.

"İlk izlenimin nedir?"

Harry derin bir iç çekti. "Huzur, sessizlik, uzaklık. Burası tam bir cennet. Belki ben de böyle yaşayabilirim, yaşlandığımda."

"Ancak çok çalışırsan olur bu. Sana şimdi hakikati ifşa edebilirim, genç çocuk. Kocam seni tasvip ediyor. Üzerini değiştirirken bana fısıldayarak senin bu adada kalan az sayıdaki düzgün ve zeki İngilizlerden biri gibi göründüğünü söyledi. 'Nasıl oldu da bu kadar düzgün birini gönderdiler?' dedi. Ama Harry sevdiğim, hayran olduğum ve taptığım bu adamla ilgili planlarını bilmek *benim* görevim."

"Kendisi zamanımızın, yani bütün zamanların en büyük yazarlarından biri," dedi Harry. "Kurmaca eserleri birinci sınıf ama bunları yazabildiğine göre, dünyadaki bazı en vahşi ve en güçlü insanları tanımış olmalı. Bu büyüleyici hayatın gerçek hikâyesini anlatmak istiyorum."

"Her şeyi nasıl anlatabilirsin ki?"

Rob, Harry'ye eğer "gerçekler"den bahsederse hata yapmasının imkânsız olduğunu söylemişti. Hiç kimse "gerçekler"e itiraz edemezdi; tartışmasız şeylerdi gerçekler, surata indirilen bir yumruk gibi.

"Gerçekler..."

Ama Liana lafını kesti. "Sana bunun kolay olmayacağını söylemek zorundayım, öte yandan Mamoon şefkatli ve bilgedir. Kibar bir kitap yazacaksın, ben hariç elindeki tek şeyin itibarı olduğunu hep aklında tutacaksın. Onun alnına leke sürenler sonsuza dek kâbuslarla ve çıbanlarla boğuşur. Bu arada, uyuşturucu kullanıyor musun?" Harry başını hayır anlamında salladı. "Önüne gelenle yatar mısın?"

Harry yine başını salladı. "Yakında nişanlanacağım," dedi.

"Bir kadınla mı?"

"Elbette. Kendisi bir kıyafet tasarımcısının basın danışmanlığını yapıyor."

"Peki, sabıkan var mı?"

"Hayır."

"Çok şükür, istediğimiz her şey bir arada o zaman!"

Harry'nin başı dönmeye başlamıştı; Liana, Harry rahatsız olup da çayından bir yudum alana kadar hayran hayran ona baktı.

"Çayınız nasıl olmuş, efendim?" dedi halen orada durmakta olan kız. *Earl Grey* sever misiniz? Şeyy... eğer en sevdiğiniz çay buysa ve burada kalacaksanız, yüzlük çay paketi alacağım."

"Teşekkürler, severim bu çayı."

"Soda ister misiniz?"

"Hayır, teşekkürler."

"Portakallı bisküvi?"

"Hayır, teşekkürler."

"İçeri girip, doğru düzgün yemek yiyelim mi?" dedi Liana.

Rob öğle yemeğini kaçırdı ve ancak taksi geldiğinde uyandı. Mamoon'la kollarını birbirine dolamış, avluda Rob ile Harry'ye uğurlarken Liana "Burada olmanız," dedi, "çok eğlenceli olacak ve Mamoon Ekibi olarak çok iyi anlaşacağız. Burada, Büyük Beklentiler Evi'nde çok iyi ağırlanacaksın! Daha şimdiden bizim için sevgili bir oğul gibi olacağını hissedebiliyorum."

"Beraber çok mutlular," dedi Rob, taksi uzaklaşırken. "Midemi bulandırıyor bu hal. Harry doğrudan eve gitme. Eskiden olduğu gibi evli değilim. Dışarı çıkıp biraz kurtlarımızı dökelim, ne dersin?"

"Hayır, lütfen..."

"Kararım kesin, dostum."

Rob o gece, bunun Harry'nin birkaç aylığına medeniyete dair son tecrübesi olacağını düşündüğü için, onu ve Alice'i Mayfair'de bankacılar, gangsterler ve Rus fahişelerin sık sık gittiği havalı bir mekâna götürmekte ısrar etti. Başlangıç olarak votka, istiridye ve jumbo karides geldi masaya ama Rob'un bütün geniş sofralarında olduğu gibi, ordövr tabağına ulaşmaları için bile aradan epey zaman geçmesi gerekmişti. Saatler sonra, yalpalayarak sessiz büyük şehre karışan ve kendini birinin kafasını yutmuş gibi hisseden Harry "Kim demiş ekonomik sistem çöktü diye?" dedi.

Rob, Harry'yi kucakladı ve "Adamım boşver gitsin, seni bekleyen zorlukları anlıyorum," dedi. "Bu proje bir kâbus da olabilir ama böylesi önemli bir konuyu keşfetme arifesinde olduğun için ne kadar şanslı olduğunu asla unutma. Gerçek işin asıl şimdi başlıyor." Narin yapılı Alice'e şöyle bir vurup, neredeyse yüksek topuklarını kıracak gibi olduktan sonra, kadını gerekmediği kadar sıkıca kavrayarak, "Merak etme tanrıçam, hayatının aşkı zafer kazanacak," dedi. "Nihayetinde ona daha da fazla hayran olacaksın."

"Akıllı bir adamsın, Rob" dedi Alice. "Ama beni ikna edemedin." Harry'nin, otuzunu geçmiş olmasına rağmen halen biraz toy olduğunu zaten vurgulamıştı; Mamoon ruhunu yiyebilir, onu aşağılanmış ve içi boşalmış bir halde bırakabilirdi. "Bu da elbette ki onda kalıcı psikolojik hasara yol açabilir. Mamoon'un karısının Harry'ye oğlum dediğini söylememiş miydin? Nasıl bir kadın bir yabancıya bunu söyleyebilir?"

Rob kıkırdadı ve her şeyin kontrolü altında olacağını söyledi. Hayatını sorunlu yazarlara adamıştı –bunlar hep en yeteneklileri olurdu– ve Harry'nin tek yapması gereken bir telefon açmaktı. Mamoon aslında yalnızdı ama bunu kabul edemiyordu. Harry'nin ona eşlik etmesi ziyadesiyle hoşuna gidecekti; edebiyat ve yeni fikirler üzerine tartışmaya bayılırdı. Bu Harry için de bir eğitim olacaktı. Nihayetinde yeni bir birikim edinecekti.

Takside Alice kolunu Harry'ye doladı ve kafasının yan tarafına bir öpücük kondurdu. "Seni çok iyi tanıyorum; her şeyi basitleştirdiğin, çıkarın için şu ya da bu kısmı vurguladığın için suçlu hissedeceksin kendini. Ya da daha doğrusu, vurguyu seni sindiren Rob'un çıkarlarına göre yapacaksın."

"Sindiriyor mu beni?"

"Ağzından çıkan bütün o saçma, öfkeli lafları nasıl dinlediğine ve konuşmayı bırakınca nasıl da köpek gibi başını salladığına bak. Mamoon'a dair Rob'un sevmediği şeyleri de yazmak zorunda kalacaksın herhalde?"

"Umarım. Rob'a bunun *benim* kitabım olacağını söyledim. O da kabul etti. Benim bir sanatçı olduğumu söyledi."

"Ne zaman?"

"Masada sızıp kalmadan hemen önce."

"Ya Mamoon ve karısı senden intikam alırlarsa? Rob bana yemekteyken ihtiyar kuşun feci öfke nöbetleri geçirebildiğini söyledi. Mamoon'un sözde bir centilmen olmak için kendini pazarlayıp pazarlamadığını soran bir gazetecinin kafasına bilgisayar fırlattığını okumuştum."

"İngiliz İmparatorluğu bu tavırla kurulmadı Alice. Neden bana destek olmuyorsun? Ne yapmamı istiyorsun?"

"İşin aslını istersen, normal bir okulda öğretmen olmanı isterim."

"Biz de banliyöde konforlu bir villada yaşayalım, öyle mi?"

"Neden olmasın?"

"Oradan kazanacağım parayla beş dakika bile hayatta kalamazsın."

"Farklı insanlar oluruz, daha az ayakkabımız olur."

"Aşkım, biliyorsun ki hayatıma çekidüzen vermem lazım. Babam bile halen öğrenci gibi yaşadığımı söyledi. Bizim ailede adam olmak makbuldür."

"Adam olmak ne demek, Harry?"

"Eğlenceli ve konuşkan olmak demek. Spor yapmak, dünyada başarılı olmak, en zirvede olmak demek. Bu kitap babama olan gönül borcum. Ayrıca Rob bana göz kulak olacak. Kurnaz ve sessiz olmamı tavsiye etti ve elinin altında başka tavsiyeleri de var."

Alice arkasını döndü. "Söylediklerimi umursamıyorsun."

"Dinle. Trende önemli bir şey oldu. Rob sözleşmeyi pat diye önüme koydu ve imzalamam konusunda ısrar etti."

"Sen de imzaladın mı?"

"Benim için karar anıydı. Şimdi çok heyecanlıyım. Lütfen beni ziyarete gelir misin? Eminim karşı çıkmayacaklardır. Eminim, onlar da sana benim gibi hayran olacaktır."

"Sanmıyorum."

"Niye?"

"Çok korkutucu. İran devriminin uzun vadeli etkileri konusunda bir şeyler sorarsa ne diyeceğimi bilmiyorum. Kendimi Londra'da meşgul etmem gerekecek. Çizim yapmayı öğrenmek istiyorum."

"Ya Alice, lütfen yapma."

"Bana baskı yapma. Biraz rahat bırak," dedi Alice, Harry'yi tekrar öperek. "Bakalım nasıl gidecek. Çok geçmeden eve, benim yanıma dönecekmişsin gibi bir his var içimde."

ÜÇ

Bir hafta sonra Harry, Mamoon ve Liana'nın evinin ön tarafındaki küçük bir çatı katı odasına yerleşti.

Harry'nin Mayfair'deki son akşam yemeğinde kafayı iyice bulup kükremeye başlayan Rob, Plum Wodehouse'un *Uncle Dynamite*'ından bir cümle alıntılamıştı: "Geçmişinin üzerindeki perdenin kaldırılma ihtimali karşısında (eğer bu geçmiş pirüpak değilse) en cesur insan bile korkuya kapılır."

Bu Harry'nin şevkini kıracak değildi. Kendisini bekleyen perde kaldırma görevine Mamooon'u yeniden okuyarak, bronzlaşıp turuncu renge bürünmüş bir eğitmen eşliğinde egzersiz yapmak için spor salonuna giderek ve girişeceği akıl yarışı konusunda psikiyatr babasından tavsiyeler alarak hazırlanmıştı. Kesin uyulacak buyruklar listesinin en başında, Rob'un yumuşak hareketlerle kenardan yaklaşıp, kapı bekçisi, yani Liana önünde diz çöküp Mamoon'un anahtarını kendisine kadife bir yastık üzerinde sunana kadar onun üzerinde çalışıp, onu büyülemesi yönündeki tavsiyesi yer alıyordu.

"Daha önce söylediğim gibi, yak ışıkları adamım. İyice parlat her şeyi, ağlak asistanım Lotte'ye yaptığın gibi; zavallı kız şimdi haftada üç kez terapiye gidiyor," diye devam etti Rob. "Mamoon'un karısı kafayı yemiş gibi gelecek sana ama kocasının portresini çizecek doğru kişiyi bulmak için çok uğraştı, Londra'daki bütün ajans ve yayınevlerini yokladı. Ben de onu sana yönlendirdim."

"Onu ikna eden ne oldu?"

"Sence?"

"Sanırım sahip olduğum potansiyel ve yazı üslubum. Belki de, zekâm."

"Seçtiği ilk iki kişi Mamoon'la tanışmalarının ardından devre dışı kaldı," dedi Rob. "Mamoon bunlardan biri için 'amatör' demiş."

"Peki ya diğeri için?"

"'Pisliğin teki,' demiş. Sen olası düzgün adaylar arasında en hesaplı olanı ve Mamoon'un eşinin bakış açısıyla, en 'saf' olanıydın. Senin gözünü korkutup bir 'menkıbe' yazdırabileceğini düşünüyor."

"Hadi ya."

"Böyle olduğuna inanmasına izin vereceğiz dostum, ta ki yelkenleri suya indirene kadar. Uzun sürecek entrika ve aldatmaca dolu bir oyun olacak bu. Unutma, Mamoon'un kibri çok önemli bir güç. Bu gücü kendine kaldıraç yap ve ona karşı kullan."

İlk birkaç gün Mamoon kahvaltıdan sonra gözlerini avlunun karşı tarafındaki çalışma odasına dikip yürüyüşe çıkarken, Harry mutfak masasında Liana ile oturup, terapist ifadesini takınarak Liana'yı kız kardeşine duyduğu nefret, ruhsal inançları, erkeklerin neden her zaman ona hayran olduğu, öğleden sonra neden çayı kahveye tercih ettiği, çok sayıdaki köpek ve kedisinin ve ayrıca da parapsikoloğunun mizaçları konusunda sorguya çekmeyi ve onunla beraber acaba yogayı bırakıp pilatese mi başlasa diye düşünmeyi ihmal etmedi. Ama asıl meseleleri Liana'nın kalça bölgesinden iki üç kilo vermesinin mümkün olup olmadığıydı. Londra'da, diyordu Liana, bütün kadınlar anoreksik, kırsal bölgede ise hepsi obez.

Harry, Liana'nın annesinin İngilizce öğretmenliği yaptığını ve Ariosto ve Tasso konusunda uzman olduğunu, anneanesinin ise De Sica ve Visconti için senaryolar yazdığını öğrendi. Ama bir kutu getirip, çocukluk fotoğraflarını göstermeye başladığında –"Bu küçük çocuk halen içimde yaşıyor Harry, sevilmek istiyor"– yüzündeki anlayışlı ifadenin ziyadesiyle işe yaradığını gördü. Liana'yı, kocasına dair olsa da onun hakkında da birçok malzeme içerek bir kitabın araştırmasını yapmanın yanı sıra, ufak tefek işlerde de becerikli biri olduğuna ikna etmişti. "Ah tatlım, ne kadar da yakışıklı sarışın bir çocuksun –ve vaay–, ne kadar da güçlü bacakların ve kolların var, eğer sakıncası yoksa bana süpermarkete kadar eşlik eder misin, sadece beş dakikanı alır, aksi takdirde bu gece yiyip içecek hiçbir şeyimiz olmayacak."

Öteberiyi önce arabaya sonra da eve taşıyacaktı. Üstlendiği işler, kitap kolilerini şuraya buraya taşımayı, ahırdan şömine için odun getirmeyi, fareler için zehir koymayı, kütüphanedeki şömineyi yakmayı, ön kapıdaki yarısı yenmiş fareleri kaldırmayı ve haftada beş kez sabahları köyden gelen iki kadının –bazen yanlarında ikisinden birinin ağır ağır hareket eden kızı da olurdu– yapacak vakti ya da gücü bulamadığı çeşitli ev işlerini yapmayı da içermeye başlamıştı. Harry otelde kalmadığı için –Alice'in de teşvik ettiği gibi– işbirliği yapmak ve kendini eve "yerleştirmek" zorundaydı.

Harry'nin tedavi edici ve etkileyici cazibesi ve Liana'nın hep yalnız olması nedeniyle Liana, Harry'nin peşinden ayrılmaz olmuştu. biçimde yakasına yapışmıştı. Aradan birkaç gün geçip de Harry karşısındaki malzemeyi inceledikten sonra, yapabileceği en akıllıca şeyin altı buçukta kahvaltı etmek olacağını düşündü. Böylece kahvaltıdan sonra, Mamoon ve karısını sabahlıkları içinde görmeden ve Mamoon'un yumurtalardan, tostun sıcaklığından, söyleyecek bir şeyi kalmamış ve önünde sadece körlük, çişini tutamama, iktidarsızlık, kötü eleştiriler, ölüm ve belirsizlik uzanan bir yazar olmanın ölümcül yükünden yakınışını dinlemeden önce sıvışıp "araştırma" yapmaya başlayabilecekti.

Liana kahvaltıdan sonra çalışanlara –aralarında bahçede çalışan iki kişi de vardı– talimatlar verip eziyet etmekle meşgul oluyordu; bu da Harry'ye kulübeye kaçma fırsatı vermişti; Liana "Al bakalım, *tesoro*, git de onu bul," diyerek kulübenin anahtarını vermişti.

Harry gıcırtılı kapıyı açıp paldır küldür içeri girdiğinde kulübenin bir süredir kullanılmadığını ve yarı harabe durumunda olduğunu gördü. İstenmeyen kitaplar, elden çıkarılmış paltolar, kırık mobilyalar, fare ve kuş pislikleri dört bir yana dağılmıştı; ayrıca bir bilardo masası, roman taslaklarıyla dolu kutular ve en değerlisi de, Mamoon'un ilk eşi Peggy'nin ahşap bir sandıkta saklanan günlükleri vardı. Harry günlükleri dikkatle sandıktan çıkardı ve bir bezle sildi. Sonra bir masayı ovarak temizledi, kırılmamış bir sandalye buldu, bir ışık ayarladı ve günlüklerin arasına daldı.

Mamoon uzun yıllar devirmiş ve çok fazla yazmıştı; oyunlar, klasiklerin Üçüncü Dünya'da geçen uyarlamaları, denemeler, romanlar ve biraz da şiir. Harry'nin eseri devasa olacaktı ve en önemli kaynağı da Mamoon'un kendisiydi. Onunla ayrıntılı ve ciddi röportajlar yapmak niyetindeydi. Her şeyi birinci ağızdan dinleyecek ve Mamoon'un görüşleri işin asıl vurucu kısmı olacaktı. Fakat Harry, yaklaşıp da birkaç soruya cevap vermek için bir dakika ayırabilir mi acaba diye sormak için ağzını açtığında Mamoon, işbirliği yapmak bir yana, bir paparazziden kaçar gibi hızla yürüyüp gidiyordu. Dördüncü sabah, kahvaltıdan sonra Harry, Mamoon'un elli metre ötedeki çalışma odasına gitmek için avluyu geçeceğini hesaplayarak, bir ağacın arkasında pusuya yatıp bir sigara yaktı. Avı yaklaştığında Harry aniden öne fırlayıp "Efendim, efendim..." diye söze başladı.

Mamoon başını öne eğdi, kollarını havaya kaldırdı ve hiçbir şey olmamış gibi yürümeye devam etti.

Liana mutfaktan bağırdı. "Ne yaptığını sanıyorsun sen? Bölgesindeyken Mamoon'a asla yaklaşma!"

"Benimle ne zaman konuşacak?"

"Merak etme, sana verdiği sözü tutacak."

"Emin misin?"

"Biraz üzerinde çalışmam lazım. Onu yumuşatmam lazım."

"Yapacak mısın bunu?"

"Bana güven, sevgili çocuğum. Seni oraya götüreceğim. Onun özüne ulaşacağız."

Harry, Mamoon'un özüne ulaşmayı beklerken en azından, Mamoon'un erken dönem yazarlık yıllarına dair en güvenilir bilgi kaynağının Peggy'nin ilişkilerinin başından beri tuttuğu günlükler olduğunu görmekten memnundu. Önünde yığılmış on bir cilt vardı, o kadar küçük harflerle yazılmışlardı ki büyüteç ve cetvelle gözlerini kısıp incelemek zorunda kalmıştı sayfaları. Günlükler güzeldi de: Peggy çeşitli renkli mürekkepler kullanmış, sayfalar üzerine farklı açılarda yazmıştı. Sayfalar arasında çiçekler, Mamoon'un yazdığı notlar ve elinin ana hatlarını gösteren bir çizim, gazete kupürleri, kedilerinin polaroid fotoğrafları, listeler ve arkadaşlarından gelen kartpostallar vardı. Maroon kısa süre sonra Amerika'ya gönderilecek olan günlüklerin yerinden oynatılmasına ya da kopyalanmasına karşı çıktığı için, Harry defterleri hızla inceleyip, notlar almak zorundaydı.

Genç çiftin ilişkilerini bölümler halinde düşünmeye başlamıştı bile: Cambridge'den yeni mezun olmuş, Londra'da yaşayan çaylak burslu öğrenci; gazetecilik de yapan yeniyetme yazar; yazar babasına ve yaşlı adamın pokerci hergele arkadaşlarına dair sağlam gözlemlere dayalı eğlenceli bir roman yazarak adını duyurmaya başlar; yazar ve Peggy evlenir ve seyahate çıkarlar; yazar ve Peggy yerleşik hayata geçerler ve Mamoon yıllarca hatırlanmasını sağlayacak olan sömürge yönetimindeki Hindistan'da geçen uzun aile romanlarını yazar, bunun yanı sıra iktidar ve imparatorluğa dair keskin gözlemler içeren makaleler, sömürgeciliğin çöküşüyle birlikte yaratılan diktatörler ve Üçüncü Dünya manyaklarına dair kısa biyografi yazıları ve röportajlar yayımlar.

Sabah ilerleyen saatlerde Liana, Harry'ye kahve, yarım baget ve sardalya getirirdi. Mamoon'la Hindistan'da bir süre vakit geçirmiş Romalı bir kadın olan Liana parlak şallar, şıngırdayan bilezikler ve ağır yüzükler takıyor, çamurda ve yağmurda rahatça yürüyebilmek için rengârenk lastik botlar giyiyordu ki Harry kırsal bölgedeki insanların çoğu zaman bu botlardan giydiğini öğrenmeye başlamıştı. Mantoları –genellikle Jackson Pollock etkisi yaratan havalı çamur lekeleriyle bezenmiş kürk mantolardı bunlar– pahalı görünüyordu.

"Bizim bedbaht Peggy'ciğimiz nasıllar?" diye sordu Liana, Harry'ye, günlük yığınlarına şöyle bir vurup Harry'nin yanına oturarak. "Yine sarhoş mu?"

Akademik bir aileden gelen Harry her zaman çok çalışmaya, can sıkıcı işlere katlanmaya alışıktı fakat günlükleri hem endişe verici hem de monoton buluyordu, özellikle de Peggy'nin çeşitli semptomlarını ballandıra ballandıra anlattığı sayfaları; beyin zonklatan migren sancıları, mide ağrıları, kanser korkusu ve pişmanlıklar. Kürtaj olmuş ve Mamoon'un ona kötü davranmasına izin vermişti. Vazgeçmiş, yeterince ısrar etmemiş, güçlü bir adam karşısında zayıf, hatta mazoşistçe davranmıştı. Obsesif kompülsif bozukluğu, bileklerini kesme isteği gibi şeylerin arasına şöyle ifadeler giriyordu: "Yalnızlığımı seviyorum ama delirmekten korkuyorum. Okumayı seviyorum ama bu yeterli değil. Burada, taşrada kış aylarında saat üçte ortalık karardığında, benim de içim kararıyor. İçiyorum, sızıyorum ve yerde kendi kusmuğum içinde uyanıyorum. Mamoon beni bu halde görseydi dehşete kapılırdı. Ama bir kitap turnesine çıkıp ortadan kayboldu; turnede sadece, kendi ifadesiyle, dalkavuklar ve kaltaklarla karşılaşıyormuş. Şu anda başka bir kıtada bu kaltaklardan biriyle, Marion'la düşüp kalkıyor. Marion'un yenilerek kabaran iştahını nasıl gidereceğini gerçekten bilen ilk kadın olduğunu bana bildirme nezaketi gösterdi. Görünen o ki ben bunu hiç başaramadım. Marion'un yumuşak bedenini, aletini emen ağzını ve –"hayır" kelimesi işine gelmediği için– her istediğinde kendini sunmaya hazır olmasını seviyormuş."

"Günlükleri okumadın mı?" diye sordu Harry, Liana onun bulduğu bir Mamoon fotoğrafına bakarken.

"Keşke onu o zamanlar tanısaydım," dedi Liana. "Onu kurtarabilirdim. Ama *grazie a Dio*, günlükleri neden okuyayım ki?"

Liana'nın konuşması Mamoon'unkine benziyordu ama tersi geçerli değildi. Hindu esintileri taşıyan İtalyan aksanlı İngilizcesiyle gürültücü keskin bir sesi vardı Liana'nın, saçınızı savuran rüzgâr gibiydi sesi, bilhassa da bir şeye kızdığı zaman; ve genelde de onu kızdıran bir şeyler olurdu. Yazdığı e-postalar bile gürültücüydü.

"Meraktan?" dedi Harry.

"Burada kahrolası bir rüyayı yaşıyorum."

Liana, Mamoon'dan önce iki düşük yapmış, berbat bir evlilik ve boşanma atlatmıştı. Roma'da, Tiber yakınlarında, Piazza del Popolo'ya on dakika uzaklıkta küçük bir dairede tek başına yaşarken, diskolara gidermiş, içmeyi severmiş ve her fırsatta sevişirmiş...

"Kiminle?" diye sordu Harry, imalı bir tonla.

Liana, Harry'nin kolunu tuttu ve fısıldayarak bütün cinsel ifade biçimlerine taptığını söyledi. Ama takıp takıştırıp dansa gitmek onun şehri erotik aşkla aydınlatmasını sağlarmış. O zamanlar genç erkekleri severmiş.

"Kaç yaşlarında?"

"Yirmilerin sonları, *tesoro*. O yaşlarda halen oyunbaz olurlar ve vücutları da hoş ve halen sıkı. Zihinleri de neredeyse olgunlaşmış..."

Geceleri cam kenarında oturup Turgenyev okur ve ciddi tutkularla artık işinin olmadığını düşünürmüş. Sonra bir gün, şans eseri maestro işlettiği küçük kitapçıya girme lütfunda bulunmuş. Liana onu hemen tanımış ve acayip heyecanlanmış. Kitapları hakikatin ta kendisiymiş ve maestro da onun kısmetiymiş. Utangaçlığına ve cadı gibi saçlarına rağmen, kitabını imzalaması, kitaba elleriyle, o dâhiyane kalemi tutan elleriyle dokunması için Mamoon'a yalvarmaktan kendini alıkoyamamış. Maestro da ona telefon numarasını yazmış.

Onu ikinci kez gördüğünde, Mamoon'un en sevdiği yer olan Villa Borghese'de güneşli bir havada dolaşırlarken onun ilkel yaratıcı gücüne âşık olduğunu söylemiş Liana. Bu da Mamoon'u çok mesut etmiş, adeta dili damağı kurumuş. Onu yemeğe götürmüş. Liana'nın üzerinde dantelli mavi eteği varmış. Daha önce hiç esmer bir adamla beraber olmamış. Gözleriyle sevişmişler. Mamoon erkek rolünü iyi oynamış ve onu yatağına davet etmiş. Ondan biraz daha yaşlı olmasına karşın, Liana'nın kendini ona sunmaktan başka bir çaresi var mıymış? Mamoon'un bazı zeki adamlar gibi sadece konuşan biri olmamasına sevinmiş Liana. Deneyimlerine göre entelektüeller sekse yeterince düşkün değilmiş, ereksiyonları zayıf, spermleri de sulu, hatta sabun köpüğü gibi olurmuş. Ama Mamoon onu ağır ağır soymuş, ona nasıl bakacağını ve kendisini göstermesine nasıl izin vereceğini biliyormuş; bir kadınla nasıl konuşulacağını da biliyormuş. Ayaklarını öpüp okşamış, en az üç kez boşalmasını sağlamış.

Sabah kahve kokulu ağzını öpmüş. Ağzındaki tadı, acı sade kahve tadını sevdiğini söylemiş. O günden beri de Liana onun kollarında mutlu mesut yaşamış.

"Tanrı bana çocuk vermedi Harry, ama artık çok geç olduğunu düşündüğüm esnada Mamoon'u verdi! Bir süre, sadece onu düşünerek bile orgazm olabildim. Peggy'yi ve günlüklerini bir kenara bırakıp hayatta olanların hayatını yaşayamaz mıyız? Ben Tolstoy'un karısıyım; burası, bir malikaneyi çekip çevirmek gibi bir şey bu!"

"Mamoon günlükleri okudu mu?"

"Niye sordun, o kadar afallatıcılar mı?" dedi Liana. "Sırf ondan intikam almak için kendini öldüren o zavallı kadınla ilgilenerek boş yere harcadı hayatını. Bu kadar şımarık ve huysuz bir yaratığa neden daha fazla vakit harcamak istesin ki?"

"Röportajlarında elyazmaları üzerinde beraber çalıştıklarını kabul ediyor. Yazdıklarını düzeltmekten korkmayan tek kişi oymuş."

"Görüyor musun ne kadar kibar; gerçeği, yani bütün bunların sadece kendi eseri olduğunu bilmemize rağmen Peggy'yi nasıl da övüyor!"

"Peggy muhtemelen George Martin'in Beatles'ta oynadığına benzer bir rol oynuyordu, onu eserden çıkarmak imkânsız."

"Lütfen bu aptal gevezelikleri bırak. Kariyerini yeniden canlandıracak bir şeye ihtiyacımız olduğunu biliyorsun. Sana söylememde sakınca yok; mali durumu daha da düzeltmek için kendi kitabımı yazacağım. Eğer sana bir kısmını gösterirsem, tavsiye verebilirsin."

“Çok isterim ama Liana, eğer onun kanlı canlı, yaşayan bir portresini sunacaksam, Mamoon’la bizzat konuşmam lazım. Aksi takdirde, sanırım hafta sonu eşyalarımı toplayıp, doğru eve gideceğim.”

“*Kapiş*, o zaman bu gece buluşuyoruz,” dedi Liana.

Dört başı mamur bir akşam yemeği hazırlayacaklardı ve Harry de onlara katılacaktı.

Saat yedi buçukta alt kattan bir çan sesi geldi. Harry çalışmayı bıraktı. Liana’nın, camın kenarındaki yuvarlak masanın ütülü mendiller, parıltılı çatal bıçaklar, mumlar ve en kaliteli şampanya ve şarapla donatılmasını sevdiğini öğrenmişti. Liana kot pantolon ve V yakalı bir kazak, Mamoon da yeni bir gömlek giymişti. Harry içeri girdiğinde Liana üzerindeki eski püskü tişörte onaylamayan gözlerle baktı; bu tişörtü bir daha asla giymeyecek, hatta belki de yakacaktı. Damarlı kolları ve gri, mutsuz bir ağzı olan, siyah elbise üzerine beyaz önlük takmış hizmetçileri Ruth sessizce servis yaptı. Aşçı Ruth’un ablasıydı.

Rob, Harry’ye, altı üstü bir edebiyatsever olan Liana’nın Mamoon’un konumu ve sağlığına dair abartılı fikirleri olduğunu, profesyonel bir yazarın hayatının nasıl bir şey olduğuna dair pek bir fikri olmadığını söylemişti. Kitaplarının ne kadar mütevazı bir kazanç getirdiğini öğrenince çok şaşırmıştı. Küçük ama afili bir şöhret, paraya dönüşmemişti. Muhasebecileri işler düzelmezse yakın gelecekte evlerini ve topraklarını satıp daha küçük bir yere taşınmak zorunda kalacaklarını söylemişti Liana. “Belki de olası en değersiz yere, hatta küçük, tek katlı bir eve taşınmamız gerekecek Harry!”

Liana kendini, bunun çözümünün Mamoon’u, kendi ifadesiyle, “bir marka”ya dönüştürmek olduğuna ikna etmişti. Yemekte pek konuşmayan ve aklını daha hoş, daha güzel manzaralı bir yere park etmiş gibi görünen Mamoon'un marka olmanın neyi gerektirdiğinden emin olmadığını öğrenmek Harry'yi eğlendirmişti.

"Marka mı dedin sen, habibi? Heinz ketçap ya da Mont Blanc kalemleri falan gibi bir şey mi olmam gerekiyor?"

"Ketçap değil ama Picasso gibi bir markan olman lazım," dedi Liana. "Ya da Roald Dahl gibi. O küçük iç karartıcı kulübeye her beş dakikada bir yığınla insan girip çıkıyor ve bir servet ödüyorlar." Mamoon, Dahl'ın uzun zaman önce öldüğüne işaret ettiğinde, Liana "Hiç önemi yok, o insanların zihninde yaşıyor. Seni daha iyi pazarlamalıyız ki sen de böyle yaşamaya devam et," dedi ve Harry'ye başıyla küçük bir selam verdi. "Bu biyografi iyi bir başlangıç olacak. Öyle olmasını isteriz, değil mi Harry?"

"Bu çocuk teniste çok iyi."

"Mamoon, dehanın yeterince hakkının verilmediğini sana defalarca hatırlamak zorundayım. Muhasebecilerimizle toplantılar yapıyorum ve sana şunu söyleyeyim ki kitaplarını okumamış olabilirler ama hesaplarına bakıp iç çekiyorlar," dedi Liana ve Mamoon'un elini tutup öptü ve yanağına sürttü. "Sevgilim, Tagore üzerine yazdığın makale jakuziyi tamir ettirmeye yetmiyor maalesef."

Mamoon şöyle bir irkilip, öne doğru eğildi ve "Jakuzimiz mi var bizim?" dedi.

Liana en azından kitaplarının film haklarını satmaya, kendisi için bir aşçılık kursu açmak amacıyla Mamoon'un bağlantılarından faydalanmaya ve Mamoon'u kazançlı bir dizi konferans vermek üzere ABD turuna çıkmaya ikna etmeye çalışıyordu. Ayrıca, kendi ifadesiyle, bir dâhiye âşık olan güzel bir İtalyan kadına dair bir roman "kaleme almak" istiyordu. Kendisine de bildirildiği üzere, Harry de ona yardım edecekti. Zaten bugünlerde, eski kafalı Mamoon hariç, kim kendi romanını yazıyordu ki? İnsanın kendi evini tasarlaması gibi bir şeydi bu. Acaba Harry şimdiye kadar yazdıklarını okuyup önerilerde bulunabilir miydi?

Harry masadan kalktı ve sigara içmek için avluya çıktı. Liana da onu takip ederek şöyle dedi: "Evimde neden öyle nahoş bir yüz ifadesi takındın? Mamoon hayal dünyasında yaşıyor! Eğer onu korumasaydım, beş parasız kalırdı. Dünyaya onun nasıl bir sanatçı olduğunu göstermek için burada olduğunu unutma."

"Ben de bunu yapmaya çalışıyorum zaten."

"Bak Harry, kulak kabartarak ortalıkta dolaşmandan, bir şeyin ne zaman ve neden olduğuna dair aptalca bir soruyla aniden ortaya çıkmandan biraz bıktım. İzin ver de ben *sana* bir soru sorayım. Büyüdüğün evde kaç oda vardı?" Harry duraksayınca devam etti. "Bak gördün mü? Hatırlayamıyorsun. Beş mi? Altı mı?"

"Batı Londra'da, Chiswick Bedford Park'ta Norman Shaw'ın yaptığı bir evdi. Biraz döküktü. Ben Cambridge'e gidince babam evi sattı. Çok aptalca hakikaten; o evler artık milyonlarca sterlin değerinde ve evlerde film yıldızları yaşıyor."

"Ama baban cerrahtı."

"Doktordu, psikiyatr oldu; ilk önce bir akıl hastanesinde, sonra da normal hastanede çalıştı."

"*Salaud*, boşversene! Mamoon ve ben elimizdekilere sahip olmak için köpek gibi çalışmak zorunda kaldık ama sen dünya nüfusunun en zirvedeki yüzde onluk diliminde büyüdün. Başka bir zamanda olsak Harry, politikacı, diplomat, ekonomist ya da bankacı olurdun. Ters giden neydi?"

"Her şey yolunda gitti. Delileri sorun etmeyecek şekilde büyütüldük. Babam eski hastalarını eve davet ederdi. Bazıları da bizimle kalırdı. Babam bizi onların sanrılarını takip etmeye teşvik ederdi; bu sanrıların onların hikâyesi, onları bir arada tutan anlatıları olduğunu söylerdi. Delilik denen şey aslında bunların yazılmasından başka bir şey değildi."

"Bunun benim kocamla ne alakası var?"

Mamoon bir zamanlar, diye açıkladı Harry, Sol'un emperyalizme ve Amerikan etkisine karşı çıktığı ve genelde Üçüncü Dünya faşistlerini desteklediği bir dönemde, o sabah düşmanlarının kafalarını bizzat uçurmuş olabilecek, "romanları"nı insanların kanıyla yazan güçlü politikacılar, diktatörler ve kitlesel katliam yapan sakallı adamlara dair röportajlar ve yazılar yayımlamıştı. Mamoon bunu bir hikâye anlatma biçimi, yazarak tarih yapmak olarak görüyordu. Sesi mesafeliydi, asla yargılayıcı değildi ama ahlaki açıdan sağlamdı. Diktatörlere, peygamberlere ve krallara duyulan ihtiyacı ve onlara duyduğumuz sevgiyi anlıyordu. "Ve, her neyse, Liana," diye devam etti Harry, "ailemden bahsederken şunu da belirteyim; çok uzun zaman önce kaybettiğim annem bir süre bir kitapçı işletmişti."

"Ah zavallı şey, onu özlüyor musun?"

"Her gün."

"Onunla konuşuyor musun?"

"Evet. Nereden bildin?"

Liana ürperdi. "Şu tepeler radyo gibi. Her yerde sesler var. Bu ev de bir kulak gibi. Mamoon'u geceleri konuşurken duydun mu?"

"Henüz değil, hayır."

"Sanırım duyacaksın."

"Hiç yoktan iyidir," dedi Harry.

DÖRT

Harry onu içeri alacak kapının açılmasını bekliyordu. Yakında açılacaktı, biliyordu. Sabırlı olmalıydı.

Bu esnada, ertesi hafta ihtiyacı olan rutine kavuştu; öğleden sonra bire, yani Liana öğle yemeğini haber verene kadar günlükleri, mektupları ve diğer evrakları okuyordu.

Sonra, bir gün Mamoon'u üzerinde yeşil kadife bir eşofman ve elinde ağırlıklarla bahçeye doğru yürürken gördü. Mamoon'un kibrinin ya da rekabetçiliğinin ilerleyen yaşıyla birlikte gerilediğine bir an olsun inanırsa hata edeceğini düşündü. İkindi vakti onu esnemeye, biraz koşmaya, biraz egzersiz yapmaya ve beraber ter atmaya davet etmek aklına geldiğinde, bunun yaşlı adamın güvenini kazanmak için bir fırsat olduğunu fark etti. Mamoon çeşit çeşit spor kıyafetler giymeyi seviyordu, kick-boksa düşkündü ve bazı capoeria hareketlerini öğrenmek istiyordu. "Eğer her şey suya düşerse ya da düştüğünde," dedi Mamoon pöfleyerek, "kişisel antrenörüm olabilirsin."

Akşamüstü Harry, Liana'yla konuşuyor, yemeği hazırlamasına yardım ediyor ve sonra da notlarını yazıyordu. Sonrasında, konsantrasyonunu kaybettiğinde huzursuzlaşıyordu. Bazen civardaki lokantada, önüne bir kitap koyarak tek başına yiyordu. Eğer şanslıysa, Mamoon seslenir ve onu televizyon odasına davet ederdi. Mamoon televizyonuyla gurur duyuyor, ona "Pakistanlı" diyordu zira televizyon etrafındaki eşyalarla tam bir uyumsuzluk içindeydi ve Venüs'ün geçişini seyre dalan ilkeller gibi televizyonun önüne çömelen yoksun göçmenlerin karakterini taşıdığına inanıyordu. Ron, Harry'yi bu viski seanslarına hazırlamış, Mamoon'un TV ilc yüzleşerek kendine geldiğini söylemişti. Zira hayatının büyük bir kısmında Mamoon kendince radikal biri olmuştu; siyaseten doğruculuğu alaya almak ve ters yüz etmek, zamanının revaçta olan muhaliflerine, hippilere, feministlere, ırkçılık karşıtlarına, devrimcilere, düzgün, kibar ya da eşitlik veya çeşitlilikten yana olan herkese karşı çıkmak için başını derde sokmuştu. Bu bir süreliğine alışılmadık ve hatta zekice bir fikirdi. Ama artık Mamoon her şeyden olduğu gibi bu pozdan da sıkılmıştı. Arada sırada sırf kışkırtmak için "Şu çirkin, tembel, siyah piçe bak," derdi, Liana'nın tavsiyesiyle biraz yerli peynir almak için arabayla kasabaya giderlerken bölgedeki kiliseleri ziyaret eden utangaç ama heyecanlı bir Afrikalı öğrenciyi gördüğünde. "Kesin soygun yapmaya, tecavüze ve beyaz bir kadının kukusunu deşmeye gidiyordur." Ama Harry, Mamoon'un aklının orada olmadığını ve onu gerçekten şaşırtan şeylere dair basit sorular sormayı tercih ettiğini fark etmişti. "Harry, *Happy Hour* dedikleri tam olarak nedir? Kucak dansı ve *X Factor* nedir? Wiffy nedir?"

"Wiffy mi? Ha Wi-fi, şey, kablosuz internet."

Mamoon, Hindistan ve hatta Pakistan kriketine hayrandı. İngiltere'ye ilk geldiğinde, taşrada İngiliz kriketini izlemeyi severdi. Pazartesi sabahları soğuk hava ve hafif yağmur altında Londra'dan trene biner, sonra da mütevazı bir maç izlemek üzere elinde termos ve peynirli sandviçle bir banka otururdu. Kütüphanesinin bir duvarı savaş sonrası oyuncularının resimleriyle doluydu. Ama Mamoon en yüksek mevkiye 1963 Batı Hindistan kriket takımının çerçeveli bir fotoğrafını yerleştirmişti. Rob,

Harry'ye Mamoon'a amcasının Surrey'nin kaptanlığını yaptığını söylemeyi unutmamasını tembih etmiş ve ona kahramanları Rohan Kanhai, Gary Sobers, Wes Hall ve daha geç dönemden Malcolm Marshall, Gordon Greenidge, Alvin Kallicharran ve Vivian Richards'a dair dedikodular veya DVD'lerle giderek Mamoon'u kıvama getirmesini tavsiye etmişti. Mamoon'la birlikte bütün bu oyuncuları defalarca seyretmek ya da herhangi bir İngiliz "beyzadesi" gibi "Ah ne iyi atış, efendim," demesini duymak bile Harry'nin canını sıkmıyordu. Tahmin edilemez ve varoluşsal olan, erkeklerin gerçek anlamda ""o anda" sınandığı spor, "yumuşak" olan sanattan daha önemliydi. Lords'ta bowling oynamak, Wembley'de penaltı atmak, Wimbledon'da oynamak; işte, Mamoon'un dediği gibi, "asıl olay" buydu. "Eğer insan Lord's'ta böyle bir atış yaparsa, mutlu ölür, sence de öyle değil mi? Bununla kıyaslandığında ben zavallı bir eğlence aracıyım."

Futbol izlerken Mamoon geveze ve tetikte oluyordu ve Harry'nin onunla beraber oturup, viski içmesinden, oyuncu ve antrenörler üzerine konuşmasından hoşlanıyordu. Mamoon'la Manchester City'nin geleceğini tartışmanın ona dair, kitapları ya da sömürgeciliğe ilişkin görüşleri hakkında röportaj yapmaktan daha çok şey öğrettiğini fark eden Harry "Nietzsche ile Dünya Kupası'nı izlemek" diyordu buna. İlk başta Harry kibar ve genel sorular sormuştu ve Mamoon da canının sıkıldığını gizlememişti. "Yazar olduğunuzdan ne zaman emin oldunuz?" "Hiç olmadım ki, şimdi bile değilim." "Babanızı sever miydiniz?" "Çok. Ben bir erkekten çok bir oğuldum." "Ne zaman erkek oldunuz?" Eğer bir soru küstahça gelir ya da onu sinirlendirirse, Mamoon hiçbir şey söylemez ve sessizce uzaklara bakar, sorunun saçmalığının Harry'nin kafasına dank etmesini beklerdi.

Harry bu büyük adamla otururken, severek büyüdüğü yazarlar üzerine düşünürdü. Sömürgeciliğin bütün saçmalıklarını tek tek ortaya döken Forster; ağırbaşlı Orwell; ortalığı koklayıp, bela ve ölüm arayan Graham Greene; hemen her şeyi gören ve gördüklerinden nefret eden Evelyn Waugh. Harry'ye göre Mamoon bu tip yazarların sonuncusuydu ve onlarla eşit meziyetlere sahipti. Ve işte Harry onun evindeydi; onunla beraber yürüyor ve ciddi ciddi görüş alışverişinde bulunuyordu; onun hayatını yazacaktı. Adları sonsuza dek birlikte anılacaktı; yaşlı adamın gücünde küçük bir payı olacaktı. Ama biyografi yazarlığı skandal haberlerinden çok şey kapmıştı; kirli şeylere, bir hayal kırıklığı sürecine doğru çekilmişti. Asıl olay maskeyi düşürmek, geriye sadece çıplak kemikleri bırakmaktı. Bu yazarı sevdiğini mi düşünüyorsun? Eşine, çocuklarına ve metreslerine nasıl kötü davranmış bir bak bakalım. Dahası erkeklerden hoşlanıyormuş! Ondan nefret et, eserlerinden nefret et; nereden bakarsanız bakın, oyun bitmiştir. Soru şudur artık: Başkalarında neleri affedebiliriz? Onlara inancımızı kaybetmemiz için ne kadar ileri gitmeleri gerekir?

Harry sanatçıların sıradan insanın lanetlenmesine yol açacak kusurlardan muaf tutulması gerektiğini bilecek kadar sanatsever biriydi. Sanatçı herkesin temsilcisiydi, korkusuzca konuşan kişiydi, ona teşekkür edilir ve o da bunun bedelini öderdi. Sanatçıların, çalışırken *jouissance*'larını mecburen kapıda bırakan diğer insanlardan daha libido dolu bir hayat sürme izinleri vardı ve hatta bu yönde teşvik ediliyorlardı. Harry kulübede bulduğu malzemeleri okurken, Rob'un belirttiği husus üzerine düşündüğünü fark etti: Mamoon'la ne yapacaktı? Kim Larkin'i, okullu kızların kalçalarına olan düşkünlüğünü ve siyahilere yönelik paranoyak nefretini –"Metroda şişko Karayipli mikropların ardımda sinsice yürüdüğünü duyabiliyorum"– göz önüne almadan düşünebilirdi ki? Ya da Eric Gill'in köpek de dâhil hemen hemen bütün aile üyeleriyle çiftleşmesini kim göz ardı edebilir ki? Proust farelere işkence etmiş ve ailesinin mobilyalarını genelevlere bağışlamıştı; Dickens karısının üzerine duvar örmüş ve onu çocuklarından uzak tutmuştu; Lillian Hellman yalancının tekiydi. Sartre annesiyle yaşarken, Simone de Beauvoir ona genç fıstıklar ayarlıyordu; Sartre ayrıca Camus'yü önce kıskanmış, sonra da yerden yere vurmuştu. John Cheever karısına dönmeden önce, burun deliklerini sonuna dek açarak, tuvaletlerde takılmıştı. P.G. Wodehouse, Naziler için radyo yayını yapmıştı; Mailer ikinci karısını bıçaklamıştı. Ted Hudges'un âşıklarından ikisi intihar etmişti. Stryon, Salinger ve Saroyan'a gelince... Edebiyat bir ölüm tarlasıydı; tarihte eline kalem almış tek bir düzgün insan yoktu. *The Shining*'de Jack Nicholson'ın canlandırdığı yazar tipi gerçeğe yakındı. Harry okurlara bir çıkarcıdan ziyade düzgün bir adam sunarsa kimse ona inanmazdı. Kimse bunu istemezdi: Gerçek bir sanatçının nefret, hararet ve tutkusunun yanına bile yaklaşamazdı bu.

Harry eserlerini sevdiği için ona "saygıda kusur etmeyeceğini" bilsin istiyordu. Mamoon bazen bütün erkekler ve kadınlar gibi adi, sarhoş ve pislik olabiliyordu ama şehvetin onu ya da okurlarını büyük sanatın, kelimelerin ve iyi cümlelerin önemli olduğu; yozlaşmış, sansürcü bir dünyada, cehalet tutkusunun din aracılığıyla arttığı bir dünyada gitgide daha da önemli olduğu gerçeğinden alıkoymaması önemliydi. Kelimeler gerçeğe uzanan köprülerdi; kelimelerin olmadığı yerde sadece kaos vardı. Kötü kelimeler insanı zehirleyip, hayatını mahvedebilir, demişti Mamoon; doğru kelimelerse gerçeği yeniden berraklaştırabilir. Yazma deliliği gerçek deliliğin panzehriydi. İnsanlar İngiltere'ye sadece edebiyatından ötürü hayrandı; bu gitgide batan küçük tatlı ada en iyi kelimelerin depolandığı, üretildiği ve yeniden üretildiği bir deha deposuydu.

Eğer Harry onu evine davet etmiş mühim bir adamın özel hayatını deşmeye çalıştığı için kendini suçlu hissediyorsa bunun sebebi –Murdoch imparatorluğu "özel hayata" dair fikirlerimizi temelli değiştirmeden önce yetişmiş ve yazmaya başlamış olan– Mamoon'un âlicenaplığı, müşkülpesentliği ve haysiyetiyle, önemsiz detayların ötesinde yaşayan biri olması değildi.

Önemsiz detaylar insanın asıl yapı taşıydı ve Harry, Mamoon'un çağdaşlarının, arkadaşlarının ya da tanıdıklarının yazdığı kötü kitap eleştirilerini bulduğunda, bunları mutlaka ona okurdu çünkü keyifle kıkırdamaktan ve mırıldanmaktan kendini alıkoyamayacağını bilirdi. Sonra Harry köpekler eşliğinde patikalarda yaptıkları koşular esnasında Mamoon'un, bilhassa da alçaltıcıysa, dedikoduyu sevdiğini öğrendi. Yaptığı okumalar esnasında aşağılamanın Mamoon'un karakterinin mihenk taşı olduğunu fark etmediği için kendine kızıyordu; Mamoon'un geldiği yer burasıydı ve halen de bundan keyif alıyordu. Babası onu sürekli aşağılamış, onu mükemmeliyet arayışı ve yarı bastırılmış bir öfkeyle dolu bir hayata mecbur bırakmıştı ve Mamoon bunun verdiği berbat hazlardan hiç vazgeçmemişti. Mamoon karısının öpücüklerine ya da okşamalarına veya elini tutma girişimlerine karşılık vermiyor gibiydi ama diğer insanlar arasında cereyan eden yasak temaslar onu büyülüyordu. Harry kasabaya gitmeden önce temsilciler, yayıncılar ve yazarlardan oluşan dedikodu çevresini arayıp, mümkün olduğunca çok aldatma, fikir hırsızlığı, edebi dolandırıcılık, karşı cinsin kıyafetine bürünme, ihanet, eşcinsellik ve bilhassa da lezbiyenlik hikâyesi biriktirmişti. Daha önceden "normal" olup, büyüleyici güçleri olduğuna inandığı *les Sapphics* tarafından "diğer tarafa" sürüklenen kadınların hikâyesi bu aralar Mamoon'u büyülüyordu.

"Keyfimi yerine getirecek lezbiyen işi bir şey var mı?" diye sorardı Harry Londra'dan döndüğünde. "Bu hafta bıyıkları seğiriyor mu? Vibratörlerine yeni pil takmışlar mı? Hadi bir yürüyüşe çıkalım ve bunları enine boyuna tartışalım."

Harry kendini Bloomsbury'li bir Şehrazat gibi hissetmeye başlamıştı. Ama Mamoon'un lezbiyenlik tanımının neredeyse hiç ayrım gözetmediğini öğrenmişti: Jane Austen, Charlotte Bronte ve Sylvia Plath dâhil bütün kadın yazarların lezbiyen olduğunu söylüyordu. Koltuğunun altına bir Austen kitabı sıkıştırıp üst kata çıkarken, "Bir lezbiyenle yatağa gidiyorum," derdi "En azından *sen* iyi vakit geçireceksin," demişti Harry.

"Boş boş çene çaldığım için özür dilerim," dedi Mamoon. "Rob'a içi boş herifin teki olduğumu söylemiştim. Romancı da öyledir; bir dolandırıcı, bir sahtekârdır, her neyse işte. Ama her şeyden çok bir baştan çıkarıcıdır."

"Baştan çıkma fikri seni büyülemiyor mu?"

"Zaten bütün sanat bundan ibaret değil mi?" demişti Mamoon. "Soyun ve bize sahip olduğun şeyleri göster; siz okurların istediği şey bu."

Harry bazı dedikodular getirmiş olsa bile Mamoon akşam dokuzdan sonra nadiren uyanık olurdu ve bu saatten sonra Alice'in öngördüğü intikama –buna hakikatin bedeli de denebilirdi– gelirdi sıra.

Harry yatak odasında yalnızken tuhaf deneyimler yaşıyordu.

Çalışanlara Harry'nin odasını temizlemeleri için vakit tahsis edilmemişti. Muhtemelen Mamoon onları bu yönde teşvik etmemişti; misafirleri sevmezdi ve zaten az misafir gelirdi.

Harry'nin odası tozluydu ve etrafta ölü böcekler vardı, televizyon çalışmıyordu; Harry'nin tek yapabildiği şey uyumadan önce bilgisayarında *Fifa* ve *Grand Auto Theft* oynamak ve film izlemekti. Her fırsat bulduğunda Alice'i ve arkadaşlarını görmek için Londra'ya gidiyordu. Konusuna bu kadar yakın olmak ve taşra hayatının ona iyi geldiği söylenemezdi

Harry, Batı Londra'da sportif, zeki ikiz kardeşleriyle büyümüştü; şimdi biri felsefe hocası, diğeri de restoran sahibi olmuştu. Arkadaşlarının çoğunun ailesinin aksine Harry'nin anne babasının bir kır evi yoktu; hafta sonlarını galerilerde, sergilerde ve tiyatrolarda geçirmeyi tercih eder, Chiswick House'ta piknik yapar ve bahçede feminizm, politika ve Lacan'dan bahseden, çocukların alaycı bir ifadeyle "enteller" dedikleri insanlar için partiler düzenlerlerdi. Bu insanların dışarıda iyi bir gece geçirmekten anladıkları şey ICA'de Jean-Luc Godard'ın iki filminin birden gösterildiği bir seansı yakalamaktan ibaretti. Harry'nin babası –psikiyatriye dair felsefi sorunlar ve "normallik anlayışları" üzerine fazlaca kafa yorduğu için– "ruh" üzerine düşünmekten ve maalesef bu konuda tartışmaktan hiç vazgeçmiyor ve taşrada konuşacak kimsenin olmadığını, oradaki insanların yetiştirdikleri büyükbaş hayvanlar kadar ""öküz" olduğunu düşünüyordu.

Ama Harry'nin keyfini kaçıran tek şey taşraya dair babasından miras aldığı bu nefret değildi. On gün sonra, gece üç civarında, berbat bir uluma ve bağırma sesiyle uyandı, sanki bir adamı boğazlıyorlardı. Sabah kahvaltıda Liana "Yorgun musun?" diye sordu.

"Evet," dedi Harry.

Liana, Harry'ye yumurta getirdi ve sonra kaslarındaki hafif bir değişimi bulmaya çalışır gibi parmaklarını omuzlarına batırmaya başladı. "Uyanık mıydın? O feci bağırışlar yine başladı. Son üç gecedir oluyor ama sen duymuyorsun. Sorduğun sorular onu berbat bir uykusuzluğa mahkûm ediyor."

"Sorularıma doğru düzgün başlamadım bile. Çayına süt ister misin diye sorduğumda bile tepelere doğru koşmaya başlıyor."

"Mamoon çocukça korkuları olan gayet dünyevi bir insan. Bana gördüğü rüyaları anlatmıyor ama uyuyakaldıktan kısa süre sonra uyandığında bebek gibi ağlıyor. Bazen de köpek gibi havlıyor. O halde hayvanlar bile uykusuzluk çekiyor ve intiharı düşünebiliyor demektir. Lütfen kitapta bunlardan bahsedip de bizi Londra, Bombay ve Roma'da utandırmayacağına yemin et."

Harry zaten her göz kırpışı, geğirişi ve jesti kitaba sığdıramayacağını söyledi. Liana'ya doğru dönüp elini tuttu. "Ama Liana patavatsızlığın biyografinin özü olduğunu biliyorsun değil mi? Aziz gibi bir azizin portresini kim okur ki?"

"Senin pis bir tüccar olduğuna inanmıyorum Harry. İnsanların istediği şey yüceltmedir, yüceliğe giden yolun ne olduğunu bilmek isterler ki bu yolu takip edebilsinler. Neyse ki seni eğitmek için buradayım. Kitap bittiğinde bana getireceksin ve ben de kusurlu olan her şeyin üstünü sivri uçlu kalemimle çizeceğim."

Harry kahkaha attı. "Öyle bir şey yapmayacaksın Liana."

"Ron kabul etmişti. Aksi takdirde Mamoon onun hayalarını keser. Sen kendini ne sanıyorsun, Joan Crawford'ın kızı mı?"

"Rob'un sizinle böyle bir anlaşma yaptığını hiç bilmiyordum."

"Bunun seninle ne alakası var?"

"Pardon?"

"Duvarları yeşile boyaması için bir dekoratör tuttuğunda yeşili sevip sevmediğini söylemesini istemezsin. Duvarları yeşile boyayıp, çenesini kapatmasını istersin."

"Ben burada sadece dekoratör müyüm yani?"

"Sen yazı çizi işlerini yapıyorsun. Gerisini biz hallediyoruz. Kahve?"

Halihazırda ödün vermişti. Liana başka neyi çıkarması için yemin ettirecekti acaba? Ona karşı çıkmak zorunda mı kalacaktı? Ve eğer bunu yapmak zorunda kalacağını biliyorsa neden şimdi konuşup her şeyi açıklığa kavuşturmuyordu?

Bu aslında işin en kolay kısmıydı. İşlerin nasıl gittiğini anlatmak, daha şimdiden ne kadar kısıtlanmış hissettiğini söylemek ve onu uyumaktan alıkoyan diğer gürültülerden, vahşi yaşamdan yakınmak için Rob'u aradı.

"Bir silah al ve camdan birkaç el ateş et," diye bağırdı Rob. "Keçiler işin ciddi olduğunu anlayıp ahırlarına çekilecektir."

"Bunların keçi olduğunu sanmıyorum."

"Attır o zaman?"

"Kuş olabilir. Oda soğuk, ışık yanmıyor, pencere kapanmıyor ve bu hayvanlar –artık neyseler işte, yarasalar, kazlar, ördekler, balıklar, domuzlar; her neyseler, Nuh'un gemisinin çoğu üyesi– sabahın dördünde feci bir hayvan diskosuna dönüyor ortalık. Burada bir rektumda sıkışıp kaldım adeta!"

"Seni gidi pısırık şey, bana değil ajansına yakın. Çok şükür seni Freya Stark şovu için önermemişim, Afrika'da ya da bu yaşlı hanım nerede sürttüyse oralarda tekrar dolaşman gerecekti."

"Liana'ya kitabımın içeriğini kontrol etme hakkı tanıdığın doğru mu?" dedi Harry.

Rob telefonu kapattı.

Harry odasına çekilmeden önce bahçeye çıkıp, daha rahat uyumak için bir sigaralık içti. Sonra yatağa uzanıp Peggy'yi düşündü, defter ve kalemi de yanındaydı. Aklına fikirler genelde böyle gelirdi. Ama "sefaletnamelerden" –günlüklerine bu adı veriyordu– cümleler aklında dönmeye başladı. Kasabaya geleli on gün olmuşken bir gece bu fısıltılar kendi kendilerine bir varlık kazanmış ya da dış bir kaynaktan, susturamadığı bir curcunadan geliyorlarmış gibi oluvermişti.

Harry ayağa kalktı, odada yalpalayarak yürüdü ve zayıf ışığı açtı. Ve onu aniden karşısında buldu: Peggy yatağın ucuna tünemişti, felaket derecede zayıftı, yorgundu ama vahşi bir enerji doluydu ve parıldıyordu.

"Benim hakkımda ne söyleyeceksin Harry?" dedi. "Acıklı tarafımla mı tanımlanacağım? Bende bundan daha fazlası yok mu? Ve sen kim oluyorsun da beni yargılıyorsun?"

Peggy sakin, kendini rahatça ifade edebilen, akademili bir kızdı; hali vakti yerinde olan alkolik anne ve babası da özel okullarda Fransızca öğretiyordu. Peggy üniversiteden sonra küçük bir edebiyat dergisinde çalışmaya başlamış ve editörü onu sık sık gittiği Bloomsbury barlarından birinde Mamoon'la tanıştırmıştı. Harry'ye göre, burs kazanması için öğretmen babası tarafından sıkı bir eğitime tabi tutulan Mamoon önce bir İngiliz devlet okuluna ve sonra da Oxford'a gönderildiği için travma yaşamıştı. Babasının aralarına katılmasını çok istediği İngiliz gösteriş düşkünleri arasında –babası bir yandan da İngilizlerden nefret ettiğini iddia ediyordu– kendini garip ve uygunsuz hissetmediği tek bir an bile olmamıştı. Peggy'yle ilk randevusunda siyah bir taksinin ön tarafına, şoförün yanına oturmaya çalışarak kendini küçük düşürmüştü. Öfkeli şoför onu dışarı atana kadar koltuğu bulmak için sağı solu yoklamaya devam etmişti.

İsli, soğuk Londra'da, seksi beyaz çocuklar Syd Barrett gibi giyinirken, Hintlerin geri kalmış ve ikinci sınıf varlıklar olduğuna inanan insanlarla dolu olan bu şehirde, Peggy, Mamoon'un onu doğru düzgün çatal bıçak kullanmayı bilmeyen başarısız bir beyaz olarak gören hâkim Belgravia ırkı engelini aşmasına yardımcı olmuş ve onu edebiyat dünyasından arkadaşlarıyla tanıştırmıştı. İnsanların yarısını büyülemişti Mamoon; sempatikti ve gayet zeki, klas biri olduğu düşünülüyordu. İnsanların diğer yarısını ise kibriyle sinir etmişti. Ama babası geri dönmesini istiyor ve sürekli, mektup yazıp dönmesi için yalvarıyordu. Gidecekti; başka bir yol göremiyordu. Onu Londra'da kalıp yazarlık yapmaya ikna eden Peggy olmuştu; onun gibi biri için yapılacak en zor seçimlerden biriydi bu. Mamoon Londra'da yeterince iş alamadığı için Somerset'teki çiftlik evini alabilecekleri parayı borç vermeleri için ailesine yakaran da yine Peggy olmuştu.

Başlangıçta bütün çiftlerin olduğu gibi sürekli beraberlerdi, yeni mahallelerini keşfediyor ve kasabanın diğer yerlerinde arabayla dolaşarak, sahaflara gidiyorlardı. Mamoon daha sonra Peggy'yi birkaç aylığına Hindistan'a götürdü. Bu esnada Peggy entelektüel açıdan Mamoon'un yakasını hiç bırakmıyordu; hatta zihnini tembellikle ve "playboy"lukla suçluyor, bu da Mamoon'u tartışmaya ve karşılık vermeye zorluyordu. Mamoon gerçekten düşünmeye başlamıştı.

Altmışların sonunda Peggy'nin burada, bu evde oluşturmaya başladığı –ve onun halen geliştirmeye devam ettiği– kütüphanede Mamoon "eksiklerini kapatmak" için deli gibi okumaya başlamıştı. Peggy, Miles Davis ve Ionesco'yu seven bir Avrupalı, bir enternasyonalistti; bir yandan Gauloises tüttürürken bir yandan şarapları keşfediyor ve Boulez dinliyorlardı. Birçok İngiliz entelektüeli gibi Peggy de İngiliz yalıtılmışlığından bıkıp usanmıştı. D.H. Lawrence'a tapıyordu ama onun dışında yerleşik yazı anlayışı yavan ve skolastikti: "edebiyat eleştirisi"ne, "kanon"a, Leavis'e ve sonraları da Marksizme dair anlamsız konuşmalar. Harry, Mamoon'un oluşumunda Peggy'nin anne babası kadar rol oynadığını ve Mamoon'un totaliter politik –çoğunlukla Marksist– ve dini sistemlere karşı Peggy'nin altmışlı yıllar özgürlükçülüğünden devraldığı nefretinin baki olduğunu öğreniyordu. Nihayetinde Mamoon, söylenen o ki, Peggy'yi tüketip bitirmiş ve gitmek istemişti; Peggy ise yerleşmek istiyordu. Bundan sonra ilişkileri yıllarca "askıya" alınmıştı.

Bu yüzden Harry karşısındaki hayalete hitaben "Adil ve şefkatli olacağım," dedi. "Suçlama ya da aklama olmayacak. Sadece gerçekler ve samimi bir ses. Günlüklerde zaten kendini anlatıyorsun. Açıkça. Şimdi gidebilirsin Peggy, lütfen. Endişelenmene gerek yok, gazeteci değilim ben."

"Ama Harry, uzun zamandır seni görmeyi bekliyordum," dedi. "Beni tanımadın mı?"

"Sen Peggy değil misin?"

"Bana yakından bak, eğer dayanabilirsen."

Karşısındakinin annesi olduğunu fark edip, "Ah Harry, seni görmek ne güzel. Ben gittikten sonraki hayatının her ayrıntısını duymak istiyorum. Berbat mıydı? İyi miydi? Şimdi konuşabilir miyiz?" dediğini duyduğunda yataktan fırladı, koridordan sessizce ilerleyip Liana ve Mamoon'un inzivaya çekildiği odaları geçti, evden çıktı ve serin geceye adımını attı.

Bahçede ailesinin 4x4'ü içinde çaresizce oturdu, torpido gözünden en büyük kardeşinin atkısını alıp boynuna sardı ve atkıya sarıldı. Kardeşleri, babalarının yoğun ısrarı sonucu motosikletini satmasını öğütlemiş Harry de ancak motoru yerine bu aracı ödünç vereceklerine söz verdiklerinde yapmıştı bunu.

Cip faydalı olmuştu aslında. Daha önce hiç gitmediği kasaba barı arabayla yirmi dakika uzaklıktaydı. Orada nasıl karşılanacağını hiç bilmiyordu. Ama henüz hayalete dönüşmemiş insanları görmeye ihtiyacı vardı.

BEŞ

Bir zamanlar Harry'nin annesi erkenden kalkar ve onu okula götürmeden önce dört dörtlük bir kahvaltı hazırlardı. Mutfakta beraberlerken omzunun üzerinden bakarak filmlerden, siyasetten, erkeklerden, umacılardan, komşulardan, feminizmden ve rüyalardan bahsederdi; gerçeküstü, hazmetmesi zor, daimi bir konuşma akışı. Anlaşılan o ki Harry de bu akış için bir aracıydı sadece.

Onu öpücüklere boğar, bazen de aniden ağlamaya başlardı. İrkiltici olabilecek deli bir kahkahası vardı, bazen de aniden "Bu orta sınıf zırvalıklarından nasıl nefret ediyorum bilemezsin!" derdi. Bazen de bir hususu açıklığa kavuşturmak için sesler çıkarmayı da ihmal etmeden bir sahne canlandırırdı. Ya da şarkı söylerdi: Pop, folk, opera ve çoğu zamanda küllükte yanan bir sigaralık olurdu. Lautréamont'dan o kadar çok alıntı yapıyordu ki Harry dizeleri halen hatırlıyordu, "Sessiz, pis örümcekler / beyinlerimizin köküne ağlarını örer."

Akşamları çoğunlukla arkadaşlarını görmeye, partilere, tiyatroya ya da dansa giderdi. Anlaşılan o ki sahiplenme ve kontrol zorbalığından olduğu kadar can sıkıntısından da nefret ediyordu. Harry'nin babası bir keresinde biraz da alaycı bir tavırla annesinin cinsellikle ilgili fırsatları siyasi özgürleşmenin öncüsü olarak gördüğünü söylemişti. Annesi de kocasını altmışlardaki "deliliğin bilgelik getirdiği" fikrine inanmamakla suçluyordu. Onun için hayatın amacı mümkün olduğunca aklı başında olmak değildi ve kocasının "bir ruh polisi" olduğuna inanıyordu, zira adam insanları aklı başında varlıklar haline getirmeyi kendine görev bilmişti, tıpkı diğerlerinin insanları alkol kıskacından kurtarmak istemesi gibi. Ama annesi bunun insanları daha da sıkıcı hale getireceğine inanıyordu. Annesinin içinde kaç kişi vardı? Aslında kaç kişi olabilirdik?

Harry bütün bunlara dair o zamanlar ne düşündüğünü bilmiyordu. Fakat annesinin ölmeden önceki son günlerinde çoğu gece yatak odasına geldiğini ve sabaha kadar neredeyse genç bir âşık gibi onun kollarında uyuduğunu hatırlıyordu. Bu aşk mıydı yoksa delilik mi? Daha sonraları annesinin bir arkadaşı şöyle demişti: "Harry, annene çok benziyorsun, çok zekisin, her şeyi anlayabiliyorsun. İkiniz de zehir gibisiniz ama kırılgansınız, endişe ve başarısızlık korkusundan ötürü en ufak bir darbede yıkılabiliyorsunuz".

Annesi Harry on iki yaşındayken öldü. Annesinin ölümünden sonra on yıl yalnız kaldı Harry. Karanlıkta uyanmak, karnını doyurmak ve armut veren, sandviç ekmeğinin kenarlarını kesen ya da kitaplar ve futbol ayakkabılarıyla ardından koşan annesi olmadan bisikletine atlayıp okula gitmek zorundaydı. Ondan dört yaş büyük olan ikiz abileri Latymer'de, o ise St Paul's'teydi. Diğer çocuklar anneleriyle çok daha uzun yıllar geçirmişken o çok erken bir yaşta bağımsızlığa zorlanmıştı. İkizler de hep beraberlerdi; didişiyor, tartışıyor ve evin etrafında tekme tokat kavga ediyorlardı ama birbirleriyle zoraki ya da isteyerek temas halinde olmadıkları neredeyse bir an bile yok gibiydi, neredeyse kapalı devre gibiydiler.

Harry odasında okuyarak, bir yandan da kardeşlerinin plak ve kasetlerini dinleyip, annesiyle zihninde konuşarak kendi kendine vakit geçiriyordu. Annesinin kıyafetleri elden çıkarılmıştı ama Harry onun elbise dolabını aldığında ayakkabılarının çoğunun dolabın arkasında kalmış olduğunu gördü ve aklına kulağını halıya dayayıp ayakkabılarla konuşma fikri düştü. Zihninde annesinin ayakkabı seçip giydiği filmler çekiyordu; her bir çiftle nerelere gittiğini, kimlerle görüştüğünü ve onlarla neler konuştuğunu merak ediyordu.

Yalnız bir insan olduğuna dair fikrinin tamamen doğru olmadığını, kendi kendine ürettiği bir mit olduğunu görebiliyordu artık. Annesiz büyümüştü ve babası da ya işte olur, ya evle ilgilenir ya da biriyle flört ederdi. Ama abileri asla tuhaf ya da utangaç olmamışlardı. Okulda birer rugby ve futbol yıldızıydılar, modellik yaparak para kazanıyorlardı ve daha sonra da Ha-Ha Fish adında bir grup kurup, Carnaby Caddesi'ndeki havalı dükkânların açılışlarında ve Camden'daki barların pis arka odalarında, okul arkadaşlarının önünde çalmaya başlamışlardı. Harry'ye bas çalmayı öğrenirse onlarla sahneye çıkabileceğini söylemişlerdi ve o da öğrenmişti.

Gür siyah saçlı, mini etek, tişört ve siyah tayt giymiş bir genç kız, Harry'nin odanın kapısını açtığında yatağında oturmuş küçük bir oğlan çocuğunun elindeki kitabın ve önündeki dokunulmamış yemek tabağının üzerinden kendisine baktığını, kaygı içinde kıvranıp kaşındığını görürdü. Harry'nin abilerinin kankaları ve sayısız kız arkadaşları sürekli evde olurdu ve küçük Harry en başından beri genç hanımların ilgi ve şefkatine mazhar olmuştu. Sarışın öksüz bir çocuğa kızların öpücükler, tatlılar ve daha başka şeyler eşliğinde koşmaları tabii ki son derece doğaldı. Kim bundan vazgeçmek ister ki? Abileri küçük paşanın "hareminden" bahseder olmuşlardı; ona ev ödevlerinde yardım etmeye, onun için yemek yapmaya, kıyafetlerini seçip saçlarını kesmeye, onu hafta sonları ve tatillerde sinema, market ve diğer hoş yerlere götürmeye hevesli kızlardı bunlar.

Ailesinden uzaklaşmaya başlayan ve artık büyümek isteyen kızlar afallatıcı sevgi eylemlerine ikna edilebiliyorlardı. Harry on üçüne basıp da terlemeye ve duş yapmaya başladığında bir dizi hoş kokulu genç kız yatağına misafir olup onu öpmeye, okşamaya ve geceyi onunla geçirmeye başlamıştı. Öksüz çocuk yalnız uyumaktan nefret ediyordu; bazen abilerinden birinin odasında, yerde yatıyordu. Çok geçmeden birçok kızın ilgisine cevap vermeye hazır olduğunu fark etti. Kadınlar sürüsünü bırakmalı, tek bir kadın bulmalıydı. On dört yaşından itibaren, amatör abilerinden çok daha fazla kızı baştan çıkarmıştı. Eve geldiğinde evin çiçekli kızlarla donatıldığını görmek babasının çok hoşuna gidiyordu. "Kızlar Yurdu," diyordu babası ya da "Ergen Kızlar Krallığı". Ama Harry'yi yaşı ilerledikçe bu becerisi –etkileyiciliği ve rahatlığı– nedeniyle kıskançlık –yani aslında, nefret– uyandıracağı konusunda uyarmayı ve iyi yönlerini bastırmasa da gizlemesi gerektiğini söylemeyi de ihmal etmemişti. Harry o zamanlar babasının ne demek istediğini anlamamıştı.

Babasının şahane bir kütüphanesi vardı: felsefe, psikoloji, edebiyat, sanat. Harry için bulunmaz bir nimetti bu; kendini bu kütüphanede geliştirdi. Annesini özlemiyor değildi; ona, en hafif tabiriyle, halen kızgındı ve annesi zihninde bu kızgınlık sayesinde canlı kalıyordu. Ama taşrada yalnızken annesinin yatağının ucunda oturmasını istemiyordu.

Harry karanlık rüzgârlı sokaklarda hızla ilerledi ve sonra arabadan kaçarcasına çıktı. Çok geçmeden kalabalık bir birahanenin sıcak barında oturuyordu; birahanedekiler dönüp ona bakıyordu, o bir yabancıydı, herkesin haberdar olduğu merak uyandırıcı bir yabancı. Etrafına toplanmaya başladılar. Görünen o ki kasabalılar –çiftçiler, büyük evlerde yaşayan geçkin rock yıldızları ve onların küçük evlerde yaşayan hayranları– "yazar"dan haber almak için can atıyordu.

Mamoon'un hiç arkadaşının olmadığı doğru muydu? Karısına acımasızca, hatta hunharca mı davranıyordu? Şeytana mı tapıyordu? Daha da önemlisi, gerçekten beş parasız mıydı? Ona kucak açan ve yeteneğinin gelişmesine olanak tanıyan bu ülkeden olabildiğince faydalandığı doğru değil miydi? Aşırı şikâyet etmiyor muydu? Hiç müteşekkir olmayı denemiş miydi?

Başkalarının zihninde yaşayan hiçbir şey durağan olamaz; buna elbette karakter ve şöhret de dâhil. Harry, diğerlerinin tercih ettiği şey olmaya başladığında kişinin çok geçmeden büyüyüp genişlediğini görmüştü. Harry'nin annesi gibi Mamoon da kendisinin ötesine yolculuk yapmıştı, Harry bu süreci şimdi düzeltiyor ama bir yandan da kendince teşvik ediyordu. Kişi, şahsi fantezi ve umumi kurgu arasında gidip gelen bir benlikten başka nedir ki zaten?

Harry gençken, Mamoon'un *Playboy, Rolling Stone* ve *Esquire*'da yayımlanan röportaj, inceleme ve makalelerini tekrar tekrar okurken Mamoon onun gözünde o öte yerde değil miydi? Mamoon'un bile isteye çağdaş dünyanın karanlığına yolculuk yapmış ve tanıklık ve düşüncelerle geri dönmüş olması, onu en sert hakikatleri keşfedip açıklamaya kararlı, cesur bir kâşif yapıyordu. Kuzey İngiltere'nin karanlık şehirlerindeki Müslüman topluluklarında sosyalist ve ırkçılık karşıtı bir tutumdan, dünya çapında yeni bir İslam biçimine, tutucu bir İslam fikrine yaslanan bir radikalizme doğru yaşanan geçişin izlerini süren ilk o değil miydi? "İdeolojinin Aksı" adlı makalesi çok önemliydi. İslam'ın bir kurtuluş teolojisinden, Mutlak babanın yasasına, itaate dayanan ve kurban talep eden bir ölüm kültüne dönüşme sürecini takip eden Mamoon'un analizi sonra daha da ileriye gitmemiş miydi?

Harry şimdi bütün bunların neresinde duruyordu? Mamoon gibi Harry de sadece ayna tutmakla yetinemezdi; neden orada olduğunu ve bunun ne anlama geldiğini açıklamak zorundaydı. Onu şahsen öldürmek istese de, sözleriyle yazarı edebiyat tarihinde canlı tutmalıydı.

Evin dışında olmaktan ve bünyesinde alkol olmasından memnun olan Harry kendini daha hafif hissediyordu. Kasabalılara ne kadar az şey anlatırsa, akşamın keyfi o kadar artıyordu. Etrafındakileri sinir etme pahasına –ve kendini üstün gösterme riskini de göze alarak– bir yazarla bağlantı kurmanın en iyi yolunun cümlelerine göz gezdirmek olduğunu ima etmek gibi bir hata yapmıştı. Bu gafının ardından, en iyisinin barın yalıtılmış bir köşesine çekilip kasabalıları izlemek olduğuna karar verdi; bir çiftçinin koyunları antiseptik çukurlarına batırıp çıkarmaktan ya da dik başlı ineklerin memelerini sağmaktan sıkılmış genç, gayretkeş karısı ya da belki de Fransa'daki bir grev yüzünden evine dönemeyen bir uzun mesafe kamyon şoförünün karısı.

Sonra kafasını kaldırıp etrafa baktı; birahane karanlıktı ama istediği şeyi gördü. İçgüdüleri onu yanıltmamıştı. Şehvet oyunu başlamıştı. İçkisini bitirdi ve bir tane daha almadan önce tuvalete gidip, prezervatif makinesine bozuk para attı ve normal bir prezervatif seçti. Ona gülümseyen ve uzun saçlarını ona doğru savuran kız, istediğinden daha genç görünüyordu. Skandal yaratmak istemezdi. Ama kız arkadaşlarını yanından uzaklaştırmış, makul hareketlerle masasından kalkıyordu. O Harry'ye yolu gösterecekti.

Harry bu denizkızını takip etmeye istekliydi; kendini alacakaranlık bir koridorda buldu, koridor barın arka odasına açılıyordu. Dekore edilmemiş ve soğuk bir mezar gibiydi burası, sidik kokuyordu, aslında koku daha da kötüydü; sanki tuvalet masanın altına yerleştirilmişti. Odada sarhoş tipler vardı. Üzerinde bokser'ından ve dövmelerinden başka bir şey olmayan pitbull suratlı bir adam titreşen floresan altında bilardo oynuyordu. Köpeklerinin zincirlerini çekiştiren birkaç Medusa orada öylece duruyor, ters ters bakıyor ve küfrediyordu. Harry korkuya kapıldı ve kızın yanına gitti.

Yan yana oturdular. Çok geçmeden kelimeler tükendiğinde, kız parmaklarını yaladı ve masadaki mumları söndürerek, eline bulaşan sıcak mum kalıntılarını Harry'nin ellerine ve sonra da kollarına sürdü. Duru ve hoş bir kızdı ve o kadar da genç değildi; yirmili yaşların ortalarında ya da belki daha da büyük, etkileyici siyah saçları olan, siyah gözlü, iri bir kızdı, kalın bacakları iyice üzerine yapışmasa da dar duran mini eteğinin içine sıkışmıştı. "Ben Julia" diyerek kendini tanıttı. Harry de onu takip edip dışarı çıktı ve arabasını gösterdi.

Yarım saat boyunca yol aldılar ve sonra Julia eski sosyal konutların olduğu geniş bir caddede durmasını söyledi. Sisli yağmurlu havada cadde sessizdi ama köpekler havlıyordu.

"Beni takip et," dedi Julia.

Ama Harry, insani temas ihtiyacına ister istemez eşlik eden göz korkutucu maceralar için artık çok yaşlandığını düşündü. Gecenin bir yarısı duvarları rutubetli bir sosyal konuta yarı sarhoş, sinsi sinsi girmek istiyor muydu; bilhassa da kız onu karanlık bir koridorda çekiştirirken, açık bir kapıdan Hogarthvari bir sefahat sahnesi görmüşken?

Gömleğinin önü açık, kollarını havada savuran kırklı yaşlarda bir kadın ve üzerlerinde herhalde üç haftadır çıkarmadıkları kıyafetler olan daha yaşlı üç pespaye adam dans ediyordu. Kollarını sağa sola savurup, sarhoş bir hiddetle bağırıyorlardı.

Julia, Harry'nin oyalanmasına izin vermeyip, onu çekiştirmeye başladı. Çok geçmeden iki kat çıkmışlardı ve Harry kendine geldiğinde kendini çatı katındaki bir odada, tek kişilik bir yatağa yığılmış halde bulmuştu, ince bir yastığa ve şimdi yirmili yaşlarının başında gibi görünen, tombul yanaklı, proleter bir kızın görüntüsüne tutunuyordu. Fakat kız sigarasını bitirdiğinde Harry elini çabuk tutup ona bir kez daha sahip olacaktı, bu sefer kız yerde dizlerinin üzerinde duracaktı –yerdeki fincan ve kıyafetleri bir kenara çekeceklerdi– ve bu esnada Harry aynanın üzerinden sarkan iç çamaşırlarına bakıyor olacaktı.

Hiçbir önemli şeye, acıya değilse bile uygunsuz bir duruma maruz kalmadan ulaşmak mümkün değildi ve Harry kızın hayal ettiğinden daha iyi çıkmasından memnundu. Aslında çoğu zaman olduğu gibi korkuya kapılacağından ve kendi zihninde kaybolup yine kardeşleriyle birlikte annelerini delirtmiş olabileceklerini düşünmekten çekinmişti. Babası kısa süre önce şöyle demişti: "Şu bir gerçek: Çocuklar anne babalarını öldürürler. Siz üçünüz annenize çok fazla geliyordunuz." Bunu düşünen Harry birinin yanında bir gece geçirip rahatlama ihtiyacı hissetmişti. Kadınlar bir nevi göbek bağıydı, gerçekliğe uzanan bir cankurtaran halatıydı. Annesi de onun yalnız kalmasını istemezdi.

Müziğin gürültülü sesine ve evin diğer kısımlarından ara sıra yükselen ani bağırışların yarattığı şoka rağmen Harry rahatlamıştı. Kız onu okşarken, o da kızın saçlarını öpüyor, bir yandan da kitabın nasıl gittiğini düşünüyordu. En azından biraz aşama kaydetmişti; doğru soruları sorduğuna inanıyordu. İyi gidiyordu.

Bir öğleden sonra, kulübeden dönüş yolunda kütüphanenin önünden geçerken camda düşmanını görmüştü. Yaşlı adam merdivenin yarısına kadar tırmanmış, bir kitap arıyor ve son derece savunmasız görünüyordu. Harry kendiliğinden gelen bir özgüven patlamasıyla ve artık biraz da ümitsizlikle, hızla eve girdi. "İşte buradasınız," dedi ve Mamoon'u öyle bir soru yağmuruna tuttu ki nihayetinde o bile kendisini merak eder hale gelmişti.

Yazar, nihayetinde, usulca merdivenden indi, bir koltuğa kuruldu ve neredeyse acıklı bir tonla, "Sana daha fazla şey anlatmalıyım, sevgili Harry," dedi. "Üzgün ve hatta kızgın gibisin."

Ve sonra saygı ve sevgiyle babasından bahsetti; annesindense neredeyse hiç bahsetmedi ama bahsetmek zorunda kaldığında, gayet kibardı. Kardeşlerine gelince, yine onları ne kadar sevdiğinden, kardeşlerinden birini Amerika'da üniversite okuması için desteklediğinden bahsetti. Otuz yıldır konuşmadığı kız kardeşine dairse hiçbir şey söylemedi. "İlginç bir tartışma konusu değil." Peggy'ye dair söylediklerine de fazla bir şey eklemedi ve ona dair detayları kendi içinde baskıladığını ama "her şeyin günlüklerde bulunabileceğini" söyledi.

"Peki onun hakkında şimdi ne düşünüyorsunuz?" diye sordu Harry. "Sevgiliniz hakkında."

"Biliyorsun Harry, onu yıllarca sevdim," dedi Mamoon. "Ama bir zamanlar çok zeki ve çekici olan o zavallı kadın gitgide çöktü. İçe içe kendini mahvetti. Bazen banyo bile yapmıyordu. Hayal kırıklığı için doğmuş biriydi, ona veremeyeceğim şeyleri istiyordu sadece. İçmek onu saldırganlaştırdı, özellikle de kendisine karşı."

"Daha acımasız bir adam olsa, onu kapı dışarı eder miydi?" diye sordu Harry.

"Daha acımasız bir adam bile olsa onu kendi evinden nasıl kapı dışarı edebilirdi ki? Ben başka bir eve taşınabilirdim. Ama burada sevdiğim çok şey var; buradaki sessizlik yazmamı sağlıyor. Uzun hikâye, yani roman eski moda ve bazılarına göre de, geçerliğini yitirmiş bir şey. Yoğun emek, katı bir disiplin, sabır ve tahammül gerektirmesi açısından yağlıboya resme benziyor bir bakıma. Yapabileceğim başka bir şey yok. Peggy'ye gelince, işte insanları öyle yüzüstü bırakamıyorsun, kahretsin. Şefkat işte böyle bir bela. Fakat, bir dahaki sefere gerçek bir kadınla evlenmeliyim diye düşünmedim de değil."

"Onun yerine neyle evliydiniz ki?"

"Bir hastanın geçmişiyle."

"Şefkatli bir insansınız efendim, bunu herkes biliyor," dedi Harry. "Ama hiç başka kadınlarla beraber oldunuz mu?"

"Hayal etmek isteyeceğinden çok daha az kadınla."

"Ama insanların zina yapana kadar gerçekten evli sayılmayacağını söylememiş miydiniz?"

"Umarım öyledir," dedi Mamoon ve konuşmasına devam etti. "Peggy'yle müsveddeler üzerinde hep birlikte çalıştık. Aramızdaki yakınlığın sebebi ve konuşmalarımızın amacı buydu."

"Birbirinize olan aşkınız mıydı bu?"

"Çoğu sanatçının bir ilham perisi olmuştur. Bu fikir aptal insanları sanatın kaynağı konusunda kafa karışıklığına sürüklüyor. İnsanlar sanatın tek, saf bir kaynaktan geldiğine inanmak istiyor. Romanlarımın Peggy öldüğünden beri pek bir şeye benzemediğini söylüyorlar."

"Buna katılıyor musunuz?"

Mamoon omuzlarını silkti ve kapıya doğru yöneldi. "Halen çalışabiliyorken, çalışmaya devam edeyim. Bütün gün başka ne yapayım? Seninle mi konuşayım? Şunu unutma ki sanatçılar kendilerini en iyi sanatlarında ifade eder."

Mamoon'un fedakâr kadınları deliliğe sürükleyen şeytani, inatçı bir Hindu olduğu yönündeki söylentilerden çok daha yavan bir durumdu bu. Rob'un gece yarısı aramaları –telefonda bağıra bağıra her şeyi en az iki kez tekrar ediyordu; "Buldun mu bir şeyler? Bir şeyler buldun mu? Daha bulamadın mı? Söylesene!"– Harry'yi o kadar daraltıyordu ki nihayetinde hakkında birçok kitap yazılacak bir adama dair ilk kitabı hiç yazabilecek miydi merak ediyordu. Eğer bu kitabı yazamazsa, diye açıkladı şimdi Julia'ya, kariyeri başlamadan bitecekti. Kardeşlerinin durumu iyiydi ama çok tahrip edici olabiliyorlardı, Harry ise koca bir hiç olacaktı.

Güneş ışıkları, bir önceki gece iniş yaptığı odanın koyu mavi duvarlarında dolaşmaya başladığında uyandı.

Yanındaki sevimli ve gösterişsiz kadını okşayıp koklarken önceki gün öğleden sonra, Mamoon'la konuştuktan hemen sonra Liana'dan yediği fırçayı hatırladı. Harry bir elma ağacının gölgesinde elinde bir defterle dinlenirken ve kendini güvende hissederken Liana hışımla mutfaktan çıkıp yanına gelmişti.

"Mamoon'u niye öyle aşağıladın?"

"Ah pardon," demişti Harry hafif doğrularak. "Konu neydi?"

"Babanın gerçek bir adam olduğundan ve sana örnek teşkil ettiğinden çünkü üç oğlunu tek başına büyüttüğünden falan söz etmiştin değil mi?"

"Babam bizi eğitti. Bunu yegâne görevi sayıyordu. Takdire şayan bir şey bu Liana, ben de aynısını yapmak istiyorum."

Liana ona dik dik baktı. "Vaktinden önce büyümek zorunda kalmış utangaç bir Hindu çocuğun buraya gelmenin ve yabancılar, hatta düşmanlar arasında, onu cesaretlendirmeyen insanlar arasında bir hayat, hem de muzaffer bir hayat kurmasının nasıl bir şey olduğunu hayal etmen neredeyse imkânsız. Hikâyelerini gösterdiğinde insanlar ona şunu söylemişti: 'Bu kahrolası Hindu hikâyeleriyle herhangi birinin ilgileneceğini de nereden çıkardın!'"

"Ben bunu nasıl anlamam ki?"

"Hayatın boyunca ayrıcalıklardan oluşan bir sihirli halıda uçtuğunu sana sürekli hatırlatmak zorunda mıyım? Dünya, istedikleri yere gidebilecek ve her şeyi isteyebilen uzun boylu, sarışın, yakışıklı adamların özel bahçesi olmuştur hep. Ve şunu asla unutma ki ben ve Mamoon ne olursak olalım, bizim ne kadar ukala olduğumuzu düşünürsen düşün, eğer başarısız olsaydık elimizde hiçbir şeyimiz olmazdı. Kocamdan önce kaç tane sözümona 'koyu tenli' yazar vardı ki? İnsanlar siyahilerin Çaykovski'yi doğru yazabileceğine bile inanmıyordu!"

Harry, Julia'yla vedalaşırken bundan nasıl bir ders çıkarması gerektiğini düşünüyordu.

Julia kollarını boynuna doladı ve "Yıldırım çarpmışa döndüm," dedi. "Âşık oldum sana. Seni artık hep seveceğim Harry ve asla gitmene izin vermeyeceğim. Adımı hatırlıyor musun?"

"Julia, öyle değil mi?"

"Ben seninkini unutmam. Çay servis ederken içimden seni öpmek gelmişti."

"Ne çayı?"

"Hatırlamıyor musun? Mamoon'un evinde, bahçedeki ilk gün. Orada oturuyor ve çok güzel ve kaygılı görünüyordun. Seni o an arzuladım. Seni avluda görmüştüm. Bir şeylere odaklandığını biliyordum. Aklın başka yerde gibiydi. Ama aramızdan sonsuz bir şey geçti. Hissetmedin mi?"

"Biraz," dedi Harry. "O *sendin.*"

"Evet. Ama kafam karıştı. Bunu bilmiyor muydun?"

"Sayılır."

"Hatırlamıyor musun? Sana tahıllı ve portakallı bisküvi ikram etmiştim."

"Portakallı bisküvi unutulmazdır benim için. Ama herhalde kitabı yazmayı başarıp başaramayacağıma takılmıştı kafam."

Sonra Liana "Penisin benim köpeğim," dedi. "Seni ağzıma almayı seviyorum."

"Afiyet olsun."

Kızın sevgisi onu şaşırtmış fakat mutlu da etmişti. Gen havuzunun sınırlı olduğu kasabada bir "yenilik" gibi hissetti kendini; bu aşırı ilgi zamanla yok olacaktı. Halen devam ederken, tadını çıkaracaktı.

ALTI

Harry birkaç gece sonra botlarını üst katta çıkararak Mamoon'un evinden maceraperest bir yeniyetme gibi gizlice çıktı ve ardından kapıyı sessizce kapattı.

Derin bir nefes aldı; akşam havası bir tek viski gibiydi; çok geçmeden de arabasında müziği bangır bangır açmış, yolları hızla kat ederken şarkılara eşlik ediyordu. Doğruydu: Cinsel organlar akıl dinlemiyordu. Ama durum daha ziyade aklının cinsel organlarının çığlıklarına sağır olması değil mi? Annesi ona "Sevgiyi nereden bulursan, kabul et oğlum ve kendini şanslı say" dememiş miydi? Ama bu sadece bir şehvet çığlığı değildi; titriyor ve uyuyamıyordu. Bütün geceyi çığlıklar evinde geçirmesi imkânsızdı.

Mamoon'un Peggy'yle olan ilişkisine dair yazılanların çoğunu okumuş ve Mamoon'un seyahat ederken "leziz" Kolombiyalı sevgilisi Marion'u ilk gördüğü bölüme gelmişti. Marion başını fena halde döndürmüştü: Mamoon ona meydan okuyan, onu arzulayan ve çıldırtan bir kadın bulmuştu.

Bu esnada, günlüklerinde isteyeceğinden daha fazla acı çeken –ve muhtemelen de kendi ölümünü hızlandıran– Peggy, genelde annesinin kılığına girerek Harry'yi ziyaret etmeye devam etti. Geçmişe dair çözülmemiş ya da yerli yerine oturtulmamış bir şey vardı; hikâye tamamlanmamıştı. Bu anne hayaleti ona kim olduğuna ve gerçekten kimi sevdiğine dair sorular sormaya başlamıştı. Sevgi yetisine sahip miydi? Gerçekten biriyle beraber olabilir miydi? "Neden benimle konuşuyorsun?" diye bağırdı Harry. Onu korkutuyordu. "Lütfen, yalvarırım," dedi, "beni rahat bırak."

Ve böylece, Mamoon ve Liana odalarına çekildikten sonra Harry bir kez daha kasabalılarla içki içmeye gitti. Julia'nın kapıdan hızla girmesini ve bir sıcaklık ve hoş koku abidesi olarak yanına sokulmasını bekledi. Julia onu tekrar görüşmeye davet etmiş ve Harry de onu evde, bulaşık makinesini boşaltırken ve ütü yaparken ziyaret etmiş olmasına rağmen, ondan uzak duracağına yemin etmişti. Ama şimdi geceyi beraber geçireceklerdi. Harry, Julia'nın istediği gibi ve onun hizmetinde olmaktan memnuniyet duyarak Julia'ya saç fırçasıyla hafifçe vuracak, onun kollarında uyuyacak ve sabah o uyanmadan gidecekti.

Ama sabah uyandığında hâlâ yorgundu; gece geç saatlere kadar Julia'yla konuşmuş ve sabah da erken uyanamamıştı. Evde birilerinin dönüp durduğunu duyabiliyordu. Kıyafetlerini ve telefonunu ararken, bir masanın üzerinde *Closer* dergisinin yanı sıra birçok atlas, şiir antolojisi ve mitoloji kitabı gördü. Merdivenlerden sinsi sinsi inip, kimse duymadan dış kapıya ulaşmaya çalışırken, Julia'nın kolu oturma odasının kapısından bir ok gibi fırladı.

"Beş dakika daha kal," diye yalvardı. "Sadece beş dakika. Bak..."

Ortalığı toplamak için erken kalkmış olmalıydı. Perdeler düzeltilmişti; bira kutuları ortadan kaldırılmış, küllükler boşaltılmış ve mobilyalar yerine çekilmişti. Harry, Julia'nın hazırlamakta ısrar ettiği pastırma ve yumurtayı, devasa bir TV, bir koltuk, birkaç tabure ve bir masanın bulunduğu salonda hızla yedi. Julia da karşısına oturup, en sevdiği kuvvetli elma şarabını –içinde elma parçacıkları vardı– içmiş, bir profiterol yemiş ve bir de sigara tüttürmüştü.

Harry şömine rafında duran St. George bayrağını göstererek, "Burada ne işi var bunun?" dedi. Rafın üzerinde Mamoon ve Liana'nın içtiği üç şişe şampanya ve yanında da büyük bir parça peynir vardı. Ayrıca Mamoon'un pasaport büyüklüğünde eski bir fotoğrafı da bir kupaya yaslanmış duruyordu.

"Kardeşim Dazlak Scott, Ulusal Parti'yi destekliyor. Biz İngiliz soyuyuz. Sen değil misin?"

"Julia, fark etmedin mi, bu konudan çok fazla bahsediyorsam özür dilerim ama ben bir Hindu'ya dair bir kitap yazıyorum."

"Kapa çeneni. O ihtiyar hiç sorun değil," dedi. "Bu arada, anne babası ve kardeşi de 'koyu renkli' miymiş?"

"Evet. Bütün ailesi öyleymiş. Gece kadar siyahmış."

"Ama kendisi Somalili değil ve sürekli Müslümanları eleştiriyormuş diyorlar."

"Evet, sanırım öyle."

"Müslümanları gerçekten seviyor musun?"

"Dünya tuhaf inançları olan insanlarla dolu, Julia," dedi Harry. "Scientology tarikatı üyeleri, Rastafariler, Katolikler, Moonie'ler, Mormonlar, Vaftizciler, Torie'ler, dişçiler, endüstri liderleri; bütün deliliklerin kendi amigoları var. Akıl hastaneleri ve parlamentolar dolandırıcılarla dolu ve insanın bunları ortadan kaldırmak istemesi için deli olması lazım. Babam bu konuda doğru söylüyordu. Deliliği peşinen kabul edip, sonra mümkün olduğunca gülmek lazım."

"Scott'a göre Müslümanlar bizim cehennemde yanacak pislikler olduğumuzu düşünüyormuş. Bizim ülkemiz nereye kayboldu böyle, diyor. Kim aldı bizden ülkemizi?"

"Ama ülkemiz şu anda çok daha iyi," dedi Harry. "Herkes parasız ama Avrupa'nın diğer yerlerinin aksine ülkede istikrar var. Ve etrafta eskiden olduğundan daha az nefret var. Tuhaf inançlardan bahsetmişken, son kitabımı bitirip, yeni bir fikrin gelmesini beklerken, Güney Londra'ya gittim ve yeni dazlaklara dair uzun bir araştırma yaptım. Hepsi burnundan soluyor. Rüzgâra karşı işeyen birer karikatür hepsi."

Julia parmağını dudaklarına götürerek, "Şşş," dedi. "Kapa çeneni. Bizim kasaba, ki eminim oraya hiç gitmemişsindir, Polonyalılar ve Müslümanlarla dolu. Evlerin birinde bir mescit var, çocuklar da orayı izliyor. Sarıklıları ve kara çarşaflıları korkutmak için yangın çıkarıyorlar. Onları takip edip dövüyorlar. Bizi havaya uçurmaya çalışmak ne demek öğrenecekler."

Harry ayağa kalktı ve "Teşekkürler, gidip kitabımı yazsam iyi olacak," dedi.

"Lütfen Harry, seni çok seviyorum. Ben onlar gibi değilim. Ben herkesten nefret etmiyorum. Beni belli klişelere mi sokmaya çalışıyorsun?"

"Bana bunun için neden verme."

"İyi o zaman, sevgilim. Şimdi beş dakika daha kalıyorsun," dedi. "Eğer yazarın kitaplarını bu kadar çok seviyorsan, bana hikâyelerinden birini anlat."

"Şimdi mi?"

"Evet, ben içkimi bitirirken."

Julia şişesini kavrayıp minik bir yudum alırken Harry anlatmaya başladı: "Mamoon'un son eseri olan *Diktatörle Öğlen Buluşmaları* adlı kısa roman, Edgware Caddesi'nde bir kafede çay içmek üzere bir araya gelen beş pejmürde devrik Üçüncü Dünya diktatörünü konu alan harika bir satirdi. Barbican'da operaya uyarlandı ve bu işin başlarında bir hafta sonu Mamoon beni, sanırım bir test olarak, operayı görmeye gönderdi. Sahne cambaz ayakları, abartılı üniformalar ve endüstriyel müzikle doluydu. Ben sevdim ama Mamoon görse kahrından ölürdü herhalde. Ona göre, dünyanın mübalağaya hiç ihtiyacı yok."

"Hikâye ne anlatıyor?"

"Köpeğini kızartıp yiyebilecek ya da gözbebeklerini çorbaya koyup içebilecek kadar acımasız olan bu diktatörler ellerinde alışveriş poşetleriyle dolaşır, kart oynayıp içki içerler. Başlangıçta genelde sıradan şeylerden; binalarındaki asansörlerin çalışmayışından ve askeri üniformaları –bilhassa kanepede oturup *Big Brother* izlemekten şişmanlamışlarken– iyi bir fiyata genişletmenin ne kadar zor olduğundan bahsederler. Dahası, kaygıya kapılmadan *Newsnight*'ı da izleyememektedirler ve insanlardan çaldıkları paraların enflasyonun yükseldiğini bu zorlu zamanlarda halkın sandığı kadar uzun süre yetmediğinden şikâyet ederler.

"Tıpkı yaşlanan popstarlar gibi bazı manyaklar ve tuhaf tipler tarafından halen takip edilip beğenilseler de, etkin bir şekilde işkence edip, diktatörlük yaptıkları zamanlara geri dönmenin hayalini kurarlar. Elinde boş zamandan başka bir şey olmayan işsiz bir diktatör neye yarar ki? Hainler ve ajanlardan ve diğer tarafın onları nasıl yüzüstü bıraktığından bahsettikten sonra kendi aralarında tartışmaya başlıyorlar. Sorun şu ki, araları bozulursa konuşacak pek kimseleri kalmayacak. Ama kendilerini yeterince tanımıyorlar ve bir gün her şey yıkılıyor..."

"Nasıl?"

"İçlerinden biri, gittikleri kafedeki genç garson kıza âşık olmaya başladığını fark ediyor."

"Kız güzel mi?"

"Güzel, genç ve kibar. Senin gibi."

"Kapa çeneni."

"Dinle: Adam kıza sürekli şiir kitapları, küçük ahşap figürler getiriyor ve bu da kızın hoşuna gidiyor."

"Bütün kızların hoşuna gider bu."

"Bizim diktatör, henüz bahsi geçmeyen üç karısı olmasına rağmen, gayet kibar ve duyarlı bir adam."

"Karılarını yemiş mi?"

"Eminim lezizdirler," dedi Harry. "Ve normalde bu kadar harika bir kız... bahsettiğimiz garson kız İspanyol, esmer; kilometrelerce uzanan bir bölgede tek bir İngiliz bile yok."

"Gerçekten mi?"

"Göreceksin Julia. Sana Londra'yı göstereceğim."

"Cidden mi?"

"Şey, bazı kısımlarını."

"Lütfen Harry, eğer ciddi değilsen söz verme. Söylediklerini ciddiye alıyorum."

"Hiç iyi bir fikir değil," dedi Harry. "Şimdi, normalde, yani diktatörün dünyasında böyle leziz bir kıza tecavüz edilir ve ailesi de diri diri yakılırdı. Ama bu olağanüstü güzellik karşısında diktatör bir gün hesabı öderken kendini tutamıyor ve fısıldayan bir ses tonuyla onu sinemaya davet ediyor.

Ama diğer diktatörlerden biri neler olup bittiğini fark ediyor. Kıskanıyor, çünkü o da o hoş garson kızı seviyor. Ve kızın, eğer diktatörün kim olduğunu öğrenirse onunla asla çıkmayacağını da biliyor. Katliam yapmış olan ve kurbanlarından bazılarına bizzat işkence etmiş olan bir adamla kim çıkar ki?"

"Ögghh. Ben bile çıkmazdım."

"Ama diktatör kendini gazeteci ve hatta bir sanatçı olarak tanıtıyor..."

"Kız da ona inanıyor mu?"

"Evet."

"Peki ne oluyor, çıkıyorlar mı?"

"Evet çıkıyorlar."

"Kızın ilk randevuda onunla yattığını söyleme sakın."

“Sen yatar mıydın?”

Julia omuzlarını silkti. “Eğer arzulasaydım evet. Buralarda insanın eğlenecek bir şeyler bulması gerekiyor.”

“Dışarıda iyi bir gece geçiriyorlar,” diye devam ediyor Harry. “Bizim diktatör olgun, kibar ve efendi bir adam. Kızın dudaklarına tatlı bir öpücük konduruyor. Aralarında bir etkileşim oluyor. Kız ona karşı bir şeyler hissediyor. Bu esnada diğer diktatör de kıza, ilk diktatöre dair bir gazete yazısı göstermeyi planlıyor...”

“Ve sonra? İki diktatörün arası bozuluyor mu?”

“Başka bir diktatör daha devreye giriyor...”

Tam o anda kapı açıldı; gözü şişip morarmaya başlamış perişan görünümlü bir kadın odaya daldı ve sanki daha önce hiç görmemiş gibi şaşkın şaşkın etrafa bakındı. Harry kafasını kaldırdı ve bu kadını daha önce gördüğünü fark etti, tabii ki dün gece. Ama başka bir yerde daha görmüştü. Bu evin adı neydi acaba, *Déja Vu* mu?

“Geç kaldın anne,” dedi Julia.

“Günaydın efendim,” dedi kadın, Harry’ye, adeta reverans yaparak ama bir yandan da titriyor gibiydi. “Ruj,” dedi.

“Pardon?” dedi Harry. “Ruj mu istiyorsunuz?”

“Ruth diyor,” dedi Julia. “Annem.”

“Acaba bizi,” dedi Ruth, “eve bırakabilir misiniz efendim? Hepimiz hastalıktan ötürü uykuyu fazla kaçırdık. Bayan Azam bazen çok sert ve acımasız olabiliyor.”

“Öyle mi?” dedi Harry.

“Julia’ma tokat attı.”

“Nerede?”

“Mutfakta. Scott’ı oraya gitmesin diye zor tuttum. Yıllardır bütün o yaptığımız şeylerden sonra, o daha buraya gelmeden yaptığımız şeylerden sonra bize hizmetçi gibi davranıyor; maaşlarımızı düşürdü ve şöyle dedi: 'Bu saman yığınının ötesinde neler olup bittiğini bilmediğinizi biliyorum ama zor zamanlardan geçiyoruz.' Şampanya faturalarını görmeniz lazım. O ve beyefendi her gece üç şişe deviriyorlar. Ne yaparsın işte, çalışmak zorundayız."

Harry kafasındaki bütün bilgileri toplayıp, kadının kim olduğunu buluncaya dek gözlerini kırparak kadına bakmaya devam etti. Julia'nın annesi Ruth, Liana ve Mamoon'un evinde çalışıyordu, bir süre önce kendisine akşam yemeği servisi yapmıştı.

"Üzülmeyin," dedi Harry, rahatsız bir tavırla.

Ruth mutfaktan çıktı. Harry tabağını hızla bitirmeye çalışıyordu ki Julia "Seni seviyorlar," dedi. "Beyefendi ve Hanımefendi. Onların konuşmalarını duydum. Beni fark etmiyorlar bile."

"Benim için ne diyorlar?"

"Beyefendi yaptığın tanımı duymuş."

"Ne tanımı?"

"Telefonda yaptığın tanımı. Ona Saddam Hüseyin demişsin ve bok suratlı olduğunu söylemişsin."

"Haa. Bu konuda bir yorum yaptı mı?"

"Sanki sindirmeye çalışır gibi, ağır ağır tekrarladı o lafları. Sonra da senin asla bir romancı olamayacağını, biyografi yazarının da edebiyat dünyasının akbabası, pardon tam olarak bu değildi, cenazecisi olduğunu söyledi."

"Teşekkürler Julia."

"Telefonda kiminle konuşuyordun? Kız arkadaşınla mı?"

"Evet. Alice Jane Jackson."

"Tatlı biri, öyle değil mi?" dedi Julia. "Liana öyle olduğunu duymuş. Bizi görmeye geleceği doğru mu?"

"Evet. Hayır. Belki. Genelde dergi karıştırıp, saçlarıyla oynar. Edebiyat dünyası insanlarını, gevezeliklerini, durmadan eleştirilerden, ödüllerden falan filan bahsetmelerini pek sevmiyor. Bu kitap projesini kabul etmemem gerektiğini düşünüyordu. Olumsuz bir tavrı var ama ehh işte, en azından korumacı."

"Harry, bana güven. Sana tahmin ettiğinden daha fazla yardımcı olabilirim. Sana bilgi taşıyabilirim."

"Cidden mi?"

"Etrafta dolaşırken kulağıma bir sürü şey takılıyor." Bir an duraksadı. "Sanırım bende bir şey var ve bulup çıkarabilirim. Mamoon'un bazı yazıları bende. Defterleri. Faydalı olacaklardır."

"Nerden buldun onları?"

"Birkaç yıl önce kulübede buldum, Mamoon ortalığı toplamamı istemişti."

"Orada bir sürü paketlenmiş, çürümeye bırakılmış, rutubetlenmiş malzeme var. Benden başka kimse bakmamış oraya. Özel defterleri neden alıp okudun?"

Burnuna hafifçe dokunup sırıttı. "Öğrenmek istediğim bir şey vardı."

"Ne gibi?"

"Şöyle bir göz atarken defterde kendi adımı ve annemle Scott'ın adını gördüm."

"Anladım. Niye ki?" Julia bir şey söylemeyince Harry devam etti: "Defterlere bakabilir miyim?"

"Evet, tabii."

"Çok tatlısın." Kafasına bir öpücük kondurdu ve "Lütfen gerektiğinde beni bilgilendir," dedi.

Julia onu dudaklarından öptü. "Sen de beni tatmin et."

"Kesinlikle. Senin için her şeyi yaparım."

"Öyle mi Harry? Çok mutluyum. İnanamıyorum."

"Bu sadece bir deyim Julia, bir anlaşma değil."

Julia'nın annesi Harry'nin 4x4'ünün ön koltuğuna oturup, çantasını dizlerinin üzerine koydu. Julia da arkaya geçip, kulaklıklarını taktı. "Whynne'yi de almamızda bir sakınca var mı efendim?" dedi Ruth. "Bugün bize yardım edecek de."

"Tabii ki, Ruth," dedi Harry. "Bu güzel günde, hava halen güneşliyken ve henüz yağmur yağmıyorken, ne kadar kalabalık olursak o kadar iyi."

"Evimizi ziyarete geldiğiniz için teşekkürler, efendim. Kızım Julia'yı sevdiniz mi efendim?"

"Nazik ve şefkatli biri. İyi iş çıkarmışsınız."

"Teşekkürler, efendim. Bunu gerçek bir iltifat kabul ediyorum; sizin gibi yüce bir adamdan, hatta bir doktordan gelen bir iltifat. Reçete yazıyor musunuz?"

"Sadece felsefi reçeteler yazıyorum."

"Benim bir de oğlum var."

"Ne mutlu size. Ne iş yapıyor?"

"İnsanları korkutuyor."

"Profesyonel olarak mı?"

"Ödlerini koparıyor," diye gürledi Ruth.

"Ne olarak?"

"Güvenlik görevlisi. Londra'da yok mu bunlardan?"

"Çok fazla var, sürekli korkutuluyoruz."

"Burada olmanız iyi bir şey. Oğlum şanslı sayılır."

"Ne anlamda?"

"Kendine uygun bir iş bulabilir belki."

"Çok haklısın Ruth. Bu zor zamanlara rağmen onu parlak bir geleceğin beklediği çok açık."

"Onunla tanıştınız mı?"

"Sanırım o şerefe henüz nail olamadım."

"Olacaksınız," dedi ve devam etti: "Sizce günün birinde Londra'da çalışabilir mi?"

"Neden olmasın?"

"Eğer elinizden bir şey gelirse, ona yardım eder misiniz? Güvenliğe ihtiyacı olan insanlar tanıyor olmalısınız."

"Elbette."

"Çok memnun olurum. Bu çocukların doğru düzgün bir babası olmadı. Buralardaki adamlar beş para etmez."

"Görünen o ki dünyanın her yerinde erkekler böyle Ruth. Ama genç bir delikanlının hırslı olması harika bir şeydir."

Julia'nın annesinin onları götürdüğü yerde, Harry'nin hayal ettiği gibi çiçeklerle kaplı, kuzineli, yeşillikli, insanı mest eden İngiliz kır evleri yerine yıkık dökük çirkin sosyal konutlar –çoğu terk edilmiş, etrafları tahtalarla çevrilmişti– ve grafiti kaplı eski caddeler vardı. İnsanlar solgun yüzlü, ağırkanlı, bakımsız ve hem uyuşuk hem de hiddetli görünüyordu. Evlerin babaları ya işsizlik ya da kadınlar nedeniyle evden uzaklaşmış gibiydi. Harry gençlerin yönettiği bir ada keşfetmiş gibi hissetti: yıllardır devam eden hükümet yatırımlarının hafifletemediği yarı vahşi bir İngiliz yoksulluğu ve ümitsizliği. İnsan değil ailesini, arabasını bile bırakamazdı burada.

Whynne geldiğinde sessizce oturdu, öğle yemeği dizlerinin üstünde plastik bir kutuda duruyordu. Gereksiz soruları önlemek için Harry kadınları yolun yarısında bıraktı. Ruth'a "masraflar" için istediği 20 pound'u uzatırken, emin olmamakla birlikte Mamoon'un yatak odasının camında durduğu izlenimine kapıldı, yakasını düzeltiyordu, kısık gözleri hınzır bir merakla kıpırdıyor ve parlıyor gibiydi.

Harry kahve yapmak için hızla mutfağa gitti. Liana ona baktı ama hiçbir şey söylemedi. Çok geçmeden Ruth, Whynne ve Julia geldiler ve kilimleri çekmeye, ellerini klozetlere sokmaya başladılar. Harry kulübeye gidecek ve Peggy'nin mektup ve günlükleri üzerinde bir gün daha çalışmaya devam edecckti.

Ama önce üzerini değiştirmek için odasına gitti. Kıyafetlerini değiştirirken de kapının çalındığını duydu.

YEDİ

"Harry?" Mamoon'un kapıyı hafifçe çalması karşısında telaşa kapılan Harry elindeki kâğıtları bıraktı. "Seni görmem lazım."

"Öyle mi efendim?"

"Aa evet. İlerleyen saatlerde konuşabilir miyiz? Müsait olacak mısın?"

"Konuşmak mı? Ben zaten bunun için buradayım efendim, bunun için geçen gün söylediğiniz gibi hamamböceği gibi ayak altında dolaşıyorum."

"O zaman kütüphanede görüşelim dostum, inşallah. Sabırsızlanıyorum."

"Gerçekten mi?"

"Neden olmasın? Söyleyecek çok şey var."

İşte bu şaşırtıcıydı; Mamoon daha önce hiç Harry'den kendisiyle vakit geçirmesini istememişti. Ya bir konuda bazı düzeltmeler yapmak istiyordu –ki bu pek olası değildi– ya da Harry kapının önüne konacaktı.

Julia'yla yaşadığı maceralardan sonra ilgisi dağılan, yorgun düşen ve kendini suçlu hisseden Harry, Mamoon'a sorduğu, Margaret Thatcher'a dair son sorular konusunda çok fazla yol alamamaktan da endişeliydi. Harry şunu soruyordu: Mamoon belirgin bir kültürü olmayan ve İngiltere'yi vahşet ve tüketiciliğe sevk eden birini neden sevmişti? Ayrıca, eli kalem tutan bir

Hindu, Thatcher'ın seveceği son şey olurdu herhalde. Görünen o ki Thatcher onunla vakit geçirmekten hoşlanıyordu ve Mamoon'dan onu geceleri, Downing Caddesi'nde ziyaret etmesi istenmişti. Birkaç gün önce Harry, Mamoon'a şunları söyletmişti: Thatcher "ayaktakımına" ve "Scargill gibi kifayetsiz demagoglara" karşı koymuştu ve "Margaret erkekleri severdi." Mamoon'un Thatcher'la olan kişisel sohbetlerine dair bir atlatma haber kitap için faydalı olurdu ama Mamoon daha fazlasını söylemiyordu.

Harry, Mamoon'dan daha iyi faydalanmanın bir yolunu düşünmek için, bütün gün durmadan koşabilen Yin ve Yang'i yanına alarak ormana gitti. Telefonda Alice'e "İşler kötü gidiyor," dedi. "Mamoon bana sadece küçük parçaları veriyor. Elimde binlerce olay ve tarih var ama bunlar kimin umurunda ki? Ne yapacağım ben sevgilim? Bana açılmasını nasıl sağlayacağım?"

Harry, Mamoon'a, arkadaşlarına ya da başka hiç kimseye sormadığı sorular sorması gerektiğini biliyordu. Mamoon'un arkadaşlarının ve de kız arkadaşlarının Harry'nin o bildik İngiliz adabıyla hiç öğrenmek istemediği bir sürü yönü vardı. Harry için ikiyüzlülükle birlikte unutmak, hayatta kalma sanatı için olmazsa olmazlardandı, tıpkı Mamoon için olduğu gibi. O halde, o kadar şey dururken neden bir edebi biyograf, yani başka birinin gerçeğini arayan ve bu gerçeği kendi sözleriyle tekrar ifade etmek isteyen biri olmaya karar vermişti? Bunu mu yapmalıydı yoksa abilerinden birinin öne sürdüğü gibi cankurtaran olsa daha mı iyi olurdu?

Geçen hafta sonu Londra'da, Richmond Park'ta babasıyla dolaşırken ona Mamoon konusunda danışmıştı. "Her şeyin başı sabır," demişti yaşlı adam. "Bunu benden öğrenmiş olman lazım. Örneğin bir şizofreni hastasını, özellikle de şöyle ya da böyle katatonik olan bir hastayı tedavi etmek istiyorsan, tek reçete zaman ve yakın ilgidir. Ve fantezi dünyasını çürütmek yerine o dünyaya girmeye çalışman gerekir. Bir yere ulaşman aylar ya da yıllar alabilir. Bazen de hiçbir yere ulaşamazsın. Sadece bu da değil; hastalar seni delirtmeye çalışır. Hastalıklarını sana aktarmak isterler. Ayrıca, doktorlar iyileşmeyen hastalarına sinirlenir ve genellikle onları cezalandırırlar, tıpkı öğretmenlerin öğrencileri karşısında sabırsız olmaları gibi. Akıllılar delileri özgürlük ve ölçüsüz mutlulukları nedeniyle hep kıskanmışlardır. Annene bak mesela, tapılası biriydi ve herkes ona tapıyordu ama bütün sevgimize ve ilgimize rağmen hayatta kalamadı."

"Daha önce sormadım ama şimdi sorabilir miyim: Onu seviyor muydun?"

"Seviyordum, Harry. Ama o başka erkekleri seviyordu. Burjuva evlilik anlaşmasına tam olarak inandığımı söyleyemem: Cinselliği kısıtlamak için yapılan bir anlaşmadır bu ve bedelleri de ağır olur. Ama annen hayatı benim için zorlaştırdı. Dünyayı merak ediyordu, dünyaya inanıyordu; zayıf tarafı buydu. Eğer birini tanımak isterse düşünmeden peşine takılırdı, dolandırıcıların, serkeşlerin peşine takılırdı; sonuçlar da feci olurdu. Ortadan kaybolurdu, biz kaygıdan deliye dönerdik ama o bir hafta sonra döner, Brighton'da DJ'lerle takıldığını söylerdi. Bunları biliyor musun? Çocuklar söyledi mi sana?"

"Gayet iyi biliyorum."

İtalya'da ailecek yaptıkları bir tatilin halen rüyalarına girdiğini babasına söylememişti; bu tatilde Harry odasının aralık kapısından içeri baktığında annesinin bir adamla yatakta olduğunu görmüştü. Hareketsiz uzanıyorlardı, adam annesinin kollarındaydı. Annesinin kıyafetleri yerdeydi ama ayakkabıları, ne gariptir ki, sandalyenin üzerinde yan yana duruyordu, ya gösterişten böyleydi ya da annesi ayakkabılarını sağlama almıştı.

Harry kapıyı biraz ittirip odaya girmişti. Annesi sıçrayıp üzerine çarşafı çekmiş, adam da çırılçıplak kalmıştı. Annesi "Defol git!" diye bağırmıştı.

Harry de olay yerinden kaçmıştı. Ama birkaç saat sonra annesini gördüğünde kadın hiç bozuntuya vermemiş ve olanlardan bahsetmemişti. O zaman, tanıdığını sandığı annesinin içinde başka bir anne daha olduğunu anlamış ve bundan sonra gerçek annesini bir daha ne zaman göreceğini merak etmişti sık sık. Ama hangisi gerçek annesi olacaktı? Egzama kremini cildine ağır ağır süren annesi, onu kasten mi erekte etmişti?

Abileri ona annelerinin en feci aşırılıklarına tanık olmadığını söylüyorlardı ama annesi evde dinleme cihazı aradığında ona yardım eder ve ajanlara karşı perdeleri kapatırdı. Bu tedbirler ajanları uzakta tutmaya yetmeyince, üç oğlunu arabaya koyar ve bir elinde votkayla –su zehirliydi– İskoçya'ya doğru şarkılar söyleyerek arabayı sürerdi, böylece tacizciden kaçmış olurdu. Tacizciyi şikâyet etmek üzere karakola gittiğinde ise, çocukları annelerinin eline kelepçe takıldığını, sürüklenerek nezarethaneye götürüldüğünü görürler ve anneleri aylar sonra daha da kötü bir vaziyette aralarına geri dönerdi.

"Şunu bilmen lazım ki," demişti babası, "edebiyatçı olduğunu görse annen seninle gurur duyardı. Eli biraz kalem tutan bütün gerzeklere düşkündü, hatta aşırı düşkündü. Yazarlar sanatlarını her şeyin üstünde tutarlar, böyle de olmalıdır zaten. Ama öğleden sonraları genelde müsaittirler ve akıllarının yerini cinsel organları alır. Kadınlar elbette doktorları ve idam mahkûmlarını olduğu gibi yazarları da çekici bulur. Ya güçlü ya da savunmasız olacaksın. Eğer, bilhassa da yaşlandıkça, düzüşmeye devam etmek istiyorsan, izlemen gereken yol bu evlat."

"Sadakatsizlikleri seni yaralıyor muydu?"

Omuzlarını silkti ve "Birbirimizi o kadar çok şekilde yaraladık ki sayamam," dedi. "Birbirimize yardım etmeye çalışma yöntemlerimiz –benim onu bir hastaya dönüştürmem, onunsa beni sıkıcı bir otorite figürüne– gerçek suiistimallerimizden daha kötü değilse bile en az onlar kadar kötüydü."

Babası sonra Harry'nin hayatında duyduğu en ağır şeyi söyledi:

"Gerçek şu ki o senin bütün hayatındı ve ölene kadar da rüyalarında göreceksin onu; o senin annendi Harry. Ama bana göre, herhangi bir kadındı işte. Siz çocuklar iyi birer hatırlatıcısınız. İnsan bir ilişkiyi bitirip, âşık olmayı da bırakınca hiç âşık olmamış gibi oluyor. Geçmiş, bir heykel değil bir nehirdir."

Alice, Harry Mamoon'un evine doğru yola çıkmadan önce –biyografi fikrine karşı çıkmasına rağmen– Harry'nin röportaj tekniklerini geliştirmesi gerektiğini söylemişti. Alice'in endişesi şuydu: Mamoon'un sabırsızlığı ve umarsızlığıyla Harry'nin rahat kibarlığı birleşince, Mamoon Harry'ye çok baskın çıkar ve aralarında çok az konuşma geçerdi. Bu nedenle Alice, Harry'nin bir dizi zorlayıcı ve zekice soru hazırlamasını istemiş ve Harry bu soruları mümkün olduğunca sakin ve tarafsız bir tonla sorarken onu videoya çekmişti. Ama Mamoon dünyanın en nahoş karakterleriyle bir sürü röportaj yapmış, onlara öldürdükleri çocuklar ve tecavüz ettikleri kadınlar hakkında sorular falan sormuştu –"Kadını boğup öldürmek aldığınız hazzı tamamlayan bir şey miydi yoksa bunu yemek sonrası içilen bir kadeh viski gibi ekstra bir şey olarak mı görüyorsunuz?"– ve sessizliği bir bıçak gibi kullanırdı. "Üstat" daima kaygıya kapılmadan bekleyen taraf olurdu ve Mamoon ayrıca, Rob'un da tahmin ettiği gibi, kolayca sıkılıp sinirlenebiliyordu. "Senin ortalıklarda olman Harry," demişti Rob daha önce, "ona kesinlikle, hakiki ve gerçek bir hayat sürmek için ne kadar az zamanı kaldığını hatırlatacaktır."

Harry kazara şunu fark etmişti: Mamoon'u kızdırıp tahrik edebilen bazı edebi konular vardı. Bunlar Mamoon'un savunmasızlaştığı anlardı ve Harry bu işe yarar anları çok sık kullanmamalıydı, aksi takdirde karşısındaki kişi "oltaya geldiğini" anlayabilirdi. Bu, edebi eleştiriden çok bir yol kavgası gibiydi ve Mamoon oturduğu yerde dikleşirdi. "İngiliz yazınının sıska kız kılıklı oğlanı, götüboş ödlek ana kuzusu nonoş?"

Harry laf arasında kısık sesle E.M. Forster'dan bahsetmişti. "Sizin görüşünüz nedir efendim?"

"Görüş mü? Kesinlikle bilmemiz gereken bir konu olan eşcinsel seks hakkında yazmak istediğini iddia eden bir adama dair hiçbir görüşüm olamaz. Bunu yapacak kadar cesur olmadığı için, otuz yılını camdan dışarı bakarak ya da otobüs biletçilerine ve diğer Pakistanlılara üzülerek geçirdi. Sömürgecilikten nefret ettiğini iddia eden ama tutuklanmayacağı için Üçüncü Dünya'yı kerhane gibi kullanan –Chiswick'te bir tuvalette penisini gösterse tutuklanırdı tabii!– yarım yamalak bir insan kendisi. Görünen o ki arkadaşlarını ülkesine tercih etmişti! Ne kadar cesurca ve orijinal bir şey! Elbette", diye devam etti, "Orwell daha da kötüydü. Blair'lerin en kötüsü odur. Orwell'i bu ülkede halen ciddiye alıyorlar mı?"

"Çoğunlukla bir deneme yazarı olarak."

"Çocuklar için ya da daha doğrusu, onu okumak zorunda olan şansız çocuklar için kitap yazıyordu. Yazma olayının ABC'si, düz üslup, güçlü bir sadizm damarı barındıran kurak, boş bir zihin, duygusal sosyalizm ve Büyük Birader ve domuzlar; sevgiye dair hiçbir şey yok, dayanılmaz bir şey! Bir öğretmenden başka hiçbir yetişkin romanlarını okuma zahmetine katlanmaz. Bence cehennem şöyle bir şey: Orwell'in kitaplarından başka okuyacak bir şey olmadan 101 no'lu odada sonsuza dek yalnız kalmak."

"İnsan acımasızlığı denen muammanın kayda değer tek konu olduğunu söylememiş miydiniz?"

"Tam benim söyleyeceğim bir şey gibi ama bu görüşü kabul etmiyorum. Aşk diye bir şey var. Bu yazarların hiçbiri, ne o nonoş Forster ne de püriten Orwell güzel bir kadını tasvir etmiştir. Bir yazar nasıl olur da bunu yapamaz?"

Mamoon omuzlarını silkti; sonra, bu neredeyse cihatçı nefret patlamasıyla zirveye yükselmesinin ardından, tekrar koltuğuna gömüldü ve ağzı yarı açık mırıldanmaya başladı: "Küçük Willie Maugham'ı ya da azgın H.G. Wells'i bin kere tercih ederim. Ama okumayı halen sevdiğim tek kişi Tanrıça'dır."

"Hangisi?"

"Bana Londra'ya ilk geldiğimde yaptığım yalnız sefil alkolik gezintileri hatırlatan tanrıça: Jean Rhys. İngilizce yazan ve yatmak isteyeceğim tek kadın yazardır o. Onun dışında sadece Brontë'ler, Eliot, Woolf ve Murdoch var! Bunlardan herhangi biriyle oral seks yaptığını düşünebiliyor musun? Jean'in söylediği gibi, dünya basit bir yer: İnsanın sevildiği kafeler var, bir de sevilmediği kafeler."

Harry kapıyı yavaşça çaldı.

SEKİZ

Kütüphanenin kapısında duruyordu. Alice'in onu rahatlatacağını söylediği mantrayı hatırlayamadığı için "Kahretsin, kahretsin, kahretsin..." diye tekrarladı.

"Gel."

Duvarları kitap dolu oda sessiz ve serindi, ağır perdeler ışığı dışarıda tutuyordu. Dünyanın en anlaşılmaz ve zorlu kitaplarıyla dolu olan masalar antikaydı. Bazıları zarif bazılarıysa kaba saba olan büstler, heykeller, resimler ve kilimler Liana'nın ailesinin Bologna yakınlarındaki evinden gönderilmişti. Harry ayakkabılarını çıkardı ve Mamoon'un Liana ile alışveriş yaparken seçtiği uzun bir Venedik halısının üzerinde ilerledi. Bir Mantegna tablosu üzerinde yol açıp, acımasız bir yargıca doğru ilerlemek gibi bir şeydi bu.

Mamoon her zamanki rahat eşofmanlarını çıkarmış ve gri flanel bir pantolon, İtalyan makosen ayakkabılar, gri yünlü çoraplar ve kol düğmeleri iliklenmemiş beyaz bir gömlek giymişti. Mamoon başını okşayınca, kucağındaki sarman gözlerini kapattı.

Harry, Mamoon'un karşısına oturup defteri, kalemi ve kayıt cihazını sehpanın üzerine yerleştirdi.

"Harry," dedi Mamoon, "sevgili çocuk, o korkunç kayıt cihazını çalıştırmadan önce bir soruyla ben senin canını sıkabilir miyim acaba?"

Harry başıyla onayladı. Uyuyakalmadığı zamanlarda Mamoon arada sırada Harry'ye doğrudan ve zorlu bir soru sorardı; Harry de sessiz kalmanın bir faydasının olmadığını göstermek için bu soruları cevaplaması gerektiğine inanırdı.

"Harry, tek eşliliğe ve sadakate inanıyor musun?" Harry duraksadı. "İnanıyor musun?"

"Evet. Evet inanıyorum, evet, teorik olarak."

"Teorik olarak mı?"

"Ha ha."

"O halde teorisyensin sen?"

"Bir açıdan."

"Hangi açıdan teorisyensin peki?"

"İnsanlar," dedi Harry, "sadakatin en iyi çözüm olduğunu, aşk hapishanesinde her şeyin daha kolay olduğunu söylüyor. Çok az insan kontrolü kaybediyor. Çeşitli alternatifler daha fazla mutsuzluk yaratıyor, öyle değil mi?"

"Ben nereden bileyim?" dedi Mamoon. "Bunca yıl yaşadım ve cevaplanamaz soruları halen cevaplayamıyorum. İnsanlar gelip benden evrensel gerçekleri istiyor ama yanlış adres bu. Burada sadece evrensel soruları, edebiyatı edebiyat yapan soruları bulabilirsiniz."

"Peki bunları *benim* cevaplamamı nasıl bekleyebilirsiniz ki?"

"Kadınlara nasıl baktığını gördüm. Seni araştırdık ve bizi afallatan söylentiler duyduk. Neyse ki Rob sana kefil oldu yoksa seni kabul etmezdik. Belki de henüz oyundan çekilmeye hazır değilsindir."

"Annem öldü," dedi Harry. "Kadınların ilgisine ihtiyacım vardı. Teyzelerim, babamın kadın arkadaşları ve abilerimin kız arkadaşları vardı. O yaşta, çoğu bana aşırı iyi davranan kadınların kucaklarına koşmak muhteşem bir hazdı. Sanırım bu bende bir saplantı oldu: Borçlu hissettiğim bir kadını tatmin etmeye çalışmak."

"Kibarlıklarına karşılık vermek için mi?"

"Şu anda bu konularda ciddi bir detoksa girdiğimi bilmeniz gerekiyor, efendim. Kadınlar üzerinde çok güçlü bir etki bırakabildiğimi öğrendim. Arzulanmak istediklerinde, tutkuları çok büyük olabiliyor. Ama ben, bazı zararlı kaçamaklardan sonra, durmaya ya da en azından sakinleşmeye çalışıyorum."

"Son zamanlardaki kaçamaklar mı bunlar?"

"Ah Tanrım, şimdiye çoktan dersimi almış olmalıydım."

"Ne diyorsun anlamıyorum. Örnek ver."

"Konumuzu dağıtmasak daha iyi Mamoon, yani efendim."

Mamoon öne doğru eğildi. Sabırsızlanıyordu. "Mesele şu ki Harry, eğer seni itici bulmamı istemiyorsan ilişkimiz daha karşılıklı olmalı. Özellikle de senin karşılık vermek gerekiyor." Mamoon kıpırdanan kedinin çenesinin altına dokundu hafifçe. "Anlıyor musun?"

"Kadınlarla olayı biraz abarttım efendim," dedi Harry. "Çok fazla şey istedim. Borçlarımı geri ödemem gerekiyordu. Metroda bir kadın tavladım."

"Hangi hatta?"

"Merkez hatta."

"Ha evet. Marble Arch. Bond Caddesi."

"Hayran olduğum ve sonra da acıdığım ama muhtemelen de ümit verdiğim bir kadındı; yalnız biriydi, İngiltere dışından gelmiş, yaşı ilerlemiş bir öğrenciydi, bir türlü yakamdan düşmedi ve benden kasten hamile kaldı. Ya da öyle söyledi. Herhalde bu o yaşta kendisinin son şansıydı. Benden başka bir şey istemiyordu, sadece çocuk istiyordu! Endişelenmiştim. Her şeyi not ettiğini hatırlıyorum."

"A-ha! Her şey kayıt altında. Devam et."

"Kendimi tehlikeye atarak, yaşadığı binaya tırmanıp pencereden evine girdim ve günlüklerini okuyup, hamileliğine dair gerçekleri öğrendim. Ben delilleri incelerken aniden kapı açıldı. Kalp krizinden öleceğimi sandım. Gelen ev arkadaşıydı, elinde de bıçak vardı. O kadar korkmuştu ki beni kazara öldürebileceğini düşündüm.

Her şeyi açıklayacağımı söyledim. Biraz viski içtik. Onunla yattım. Sonra da bir daha yatmayı reddettim. Bu yüzden bu kadın her şeyi arkadaşına itiraf etti ve o da arabasına atlayıp, beni avlamaya çıktı. Sonradan öğrendim ki, nihayetinde bisiklete binerken beni ezmeye çalışmadan önce üç gün beni çeşitli yerlerde beklemiş. Bisikletimin arka tekerleği yamuldu. Kafamı kaldırıp onun bakışlarını gördüğümde bisikleti attım ve hayatımı kurtarmak için kaçtım. Bu esnada da bütün bunları beraber yaşamaya başladığım kız arkadaşımdan gizlemek zorundaydım."

"Alice'ti adı, öyle değil mi?"

"Evet, şefkatli ve ümitsiz bir kız ve biraz da bocalıyor. Ama çok güzel bir kız ve ben onun için deli oluyorum. Ondan önce, eğer mümkünse günde üç kızla yatmayı tercih ederdim."

"Üç mü? Yapabiliyor muydun bunu?"

"Rekorum dört. Hayır, beş. Sizinki ne efendim?" Mamoon bir şey söylemeyince, Harry devam etti: "Artık şeytanı geride bırakıp, düzgün bir hayat sürmeye kararlıyım. Ama o zamanlar henüz işimin bitmediği başkaları da vardı, daha önceki dönemden kalma artıklar diyebiliriz. Biri kürtaj oldu. Diğeri gözlerimin önünde intihara kalkıştı. Abilerimden biri, kendi penisime dokunma olayına asla geri dönmemem gerektiğini söylemişti, bu beni beladan koruyabilirdi ama dönmemeliydim işte."

"Tabiri caizse, başkalarını delirtmekte uzmanlaşmış gibisin. Bu kasti bir şey olabilir mi?"

"Feci şeyler oldu, efendim. Ama buna değdi."

"Ne açıdan?"

"Kadınlar müthişti."

"Nasıl yani?"

"Mesela birinin büyük gözleri vardı," dedi Harry. "Gözlerini sonuna dek açtığında sanki kıyafetleri vücudundan dökülüyor gibi oluyordu. Kemancıydı, bana Bach çalar ve şarkı söylerdi."

"Ah."

"İşte bu yüzden, fedakârlık gerektiriyorlardı. Onların peşine takılmanın aptallık olduğunu biliyordum ama peşlerine takılmamak daha büyük aptallık olurdu."

"Güzel. Ardında bir dizi kalbi kırık kadın bırakmamış bir adam, hiç yaşamamış demektir. Cinselliklerini ve aşklarını aynı çizgide bir araya getirebilen birileri varsa, hakikaten şanslıdırlar. Kasabada güzel bir bahar günü kadar ender rastlanan bir şeydir bu."

"Şunu söylemek zorundayım ki," dedi Harry, "burada, kasabada olmaktan mutluyum, burası daha sakin. Tutkularım konusunda hiç istemediğim kadar canavarlaşabiliyorum ve tutkularım ilişkiler hiç yaşanmamış gibi aniden sona erebiliyor. Ben bir sonraki yemeğinin nereden geleceğini bilmek isteyen insanlardanım, yani yemek gelmeyebilir de. Elbette kadınlar da kullanılmayı sevmiyor."

"Niye böyle davranıyorsun peki?"

"Bu konuda düşündüm efendim, Mamoon, nedenini duysanız şaşarsınız."

"Neymiş?"

"Ben jilet keskinliğini seviyorum. Acımasız kesikler istiyorum. Burjuva usulü, sıradan bir hayat beni dehşete düşürüyor. Gündelik kısıtlamalara katlanamıyorum. Sıradanlığın parıltımı yok edeceğini düşünüyorum ki aslında da öyle."

"Bir zamanlar," dedi Mamoon, "şöyle demiştim: Kitapların ve seksin ne kadar tehlikeli olduğunu hatırlatan muhafazakârlara minnettar olup, boyun eğmeliyiz. Her türlü seks ve aslında her haz, yatağa girmeye değmesi için zehirli bir sapkınlık, şeytani bir ihlal –ve hatta şeytanlık– damlası içermelidir. Seks artık her daim her yerde bulunduğu için sıradanlaştı. Skandal haberlerinin meraklı bir takipçisi olarak artık zinanın –haz artı ihanet– bize kalan tek eğlence olduğunu çok iyi biliyorum. Evlilik seksi evcilleştirir ama aşkı özgürleştirir. İnsani ihtiyaçlar için uygun bir çözüm değil ama kapitalizm örneğinde olduğu gibi, diğer seçenekler çok daha kötü."

"Ama bütün bunlar," diye devam etti Mamoon eliyle odayı göstererek, "senin gündelik, burjuva usulü ve yavan dediğin bütün şeyler; ben bunları istiyorum. Bunlara ihtiyacım var. Seviyorum bu şeyleri."

"Öyle mi?" dedi Harry, kayıt cihazını çalıştırmak için öne doğru eğilerek.

"Dokunma şu alete," dedi Mamoon. "Ben yerleştim Harry. Hakikaten, geçen gün ekmek kızartma makinesinin içine bir bıçak sokmak zorunda kaldım ve bu dayanamayacağım kadar tehlikeli bir şeydi. Eminim senin başına da gelecek bu; rahatlık ve memnuniyet arzusu. Özel biri olmama arzusu. Ama birinden, herhalde Rob'dan duydum; evlenmeyi düşünüyorsun, öyle değil mi?"

"Umarım. Evet, yapmak istediğim şey bu. Kesinlikle. Evliliği bir nevi savunma, arzu çalkantılarına karşı bir set olarak görüyorum. Sizce işe yarar mı?"

"Niye öyle düşünüyorsun?"

Harry kayıt cihazını alıp, Mamoon'a gösterdi. "Asıl benim size soru sormam lazım."

"Senin hayatın benimkinden daha ilginç."

"Beni yazmayacaksınız, öyle değil mi?"

"Seni kurmaca bir karakter olarak daha çok severdim ve eserlerimden birinde, pantolonsuz da olsa yer almak eminim senin gururunu okşardı ama Harry benim saatim durdu artık. Mumyalayıcılar kollarını sıvamaya başladı bile. Biz şu an konuşurken bile, yetmiş iki bakire liseli kıyafetlerini giyiyor benim için. Sen yaşamalısın ve sana tavsiyem şu: Her zaman penisine öncelik ver. Harry, biliyorsun senin götlek mankafanın teki olduğunu düşünüyorum ama bu bana çok şey öğretmediğin anlamına gelmiyor."

"Teşekkür ederim, bunu duyduğuma sevindim. Ama size ne öğrettim ki efendim?"

"El arkası vuruşum berbattı, biliyorsun. Yıllardır o yanlış savurma hareketini yapıyordum. Çok yüksekten yapıyordum bunu. Benim senin yaşındaki halime göre çok daha donanımlı, düşünceli ve bilgilisin. Ama bazı başka açılardan çok çiğsin ve kendini kandırıyorsun."

"Öyle mi dersiniz?"

"Haline güldüysem, özür dilerim."

"Güldünüz mü?"

"Çıkardığım sesi duymadın mı?"

"Duydum efendim ve iyi olmadığınızı düşünüp, telaşa kapıldım. O sesi neden çıkardınız?"

"Yan yana koyduğun şeyler çok gülünç," dedi Mamoon. "Bir yanda yavan burjuva varoluşu var, diğer yanda da sonsuz haz diyebileceğimiz bir fantezi, sanki bu ikisi yegâne seçeneklermiş gibi."

"Evet," dedi Harry. "Siz şimdi böyle ifade edince son derece aptalca görünüyor."

"Patavatsızlık ettiysem kusura bakma. Ama olayı anlatış şeklin yanıltıcı. Yani çerçeveyi yanlış yere koyuyorsun. O kayda değer zekânı bu konuya yormamışsın ve ben de bunun nedenini öğrenmek istiyorum. Neredeyse köktenci bir ayrım yapıyorsun." Kafasını kaldırıp tavana baktı ve devam etti: "Roman kirlenmek demektir. Roman sorunları görür. Joseph Conrad'ın söylediği bir söze kulak versen iyi olur; Conrad'ın çok umursadığım bir yazar olduğunu söylemiyorum, artık bana çok az şey keyif veriyor, biliyorsun, bir ayağım çukurda."

"Ne demişti Conrad?"

"'Yeni değerlerin keşfi kaotik bir deneyimdir. Anlık bir karanlık hissi bu. Ruhumun bu kaosta gevşek gevşek süzülmesine izin veriyorum.'"

"Bu kaosta gevşek gevşek süzülmek," diye tekrar etti Harry. "İhtiyacım olan şey bu."

"Yerinde olsam dikkatimi değerler kısmına verirdim."

Harry, Mamoon'un ona biraz şaşkınlık içinde baktığını fark etti. "Benim zayıf bir genç olduğumu mu düşünüyorsun?" dedi. "Ya da hak ettiğinden daha fazla haz yaşayan biri olduğumu mu?"

"Haz mı?" diyerek güldü Mamoon. "İnsanların çoğu hazlarını nasıl azami düzeye çıkaracağını bilmez Harry, acılarını cinselleştirirler. Eminim insanların çoğunun sevgisiz yaşadığını, hayatlarını kendilerini heyecanlandırmayan insanları arayarak harcadıklarını fark etmişsindir."

"Neden?"

"Bir düşün."

"Bu size dair bir tasvir de olabilir mi efendim?"

Mamoon oturduğu yerde öne doğru eğildi ve "Görüş belirtmekten nefret ederim," dedi "ama sen beni zorlamakta kararlısın. Asla çok açık olmak istemem. Hiçbir şey açıklık kadar kafa karıştırıcı değildir. En iyi hikâyeler açık uçlu olan, insanın pek anlamadığı hikâyelerdir. Ama benim bu konulara dair fikrim basit: Bahsettiğin aşklar çok indirgenmiş karşılaşmalardır tabii ki. Birer ilişki değildirler, hayır. Böyle tanımlanamazlar. Bunlar birer bağımlılık ya da anti-ilişkidir. Belki de sadece nefret ettiğin insanlarla birlikte olmayı seviyorsundur?"

"Nasıl olabilir ki, efendim?"

"İlerlemeyen ilişkiler sadistçe bir hal alır. Her iki tarafı da geliştirecek bir alışveriş olmalıdır; bir nevi dönüşüm ya da yeni bir şey olmalıdır, aksi takdirde şiddet başgösterir. Patlayıp bu durumdan kurtulmak isteyenlerin şiddeti."

"Bundan emin misiniz, efendim?"

Mamoon omuzlarını silkti. "Karşılıklı dönüşüm, bütün iyi şeyler gibi, nadir rastlanan bir şeydir. Bence insan sadık olmak isteyeceği birini bulana dek gönlünce yaşamalıdır. Ne de olsa, senin de söylediğin gibi, insan kendi kendini ememez."

"Aynen."

"Sanırım bugün için yeterince konuştuk," diye devam etti Mamoon. "Biraz uzanmaya ve bana söylettiğin şeyleri düşünmeye ihtiyacım var." Sonra da Harry'ye gülümseyerek; "Kız arkadaşını neden buraya davet etmiyorsun?" dedi. "Onu görmek isterim."

"Öyle mi?"

"Genç bir kadının varlığının beni daha konuşkan yapacağını hissediyorum."

"Nasıl yani?"

Mamoon gözlerini kapattı ve şöyle dedi: "Muhtemelen daha güzel ve daha aşağılık şeyleri hatırlama vaktim geldi. Victor Hugo defnedildiğinde Paris sokaklarında tek bir fahişe bile yoktu. Hepsi ona saygılarını sunmakla meşguldü. Adam gibi adamdı ve eserleri halen West End'de sahneleniyor."

"Doğru." Harry eşyalarını topladı ve halının üzerinde sessiz adımlar atarak kapıya doğru yürüdü.

Ama çıkmadan önce Mamoon gözlerini açtı ve şöyle dedi: "Cinselliğini raftan tek-beden-bütün-fantezilere-uyar havasında alamayacağını fark edeceksindir; kaba saba burjuva bir fikir bu, kölelerin ahlakı. Eğer cidden düşünecek olursan, insanların cinselliklerini kendilerine verilen şeyden hareketle şekillendirmek ve biçimlendirmek zorunda olduklarını göreceksin. Bir senaryo okumaktan çok kitap yazmaya benziyor bu."

"Teşekkürler."

"Rica ederim. Küçük psiko-anlatımız –benim anıtım, senin hayalet bilimin– nasıl gidiyor?"

"İyi gidiyor, efendim. Ama halen kat edilecek ciddi bir mesafe var."

"Güzel. Sanırım bu mesafe hep olacak. Umarım beni keyif alabileceğim bir hikâyeye dönüştürüyorsundur. Ben ilginç biri miyim? Sonuçta ortaya çıkacak halimin beni şaşırtmasını sabırsızlıkla bekliyorum."

"Şaşıracaksınız," dedi Harry.

"Neden?"

"Hakikat alnınızdaki bir dövme. Kendiniz göremezsiniz. Ben sizin aynanızım."

"Ah sen yok musun sen!"

"Kötü şans." Harry bir an için duraksadı. "Marion'u ziyaret edip, onunla röportaj yapma fikrim üzerine düşündünüz mü acaba?"

"Niye uğraşacaksın ki onunla? Kadınlar hep vardır. Gelirler ve giderler. Ee ne olmuş? Onları takip etme. Bırak onlar sana gelsin."

"Neden reddediyorsunuz, efendim?"

"Bunun iyi bir fikir olmadığını söylemiştim. Onun sinirlerini bozarsın o kadar. Sanki zavallı kadın yeterince çile çekti zaten."

"Tam olarak ne çekti?"

"Çık git buradan."

"Bir şey daha var, efendim. Ters vuruşunuz üzerine bir süre daha çalışmanız lazım."

"Evet, ben de öyle düşündüm. Bunu yapmalıyız. Yine fiziksel olarak forma girmek istiyorum. Senin beni şınav, mekik ve barfiks çalışmak konusunda teşvik etmen gerekiyor. Bedenimin tekrar işler duruma gelmesi lazım. Bir gün işe yarayabilir."

Harry apar topar dışarı çıktı ama Liana dışarıda onu bekliyordu, tam da Harry'nin tahmin ettiği gibi, zira Liana'nın Julia'dan başka arkadaşı yoktu. Liana, Harry'le birlikte çalılıklarda yürüdü, onunla konuşmak istiyordu. Aslında konuşmakla kastettiği şey Harry'nin onu dinlemesiydi. Harry için dinlemek rahatlatıcı bir şeydi, zira Mamoon'la yaptığı konuşma onu çok yormuştu; istemeden çırılçıplak kaldığı bir terapi seansına katılmış gibiydi.

"Özlemlerle dolu bir kadın olduğumu bilecek kadar iyi tanıyorsun beni Harry," dedi Liana. "Çamur"dan kurtulmayı ne kadar çok istediğinden bahsetti, "çamur"la kastettiği şey yaşadıkları taşraydı. "Taşra bok kokuyor," dedi. "Mamoon bunu seviyor, zira ona evini hatırlatıyor. Ama benim artık Londra'ya gitmem gerekiyor ve bir daire almak için para biriktirmemiz lazım. Kuaförümden bu kadar uzak olmaktan nefret ediyorum. Kıyafetlerim dökülüyor. Partiler ve yemekler organize edeceğiz. Sean Connery'yle ve *Gandhi*'deki aktörle tanışmak istediğimi biliyorsun. Ama bu esnada, Mamoon için yakında bir yemek vereceğim. Kız arkadaşın gelecek mi ve sonrasında da birkaç gün bizimle kalacak mı?

Çok bıkkınım Harry. Belki o hepimizin keyfini yerine getirir? Komik biri midir? Her zamanki insanların dışında birinin buraya gelmesini çok isterdim."

"İkinizin de daveti çok kibarca ama onu çağırmak konusunda içim rahat değil," dedi Harry. "Alice şizofren babasıyla birlikte sosyal konutlarda yaşıyor. Üniversiteye gitmemiş, abisi de hapiste."

"Neden hapiste?"

"Uyuşturucu satıcılığı ve hırsızlıktan. Alice sanat okuluna gitmiş ama bunun dışında bir eğitimi yok. Sosyal konutlarda moda dergilerini sanki illegal yayınları okur gibi inceliyordu ve bir şekilde moda sektöründe bir iş buldu. Çok para kazanmıyor ama kıyafetleri seviyor ve harika fotoğraflarını çekiyor. Ama edebi konuşmalara gelince Valentino onun Dante'si, Alexander McQueen ise Baudelaire'idir."

"Romalı maestro onun Dante'si mi? Bir keresinde kendi şehrimde onun elini tutmuştum, Fellini'nin de. Lütfen onu davet et. Mamoon çalışıyor ama insanlar eve gelip onu rahatsız etmezse, çok şikâyet etmez. Ama tabii onlara sinir olursa, bütün ümitlerine elveda demeleri gerekiyor."

"Geçen sabah Mamoon'u el ve ayak doktorunu ziyaret etmesi için kasabaya götürürken," dedi Harry, "Keşke bir tabancam olsa, dedi." Ve Mamoon'un komik derecede gösterişçi ses tonunu taklit ederek devam etti: "'Şu genç insanlardan bazılarını ortadan kaldırsak kimse fark eder miydi? Etrafta bu kadar çok genç varken, kimsenin umurunda olur muydu bu?'"

"Bisikletçiler için de aynı şeyi söylüyor," dedi Liana. "Ama birileri gelmezse, bir ölüm perisi gibi çığlığı basacağım. Kız arkadaşını Mamoon'un doğum günü yemeğine davet edecek misin? Genç biri olsun da başımın üstünde yeri var."

"Sorarım. Ama ne diyeceğini biliyorum."

"Neymiş?"

"'İyi de ne giyeceğim?'"

"Tam benim gibi bir kadın. Ah Harry, ünlü yazar Dante'nin dediği gibi: "Bu gece 'sonsuza dek'in başlangıcı... *Amore e'l cor gentil sono una cosa.*"

DOKUZ

"Hadi ama Boswell, gerçek bir adam mısın yoksa bütün hikâyelerin benimkiler gibi uydurmaca mı?" diye bağırdı Mamoon, sabahları giriştiği kültür savaşından sonra ölümcül bir rekabete girmeyi her zaman severdi. "Daha taşaklarım bile terlemedi! Koştur beni! Beyaz kadınlarını çalan kendini beğenmiş kara adamı öldürmek istemiyor musun? En azından öldürmeyi dene! Hayatında ne risk aldın ki?"

Harry, Mamoon'un vurması için ona doğru topları fırlatmaktan hoşlanıyordu ve Mamoon da bu hummalı seanslardan keyif alıyordu; bilhassa da "kabadayılık taslama" kısmı keyfini yerine getiriyordu.

Paatt diye topa vurdu Harry ve ardından seslendi: "Al bakalım Fred Perry, ters vuruşunu geliştir biraz, eğer yapabilirsen! Hadi, bastır bastır babalık!"

Mamoon koşunca öksürüyordu; aksırıp tıksırıyor, bütün vücudu titriyordu. Sonra kendini zorlamak için bir daha oynamak istiyordu.

Onlar mutfaktan çıkarken, Liana mücevherli parmaklarını Harry'ye doğru sallayarak şöyle demişti: "Onu öldürmen için ısrar ederse, senin onu öldürmene bayılacağını falan söylerse, ona kalp krizi falan yaşatmanı istemiyorum tamam mı? Bu nefret dolu bir iş olabilir ve biyografi yazarlarının konu aldıkları kişileri öldürme sıklığı nedir onu da bilmiyorum ama böyle bir trend başlatmayalım bence."

Harry çok geçmeden böyle bir trend başlattım mı acaba diye düşünürken buldu kendini. Sert ama çok da sert olmayan bir atış yapmıştı. Yaşlı adam topa yetişmeye çalışırken aniden, sanki vurulmuş gibi olduğu yerde kaldı ve acı içinde bağırarak dizlerinin üstüne çöktü.

Harry, Mamoon'un yanına koşup onu sırtüstü yere yatırdı ve kıpırdamamasını söyledi. Gidip yardım getirecekti.

"Hayatımda hiç kıpırdamadan durmadım," dedi Mamoon. "Ayağa kalkıp yürüyeceğim!"

Harry adalesinin kasıldığını fark etmişti ama Mamoon kortta sürünmeye başladı, maça tekrar başlamak konusunda ısrarcıydı. Ağa tutunarak zar zor ayağa kalktı, ağa yaslandı ve raketini gösterdi.

"Servis sırası sende! Hazırım ben! Hadisene, seni gidi İngiliz kolej piçi!"

Harry topu ona doğru hafifçe attı. Mamoon topa doğru hamle yaptı ve bir kez daha tökezleyerek, bir eliyle kalçasını tutarken yüz üstü yere kapaklandı.

Harry telefonunu yanına almamıştı. Mamoon'u ayağa kaldırmak ve bir şekilde eve kadar taşımak zorundaydı. Zorlu bir yolculuk oldu; Mamoon külçe gibiydi, terliyor ve küfrediyordu. Harry en sonunda sırtına çıkmasını istedi; Mamoon da bir an düşündükten sonra bunun en etkili pozisyon olduğuna karar verdi.

Bu pozisyonda ilerlerlerken Mamoon, Harry'nin kulağının dibinde nefes alıp veriyordu. "Eminim Conrad'a dair bir kitap daha yazsaydım keşke diye düşünüyorsundur. Söyle bakalım, sırtında bir ceset taşımak zorunda kalan bir adamı anlatan o hikâye neydi? Yoksa ben Kafka'nın otoriter böceği mi oldum şimdi?"

Nefes nefese kalmış olan Harry cevap veremiyordu.

Liana camdan dışarı bakınca, iki başlı, iki ayaklı, inleyen bir yaratığın eve doğru yaklaştığını gördü. Hemen dışarı fırlayıp, Harry'ye kocasına ne yaptığını sordu. Liana Mamoon'la ilgilenirken, Harry olup biteni Mamoon'un açıklaması için bekledi ama yaşlı adam sadece bağırdı, küfretti ve Liana onu pataklayacağını söyleyene dek de yere uzanmayı reddetti. Liana, Harry'yi, Mamoon'a bir baston görevi görecek bir şey bulması için ormana gönderdi.

Liana Mamoon'un doğum günü yemeğini organize etmekle meşgul olduğu için; takip eden birkaç gün boyunca Harry, Mamoon'a bakmakla görevlendirildi. Yaşlı adamın oturup kalkmasına yardımcı oldu, onu çalışma odasının kapısına kadar götürdü –tabii ki onun da kapıdan içeri girmesine izin yoktu– ve eve geri dönmesini sağladı. Liana da kocasının boynuna bir cep telefonu astı, içinde sadece iki numara kayıtlıydı: kendi numarası ve Harry'nin numarası. Yazarları yabancılar sever, aileleri ise onlardan nefret eder. Gençlik yıllarında olsaydı Harry, Mamoon Azam'ın günde beş defa ona seslenmesinden müthiş keyif ve onur duyardı. Herkesin kesinlikle konuşmak isteyeceği bu kadar mühim bir adam neden *onunla* konuşmak istesindi ki? Ama şimdi "aileden" biri olarak ona çok yakındı ve o baygın sesi duymak ona dehşet veriyordu. "Lütfen Harry, canım benim, eğer yakındaysan bana bir kitap verir misin, yeşil kapaklı olan, sanırım yeşil ya da yeşilimsi veya turkuaz rengi, kitabın adını ya da yazarını hatırlayamıyorum, televizyonun yanında olması lazım... Ya da en azından orada olduğunu düşünüyorum. Ayrıca, gözlüklerimi de bulamıyorum. Siyah değil mavi çerçeveli olanlardan bahsediyorum. Acaba nerede olduğuna dair..."

Mamoon'un onu fiziksel olarak acizleştiren ve ayrıca her zamankinden daha da sinirli yapan bel sakatlığının Liana'nın Harry'yi arkadaşlarıyla etkilemek istediği döneme denk gelmesi talihsizlikti. Liana doğumgünü yemeğine kendini fazla kaptırmış ve hatta kafasını bununla bozmuştu; o gecenin "sonsuzluğun başlangıcı" olacağını söylüyordu.

Liana peşine emirler yağdırdığı Julia'yı da takarak, menüyü, içecekleri ve oturma planını organize etmek için listeler yaparak defalarca kasabaya gitmişti. Yemeğe geleceklerin mükemmel bir çeşitliliği yansıtmasına özen gösteriyordu. Görünüşe göre konukların çoğu o bölgeden olacaktı ama Londra'dan gelen arkadaşlar ve ülkenin başka yerlerinden gelecek kişiler de vardı. Zekice konuşmalar, kahkahalar, içki ve iyi yemek olacaktı. Bu Harry için de faydalı olacaktı: Başarılı bir adamın nasıl yaşadığını ve ne kadar sevildiğini görecekti. Bu ayrıca, Liana'nın bir daire alacak parayı bulduklarında Londra'da düzenli olarak yaşanacağını öngördüğü türden akşamlar için de bir prova olacaktı.

Londra'da işinin başında olan Alice bütün bunları Harry'den öğrendi. Ofisten insanlarla Paris'e gitmişti ama işlerin gidişatına göre, trene atlayıp onlara katılacağına söz vermişti.

Yemeğin verildiği gece, yani Harry'nin eve gelişinden tam bir ay sonra, Harry ve Mamoon mutfak masasında oturmuş, Liana'nın Julia'nın yardımıyla giyinmesini bekliyorlardı. İki kadın, Ruth'un da yardımıyla, bir süredir, aslında bir önceki sabahtan beri bu mesele üzerinde çalışıyodu. Mamoon bunu Chartres'i yeniden dekore etmeye benzetmişti. Bu esnada, birkaç dakika içinde takım elbiselerini giyip, saçlarını düzeltmiş olan iki adam birkaç canlandırıcı Martini yuvarlamıştı bile.

Harry, Mamoon'a iyi olup olmadığını sordu. "Kusura bakma ama yüzünde yanlış trene bindiğini fark eden birinin telaşlı ifadesi var."

"Ellerim içki yüzünden titremiyor Harry. İnsanın onuruna düzenlenen bir akşam yemeğinden daha feci ne olabilir ki, sevgili dostum? Odamda kalıp kendime zarar vermeyi tercih ederdim. Özel okulda öğrenmiş olabileceğin yalandan Doğu Londra ağzıyla söylersem, 'zevcem' kendini tamamen kaybetmişe benziyor."

"Bu yemek ikinizi de çok gerdi. Aslında Liana son derece kibar..."

"Şunu söylemeliyim ki, sen insanın büstünü dikebilecek ve içki tedarik edebilecek parlak bir çocuksun. İyice kanım ısındı sana. Bana küçük bir iyilik yapman gerekebilir."

"Ne zaman böyle bir şey söyleyeceğinizi merak ediyordum..."

Mamoon öne doğru eğildi. "Bu gece gözün Liana'nın üstünde olsun; sutyenler, kaçamak mekânları ve kadınların ilgilendiği diğer şeylere dair çene çalmak konusunda ne kadar iyi olduğunu biliyorsun."

"Pardon?"

"Migren ve kedi konularının kadınların ilgisini hep çekeceğini bilecek kadar zekisin. Bizim yaşlı hanımefendinin iştahını kabartacak konular aç."

"Peki."

"Bir dakika, şu votka şişesini kaparak bana bir iyilik daha yapar mısın? Buzdolabında, Liana'nın kaşmir süveterlerini sakladığı yerde." Harry şişeyi ve yanında da iki kristal shot bardağı getirdi. Mamoon iki bardağı da doldurdu, birini içti ve hemen yeniledi. "İç şunu. Sek daha iyi. Vermut kafamızı karıştırıyordu." Harry votkayı içti, Mamoon kendi bardağını tekrar doldurup, "Bu konuda epey deneyim sahibi olduğunu biliyorum," dedi.

"Hangi konuda, efendim?"

"Kadınlar konusunda."

"Siz benden daha deneyimlisiniz efendim. Yıllarca Peggy'yle birlikteydiniz. Bu konuyu inceliyorum."

"Harry lütfen istekli okur kitlelerine onun mükemmel bir kadın olduğunu ama hiç kimsenin onunla evlenmemesi gerektiğini belirtmeyi ihmal etme. İnsan âşık olur ve sonra, bir süreliğine, başkasının çocukluğunun merhametine kaldığını öğrenir. İnsan bir süre sonra örneğin aslında karısının annesinin koltuk altında yaşadığını fark edebiliyor. Ben bir hata yaptım. Sonra derece anlaşılabilir bir hata."

"Nasıl?"

"Seksin ve çalışmanın aşkın yerini alabileceğine inandım. Şunu söylemeliyim ki, Peggy öldüğünde rahatlamış ve hatta biraz da sevinmiştim. Bir süre ne yapacağımı bilemedim. Gerçekten ihtiyacım olan şey, şu an sahip olduğum şeydi: Karmaşık –hem de hiç şüphesiz, fena halde karmaşık– olup, bir erkeğin kadını olabilen bir kız."

"Nasıl bir kadın oluyor bu?"

"Kendini çocuklarına, bir davaya ya da alkole değil, idealize ettiği adama, o adamın kalemine ve dehasına adayan bir kadın. Ve bu adam da," diye iç çekti Mamoon, "eğer mümkünse ben olmalıyım."

"Şanslısınız, efendim. Yakında daha da şanslı olacaksınız."

"Niye ki?"

"Bu gece karınızı görene kadar bekleyin."

"Yüzünü falan mı gerdirdi?" Harry kafasını hayır anlamında salladı. "Daha da pahalı bir şey mi yaptı? Söylesene."

"Bir dakika," dedi Harry, kapının arkasına geçip, bir sigara yaktı. "Anlatacağım."

O sabah Julia, Harry'nin odasına gelip kapıyı kapatmıştı, ağlamaklı bir hali vardı. Normalde öyle ağlayan tiplerden de değildi. Harry ne olduğunu sorduğunda durumu şöyle açıkladı: Son birkaç günde bilhassa telaşlı ve kaygılı olan Liana, ona her şeyin kontrolünde olduğunu, kendisi her şeye sahipken Julia'nın hiçbir şeyinin olmadığını ve hareketlerine dikkat etmesi gerektiğini feci bir şekilde hatırlatmıştı. Julia uyarı almıştı.

"Bak kızım, daha minnettar olmalı ve daha uslu durmalısın," diye eklemişti Liana. "O zaman inşallah Mamoon ve ben bu zorlu dünyada ilerlemene yardımcı olabiliriz."

Harry kırgınlıkların üst üste biriktiğini öğrendi: Liana daha önce Julia'yı yağlı saçları ve pasaklı hali yüzünden azarlamıştı. Liana'nın zorbalığından, sabırsızlığından ve her an bir azar daha işitme tehdidinden bıkan Julia düşünüp durmuş ve sonunda kovulmadan Liana'dan intikamını almak için bir plan yapmıştı. Harry, Liana'nın ondan kurtulacağını falan düşünmüyordu; ona evde harcadığı bütün o vaktin karşılığında yeterli para ödemediğini ve sanki ikisi "arkadaşmış" gibi davrandığını biliyordu.

Julia, bu mesele söz konusu olduğunda parayı asıl önemli şey olarak görmüyordu. En sonunda bir amaç bulmuştu ve kendini Liana'nın hayatına vazgeçilmez bir şekilde dahil etmeye çalışıyordu. Sabahları ilk yaptığı şey, kıyafet, takı ve aksesuarları ortaya sererek hanımefendinin giysi dolabını hazırlamaktı. Liana'nın banyosunun bir ameliyathane kadar pırıl pırıl olmasını sağlardı. Sonra da arabayla onu istediği yere götürür, onunla alışveriş yapar, hayvanları tarayıp besler ve hanımefendi kaygıya kapıldığında vanilyalı dondurmasını hazır ederdi. Julia, Liana'yı hep olduğunu düşündüğü o asil hanımefendiye dönüştürüyor ve bu esnada her şeyi görüyordu. Diğer taraftan ise Harry, Liana'nın hiç utanıp sıkılmadan Julia'nın kendileri için çalışmasının bir "deneyim" olarak CV'sinde "iyi duracağını" söylediğini duymuştu, bu yorum karşısında da Julia alaycı alaycı sırıtmıştı. "Niye sırıtıyorsun öyle?" diye sormuştu Liana, Julia da şu cevabı vermişti: "Ama hanımefendi, bizim burada kariyerlerimiz yoktur. Bazen iş buluruz. Ama genelde bulamayız."

Julia'nın Büyük Beklentiler Evi'ni kendi evine tercih ettiği Harry için bir sır değildi. Julia bu eve ilk kez çocukken, Peggy annesini işe aldığında gelmişti. Peggy'nin kardeşi Scott annesine göz kulak olacak kişiydi ama o da sık sık başka yerdeydi ve annesinin yaptığı âlemlerin yoğunluğu ve sıklığı giderek artıyordu. Ruth hemen her gece bir bara gidiyor, daha fazla içmek için de eve bir sürü adam getiriyordu. "Hayatımın bu döneminde biraz eğlenmeyi hak ediyorum," diye ısrar etmişti bir keresinde, koca bir bardak bir birayı kafasına dikerek. "Aşkta şanssız olmuş olabilirim ama yaşamak için asla geç değil! Kendine baksana mesela," diye devam etmişti. "O artist çocuğu buraya getiriyorsun, ben bir şey diyor muyum?"

"Neden bir şey söyleyesin ki?" diye cevap vermişti Julia. Şimdi Julia, Harry'ye dönüp "Bu yüzden annem senden nefret etmeye başladı," dedi.

"Geçen sabah yumurtamı yerken annenin bana kötü kötü baktığını fark ettim," dedi Harry. "Ona kibar davranmaktan başka bir şey yaptım mı ki?"

"Senin sen olman yetiyor," dedi. "Flört edişini müthiş taklit ediyor." Julia taklidi yapmayı düşündü ama sonra vazgeçti. "Senin ukala, orta sınıf ve küstah olduğunu, bu ülkede nefret ettiği her şeyin sende vücut bulduğunu söylüyor. Bir gün biri sana iyi bir ders verecekmiş."

"Ders almaya can atıyorum, biliyorsun. Ama umarım hocam Scott olmaz."

Ruth'un o meşhur "geceleri"nde genellikle dans ve gürültücü çiftleşmeler olur, bunu kavgalar ve ertesi sabah yerde görülen kan lekeleri izlerdi. Julia mümkün olduğunda arkadaşı Lucy'de kalırdı; bazen de evde durumun berbat olacağını düşündüğünden kulübelerden birine gizlice girer ve Liana ile Mamoon'a haber vermeden bir divanda uyurdu. Ama genellikle evde olurdu, sürgülü kapının ardında uyumakta güçlük çeker, evdekilere müdahale etmek ile etmemek arasında gidip gelirdi. Eğer bağırışlar çok çaresizse ve yumruklar çok sertse giyinip aşağı iner ve manyaklara bağırıp çağırırdı. Bir keresinde CD-çaları çekiçle parçalamış, bir keresinde de polis çağırmıştı. Bunun üzerine, Ruth gözlüklü ve –bazı alkolikler gibi bir deri bir kemik değilse de– ince yapılı olmasına rağmen Julia'nın kulağına feci bir tokat indirmiş, bu da zavallı kızın sarsılmasına ve kulağının acımasızca çınlamasına neden olmuştu. Dahası, adamlardan biri adeta eve taşınmış, oturma odasındaki masanın altındaki bir kutuyu kendine mesken edinmişti. Julia masaya oturduğunda yapışkan ve soğuk bir el uzanıp ayak bileklerini okşayabiliyordu. "Bir barda yaşamak gibi bir şey bu," diyordu Julia.

İzin günlerinde eve gitmeyip, çayırların birinin sonunda yer alan soğuk ama temiz, neredeyse görünmez derede yüzüyordu. Bazen Harry'yle Scott'un tamir ettiği dört tekerlekli motora binip ırmağa giderlerdi. Harry gitarını çalıp ona yumuşak bir blues şarkısı söylerken, Julia da lavanta rengi gökyüzünü, kırları ve geleceği düşünürdü.

Julia yürüyüş konusunda gitgide daha istekli olmuş, çok geçmeden de hafifçe koşma isteği duymaya başlamıştı, bazen Harry de ona katılıyordu. Saçlarını şeritler halinde kırmızıya boyamıştı, koştuğunda renkler dans ediyor gibi görünüyordu. Dinlenmek için çayırdaki bir mutfak sandalyesine oturur, yüzüne güneşe doğru çevirirdi. Bir keresinde şöyle demişti: "Arkadaşlarımın çoğunun çocuğu var. Nasıl çile çektiklerini biliyorum. Bebek doğduktan ve adamlar gittikten çok uzun süre sonra da çekmeye devam ediyorlar." Bu çocukların çoğuna bakıcılık yapmıştı; çocuklara karşı nazik ve sabırlıydı. Civardaki orta sınıf mensuplarının onun gibi kızlara "kaşar" dediğini söylemişti ama bölgedeki yegâne düzenli eğlence de çiftleşmekti.

Bir akşam Harry onu öptükten sonra Julia çantasından bir zarf çıkarıp Harry'ye verdi. Zarfın içinde Mamoon'un soluk kurşunkalem ve tükenmezkalemle yazdığı, okunması neredeyse imkânsız notlarla dolu olan üç adet lekeli, yıpranmış telli defter vardı. Julia bunları yatağının altında saklıyordu. Harry teşekkür etti ve defterleri asker pantolonunun ceplerine soktu; sonrasında, defterlere hızla göz atmaya fırsat bulduğunda, bunların adeta birer hazine olduğunu gördü.

Harry ve Julia evde göz göze gelmemeye çalışıyordu. Ama aralarında "sonsuz" bir bağ olduğuna inanan Julia sık sık Harry'ye mesaj atıyor, öpücükler ve kendisine daha sonra yapacakları hakkında talimatlar yolluyordu. Bir gün Harry çalışırken Julia elinde kova ve paspasla odasına girdi. Harry ona doğru döndüğünde, ellerini bacaklarının arasına götürdü, orta parmağını yalayıp kendini okşamaya başladı, Harry de onu aynadan izliyordu.

Julia'nın gözüpekliği Harry'nin hoşuna gidiyordu; o yaramaz ve kural tanımaz gülüşünün ışıltısı ona hep keyif veriyordu. Hanımefendinin paranoyasını dürtmenin işe yarayacağını fark edecek kadar zeki olduğu zamanlarda ise onu daha da çok seviyordu.

Bu Julia'nın intikam hamlesiydi. "Liana, patron sensin, buradaki her şeyi sen organize ediyorsun, çok şükür. Ama bende sende olmayan bir şey var."

"Dalga geçiyorsun herhalde. *Neymiş o şey?*"

"Tahmin et." Hafifçe kıkırdadıktan sonra Julia mütevazı ama inatçı tavrıyla devam etti: "Benden daha az fanfinfon yapıyorsun. Aslında çoğu insandan daha az."

Liana duraksayıp, onu daha önce hiç görmemiş gibi Julia'ya baktı. Julia da Liana'nın onu tokatlayabileceğinden ya da kovabileceğinden çekinerek, geri çekildi.

"Evet, peki... İnsanlar bu konu hakkında konuşuyor mu?"

"Evet konuşuyorlar."

Liana dudaklarını büzüştürdü. Kendini boşuna cadı, mistik ve medyum diye tanımlamıyordu. Bir süre düşündükten sonra şöyle dedi: "Mamoon odaya girdiğinde halen ellerim terliyor."

"Peki onun herhangi bir yeri *terliyor mu?*"

"Evet, mesele de bu. Kesinlikle doğru noktaya parmak bastın. Onun üzerindeki gücümü artırmalıyım."

"Artırmalısınız, efendim."

"Aksi takdirde sıkılır ve tehlikeli bir hal alır, Peggy ve Marion vakalarında olduğu gibi. Benim ülkemde biz kadınlar çok güçlüyüzdür ve bir erkeği elimizde tutmanın tek bir yolu olduğunu biliriz; erkeği tatmin etmek. Onda bir damla bile sperm ya da başka bir kadına merhaba bile diyecek enerji kırıntısı bırakmayacağım."

Liana kocasını her gece ayartmak için "cilve ve hilelerini" kullanabileceğini herkesin bilmesini sağlayacaktı. "O zaman kocamın beni arzulamadığını düşünen dedikoducu köylülerin çeneleri sonsuza dek kapanacaktır."

"İyi atışmış, Julia," diye onayladı Harry. "Tehlikeli ama zekice. Liana'nın aklından ne tür cilve ve hilelerin geçtiğini görmek için sabırsızlanıyorum. Senden daha iyi bir yardımcı bulamaz. Umalım da bu küçük plan geri tepmesin."

Harry sigarasını söndürdü ve Mamoon'a bir içki daha doldurdu. "Liana, Julia'nın da yardımıyla, seni mutlu etmek için uğraşıyor," dedi. "Söylemeye bile gerek yok ama senin bahsettiğin ideal kadının –erkeğinin kadını– erkek tarafından meşgul edilmesi gerekiyor."

"Geçen ay Liana'nın harçlığını artırdığımı duymak seni heyecanlandıracaktır o zaman."

"Ne kadar artırdın?"

"Bir erkeğin kadınıyla konuşarak ve hatta bazen de onu dinleyerek kadınını kulaklarından yakalaması gerektiği doğru. Ama bu sefer onun kafasını ele geçirdim. Ona bir peruk almış gibiyim."

"Onu kesinlikle dışarı çıkarman ve ortamlarda göstermen gerekiyor. Yoksa bir Velazquez'i dolapta saklamak gibi olur. Ona iyi davran: Noel için yeni sutyenler al. İlgi hoşuna gidecektir."

Mamoon bir kahkaha attı. "Sevgili Harry, aletin o kadar sert ki düz yürümekte bile zorlanıyorsun. Bense yürümekte zorlanıyorum. Ayrıca kaynayan kanım nihayet soğudu." Sonra Paris'te yaşayan eski bir arkadaşından, kendisinden daha yaşlı olan bir şairden bahsetti. "Bir kafede oturmuş, dünyanın ölmesini izleyen iki yaşlı adam düşün. Arkadaşım ya benden daha güçsüz ya da daha inatçı bilmiyorum ama halen aşk oyununu sürdürüyor. Geçen gün bana yaşlanmanın tek iyi tarafının erken boşalmamak, hatta hiç boşalmamak olduğunu söyledi."

Mamoon'un arkadaşının gözleri aniden bir yere odaklanırmış, sonra ayağa kalkar ve bir kadının peşine takılırken, bir yanan da Stendhal'den alıntı yaparmış: "Mutluluk vaadidir güzellik..." Mamoon'un arkadaşı kadınlarla apartman dairelerinde buluşup sevişir –en azından en başta– ve hukuk öğrenimlerini sürdürmeleri için onlara para verirmiş. Kadınlar daha zengin ve daha genç birilerini bulunca ilişki bitermiş. Bir gün, bu yaşlı adam, başka bir herifle birlikte olan eski oynaşlarından birini gözetlemek üzere tırmandığı balkonda polise yakalanmış.

"Sonra, Harry, ağlaya ağlaya bana geliyor; aşk mağdurlarını teselli etmek konusunda benden iyi terapist bulamazsın."

"Onu kıskanıyor musun?"

"Arkadaşımı şunu öğrenmesi gerekiyor ve sanırım sen de bir gün öğreneceksin: İş işten geçtiğinde birleşme modeli ve bütün aşkların hedefi büyük patlama değil, şefkatli bir evliliğin, bir kutsal sevginin, sıcak bir muhabbetin tıslaması olmalıdır. Kibar, şefkatli, dengeli, sakin bir sevgi insanın özgürce düşünebileceği rahat günler sağlar. Ayrıca, insanın yemeği de her istediğinde masada hazır olur."

"Yetişkin işi olmaktansa, anne baba gibi ya da kardeş gibi bir sevgi."

"Neden yetişkin işi olmasın?"

"Cinsellik yok."

Mamoon votkasını kafasına dikti. "Kabul etmek zorundayım, haklı olabilirsin." Harry gülümsedi, Mamoon'un ilgisini nihayet çekmiş olmaktan memnundu. "Düşündüğüm kadar salak değilmişsin."

Harry öne doğru eğildi. "Penisini kâğıda döküyorsun."

Mamoon sorgular gözlerle baktı. "Pardon?"

"Mamoon, kadınlarını gerçek insanlar olarak sevmektense kurmaca karakterlere dönüştürüyorsun."

"Eğer her seferinde bu kadar ileri gitmeseydin," dedi Mamoon kederli bir ifadeyle, "neler başarabilirdin, bir düşün."

"Sadece bu kadar ileri gittiğimde bir yerlere ulaştığımı düşünüyorum," dedi Harry.

Mamoon gözlerini kapatmıştı ki evin bir yerinden bir çığlık yükseldi. "Ben yaşıyorum ve çılgınlar gibi dans etmeye hazırım! Hazır olun!"

"Çocuklar, Liana geliyor!" diye şakıdı Julia.

Mamoon doğruldu ve bastonuna uzandı. "Umarım görmeye değer bir şeydir."

Julia'nın desteğiyle, Liana merdivenlerden dikkatlice indi. Mamoon, fiziksel anlamda kendini zorlayarak, dönüp karısına baktı. Harry bunun eşinin doğum günü için seçtiği bir tarzı mı yoksa Mamoon'un bütün servetini bir seferde giyme çabasını mı yansıttığından emin olamadı; Mamoon yattığı küvete bir elektrikli soba atılmak üzere olan bir adam gibi dehşete kapılmıştı.

"Yardım et," dedi Harry'ye, kollarını uzatarak. "Lütfen kalkmama yardım et, alt tarafım tutmuyor."

ON

Islıklar ve tıslamalar yükseliyordu kalabalıktan: Harry dünyanın alev alacağını falan düşündü. Liana bacak bacak üstüne atmıştı.

"Eğer bu işi bu halim çözmezse, hiçbir şey çözemez," dedi Liana arabada Harry'ye doğru uzanıp, eteğini aşağı doğru çekiştirerek.

"Valla benim bile pantolonumda bir şeyler kıpırdıyor."

"Bu gece için sabırsızlanıyorum. Ona dokunmayı o kadar istiyorum ki."

"Umarım bir sürü yumuşak orgazma ulaşırsınız."

"Sonra ulaşacağım, kesin," dedi Liana. "Aramızda kalsın, ben kolay orgazm oluyorum, bazen üst üste iki üç kez, eğer adamı seversem. Sevmezsem bir kere oluyorum. Seks, hayatı yaşamaya değer kılar mı? Geçen gün 'Hayatlarımız ancak orgazmlarımız kadar iyidir,' dememiş miydin?"

Harry kıkırdadı. "Umarım öyledir."

Harry, Liana'ya tekrar bir bakış attı ve ultra mini deri eteğine, incecik bluzuna ve yüksek topuklu *Louboutin*'lerine iltifat etti. El çantasına gelince, leopar deseninin her zaman hayranı olduğunu kabul etmeliydi; aynı renkte pijama altı giyerdi o da.

"Burada dur ve park et, geldik," dedi Harry'ye en sonunda. "Mamoon," dedi yüksek sesle. "Dinle lütfen, iniyoruz."

"Burada mı?" Mamoon camdan dışarı kaygıyla baktı. "Emin misin?"

"Kesinlikle."

"Mümkün değil. Sürmeye devam et evlat!"

"Hayır, hayır," dedi Liana ve arabadan inip, Mamoon'u çıkarmak için diğer tarafa geçti. "Ciddiyim."

Akşam yemeğinin, yetmişlerden kalına yapay-kolonyal bir dekora sahip standart bir Hint restoranının arka salonunda yenecek olmasına Harry de şaşırmıştı. Bu Mamoon için tam bir şoktu, huzurevine bırakılmak üzere olan bir emekli gibi titremeye başlamıştı.

"Uzağa gitmem demiştin ve burası senin Pottapatti'n; burada saatlerce baş başa verir, çocukluklarımızı, kütüphanemizin ne renk olacağını, geleceğimizi ve beraber neler yapacağımızı konuşurduk. Buradaki yemekleri de seviyorsun *habibi*, sevgilim" diyerek savunmaya geçti Liana, Mamoon'un ellerini bir yandan okşuyor, bir yandan da arabanın koltuğundan ayırmaya çalışıyordu.

"Öyle mi?" dedi Mamoon.

"Keema'nın Tanrı'nın yemeği olduğunu söylemiştin. İçecek ve bakacak çok şey var; bunlar bizim arkadaşlarımız!"

"O piçlerden nefret ediyorum."

"Aptallık etme. Senin kitaplarını okudular. Telif hakları için minnettar olalım."

"Yayıncım onlara bedava kopyalar gönderdi."

Harry ve Liana, Mamoon'u arabadan çıkarıp restorana götürmekte epey zorlandı. Bilhassa da Liana ilerleyen saatlerde "küçük bir konuşma" yapmasının iyi olacağını söylediğinde Mamoon durup, şüpheci gözlerle ona baktığında.

"Konuşma mı? Burada mı?"

"Lütfen hayatım, kısacık bir şey, sevgili arkadaşların için birkaç güzel kelime. Nelson Mandela ifadeni takınsan yeter. Kolay bir şey senin için."

Mamoon "Aman Allah'ım, Charcot'un salı seminerleri gibi bir şey olacak" diye sızlanırken, bir dizi solgun, tuhaf insan içeri girdi. Sandalyesinde kaykılmış oturan Mamoon hiç istifini bozup kalkmadan, hizmetkârlarını süzen milyarder bir Hindu'nun kayıtsızlığıyla selamladı gelen yarı-ölüleri. Liana, Mamoon'un kitaplarına hayranlık duyan ve "büyük adam"la tanışmak isteyen, Londra'da yaşayan zengin bir Amerikan çifti de "çeşit" olsun diye davet etmişti. Kadının, Avusturalya'yı konu alan kitabına övgüler yağdırmasına –kitabı Amerikan teşhirciliğinden uzak, müthiş bir "kişisel gazetecilik" klasiği olarak tanımlamıştı– rağmen Mamoon, Amerikalı çiftle konuşmak istemedi.

Yemek esnasında arkadaşları şu aralar ne yaptığını sorduğunda Mamoon "Hiçbir şey, her şey için çok geç, yapacaklarım bitti, ben de bittim ve beni bekleyen tek şey sonsuz karanlık," diye cevap verdi, Liana ise taşrada hep yapıldığı gibi duble yollardan, çevreyollarından ve yeşil alanlardan söz etti.

Kendisine bu konuda ne düşündüğü sorulduğunda Mamoon boğazını temizledi ve kararlı bir ses tonuyla "Hepinizi seviyorum, İngiltere'yi seviyorum; taşrayı, insanları ve hatta yemeği bile, özellikle de Hint yemeğiyse," dedi ve gözlerini kapattı.

Liana insanların dikkatini çekmek için kadehini çınlattı ve hepsi yaşlı adamın ağzından çıkacakları duymak için saygıyla Mamoon'a baktı.

Sonunda Mamoon gözlerini açıp devam etti: "Sadece geçmişi olup, geleceği olmayan bir ülkede yaşıyoruz. Eğer ben muhafazakârsam bunun nedeni geçmişin, İngiltere'nin ve İngiliz halkının karakterini muhafaza etmek istememdir. Ben bir göçmenim ama İngiltere artık benim yuvam. Bu maymunlar cennetinde, bu ahmaklar demokrasisinde başka hiçbir yerde olmadığı kadar vakit geçirdim ve buradaki özgür ve adil köy atmosferini başka hiçbir yere değişmem. Ayrıca bu ülkenin trajedi ve komedisini de ilgiyle takip ettim. Ben çocukken Britanya dünyanın en güçlü ülkesiydi, temsilcileri de hem korku hem hayranlık uyandırıyordu. Altmışlarda geliştirdiği sinizme, siyasi figürlerin başka yerlerde sıkça karşılaşıldığı gibi idealize edilmeyip, korkusuzca alaya alınışına ve küçük düşürülüşüne hayran olmuştum.

"Fakat şu anda biz yazar ve sanatçıların muhalefet etmesine izin verilmiyor. Başkalarını sorgulamamamız, eleştirmememiz ya da aşağılamamamız gerekiyor, takibe alınma ve öldürülme korkusu içindeyiz. Bugünlerde korumaları olmayan bir yazar pek ciddiye alınmıyor. Olumsuz eleştiri sorunlarımızın en basiti. Akıl almaz şeylere inanan bütün aptallarla dalga geçmek lazım: Bu onların temel insan hakkıdır. İfade özgürlüğü hep çalınıyor, hep koşullara bağlı. Korkarım hakikat oyunu sona erdi. İnsanlar hakikati istemiyor; hakikat onların zengin olmasını sağlamıyor.

György Lucaks'tan alıntı yapacak olursam, hepimiz Büyük Uçurum Oteli'nde yaşıyoruz. Bu otel her türlü hizmet ve tesise sahip; güzel, iyi aydınlatılmış, rahat ve özenli bir çalışan kadrosuna sahip. İnanılmaz bir manzarası var, çünkü bir uçurumun yamacına kurulmuş. Ve otel sakinleri petrol bulmak için otelin altını kazdıklarından, otel her an çökebilir. İnsanların ödünç alınmış zamanlarda özgürce okuyup konuştuğu bu liberal yerleşim alanında hayatta kalmayı başarıyoruz. Ama içeride olmayanlar –dünyanın mülksüzleri, yoksullar, mülteciler ve sürgündekiler– için varoluş bir çorak ülke.

Bu gitgide artan ayrım ölümcül nitelikte. Biz Otel'dekiler şanslıyız ve bunu unutmamalıyız. Ben bile bunun kıymetini biliyorum. Asla eve dönmeyeceğim. Burada öleceğim."

"Bu restoranda değil, umarım," dedi Liana.

Mamoon konuşmasına devam etti: "Aslında şunu söylemek istiyorum, insan kendinden nefret eden yegâne hayvan olduğundan dünyanın olası kaderi de özyıkımdır." Gözlüklerini kaldırdı ve "O halde, her şey gönlünüzce olsun, dostlarım," dedi. "Kadehimi mutlu bir kıyamete kaldırıyorum."

"Mutlu bir kıyamete," diye mırıldandı diğer konuklar itaatkâr bir şekilde, kadehlerini kaldırarak.

"Mutlak özyıkım," dedi Mamoon.

"Mutlak özyıkım," diye tekrarladı arkadaşları.

"Ve ölüm," diye ekledi Mamoon.

"Ölüm."

"Ölüm."

"Mutlu yıllar sana" diye şarkı söylediler. Sonra, bir çeşit dondurma olan kulfi servis edilmeden önce, Mamoon'un yardımcılarından biri, zaman zaman onun için araştırma da yapan genç bir Hindu ayağa kalktı ve Mamoon'un ustalığını, insan sevgisini, şefkatini ve anlayışını öven bildik bir konuşma yaptı. Ayrıca Mamoon'un bir devrimci olduğunu söyleyip, onu Derrida, Fanon, Orwell, Gogol ve Edward Said'le kıyasladı. Neyse ki Mamoon'un herhangi bir yüz ifadesi takınacak hali kalmamıştı; kelimeler üzerinden geçip giderken sadece şaşkınlık ve afallama okunuyordu yüzünden.

Bu toparlama ve veda sahnesini kitabın girişine eklemenin iyi bir fikir olduğunu fark eden Harry sürekli notlar alıyordu. Konuşmalar bittiğinde temiz hava almak için dışarı çıktı, bir duvarın üstüne oturdu ve notlarına konuklara dair bazı bilgiler ve renkli detaylar ekledi. Sadece "gerçekleri" sunmayacaktı; daha romanımsı, şahsi bir tona sahip olmak, başarı ve ödüllerle dolup taşan yazarın son yıllarını sunmak istiyordu. Restorana geri döndüğünde, çoğu artık fena halde sarhoş olsa da, konuklara kahve servisi yapıldığını görmek onu mutlu etti. Hızla restoranın bir köşesine gitti ve telefonuna baktı. Alice aramış mıydı?

Alice'i özlemişti ama onun kendisini ya da başka herhangi birini özlediğini sanmıyordu. Soğukkanlı biri olduğu için, böyle duygulara kapılmazdı Alice. Ona zaman ayıracak bir ailesi olmadığı için daha küçük yaşta kendi kendine yetmeyi öğrenmişti. Ama Harry, Mamoon'un evine geleli beş hafta olduğu, şeylerin yavaş ilerlemesinden ötürü sinirlerinin bozulduğunu ve depresyona girmek üzere olduğunu düşündüğü için, hiç kimsenin Alice'in yanında ukalaca, anlaşılmaz ya da hatta zekice bir laf etmeyeceğini ısrarla belirtmişti. Alice buna dayanarak nihayet onları ziyaret etmeyi kabul etmişti. Ama Harry'ye bir mesaj gelmişti ve mesajda Alice bu gece oraya ulaşabileceğinden emin olmadığını söylüyordu. Diğer konukları tanımıyordu, zaten meşguldü. Her zamanki gibi Harry'yi "beklemeye" almıştı.

"Hayatım, yardım et bana." Harry bir elin omzuna dokunduğunu ve bir elin de bileğini sardığını hissetti. "Buradan gitmemiz lazım," diye fısıldadı Liana. "Bu kadarı yetti bana. Şu hale bir bak."

İngiltere için okuduğu zafer şarkısından sonra içine kapanan Mamoon'un sandalyesinden düştüğünü ve yerde şaşkın bir çocuk gibi oturduğunu gördü Harry. Konuklardan bazıları yalpalayarak yanına gidip, sandalyesine oturmasına yardım etti. Bu esnada Liana, Mamoon için bu kadarının yettiğini düşündüğünü söylüyordu arkadaşlarına.

Harry ve papyonları yamulmuş iki restoran çalışanı, bilinci pek yerinde olmayan Mamoon'u restorandan çıkarıp arabanın arka koltuğuna yerleştirdi. Ayakkabılarını çıkardılar, başının altına bir yastık koyup, üstüne bir battaniye örttüler.

Harry, Mamoon'u taşıma işi bittikten ve restoran çalışanlarına bahşiş verdikten sonra, "Bu biyografinin bu kadar çok fiziksel çaba gerektireceğini bilseydim, bir daha düşünürdüm," dedi Liana'ya.

"Hadi gidelim," dedi Liana. "Hemen, lütfen."

ON BİR

Liana, Harry'ye arabayı dikkatli kullanıp, Mamoon'un uyumasına izin vermesini söyledi. Mamoon birkaç saat içinde uyanacaktı, sonrasında eğlenceli bir seks gecesi onları bekliyordu. Liana camdan son vedalarını iletti ve ayrılan konuklardan bazılarına –biri kaldırım kenarında kusuyordu– el salladı.

Liana sanki bir iç basınçla patlayacakmış gibi surat asıp, garip bir şekilde sallanmaya başlayınca Harry bir elini direksiyondan çekip onun göğsüne bastırdı.

"Dikkat et," diye bağırdı Liana. "Sutyenimde pembe kuvartz kristali var!" Harry laf olsun diye, konukların yemeği beğendiğini düşündüğünü söylediğinde Liana "Eğer öyle düşünüyorsan Hint yemeği konusunda hiçbir şey bilmeyen aptalın tekisin demektir," dedi. "Bir daha asla kabızlık çekmeyeceksin; yemeğin tam bir trajedi olduğunu görmedin mi? Bu tuhaf tipleri bir daha görmek istemiyorum."

"Senin asıl istediğin şey şu Liana: Somerset Maugham, Arnold Bennett ve nadiren de Thomas Hardy'nin çay için uğrayıp, tiyatrolarda neler olduğundan konuşacağı bir salonu olan şahane bir hanımefendi, sosyeteyi ağırlayan bir ev sahibesi."

"Bunu yapabilmek için Londra'da olmam lazım," dedi Liana. "Mamoon'un benim için ne kadar az şey yaptığını hiç fark ettin mi?"

"Ama sen Tolstoy'un karısısın," dedi Harry. "Statü ve saygınlık yeterli bir teselli değil mi?"

"O kıymeti bilinmeyen akşam yemeğini düzenledim çünkü Mamoon beni hiçbir yere götürmüyor. Aklından hep hınzırlıklar geçen medyumum Ahlaksız Ben'i tanıyor musun?"

"Yakın geleceği gören medyum mu? Hani şu transseksüel olduğunu söylediğin medyum mu?"

"O tırnaklarla kesin transseksüel olması lazım, tatlım."

"Liana, söyler misin maksimum altı ay sonrasını görebilen bir medyum tutmanın ne anlamı var? Kör bir cerraha gitmek gibi bir şey değil mi bu?"

"Ahlaksız Ben'e 'Mamoon'u ateşli bir adama çeviremez misin?' diye sordum," dedi Liana. "'Önümüzdeki ayda benim için seks görünüyor mu?' 'İmkânsız', dedi, eski kocamın bana büyü yaptığına düşünüyormuş. Kötü büyüyü çözmek için de yedi yüz pound istedi."

"Eski müşteri indirimi yapmıyor mu?"

"Harry, sorarım sana, başka ne yapabilirdim? Mamoon benimle doğru düzgün konuşmuyor bile. İhtiyaçlarımı iri harflerle yazdım ve günlüğümü de orta yerde bıraktım. Hangi koca, karısının günlüğünün yanından öylece geçip gidebilir ki?"

"Sana hiç dokunuyor mu?"

"Doğum günümde bile dokunmadı. Benim için kutsal şeyler, dünyevi şeylerde gizlidir. İnsan tutku ve aşk eksikliğinden delirebilir mi? Ve ben hâlâ dokunulası bir kadın değil miyim? Sanırım sen bu işlerden anlarsın Harry?"

Harry, Liana'ya bir bakış attı. "Leziz bir kadınsın Liana, lokum gibisin ve cinselliğinin zirvesindesin. Önünde, özellikle de önümüzdeki altı ayda yaşayacak çok şeyi olan, potansiyelini kullanmamış bir kadınsın."

"Denedim ama olmadı, kırklı yaşlarım tatmin edici değildi," dedi Liana. "Boşanma ve diğer bütün o şeyler insanı kurutuyor *tesoro*, hayatım."

Mamoon'a duyduğu edebi hayranlığı ve bunun bir anda nasıl aşka dönüştüğünü anlattı. Liana için bu bir "uyanış" olmuştu; cinsel, ruhsal ve duygusal bir uyanış. Hayatın anlamını idrak etmişti; her şey birbirine eklenmiş ve ruhu ışıkla, hayatla dolmuştu. İlk üç yıl devam etmişti bu. Ama sonra ışık titreşmeye başlamıştı. "Şu anda bana verecek hiçbir şeyi yok, bir şey vermeye niyeti de yok."

"Eskiden satın alınan kitapları kâğıt poşetlere sarıyordun Liana," dedi Harry. "Şimdi evin, toprağın ve sana kuyruk sallayan köpeklerin var. Mamoon öldüğünde para sana kalacak ve sonsuz ateşin bekçisi olarak hayranlıkla bakacak insanlar sana. Önünde bir ömürlük iş var; şunun ya da bunun için izin vermeyi reddedecek ve kocana şarlatan nonoş falan diyen gazetecilere saldıracaksın."

"Harry anlamıyorsun, kadınlar için durum daha kötü. Sen kendine yetmiş beşinde bile bir eş bulabilirsin ama Mamoon benim son âşığım, muhtemelen hayatıma giren son erkek olacak ve ben bir daha asla sevilmeyeceğim. Mamoon'dan sonra benim yanıma hangi erkek yaklaşır?"

"Büyük bir sanatçı eski kocan olmuş olacak, fena mı? Liana, halen seks arzusuyla yanıp tutuştuğun oluyor mu?"

Mamoon horlamasına rağmen, Liana gerçekten uyuduğundan emin olmak için dönüp arka tarafa baktı. Harry'nin iPod'unda kısık sesle Brezilya şarkıları ve İskandinav cazı çalıyordu; yumuşak trompetler ve baygın ağır piyanolar. Harry, Liana'nın hızlı hızlı nefes aldığını duyabiliyordu. Onu müzikle baş başa bırakıp, kenarları çalılık ve ağaçlarla kaplı karanlık yollarda farları yola göre ayarlayarak ilerlemeye odaklandı.

Liana nihayet ona doğru eğilip "Ben tam bir azgınım, hayatım, azgın," diye fısıldadı. "Julia'ya eğer mümkünse bir aydan fazla aşksız kalmak istemediğimi söyledim."

"O ne dedi?"

"Çığlık attı, bir hafta bile fazlaymış. Her gün orgazm olmayan bir kadının cildinin kuruyup kırışacağını söyledi. Julia'ya göre insan âşığının spermini alnına sürmeliymiş."

"Evet, zaten süt gibi bir cildi var."

"Bunu kabul etmek istemezdim, kitaba da koymanı istemem ama," diye devam etti Liana, "kollarımı açıp bir ağacı kucakladım."

"Ağaçlara köpekler işer Liana," dedi Harry. "Mamoon'la bu konuyu konuşmamı ister misin?"

"Konuşur musun? Eğer konuşmazsan," dedi Liana, ona sert bir bakış atarak, "sana geceleri nereye gittiğini sormaya başlayabilirim."

"Ne?"

"Hava karardığında."

Harry, Liana'nın onu süzdüğünü biliyordu. "Hava kararınca dinlenmeyi severim, Liana. Araba kullanmayı severim. Bazen Stonehenge'e gider, çitin üstünden atlar ve yanağımı o eski kayaya dayarım. Bu rahatlama hali kitabımı ya da senin ifadenle yazı çizi işlerimi düşünmeme yardımcı olur."

"Kabalık istemem Harry ama dikkatli ol. Sırlarına saygı duyuyorum ama bu Stonehenge saçmalığını kız arkadaşına sakla. Kız arkadaşının da nasıl biri olduğunu merak ediyorum."

"Sinirimi bozdu, çünkü Mamoon'un yemeği için burada olacağını söylemişti."

"Hep böyle kaçak mı oynar?"

"Bütün hayatı söz verip vazgeçmekten ibaret."

"Bunu söylemek istemezdim ama bana Tarot Büyücüsü'nü hatırlatıyorsun. Büyük bir ruhsal gücün var. Daha iyilerine layıksın," dedi Liana ve devam etti: "Ne yapacağımızı buldum. Ben püriten, Katolik bir aileden geliyorum. Eskiden Tanrı'dan şüphe ettiğimizde cezalandırılırdık. Kimyasal şeyleri denemekten uzak dururdum. Ama modern romanlarda okudum. Hiç kokain ya da adı her neyse işte, ecstasy falan denedin mi? Var mı sende hiç?"

"MDMA? Sana iyi gelmez."

"O zaman, gazetelere göre, neden milyonlarca insan kullanıyor bunu?"

"Verdiği keyif kısa sürelidir."

"Benim istediğim de bu," dedi derin bir nefes vererek, "kısa süreli eğlence. Kendimi yaşlı bir kadın gibi hissetmeye başladım. Dizlerim ağrıyor. Kalbim de."

"Babam hep yasadışı uyuşturucuların yasal şeylerden daha iyi olduğunu söylerdi. Kim bilir kaç sanatçı sarhoşken, afyon, esrar, kloral ya da amfetamin almışken yaratıcılık sergilemiştir? Antidepresanların kültüre ne faydası dokunmuş ki?"

"Güzel. Eğer o şeyden bana denemem için biraz getirmezsen, kasabadaki o hep gidip içtiğin pis bara giderim." Harry'nin dizine dokunup, devam etti: "Sadece birazcık, lütfen Harry." Harry de Liana'nın önce kendisine karşı iyi davranacağına söz vermesi gerektiğini söyledi. "Mamoon'a, Marion'la röportaj yapmam için izin vermesini söyleyeceksin. Tamam mı?"

"Ama ondan çok çekiniyor. Marion nefret dolu, ondan feci bir intikam alacağına da yemin etmiş."

"Nasıl bir intikam?"

"Bekleyip göreceğiz. Mamoon'un tek suçu bana fena halde âşık olmasıydı. Marion'un ona saldırmasına izin vermeyecektir. Bu riski alma: Eğer ondan bahsedersen Mamoon seni ikiye bölebilir."

"Bu riski göze almak zorundayım."

Eve ulaştıklarında Harry yine Mamoon'u zar zor arabadan çıkardı, mutfağa götürdü, oradan da merdivenleri çıkartıp yatağına yatırdı.

Liana önden gitmiş ve yatak odasındaki ışıkları söndürüp mumları yakmıştı. Sonra da en sevdiği, egzotik kuşlarla dekore edilmiş sarı koltuğuna yığılmış, saçlarını açmış ve ayakkabılarını çıkarmıştı.

Harry Mamoon'u dar kapıdan zar zor, düşe kalka geçirip yatağa bıraktıktan sonra Liana "Şunu bilmen lazım ki," dedi, "şu ayakkabıdaki ayak bombesi, orgazm olurken bir kadının ayağının aldığı şekildir." Elini sütyenine soktu, kristalini çıkardı ve sabırsızca okşamaya başladı. "Mamoon'u uyandır."

"Mamoon... Mamoon..." diye seslendi Harry kısık sesle.

Cevap gelmedi. "Sen Bay Kas'sın, bir tokat at. Sonra sana bunun için teşekkür edecek. İkimiz de edeceğiz."

Harry, Mamoon'un yanağına hafifçe vurdu. "Uyan hadi, eski dostum."

Liana daha sert vurmasını söyledi. "Motorunu çalıştır şunun. Üstüne su dök."

Harry yaşlı adama elinin tersiyle hafifçe vurdu ve alnına biraz su damlattı. Mamoon kafasını kaldırdı, gözlerini açtı ve kısa bir süre Harry'ye baktı. Sonra yine yatağa devrildi ve gözlerini kapattı.

Liana homurdandı ve Mamoon'un ipek pijamalarını işaret etti. "Bu gece iş çıkmaz bu piç heriften. Kendi eğlencemize bakmalıyız. En azından şunları giydirmeyi deneyebilirsin."

"Bunu neden *ben* yapıyorum Liana?"

"Onu tanımak istiyorsun ve ben de ayağa kalkacak halde değilim! Sence ayak bileklerim şişmiş mi?" dedi. "Ciddi olacak olursam, bana ümit verdin. Sence Mamoon'u bahsettiğimiz şekilde geri kazanabilir miyim?"

Bir sürü öfkeli homurtu çıkarıp derin nefesler aldıktan sonra Mamoon tekrar derin uykuya daldı, Harry'nin pantolonunu çıkarıp, pijamalarını giydirme sürecine başlamış olması bile buna engel olmamıştı. Bu esnada Harry cama doğru bakmış ve dışarının karanlık olduğunu görmüştü, hafiften de yağmur yağıyordu. Cam kenarına gitti; uzakta bir cep telefonunun ışığını görür gibi olmuştu.

"Kararlı olmalı ve bütün baştan çıkarma numaralarını kullanmalısın," dedi Harry.

Liana elindeki kristalle koltuğun kolunu okşuyordu. "Haklısın. Çok pasif kaldım." Zarif bir şekilde bacak bacak üstüne attı. "Bana baktığını görüyorum. Eskiden o da bakardı. Bacaklarıma bayılırdı ama sanırım Venedik'te geçirdiğimiz o harika günde benim geri kalan kısmımla da evlenmek zorunda olduğunu anlamış ve biraz şaşırmıştı. Harry..."

"Evet?"

"Bu gece bana çok ilham verdin... Bu gece şeye, hep gittiğin yere gidecek misin? Ya korkarsam? Ya ağlarsam?"

"Ağlama." En sonunda Mamoon'la işi bitmişti. Harry kapıya gidip Liana'yla vedalaştı. Akşam için teşekkür edip, iyi uykular diledi. Odasına çekilip kapısını kilitledi. Birkaç dakika sonra Liana gelip kapıyı yokladı; "Herkes gibi sen de beni reddetme!"

Harry çok içten olduğunu düşünmüyordu ve Liana da çok geçmeden vazgeçti. Harry cam kenarına gidip cama tırmandı ve aşağı atladı.

Julia gece yarısı yağmuru altında yağmurluğunu başının üzerinde tutmuş, bahçede onu bekliyordu.

ON İKİ

"Bana göre değiller."

"Tabii ki değiller."

"Gerçekten değiller."

"Ne düşündüğünü biliyorum. Sana bunların çoğu insana göre olmadığını söylemiştim Alice. Bu kibirli, otoriter yaşlı adamlar sonradan edinilen bir beğeni olamazlar, olsa olsa bir sapkınlıktırlar."

Ama Harry'nin Mamoon'a âşık olduğu konusunda ısrar etmek Alice'in hoşuna gitmişti. Ona göre çok barizdi bu. Harry bu fikre nereden kapıldığını sordu.

"Geçen gün, beni yine sefil hallerinden birindeyken aradığında onun dudakları ve gözlerine dair bir tasvire katlanmak zorunda kalmıştım." Harry'nin zengin sınıfa özgü o nağmeli ve ironik konuşma şeklini taklit ederek söylediklerini tekrar etti: "'Gözleri, sevgili Alice, karanlık ve nüfuz edilemez gibi görünüyor ama aslında yüzyıllarca kaynatılmış kestanelerin sıcaklığını taşıyor...'"

"Evet, ama sadece seni bilgilendirmek içindi bu. Buraya geldiğin için sana teşekkür edecekler."

Ganimetin katlanacağını tekrar edip durdu; Bond Caddesi'nde Alice için bir para meşalesi yanıyordu. Ve böylece, birçok tartışma, tereddüt ve bir Venedik seyahati sözünden sonra harika bir şey oldu: Alice sadece gelmeyi kabul etmekle kalmadı, Harry onu o sabah küçük istasyonun bir peronunda telefonuna vurup sabırsızca beklerken buldu.

Çiftimiz şimdi dar yollar labirentinde, bölgedeki bütün yolların çıktığı hedefe doğru ilerliyordu; Büyük Beklentiler Evi. Alice'in uzun boynu üzerindeki güzel başı tam zamanında döndü ve çitler açıldı; inekler otluyor, kuşlar ötüyor, geyikler olduğu yerde duruyordu. Alice, Harry'nin tahmin ettiği gibi manzaranın huzur verici güzelliğini içine çekip sarhoş olduğunda Harry, soğukkanlılık departmanına davet etmediği için ona bir özür borçlu olduğunu söyledi.

"Ama bedenim gevşeyip çözülüyor," dedi Alice. "Neredeyse bir yoga anı bu. Bu kadar mükemmel olduğunu neden söylemedin?"

"Etrafa bir göz gezdir. Söylesene, sence nasıl görünüyorum?"

"Duş mu yaptın? O tişört gitmiş. Yerinde olsam daha dolgun görünmesi için saçlarıma balmumu sürerdim. Dün geceki yemek nasıl geçti? Anlat her şeyi."

Harry, Mamoon'un bayılmadan önce onu arkadaşlarına *darbari*'si, yani nedimi ya da âşık oğlanı olarak tanıttığını, sonra da Liana'nın ondan uyuşturucu istediğini ve Mamoon'u soyması konusunda ısrar ettiğini anlattı. Alice de Harry'nin Liana'yı da soymak istemiş olabileceğini ima etti. Çok geçmeden Old Vic'te aktör kostümcüsü olarak çalışabilirdi Harry.

"Flört mü ediyordun sen?" dedi Alice. "Hay Allah'ım, Harry sana burada normal davranman için yalvarmıştım. Herkesle aşna fişne mi yapıyorsun?"

"Seni temin ederim ki flört eden oydu. Tam bir kara dul gibi. Kanımın, korkumun ve zayıflığımın kokusunu alıyor ve üstüme atlıyor, fazla samimi, her şeye burnunu sokuyor ve arkamdan gülüp alay ediyor. Benim vasat ve yaratıcılıktan uzak olduğumu söylediğinde –ki bunu neredeyse her gün yapıyor– öfkeden titriyor ve tek başıma ağlıyorum."

"Hiç kulağına hakikati fısıldadığı oluyor mu?"

"Hep gülümsemek zorundayım."

"Rob öyle istediği için mi?"

"Ruhsal ve maddi anlamda ilerlemek için buradayım." Alice röportajların nasıl gittiğini sorduğunda "Senin verdiğin akıllıca tavsiyeye uyarak," dedi Harry, "Mamoon'un kütüphanesinin önünde dururken içeri girmeden önce ondan geri doğru sayıyorum. Ama sonra, karşımdaki kişinin anüsüme dikenli bir balığın başını sokacağından korkarak titremeye başlıyorum ve o konuşmaya başlamadan önce tuvalete gitmek zorunda kalıyorum." Alice sık sık yaptığı gibi, Harry'nin erkekliğini sorguladı, Harry bunun üzerine şöyle dedi: "Eğer Mamoon'un denemelerini okursan, ki okumazsın, düpedüz insan eti yediğini görürsün."

"Lütfen."

"Çok büyük bir parça değil. Bir kol ya da boyun değil. Ama, çocuklara söylendiği gibi, en azından denemiş; tuz ve biber ekleyip kızartmış etleri. Ondan biraz korkuyorum Alice. Elimde defterimle ona yaklaştığımı gördüğünde tedirgin oluyor, burnuna bir bardak limon suyu dayanmış kabuklu bir deniz canlısı gibi görünüyor. Eski aşkı Marion'la buluşmam çok şeyi değiştirecek. Rob, Mamoon'dan izin almam gerektiğini söyledi, yaşlı adamı kendime daha fazla düşman edersem beni kovarmış."

"Seni korkutan ne?"

"Beni onaylamaması. Huysuzluğu. Her şeyi görecek ve buradaki ağır vaziyeti kavrayacaksın."

"Öyle mi?"

"Ne yapsam değersiz bir insan olduğumu düşünmesine engel olamıyorum."

Alice kollarını kavuşturdu. "Benim için de böyle mi düşünecek?"

"Başta değil. Seni büyüleyecek. Sonra da yüzünü parçalayacak ve domuzlara yem edecek."

"Allah aşkına Harry, lütfen beni istasyona geri götür. Beni bu boktan yere ne demeye davet ettin ki?"

"İçimdeki karanlık yayılıyor Alice. Etrafta olmayacak şeyler görüyor ve duyuyorum. Geceleri deli kadınlara dair halüsinasyonlar görmediğimde, depresyonun beni bir ucumdan tutuşturmaya başladığını hissedebiliyorum. Eğer depresyona batarsam, bu şeyi bırakıp roman yazmak zorunda kalacağım."

"Sonra da fakir olacağız."

"Daha da kötü olacak. Ailem, aslında hiçbir aile, beni adam yerine koymayacak."

"Seni uyarmıştım demekten nefret ediyorum."

"Ama bu yangından saçımın çoğu yanmamış ve en azından bir testisim sağlam halde çıktığımı göreceksin."

Garajı, kiliseyi ve barı geçip, dar bir yola girdiler. Çok geçmeden, süslü bir pastayı andıran eve doğru son hız ilerliyorlardı.

Alice uzanıp Harry'i öptü ve onun bir sadist olduğunu söyledi. "Bunu sabırsızlıkla beklediğini hissediyorum. Ben ortadan kaybolduğumda ortalığı velveleye vermeyeceksin değil mi? Biliyorsun, kaçmayı severim ben."

Alice'in beraberinde getirdiği çok sayıda bavulu arabanın bagajından alıp ev taşıyan Harry, Alice'e bölge halkının buraya Teftiş Oteli dediğini ve çıkışlarda asma kilit olduğunu söyledi. Ortadan kaybolması mümkün değildi.

Tam o sırada bir feryat koptu: Liana telaş içinde gelip Alice'i selamladı, şöyle bir süzdü ve kucakladı. Alice köpekleri çok severdi ve Liana da ona hemen etrafı gezdirmeye hevesliydi.

Ama Harry'le Alice önce odalarına gittiler ve Harry yatağa uzandı. Yarı uyur halde Alice'in elbiselerini gözden geçirmesini seyretti. Alice günde en az üç defa üstünü değiştirir ve parasının ve de Harry'nin parasının büyük bir kısmını kıyafete harcardı. Kıyafetlerinin çoğunu sektördeki arkadaşlarından ucuza almıştı ve hepsi de güzel görünüyordu. En sevdiği kıyafetler henüz hiç giymedikleriydi; bunlar "doğru zamanı" bekliyordu ve sayıları da çoktu. Kıyafetler ve aksesuarlar bir insanın yaratıcılığının yansıması demekti; insanın nasıl görüneceği özgür bir karardı, tıpkı bir tablodaki fırça darbeleri gibi. Alice, Harry'ye, eğer kıyafetlerini anlasaydı kadınlardan daha fazla keyif alacağını söylemişti.

Alice, Harry'nin yanına taşındıktan sonra giyinme ve soyunma merasimi düzenli aralıklarla sık sık gerçekleşir olmuştu. İkisi de kadın ayakkabılarından hoşlanıyordu ve birçok geceyi Alice'in ayaklarıyla geçirebiliyorlardı. Harry'nin küçük çalışma odası Alice'in kıyafet ve mantolarıyla dolu bir mağaraya dönüşmüştü. Alice'in kıyafetleri Harry'nin kitaplarının üstünü kaplıyordu. Ama dahası da vardı. "Çok borcum var Harry. Para harcamaktan kendimi alıkoyamıyorum. Çay seti, kahve makinesi, mücevherler, Milano bileti; bütün bu küçük gerekli şeyler beni tüketip bitirdi." Ondan borç almak istiyordu ama Rob'dan bir avans daha almadığı takdirde Harry'nin hiç parası yoktu. Eğer bir ev alıp aile kurmak istiyorlarsa, Avrupa'daki herkes gibi tutumlu olmalıydılar.

Harry'nin tanıdığı herkes biraz deliydi ve Alice'in diğer insanlardan farklı olmadığını keşfetmişti; borçlu olmanın utanılacak bir yanı yoktu; aslında borcu olmayan tutumlu insanlar ahmak zavallılar olarak görülüyordu. Fakat Alice'i ekonomik açıdan bağımlı olan herkes gibi harcamalarını kısmaya teşvik etmek zorundaydı. Ama Alice de alışveriş yapmayı bir "rahatlama aracı" olarak görüyordu ve harcamalarını kısarsa kaygılarını gidermek için başka yöntemlere ihtiyaç duyacağından korkuyordu.

Alice, Mamoon'un evine yerleştikten sonra Harry onun Liana'yla vakit geçirmesinin iyi olacağını düşündü. Yemek, mobilya ve erkeğinin ruh haline odaklanmış olan hararetli ve heyecanlı aklıyla Liana genç kadına iyi bir örnek teşkil edecekti.

O sabah ilerleyen saatlerde Liana'yla bir an için baş başa kaldıklarında Harry "Liana, canım, söylesene benim kız hakkında ne düşünüyorsun?" diye fısıldadı. "Ne dersin, postalasam mı?"

"O parıltılı yüzü görmek keyfimi yerine getirdi. Dediğin gibi, biraz kibirli ama canlı ve zarif biri. Beğeni sahibi olduğunu gösterdiği ilk andan itibaren sevdim onu. Harika bir şey söyledi. 'Liana burası kesinlikle kadınsı bir ev.' Sabahlara kadar içtiğim, Mamoon'la tanışmadan önceki halimi hatırlatıyor bana, o kadar ki kızım olabilirdi. Manken mi kendisi?"

"İnsanlar onu yolda durdurur ve mankenlik yapmasını söylerlerdi. O da yaptı, kısa bir süre. Ama para için kıçını gösteremeyecek kadar sessiz ve sakin biri."

"O kadar zayıf ki içini görebiliyorum neredeyse. Ve saçının rengi ne kadar da olağanüstü."

"Doğal rengi."

"Doğal değil mi dedim ben? Sanırım buna platin sarısı deniyor. Neredeyse beyaz."

"Liana lütfen Alice'e kıyafet verme. Neden veriyorsun ki kıyafetlerini?"

"Burada ne anlamları var ki? Kadınlar sadece erkekler çıkarmak istesin diye güzel elbiseler giyer."

"Zavallı Alice," dedi Harry. "Bu sabah neredeyse titriyordu Liana, senin korkundan."

"Benim korkumdan mı?" dedi Liana, Harry'nin koluna yapışarak. "Ağzından yel alsın! Sadece Mamoon'u ve elbette bir de seni korkutmak isterim. Niye korkmuş?"

"Korkmuş işte. Deneyiminin derinliği ve donanımın göz korkutucuydu."

"Ah küçüğüm, ona yardım etmeli ve yol göstermeliyim. Bu eve ışık saçıyor."

Derken Alice göründü. Liana seslenip el salladı, köpekler arabaya doğru koştu ve Liana, Alice'i öğle yemeği için alışveriş yapmak üzere hızla kasabaya götürdü. Sonrasında da mutfağı gezdirip onunla birlikte yemek yaptı, ikisi beraber bir şişe şarabı içerken, Liana hiç durmadan konuştu. Çok geçmeden Liana, Alice'e "uzun zamandır kayıp olan tatlı kızım" demeye başlamış ve ona köpeklerle birlikte evi, kulübeyi ve araziyi gezdirmiş, sonra da sıra kıyafetleri ve ayakkabılarına gelmişti; bunlar klasik İtalyan işi şeyler olduğu için Alice'in ilgisini çekmişti.

Yaşlı bir kadın genç bir kadınla tanışıp onu severse, ona kıyafet verir. Bu, aralarında anlayış olduğu kadar sağlam bir bağ, belki de bir hiyerarşi oluşturur. Liana, Alice'e ayrıca Hint ve İtalyan takıları da vermişti, öyle ki Harry, Alice'le mutfakta karşılaştığında dönüp bir daha bakmak zorunda kalmıştı; istasyondayken üstünde basit turuncu bir ceket, kot şort ve bağcıklı ayakkabılar olan Alice şimdi evde şıngır şıngır dolaşırken bir Bollywood filminden çıkmış gibi görünüyordu. Harry daha yakından baktığında Liana'nın aslında Alice'i kendi gençliğine benzettiğini fark etti.

"Şu Alice ne kadar da yaratıcı bir kız," dedi Liana. "Bu ölmek üzere olan eve şöyle bir baktı ve burayı canlandırmak için bir sürü güzel fikir ortaya attı. Temsilcimle görüşeceğim, burada bir televizyon dizisi çekebiliriz. Bana görgüsüzün tekiymişim gibi baktığını görebiliyorum. Ama evin kendi masraflarını çıkarması için bir plan yapıyoruz. Evi genç sanatçılarla dolduracağız."

"Ne kadar genç?"

"Mamoon'a bunu söyleyerek hayatını tehlikeye atma sakın. Öğle yemeği geciktiği için odasında fırtınalar estirmeye başladı bile. Ama Alice sağ olsun yemekte kuşkonmaz, incir, kırlangıç balığı, dondurma ve kız kardeşimin gönderdiği dünyanın en iyi mozarellası *burrata* var. Ama Mamoon'un Alice'e kaba davranabileceği korkusuyla saçlarımı yoluyorum. Son zamanlarda haşinleşti, senin yüzünden."

Harry, Liana'ya, söz verdiği gibi Mamoon'u Alice için hazırlayıp hazırlamadığını sorduğunda Liana'nın cevabı ikna edicilikten uzaktı. "Şey, temel çalışmaları yaptım sayılır."

"Ne söyledin?"

"Yazar Mamoon'u hiç duymamış olsa da büyük tasarımcılar için olduğu gibi onun için de iyi şeyler düşüneceğini söyledim."

Harry ürperdi. "Onu birileriyle mi kıyasladın?"

"Bağlam öyle gerektirdi."

"Ya Mamoon ona delice bir şey söylerse?"

"Onu rüyalarından bahsetmemesi konusunda uyardım. Hadi şimdi acele et de öfkeden kudurmadan şu boğayı getir buraya."

ON ÜÇ

Harry münzevi yaşlı adamı almak için bahçeyi geçip odasına gittiğinde vakit öğleden sonrayı bulmuştu, Mamoon halen bastonunun üstüne eğilmiş duruyordu. Tenis kortundaki kazadan sonra Mamoon'un doktoru kas çekilmesi değil, bel fıtığı teşhisi koymuş ve o ilerlemiş yaşta işe yarayacağını garanti edemese bile ameliyat olmasını tavsiye etmişti. Mamoon yaşadığı açmazdan bahsederken bir avuç dolusu ağrı kesici yutuyordu ve Liana'ya göre, aciz ve düşkün bir gelecek ihtimali onu normalden daha da huysuz ve saldırgan yapmıştı.

Harry mutfağa getirip sandalyesine oturturken "Anlamsız bir sabah daha," dedi Mamoon. Julia, Mamoon'un en sevdiği sodayı getirdi hemen, buz yoktu içinde.

Alice, Mamoon'un yanına gidip elini sıktı ve gözlerinin içine baktı. "Beni burada ağırladığınız için teşekkürler," dedi. "Çok hoş bir yer."

"Biz de seni bekliyorduk canım," dedi Mamoon. "Söyle bakalım, moda dünyası nasıl?"

"Fena değil, teşekkürler."

"Modanın amacı nedir açıklayabilir misin?"

"Pardon?" dedi Alice, başını sağa sola sallayarak. "Bu da bir iş. Bir şeyler alıp satıyor ve insanların soğuk almasını engelliyoruz. Sizce amaçsız bir şey mi moda?"

"Sana dair havadislerin bana ulaşmadığını sanma," dedi Mamoon, Alice'i şöyle bir süzerek. "Liana beni terzinin tekiyle kıyasladığını söyledi."

"Hangi terzi?"

Mamoon'un saç çizgisinden kaşına doğru ilerleyen bir damar neredeyse patlayacak gibiydi. "Bir terzi ya da ayakkabı tamircisi ya da öyle bir tamirci işte. Yanılıyor muyum Liana?"

Alice, nefesini tutarak onları izleyen Liana'ya baktı göz ucuyla. Liana ne söyleyeceğini bilmediği için "Hiç bir Alexander McQueen ceketi gördünüz mü?" dedi Alice.

"Tabii ki hayır. Neyden bahsediyorsun sen? Bu beyefendi benim kitaplarımı okumuş mu? Dudaklarını kıpırdatmadan okuyabiliyor mu?"

"Belki de sizi belli bir yere koyabilmek için, Liana dahil birçok kişinin çok sevdiği maestro Valentino gibi bir maestro olduğunuzu söylemişimdir," dedi Alice.

"Beni belli bir yere koydun, öyle mi? Bizi kıyasladın yani?"

"Bu bir şereftir, sanırım."

"Bu hangi açıdan bir şeref olabilir acaba?"

"Benim için öyle."

Mamoon sinirlenmeye başlamış gibiydi. "Söz konusu bu insanlar olduğunda sadece dış görünüşten bahsedilebilir."

"Emin değilim."

"Pardon?"

"Dış görünüşle sınırlı değil bu," dedi Alice. "Bir şeyin nasıl yapılması gerektiğinden bahsediyoruz. Nasıl göründüğünden. Nasıl olduğundan. Bir tavırdan."

"Tavır mı? Nasıl yani?"

"Bir öpücük..."

"Yüksek sesle konuş. Sağır sayılırım."

"Bir öpücük, bir küfür, bir fincan, bir ayakkabı, bir etek, bir hırka, bir saat, bir espri, bir kibarlık ve elbette bir cümle, bir paragraf, bir sayfa... Bütün bunların bir tarzının, zarafetinin, havasının olması ve keskin bir zekâyı yansıtması gerekmez mi?"

"Elbette."

"Sanat sadece kitapta değildir, değil mi?"

"Flaubert 'Tarz hayattır' demişti," diye fısıldadı Harry.

"Daha evrensel bir güzellik için gayret edebiliriz," dedi Mamoon.

"Güzel," dedi Alice, derin bir nefes vererek. "Evet."

"Güzel. Tanrı'ya şükür," dedi Liana ve şarabı kaldırdı. "Guigal 2009 bu. Yoksa Chablis'i mi tercih edersin."

"Sessiz ol lütfen Liana."

"Pardon Mamoon."

"Sizden farklı olarak, efendim, ben dergileri okuyorum," diye devam etti Alice. "Siz bir gazeteciye sanatçının yaptığı şeyin üzerine biraz sihir tozu serpmesi gerektiğini söylememiş miydiniz? Bu bütün nesneler için geçerli değil mi? Şu basit platin yüzüğe bakın." Elini Mamoon'a uzattı, o da elini tutup yüzüğe baktı. "Ne demek istediğimi anlıyor musunuz? Bu yüzükte sihir tozu var."

"Evet, pekâlâ," dedi Mamoon, "bu bir duyumsallık türü. Bazı insanlar buna Eros diyor, Eros yumurtadan çıkıp bütün evreni harekete geçirmişti. Aşkın parıltılı ışığı bu."

"Gördünüz mü işte."

Mamoon kafasını kaldırıp Alice'e baktı: "Keyfimi neredeyse yerine getirdin, canım benim."

"Sadece neredeyse mi?"

"Bana dilin ve aslında bütün gerçek şeylerin duyumsallıkla titreşmesi gerektiğini hatırlattın. Bunu anlıyorum. Ama biraz kasvetli görünüyorsam bunun sebebi şu tekrar eden kahrolası kâbustur. Sıradan bir kâbus bu ama peşimi bırakmıyor ve ben tamamen kurtulmak istiyorum bundan."

"O rüyada çıplak mıydınız efendim?" diye sordu Julia aniden. Bir yandan servis yaparken bir yandan onları dinliyordu.

"Üstadımız asla çıplak değildir," dedi Liana. "Şimdi Mamoon, lütfen..."

"Peki *sen* rüyalarında çıplak mısın Julia?"

"Üzerimde asla bir şey olmaz, tarlalarda vahşi bir hayvan gibi koşar, şarkı söylerim, herkes de bana bakar."

"Aptal şey." Mamoon kaşını düzeltti ve "Harry," dedi. "Eğer kendini bize bir süre daha dayatacaksan bir işe yaraman iyi olur. Kendini bir rüya yorumcusu olmaya adadığını duydum."

"Öyle mi?"

"Liana bir rüyanın anlamını bir çırpıda çözebildiğini söylemişti. Muhterem babandan öğrenmişsin bunu."

Harry başını sağa sola salladı ve şöyle dedi: "Babam beni başkalarına nasıl banka bilgilerimi vermiyorsam rüyalarımı da anlatmamam konusunda uyarmıştı."

"Ama sen çok zekisin Harry," dedi Liana. "Mamoon bize anlatır mısın lütfen, ruhunun nerelere seyahat ettiğini duyabilir miyiz? Ruhunun seyahatleri bize uzun süredir acı veriyor."

ON DÖRT

"Öyle mi?" dedi Mamoon. "Bir kereye mahsus anlatayım Liana."

"Hadi," dedi Liana.

Mamoon boğazını temizledi ve Liana'nın "Nobel Ödülü kabul konuşması ifadesi" dediği ifadeyi takındı.

"Her ne hikmetse, kıvrımlı, şekilli duvarları olan büyük bir salondayım. Salonda final sınavıma giriyorum ama çalışmamışım. Oturmuş boş kâğıda bakıyorum, başarısız olmaktan duyduğum korku artıyor ve patlayacağımı falan hissediyorum. Terler içinde uyanıyorum ve Harry senin de bildiğin gibi, bazen kafam patlayacak gibi çığlık atıyorum. Bütün bunlar ne anlama geliyor Harry?"

"Daha önce söylediğim gibi Harry, ışığını gizlemene gerek yok," dedi Alice elini sıkarak. "Dans et bakalım, hadi, dans et," diye kıkırdadı.

Herkes Harry'ye bakıyordu. Işığını göstermek ya da dans etmek konusunda tereddüt eden Harry ise *Winnie-the-pooh* gibi kaygıyla homurdanıyor ve ellerini kot pantolonuna sürtüyordu.

"Çok yaygın bir rüya... "

"Evet ama neden?" dedi Mamoon.

"Çünkü bu rüya hazır olamayacağımız o şeye, insanın daha önceden geçtiği ama tekrar geçip geçmeyeceğini bilemediği büyük sınava dair."

"Teşekkürler Madam Sosostris," dedi Mamoon. "Hangi sınavdan bahsediyorsunuz?"

"İktidar sınavı. Fallik eril güç sınavı. Erkeğin kadını diğer zamanlarda olduğu gibi yine tatmin edip edemeyeceğine dair bir sınav. Erkeğin aslında neyi vardır; kusurlu bir fallusu? Terlemeniz hiç şaşırtıcı değil. Rüyalarımız bizden hep bir adım öndedir, efendim. Çok kibarca, sevgili babanızın mektuplarını görmeme izin vermiştiniz. Babanız sizin her konuda başarı kaydederek aileyi onurlandığınızı defalarca, ısrarla vurguluyor. Bu kadar sert biri olmasına şaşırmıştım. Bu ısrarcı haliyle benim babamdan bile kötü." Mamoon gözlerini kırpmadan Harry'ye bakıyordu. Harry de bu esnada Rob'un antik bir yazardan yapılacak gerçek ya da hayali bir alıntının Mamoon'u her daim duraksatıp etkilediğini söylediğini hatırladı. "Zavallı Hıristiyanların arzudan feragat etmek istediklerini biliyoruz ama büyük Petronius'un söylediği gibi: 'Silahınız olmadan nasıl asker olabilirsiniz ki?'"

Bir sessizlik oldu. "Anlıyorum," dedi Mamoon.

"Öyle bakıp durma Julia," dedi Liana. "Ve yüzündeki şu ifadeyi de değiştir. İşine bak. Öyle başımızda dikilip durma."

"Ne yapmamı istersiniz?"

"Hiç bu kadar pis olmamıştım, banyomu hazırla."

"Tabii ki hanımefendi."

"Bu arada Mamoon'un o kitabıyla ne yapıyorsun?"

"Bu mu? Okuyorum hanımefendi."

"Sen beni mi okuyorsun Julia?" dedi Mamoon. "Cidden mi?"

"Evet, tekrar okuyorum," dedi Julia. "En sevdiğim kitap: Beş diktatörün hikâyesi, ikisi Afrika'dan, biri Ortadoğu'dan, diğeri Çin'den ve sonuncusu da daha yerel bir diktatör, hepsi de aynı kıza âşık. Aşkın yumuşak, insanı iyileştiren gücünü ve canavarın içindeki insanı göstermişsiniz. Çok güzel kitap, efendim. Beni her seferinde hem ağlatıyor, hem de güldürüyor."

Mamoon hafiften kızardı. "Güzel, güzel. Eskiden çok okurdun zaten."

"Ne zaman, ne zaman çok okurdu?" diye sordu Liana.

"Küçükken, çok eğlenceli ve baş belası bir çocuktu," dedi Mamoon. Uzanıp yanağından bir makas aldı. "Tatlı şey, öyle değil mi *beta*?"

"Mamoon bana hep kitap verirdi. Beni test eder gibi, okumayacağımı düşünerek önüme kitaplar atardı ama ben oturup kitapları okudum ve ona gününü gösterdim."

"Öyle yaptın hakikaten," dedi Mamoon.

"Ne gibi kitaplar?" dedi Liana.

"Hımm... Harper Lee, Ruth Rendell, Muriel Spark..."

"*Grazie a Dio*, çok komiksiniz," dedi Liana.

"Beni suçlamayın!" diye bağırdı Julia. "Benim aptal olduğumu falan söylemeyin. Bunu mu söylemek istiyorsunuz, hanımefendi?"

"Liana, hayatta öyle bir şey demez, *beta*," dedi Mamoon.

"Bizim evimizde bağırıp çağırıyor, Mamoon," dedi Liana. "Baksana şuna!"

"Sorun değil," dedi Mamoon.

"Onu savunma!"

"Savunmuyorum," dedi Mamoon, sakin sakin.

Julia, Mamoon'un yanına oturdu ve şöyle dedi: "Bir hikâyeyi böyle anlatma becerisine sahip olmak müthiş bir şey olmalı efendim. Sabahları kendinizle gurur duyarak uyanmalısınız."

"Teşekkürler, canım. Şimdi gurur duyuyorum," dedi Mamoon. "Geceleri ter içinde uyanıyorum. Benden geçti artık. Bir zamanlar iyi bir yazar olmuş olmak da iyi bir şey."

"Bir zamanlar mı?"

"Kendinizle alay ediyorsunuz efendim, kesinlikle," dedi Harry. "Neden?"

"Babamın bir arkadaşı, sizin kuşaktan bir yönetmen, yaşlandıkça daha çok üretmeye başladı. İşine devam etmesi, kendisine bahşedilen yeteneğin hakkını vermesi gerektiğini anlamıştı."

"Ne bok yemeye devam ediyormuş?"

"Bir insanın cinsel gücü ve çalışma arzusu neden azalsın ki? Başka ne saygınlığı var ki zaten? Sahte çaresizlikte hiçbir saygınlık olmadığı kesin. 'İnsan yıkıntılar içinde bile kendi yolundan gitmelidir,' diyor Sofokles *Antigone*'de. Titian en iyi eserlerini yetmişinden sonra vermişti. Goethe yetmiş dördündeyken bir on dokuzluğun elini –en azından elini– istemişti."

"Benim gibi biri için de bazı tatmin biçimleri olduğunu duymak moral verici. Ben yazar olmayı seviyorum, cidden seviyorum. Ama çalışmak yeter mi bunun için?"

Uzun zamandır Julia'ya bakan Liana masaya sert bir yumruk indirdi. "Ne haddine! Burada hâlâ nasıl böyle oturursun? Burada çalıştığını unuttun mu?"

"Ayakkabılarınızı temizlemeye devam etmemi ister misiniz?"

"Evet ve bir daha sormadan hiçbir şey alma. Seni bir daha kasabada mor *Marc Jacobs* çantamla görmek istemem. Senden bunları evde benim için takmanı istemiştim, dışarıda değil."

"Pardon, hanımefendi. Bir daha olmaz," dedi Julia.

"Ve bu gece çantaların içine portakal kabuğu koymayı da unutma," dedi Liana. Ve sonra, kız gider gitmez, "Kendini Bloomsbury Grubu'na mensup sanan zavallı bir hizmetçi," dedi. "İlgi çekmek için saçma sapan konuşuyor. Onun yerine cahil birini almamızın vakti geldi. Bir sendikaya falan katılırsa ne yaparız Mamoon?"

"Bunu Bayan Thatcher'le konuşmam lazım," dedi Mamoon.

Julia uzaklaştıktan ve Liana da köpekleri bulmak için bahçeye çıktıktan sonra Mamoon sandalyenin kollarını kavrayıp, inleyerek ayağa kalkmaya çalıştı.

"Bir yazarın dili hayat dolu tutmak için ne acılar çektiğini ve tenis kazasından beri sırtımın ne kadar ağrıdığını, hiç olmayacak şekilde kaskatı kesilmeme yol açtığını bir bilsen Alice. Artık sonsuza dek yarı sakat kalmış olabilirim, erkek arkadaşın da tekerlekli sandalyemi sürer artık."

"Maestro, neden daha önce söylemediniz? Size yardım edebilirim."

"Nasıl?"

"Harry bir süre masözlük eğitimi aldığımı söylemedi mi size?"

"Öyle mi? Daha önce benimle hiç bu kadar tatlı tatlı konuşan biri olmamıştı," dedi Mamoon. "Sevgilin Harry hiçbir işe yaramıyor, tek yaptığı kırk yıl önce olmuş şeylere dair aptal aptal sorular sormak!"

"Bu bir atletin bile canını yakar."

Mamoon oturduğu yerde şöyle bir kıpırdandı. "Bak canım, bana dokunmaya katlanabileceğine emin misin?"

"Genç bir kızken yaşlılar için hemşire olarak çalışmıştım."

"Harika."

"Biraz badem yağı bulayım o zaman."

"Liana'nın banyosuna bak. Çabuk ol: Baş başa kalmak için benim kulübeme çekilebiliriz. Harry tarihçemi tekrar düzenlerken, sen de omurgamı düzeltebilirsin, tabii eğer Harry izin verirse."

Harry aksine bundan memnun olacağını söyledi. Alice'i koridora çıkardı, duvara çarpa çarpa kucaklaşıp öpüştüler. "Tam bir tanrıçasın," diye fısıldadı Harry. "Nasıl yaptın bunu, nasıl ele geçirdin onu böyle?"

"Bilmiyorum Harry. Senin söylediğin gibi gayet sertti, bana saldırdı ve ben de köşeye sıkıştım. O kadar çabuk oldu ki nefes alamaz oldum. Ama mücadele etmem gerektiğini, yoksa işimin biteceğini biliyordum. Kendiliğinden oluverdi."

"Seni gidi kaplan! Eğer ona masaj yaparsan sakinleşecektir ve biz de o zaman bir yere varabiliriz."

Alice, Harry'yi öptü. "Masajı yapacak ve gerisini sana bırakacağım."

Harry mutfağa geri döndüğünde Mamoon mırıldanarak "Rüya yorumun için teşekkürler," dedi.

"Benim için keyifti."

"Belli oluyor," dedi Mamoon. "Şu Julia ne kadar da sevimli bir taşra kızı. Rüyasında çıplak olduğunu gören bir kız; bir keresinde de, sen bilardo oynarken sana Azgın Boğa dediğini duymuştum. Diğerleri konuşurken sen ona ilgiyle ve şaşkınlıkla bakıyorsun."

"Öyle mi?"

"Evet, neden öyle bakıyorsun?"

"Sanırım Londra'da beyazları hiç çalışırken görmediğimiz için."

"Bunun harika bir görüntü olduğunu ve buralarda da pek sık görülmediğini kabul ediyorum. Beyaz ırkların sonunun geldiğini çok uzun zaman önce söylemiştim, bu bariz gerçek gazetecileri çok kızdırmıştı. Her zamanki gibi zenginler hâkim olacak ve zenginlerin deri rengi çeşit çeşittir, özellikle de sarıdır. Ama insanları çalışırken izlemenin iyi bir şey olduğunu kabul ediyorum."

"Kendinizi daha üstün mü hissediyorsunuz?"

"Hiç de değil. Bu bana mütevazı bir şekilde hayata katkıda bulunmam gerektiğini hatırlatıyor, şu ağrılardan kurtulunca yapacağım şey bu olacak."

"Neden çalışamaz hale geldiniz?"

"Bach dinleyebilirim, sorun değil, Schubert'e de katlanabilirim çünkü melankoliğim. Diğer her şey canımı sıkıyor; Beethoven ve özellikle de aşırı neşeli, cıvıldayıp duran Mozart. Geçen gün Forster ve Orwell'i hiçe sayıyormuş gibi konuştuğumda o küçük suratın asılmıştı. Halen birilerinden etkilenmeyi seviyorsun. Onlu, yirmili ve hatta otuzlu yaşlardayken okumayı severdim ve haftalarca belli bir yazara odaklanır, bütün eserlerini, her şeyi okurdum. Ama şimdi böyle şeyleri unuttum ve ayrıca, artık hepsi geride kaldı."

"Geride mi kaldı?"

"Şu yazarları bir düşün; Bertand Russell, A.J. Ayer, D.H. Lawrence, Aldous Huxley, Anthony Powell, Anthony Burgess, William Golding, Henry Green, Graham Greene..."

"Hayır, Graham Greene'e hayır. Hayır; asla!"

"Güzel, pek cesursun. Ama olay şu: Bunlar okunmuyor, okunamıyor, bir kenara atılıyor, yok sayılıyor; denize dökülen ve bir daha geri gelmeyen bir kelimeler dağı. Temel Reis bile daha fazla kültürel kalıcılığa sahip. Bugünlerde sadece kadınlar ve nonoşlar okuyup yazıyor. Ya da, son günlerde, biri bir akrabasının tacizine uğrar uğramaz hatıralarını yazabileceğini sanıyor. Yani, oyun bitti."

"Ama *sizin* bazı kitaplarınız baki kalacak," dedi Harry.

"Öyle mi?"

"Muhtemelen dört tanesi..."

"Dört mü?"

"Hayır, üç büyük eser. İlk romanınız ve müthiş birkaç uzun hikâyeniz. Ve, muhtemelen de, Ibsen ve Strindberg'in kadınlarına dair yazdığınız erken tarihli makaleniz."

"O kadar çok mu?" dedi Mamoon. "Her şey bitti, artık çok geç. Yakınmamam lazım. Bana kalan ne var? Kaç tane yaşlı sanatçı önemli eserler üretmiştir ki?"

"Ama efendim, rüyanızın gerçek anlamı buydu: Başarısız olma arzusu."

"Niye ki?"

"Beklentileriyle size hiç nefes aldırmayan babanızı çileden çıkarmak için."

"Devam et."

"Anlamsız bir dinginlik ya da emeklilik için çalışmaktan ve kadınların sevgisinden vazgeçmek yıkıcı bir öz-ihanettir. Kendinizi tanımlama şekliniz kitabımda size dair söyleyebileceğim her şeyden çok daha sınırlı bir anlatı oluşturuyor. Ve Lear'ın başına ne geliyor bir bakın. Diğerlerinin onu aşağılamasına izin veriyor ve hatta onları bu yönde teşvik ediyor. Bir insan ancak kendini güçlü hissediyorsa hayatın içinde kalmaya devam edebilir."

"Nasıl yapar peki bunu?"

"Şunu söylemek zorundayım ki efendim, burada kaldığım süre içerisinde bir şey öğrendim. Bana yaratıcılığı mümkün kılan şeyin hayal kırıklığı olduğunu öğrettiniz. Malzemeyle boğuşuyor ve bir yaratıcıya, hatta vizyonere dönüşüyorsunuz."

Mamoon başını ellerinin arasında almıştı. "Bende hem baş dönmesi hem de bel ağrısı yaratıyorsun. Tek düşündüğüm şu: Devam etmeli, nihayetinde unutulacak cümleler kurmalıyım. Bunu istiyorum ve yapabilirdim de. Ama bu yeterli değil. Başka bir şey daha olmalı."

"Nedir o başka şey?"

"Bilmiyorum. Şimdi biraz düşünmem lazım. Bu konuşma beni tüketti."

Harry, Mamoon'un ayağa kalkmasına yardım etti. Aradan çok geçmeden mutfak camından Mamoon'un terlikleri ve çizgili pijamaları üzerinde, yanında Alice'le hevesli bir şekilde kulübeye doğru gidişini izledi. Mamoon'un gitgide daha talepkâr bir soru işaretine dönüştüğünü fark etti. Kısa bir süre sonra kulübenin kapısı hızla kapandı. Burası Liana'nın ve diğer herkesin girmesinin yasak olduğu yerdi. Liana'nın camdan görebildiği tek şey Mamoon'un gün boyunca aynı konumda duran kafasının üst kısmıydı. "Kral muhasebe ofisinde," derdi Liana. Eğer ona acilen ihtiyacı olursa, telefon açmak zorundaydı ama tabii ki Mamoon'un bir yandan bir Stéphane Grappelli ezgisini ıslıkla çalarken telefonun sekretere düşmesini bekleyeceğine dair bir korkusu da hep olurdu. Rob, Mamoon'un odasının sapkın güç manyaklarının, kleptomanyakların ve gözü dönmüş katil diktatörlerin verdiği cömert hediyelerle dolu olduğunu söylemişti. Mamoon'un tanıştığı bütün diktatörlerin kıçını öpmeye hevesli olduğunu söylüyorlardı. Ama Alice, Harry'nin oraya vardığından beri odaya girdiğini gördüğü tek kişiydi.

Doksan dakika sonra köpeklerin havladığını duyduğunda Harry camın kenarına geri döndü ve Julia sağın solun tozunu alıp ayak altında dolanırken, Mamoon'un daha neşeli ve daha uzun boylu, tersine çevrilmiş bir ünlem işareti gibi eve geri dönüşünü izledi.

"Jean Seberg'in kafasına ve Sviatoslav Richter'in ellerine sahip," dedi Mamoon nefes nefese. "Her dokunuşunda bir dâhiye dönüştüğümü hissettim."

Alice ellerini çırptı. "Onu daha yaratıcı yaptım!"

"Keşke tekrar altmış beş yaşımda olabilseydim," dedi Mamoon. "Harry, şanslı bir adamsın sen."

ON BEŞ

Harry ve Alice ertesi sabah uyanıp yatakta sevişirlerken, "Yemin ederim burada ilk defa rahat uyudum," dedi Harry. Alice sabah uyanır uyanmaz bakmayı sevdiği tek kadındı; böyle zamanlarda kendini bu dünyaya onu öpmek için gelmiş gibi hissederdi. "İyi ki geldin ve yanımdasın. Gürültü seni delirtmedi mi?"

"Hangi gürültü?"

"Dışardaki hayvanların gürültüsü. Taşralı muhafazakârların kapana kıstırdığı çığlık atan tilkilerin gürültüsü."

"Kırsal bölgeler böyledir Harry. Bunlar doğal sesler. Ama başka bir ses vardı."

"Neymiş? Nerede?"

"Uyurken neden o kadar gerginsin? Seni rahatsız eden bir şey mi var?"

"Evet, burada sürekli rahatsızım. Annemin bana duvarlardan seslendiğini düşünüyorum. Ölü anneler yaşayan annelerden bile daha çok konuşur."

"Ne diyor?"

"Burada ne yaptığımı soruyor."

"Anneler genellikle bunu yapar."

"Penisimi tutmaya devam et," dedi Harry.

"Bir dakika. Girin," diye seslendi Alice. "Oha çok güzel, çok güzel."

Kapı açıldı ve Julia elinde kahvaltı tepsisiyle içeri girdi.

"Günaydın hanımefendi," dedi Julia, tepsiyi masanın ucundaki sehpaya bırakarak. Harry çarşafın altında büzülüp kaldı. Penisi Julia'nın karşısında ilk defa iniyordu. "Günaydın beyefendi. Kusura bakmayın benim hatam, annem çok iyi değil. Bu sabah dizinin üzerine düştü."

"Kimse ittirmedi yani? Üzüldüm Julia. Umarım yakında iyileşir."

"Teşekkürler efendim. Çay ister misiniz?"

"Harika olur, canım."

"Aşağıda tost ve yumurta da var. Sizin için de banyoyu hazırlayacağım hanımefendi."

"Teşekkürler," dedi Alice. Julia gittiğinde, "Her gün böyle P.G. Wodehouse havasında mı geçiyor?"

"Evet. Geldiğimden beri parmağımı bile kıpırdatmadım. Ama bu rahatlık insanı miskinleştiriyor."

Alice ve Harry, Liana'ya katılmak için aşağı indi; Julia ve annesi de ellerinde bez parçaları ve merhemlerle ortalıkta dolaşıyordu. Alice Julia'dan ütü masası istemiş olmasına rağmen, Julia bir şekilde Harry ve Alice'in kıyafetlerini bulup, yıkama ve ütüleme işini halletmeyi tercih etmiş ve durumu şöyle açıklamıştı: Alice'in bu işi yapmasına gönlünün razı olmaması bir yana, böyle bir şey işini kaybetmesine yol açabilirdi.

"Yalvarırım hanımefendi, mezbahayı da kapattıkları için tek geçim kaynağım bu," dedi Julia.

Mezbahanın kapatılması birçok feci zincirleme etkiye yol açmıştı. Hafta sonları Liana ve Mamoon için çalışan Julia gelirini artırmak için hafta içi de birkaç saat mezbahada çalışıyordu. Artık, Liana'nın ondan bıktığının farkında olduğu için sadece Liana ve Mamoon'un işlerini yapmakla kalmayıp Harry ve

Alice'in odası ve banyosunu da temizleyip topluyor ve Harry'nin kâğıtlarını, defterlerini ve kalemlerini de düzenliyordu. Harry ,Julia'nın daimi varlığından biraz bunalıyordu ama ne buna ne de Julia'nın uygun bir noktadan, genellikle de kapının girişinde durarak kendisini ve Alice'i izlemesine engel olabiliyordu.

Hafta sonu geçip gittikten sonra Alice yıllık izninden alacağı olduğunu fark etmiş ve önceden planladığı gibi hemen şehre geri dönmektense, kalmaya karar vermişti. Harry'nin yakınıp durduğu gibi, süt almak bir saat sürse ve çoğu zaman yağmurluk değilse de lastik çizme giymek zorunda olsalar bile Alice bu kır evine romantik hisler beslemeye başlamıştı. Artık anne babası gibi gördüğü Mamoon ve Liana'yı sevmeye başladığını, Harry'yle bu kadar yakın olmanın da –acılarına tanık olup kaygılarını, çaresizliğini ortaya koyuşunu dinlemenin– ilişkilerinde yaşadıkları en iyi şey olduğunu söylüyordu.

Harry çalışırken Alice, Mamoon'un kıyafet seçmesine yardım ediyor, onu arabayla dolaşmaya ve yürüyüşlere çıkarıyor ve bu esnada da Mamoon'un "kitap için" kırlarda ağaçlara yaslanarak poz verdiği bir dizi fotoğraf çekiyordu.

"Fotoğrafının çekilmesinden nefret ettiğini sanıyordum."

"Ben çekince etmiyor. Kadınları dinliyor," dedi Alice, küçük nehirde sandal sefası yaparlarken. Mavi-beyaz çizgili bir bluz giymiş ve geniş kenarlı bir şapka takmış olan Alice ön tarafta oturuyor ve küçük küreğini çayını karıştırır gibi suya batırarak arada sırada kürek çekiyordu. "Beni anlayıp, bana yardım etmek istediğini hissediyorum."

"Ne konuda?"

"Daha başarılı bir hayat sürmem konusunda."

"Ne demek o?"

"Daha fazla keyif almak demek."

Harry o sabah Alice'in güneş ışığı altında ağır ağır, rüyada gibi, her şeyi hissederek yürüyüşünü izlemişti, kendini kaybetmiş ve zamanın dışına çıkmış gibiydi, başka bir boyutta yaşayan bir varlık gibiydi. Kendi biraz suçlu hissederek, kadın denen şeyin kendisi için bu olduğunu düşündü: Hep öteki olan ve kışkırtan. Alice'e ayak ucundaki sepetten bir şeftali uzattı ve şeftaliyi ısırışını seyretti; şeftalinin suyu çenesinden aşağı akıyordu.

"Sen ne fıstık şeysin..."

"Teşekkürler."

"Seni dinlediğini ve seninle ilgilendiğini duymak beni şaşırttı," dedi, Alice'e mendil uzatarak. "Görüştüğüm arkadaşları Mamoon'un sadece kendiyle meşgul olan biri olduğunu söylüyor. Geçen gün sırf domates çok soğuk diye öfke nöbeti geçirmiş."

"Öfke nöbeti geçirmesini hiç istemezdim. Ne yapacağımı bilemezdim. Oturup ağlardım herhalde. Liana bununla nasıl başa çıkıyor?"

"Soğuk mu *habibi*?" dedi ve domatesi alıp elbisesine sardı ,sonra da bacaklarının arasına soktu. "Soğuk bir domates. Dünyadaki en feci şey olmalı bu. Senin için ısıtmamı ister misin? Böylesi daha iyi değil mi?" Alice domatesi tabağa bıraktığında Harry bir ısırık aldı ve "Kesinlikle daha iyi, *memsahib*," dedi. "Biliyorsun, dişlerime iyi bakmam lazım."

Edepsizliğin ve mizahın deliliğe açılan bir kapı olduğunu düşünen Alice "Erkeklere karşı hiçbir şey hissetmiyor," dedi. "Kadınları ise derin derin süzüyor. Anarşik espriler yapıyor ve ona öğrettiğim Dido şarkılarını mırıldanıyor."

"Dido mu?"

"Stéphane Grapelli canımı sıkıyordu."

"Benim de, ama nasıl olur da Dido'ya eşlik eder? İkiniz 'White Flag'i mi dinliyorsunuz?"

"Şarkıya la la la diye eşlik ediyor. Bunu Tracey Thorn takip edecek ve sonra onu yavaş yavaş yönlendirip, Amy Winehouse'a kadar götüreceğim. Sen ne dersin Julia? Mamoon seni dinliyor mu?"

"Evet, dinliyor," dedi kollarında havlularla küçük balkonda bekleyen Julia. Harry ve Alice, Julia'nın bir cin gibi ortaya çıkması için adını söylemelerinin yeterli olduğunu öğrenmişlerdi. "Bana hizmetçi gibi davranmıyor. Hiç davranmadı, küçüklüğümden beri. Sabahları gazete okurken bana okuduğu şeylerden söz edip, gazetede bahsi geçen insanların kim olduğunu soruyor."

"Gördün mü," dedi Alice, Julia'ya doğru ilerleyerek. "Mamoon'un yanına gidip, konuş Harry. Şansını dene. Ona doğru parmağımı sallayıp şöyle dedim: 'Harry'yi geceleri uyku tutmuyor, depresyona giriyor. Eşimi üzmeyin Sayın Yazar yoksa işler sizin açınızdan kötüleşir.'"

"Tehdit eder gibi mi söyledin bunu?"

"Artık sana daha fazla şans verecek. Keyfi çok yerinde gibiydi ve şunu da söyleyebilirim ki diğer kadınla da görüşebilirsin."

"Marion'la mı?"

"Şimdi bizi yalnız bırak," dedi Alice. "Julia'yla biraz vakit geçirmek istiyorum."

"Neden?"

"Benzer geçmişlerimiz, benzer ilgi alanlarımız var. Hadi hayatım," dedi Julia'ya. "Hadi harekete geçelim. Erkeklerden, bebeklerden ve küçükken ne kadar şişko olduğumuzdan bahsedelim. Hadi Harry'yi korkutalım ve sonra da Liana ile alışverişe çıkalım. Parfüm almak istiyorum. Sonra belki dansa bile gideriz."

"Ben de sizinle gelebilir miyim?" dedi Harry.

"Tabii ki hayır. Yapacak önemli işlerin var."

ON ALTI

"Bugün biraz konuşmamız mümkün mü?" diye fısıldadı, Mamoon'u kütüphanede bulduğuna memnun olan Harry.

Mamoon, Harry'nin elindeki dosyaya sanki ölüm fermanıymış gibi baksa da, onu şaşırtarak "Evet, neden olmasın, çok isterim," dedi. "Heyecan verici soruların var mı?"

"Sabah masajınızdan sonra kendinizi canlanmış hissediyor musunuz diye merak ettim."

"Cildim adeta şarkı söylüyor. Ama sen, beni maalesef seni düşünmek zorunda bıraktın, hiç yapmak istemediğim bir şey bu."

"Ne açıdan düşündünüz?"

"Şaşırmış gibisin."

"Afalladım."

"Güzel," dedi Mamoon. "Kadın bedenine duyduğun hayranlık doğadışı ya da sıra dışı bir şey değil. Genç kadın bedeni dünyanın en önemli nesnesidir; eşcinseller, diğer kadınlar, bebekler, çocuklar, lezbiyenler, moda tasarımcıları ve erkekler kadın bedenine hayrandır. Müslümanların bir yandan kadını ahlaksız bir resim gibi saklamaları ve bize kadın cinselliğinin en büyük sorun olduğunu hatırlatmaları şaşırtıcı değil. Bu insanlar için kadın zaten bir fahişedir. Bu kadar endişelenmekte haksız değiller. Genç kadın bedeni dünyanın ve genellikle de çoğu seçimin merkezinde duruyor: kürtaj, bekâr anneler, hamilelik izni, fuhuş, ensest, taciz, tesettür... Hepimiz kadından geliyor ve kadına dönmek istiyoruz. Kadın bedeni bilgiyi ortadan kaldırıyor. İnsanların felsefe, edebiyat, psikoloji ya da tarihe harcayacak vakitlerinin olması çok şaşırtıcı. Kadınlar bunu da biliyor, yolda hızla yürümelerinin nedeni de bu. Hiçbir güzel kadın yavaş yürümez."

"Bu konu ilk ne zaman ilginizi çekti," diye sordu Harry, kayıt cihazını ayarladı ama "kayıt" tuşuna basmadı.

"Gençken Madras'ta Bertrand Russell'a dair bir şeyler okuduğumu hatırlıyorum; o zamanlar Russell her şeyi bilmesiyle ünlüydü ve ben de onu büyük bir tutkuyla okuyordum.

Bir yerlerde duygusal hayatının 'irrasyonel' olduğunu yazmıştı. Tanrı biliyor ki, 'irrasyonel' olan şeyleri hiç tasvip etmezdi. Russell'ın aşkları, nefretleri, arzuları; bütün bu bedensel şeyler. Ve dünyadaki en büyük filozoflardan biri bunun 'irrasyonel' olduğunu söyleyebiliyordu. Bu bende, sanki bütün bu mesele halen açıklama gerektiriyormuş gibi kendi sözlerimi söyleme, bu irrasyonel insanları, dünyada çok güçlü olan bu insanları bulma ve konuşmalarını dinleme isteği uyandırdı."

"Peki bunun çaresi nedir efendim?"

"O hınzır parmağını, ben kırmadan durdur bakalım. Bunu kaydetme; aramızda kalsın. Çaresini sordun, herhalde aşırı iştahın çaresini değil mi?"

"Evet."

Mamoon bir kahkaha attı. "Bütün dinler bireyleri arzularından uzaklaştırmaya çalışmıştır. Kim kendi isteğiyle yaşayabilir ki? Stoacıların sevdiği sabrı düşünelim. Seneca okumayı severim, Seneca sabrın sürdürebileceğini söylüyor. Ya da Platon'un izinden gidip, iştahı hafifletebilecek öz-bilgiden bahsedebiliriz. Ama iştah elimizdeki tek şeydir; bunun çaresini bulamayız ve bulmamalıyız da. Ben Freudcu değilim ama kimse arzunun varoluşumuzun motoru olduğunu inkâr edemez, yaşamak isteyen bütün çocuklar için de böyledir bu. Senin aşırı coşkundan anlaşıldığı üzere, bu genellikle denetim dışıdır ve maalesef delilikle bağlantılıdır; çünkü nesne –akıldaki kadın– sürekli kaçış halindedir, insandan kaçar. Doğal olarak başka meşguliyetleri, başka hayatları olacaktır bu da kıskançlığa, diğerinin bizde olmayan şeye sahip olduğu fikrine yol açar. Proust bu basit fikirden milyonlar kazandı. Yine de, bana sorarsan daha fazla arzu daha az ceza lazım."

"Bertrand Russell ve onun yönünü kaybetme korkusundan bahsediyorsunuz," dedi Harry.

"Ne olmuş?"

Harry notlarına baktı, bir soru fark etti ve kafasını kaldırıp tekrar Mamoon'a baktı. "Marion'la tanışıp, daha önce kimseyle yaşamadığınız bir fiziksel temas yaşadığınızda da böyle olmamış mıydı? O zaman sizi sarsan büyük bir irrasyonalite krizi yaşamamış mıydınız?"

"Benim için, hayatıma paralel giden bir tarihçe yazıyorsun. Bunu neden Marion'a sormuyorsun?"

"Evet, bunu yapmam lazım. Sizce sakıncası var mı? Bundan bahsedebilir miyim, efendim?"

"Orası Marion'a kalmış. Ama o şahane masajları ve fotoğraflarıyla sevgili Alice beni seninle daha fazla işbirliği yapmaya ikna etti. Ne kadar şanslı bir adamsın."

"Beni savundu öyle mi?"

"Biliyorsun çok düşünceli biri, senin için ricada bulundu. Benim çektiğim acıları da düşünmüş, eğer sana karşı daha açık olursam daha çabuk iyileşirmişim. Marion'a git de gör gününü. Özel hayatına burnunu sokan diğer münasebetsizlere yaptığı gibi senin de ağzının payını vermesini sabırsızlıkla bekliyorum. Israrcı bir yazar bozuntusunun üzerine bir şişe mürekkep dökmüştü."

"Neden?"

"Göreceksin, acayip ateşlidir."

"Bu yüzden mi evlenmediniz onunla?"

Mamoon bir kahkaha attı. "Şunu söylemek yanlış olmaz: Bazı durumlarda bazı hazlar o kadar yoğundur ki bu hazları içeri almak ya da dışarıda bırakmak çerçevesinde bütün hayatını yeniden düşünmek zorunda kalabilirsin."

"Haz insanın ayaklarını yerden kesebilir, doğru," dedi Harry. "Bir dizi orgazmın yeni bir başlangıç olabileceğini mi kast ediyorsunuz?"

Mamoon ayağa kalktı. "Marion ne derse dersin, hep kitabındaki yabancı olarak kalacağım."

"Hayır duanız için teşekkürler efendim," dedi Harry. "Son bir soru daha. Neden bilmiyorum ama daha az önce aklıma geldi. Çocuğunuz olmadığı için pişman mısınız?"

"Çocuğumun olmaması hayatımdaki tek parlak noktadır," dedi Mamoon. "Şimdi çantalarını topla ve defol git buradan, gözüm görmesin seni. Yine huzura ihtiyacım var."

"Teşekkürler, efendim."

"Bana daha binlerce kez teşekkür edeceksin," dedi, kıkırdayarak. "Özellikle de kanayan ruhunla, sinsice buraya geri döndüğünde. Sabırsızlanıyorum."

ON YEDİ

Yaklaşık on gün sonra Alice ve Harry, Londra'ya geri döndüler. Rob'un ofisinde çalışan Lotte, Harry'ye uçak biletleri ve bir de takip eden birkaç hafta için sıkı bir seyahat planı göndermişti. Rob, Harry'nin kitaba yoğunlaşmasını istiyordu; ay sonuna kadar en azından birkaç bölüm görmesi lazımdı.

Harry, Mamoon'un evinin boğucu havasından kurtulduğu için memnundu. Şehirde babası ve kardeşleriyle Chelsea maçı izleyip yemek yediler; sonrasında da ailece mahalle barında soru cevap oynamaya gitmeleri özellikle babasının çok hoşuna gitti. 10 milyon pound'a kadar çıkabilen ödülüyle oyun, erkekler tarafından epey ciddiye alınıyordu. İkizler spor ve müzikte iyiydi, Harry'nin babası ise bilim konusunda gelen soruların icabına bakıyordu. Harry edebiyat konusunu halletti. İkinci geldiler ve bundan pek de mutlu olmadılar. Okul müdüründen tatsız bir mektup almış gibi davranan babaları onları azarlayıp durdu.

Harry kim olduğunu tekrar hatırladı. Kardeşlerinin Mamoon'dan etkilendikleri ya da çekindikleri yoktu. Eserlerinde soğuk bir acımasızlık vardı ve herkesin hatırlayabileceği bir isme sahip bir kitabı olmadığı ve televizyona da hiç çıkmadığı için, onun kim olduğu umurlarında bile değildi. Koca kafasına dair pohpohlayan bir portre yazılmasını isteyen dengesiz bir egoistin küçük kardeşlerini hırpalaması hoşlarına gitmemişti. Harry,

Mamoon'un kişiliğinin gölgesi altında kendi kişiliğine saldırılmasına izin verdiğini gördü; Liana ve Mamoon ona istedikleri şeyi söyleyip yapabiliyorlardı. Babası şöyle demişti: "Şu ana kadar, onun ihtiyaç duyduğu ayna oldun Harry, bundan neden mutlu olmasın ki?"

"İyi kalpli biri."

"Emin misin? Neden biraz aklıyla oynayıp, penisini burup, ona karşı durmuyorsun? Bakalım o zaman neler olacak. Bazen küçük bir karmaşadan doğar yaratıcılık."

Harry ve Alice önce moda gösterileri için Paris'e, sonra da gece treniyle, Alice'in hiç gitmediği Venedik'e –Harry'nin annesinin en sevdiği şehir– gittiler. Sabah kuşetlerde uyandıklarında, hoplaya zıplaya Büyük Kanal'a varmak üzereydiler. *Vaporetto*'lardan iner inmez keşif gezisi başladı. Harry, Alice'in yeni şeyler görmesini, dünya gözlerinin önüne serilirken Alice'i seyretmeyi çok seviyordu. Bir akşam Alice, Harry'nin elini tuttu. Hamilelik testi yapmıştı. Test pozitif çıkmıştı. Bu konuyu planladıkları söylenemezdi belki ama az da olsa üzerine konuştukları olmuştu. Ve Alice mutluydu; peki ya Harry?

Evet, evet ve belki. Artık sonsuza dek birleşmişlerdi. Harry afallamış ve korkmuştu, kafası karışmıştı. Gelecek aniden bir şekle ve kaçınılmazlığa bürünmüştü. Bazı sorumlulukları olacaktı. Harry farklı bir insan olacaktı ve Alice'le birbirlerini farklı bir açıdan tanıyacaklardı. "Aman Tanrım," dedi Harry babasına. "İşim bitti."

"Vakti gelmişti. Dünyaya hoş geldin," dedi babası. "Bu konuda ne düşündüğünü biliyor musun?"

"Hayır... henüz değil."

"Peki ya Alice?"

"Onun arkadaşları var. Daha şimdiden kaynatmaya, plan yapmaya başladılar. Kendimi yalnız hissediyorum."

"Bu seni dünyaya dahil edecek Harry. Hayatın boyunca kaçamazsın. Ben baba olmayı seviyorum, eminim ki sen de seveceksin. Sandığından daha iyi bir adamsın."

Birkaç gün sonra Alice işe geri döndü, Harry de içinde büyüyen bu yeni bilgiyle, Mamoon'un çocukluğunun geçtiği yerleri görmek için Hindistan'a uçtu.

İki buçuk hafta boyunca Mamoon'un aile üyeleriyle, tanıdıklarıyla ve bunların yanı sıra, hakir gördüğü, aşağıladığı, sömürdüğü ya da becerdiği kişilerle görüştü. İyi burslar almış çalışan bir çocuk olduğunu ve ukala, kendini etrafındakilerden üstün gören bir tavrının olduğunu öğrendi. "Parlak düğmeli ceketi içinde kasıla kasıla yürürdü," dediler Harry'ye. "Herkese tepeden bakardı." Harry birçok insandan Mamoon'un "gerçek" bir Hindu olmadığını, Britanya'da olduğu gibi Hint yarımadasında da bir yabancı olduğunu duydu. Evde, hizmetçileriyle konuştuğu zamanlar hariç, hep İngilizce konuşuyor, sadece İngiliz ve Fransız edebiyatı okuyordu, kitlelerin afyonu olarak gördüğü İslam ve Hinduizm hakkında çok az şey bilgiye sahipti ve kırsal bölgeleri çok az ziyaret ediyordu.

Mamoon'un annesi dindar bir kadındı; odasında sürekli ibadet eder, evden sadece Kuran âlimlerine akıl danışmak için çıkardı. Babası oğlunun tutkularını destekliyordu ama Harry'ye öyle geliyordu ki, karşı çıktığı "hazlarını" desteklememişti: Avrupa'nın başkentlerinin kafelerinde kendine acıyarak, borç ve eski ayakkabılar içinde oturup Bernard Shaw ve Troçki tartışan çapkın, içkici, kozmopolit bir *playboy* üretmek gibi bir niyeti yoktu.

Ama babası tam anlamıyla başarılı olamamıştı. Harry güvenilir bir kaynaktan daha tuhaf ve ilgi çekici bir şey duymuş ve babasının neyin peşinde olduğunu anlamaya başlamıştı. Mamoon gençken çok baştan çıkarıcıydı, kendinden yaşlı kadınları ve adamları –okul arkadaşlarının annelerini, okul hemşiresini, bir polisin karısını ve rivayet o ki, polisin kendisini– etki alanına çekebiliyordu.

Birçok Hindu aile reisi gibi Mamoon'un babası da gururlu ve umutlu bir tavırla oğlunu eğitim alması için o nefret edilen Britanya'ya gönderme konusunda ta en baştan kararlıydı. Rüyası buydu ama bu hareketin Mamoon için ne kadar acı verici olacağını, onun ne ukalalıklar, aşağılamalar ve zorluklarla karşılaşacağını pek düşünmemişti. Oğlunun Londra sokaklarında gecelerce ümitsizce dolaşacağını, yalnızlık ve kaygıdan delirecek gibi olacağını ve arada sırada ancak bir bira ve fahişeyle rahatlayabileceğini de hiç hesaba katmamıştı. Biraz zor olsa bile bu yolculuk uzun sürmeyecek, çocuğu daha iyi bir adam olarak evine geri dönecek ve babasının sağ kolu, aynası, *chamca*'sı olmaya devam edecekti. Defalarca "beni unutma" diyerek oğlunun zihnini sömürgeleştirmeye çalıştı. Bununla da kalmıyor, "benimle yaşa" diyordu. Mamoon bunu reddetmişti. Çektiği acılardan ötürü, daha sonra ifade ettiği gibi, "daha geniş uygarlığa" katılmayı seçti. Babasını yok saydı ve bir daha asla eve dönmedi. Babası da üzüntüsünden ölmeyi seçti.

Şimdi geriye bakınca anlaşılıyor ki Mamoon yaptığının, gelişiminin neredeyse önlenemez olduğunun her zaman farkındaydı. Harry, Mamoon'un hiç misafirperver olmayan İngiltere'de kalemiyle para kazanmakla kalmayıp, kendini özgün, daha önce görülmemiş bir yazara –sömürülen ya da ezilmiş özne konumundan konuşan ama bunu nefret duymadan ve sömürgecinin kültürüyle özdeşleşmese de, o kültüre hayran olarak yapan bir yazara– dönüştürmek için nasıl bir kararlılık ve güç sergilediğini öğrenmişti. Zamane davaları ve tavırlarından uzak duran Mamoon, insanlara pek şans tanımayan bir geçmişten çıkarak kendini önemli ve başarılı bir sanatçıya çevirmişti. Bir süre çok önemli bir şey yapıp, kültüre bir yenilik katmış, daha önce kimsenin konuşmadığı bir noktadan konuşmuştu. Bunun mükâfatını da almıştı ama bu kadarla sınırlı değildi. Başarılı bir "hain"in bir suçlama ve kıskançlık dalgasını tetikleyeceğini bilmek için âlim olmaya gerek yok ama Mamoon'un yükselişi ve başarısı memleketi Hindistan'da öyle bir kin, garez ve eleştiriyle karşılanmıştı ki bu hal daha güçsüz bir adamı yok etmese bile afallatabilirdi.

Bu kini Mamoon kısmen de kendisi yaratmıştı; kibri, küstahlığı ve yaptığı bazı akıl almaz açıklamalar sır değildi. Ama bu kin büyük ölçüde beyaz adama duyulan kızgınlıktan kaynaklanıyordu. Eski dostları ve yoldaşları Mamoon'un artık "beyaz" olduğuna inanıyordu. Onlar için, bütün gelişme ve ilerlemeler ihanet demekti. Mamoon'un geride bıraktıkları şeytanla anlaşma yaptığını, atalarını ve ailesini de hiçe saydığını söylemişlerdi. "Umarım söyledikleri doğru çıkar," demişti Mamoon bir arkadaşıyla vedalaşırken. "Özellikle de hiçe sayma kısmı."

Harry'nin bütün bunları öğrenmek için Hindistan'da bol bol vakti olmuştu, ayrıca Julia'nın verdiği defterleri incelemeye de vakit bulmuştu. Eğildiği konuya *–nasıl bu kadar karmaşık yazabiliyor?–* dair yeni bir heyecanla, biraz da rahatlamış bir halde New York'a uçtu. Üç gün sonra da Mamoon'un Portland'da küçük bir dairede yaşayan eski sevgilisi Marion'u görmeye gitti.

Her zamanki gibi Rob'un bir şeyi "organize ettiği" falan söylenemezdi. Son birkaç haftadır Marion, Harry'nin işini zorlaştırıyordu; buluşmaları iptal ediyor, ona telefon açıp sorular soruyor ve genelde tam bir kaltak gibi davranıyordu. Bütün bunlar olurken de, elinde kıymetli bir şeyler olduğunu ve bunun bir bedeli olduğunu adamın belli ediyor ama bu bedelin ne olduğunu söylemiyordu. Ayrıca çeşitli temsilci ve yayınevlerinin de Harry'nin iyi niyeti ve dürüstlüğüne kefil olmasını istemişti. Kesin bir randevu alabilmesi için Mamoon'un Rob'la, Rob'un da Marion'la konuşması gerekmişti. Harry nihayet onun dairesine gidebilirdi artık.

Kapı açıldı.

Beyaz saçları sırtının yarısına kadar uzanan, değneklerle ağır ağır ve sarsak yürüyen Marion, Harry'yi küçük, aşırı sıcak eve buyur etti. Onu görünce rahatlayan Harry elini sıkmaya çalıştı ama Marion yüzünü ısrarla ona doğru yaklaştırınca, kadını iki yanağından öpmek zorunda kaldı. Marion elini bir süredir kimseye dokunmamış gibi sıkıca kavradı.

Gözünde katarakt olduğu için çok okuyamadığını, televizyon izleyemediğini ve temizlik de yapamadığını söyledi. İstediği şey sohbet etmekti ama ailesi onu çoktan terk etmişti ve artık, gürültücü öğrenciler ve yazmasına yardımcı olan sekreter haricinde, çok az ziyaretçisi vardı. Yeryüzünde, yetmişli yaşlarının ortasına gelmiş bir kadından daha az ilgi çekici olan çok az mahluk vardı ama bazı insanlar halen Mamoon Azam'la ilgileniyordu. Marion'un elinde kalan tek kozu oydu.

"Beni sorgulamadan önce," dedi Harry'ye çay ve bisküvi getirip, dizlerine bir battaniye sererek oturduktan sonra. "Benim sorularıma cevap verme kibarlığını gösterir misin?"

"Tabii ki."

"Yanında ona ait, dokunabileceğim bir şey var mı?"

"Nasıl bir şey?"

"Bir kravat, sana verdiği bir kitap falan."

Çaresizce başını salladı. "Hayır, özür dilerim, hiç düşünemedim."

"Hiçbir şey yollamadı mı?"

"Sadece beni yolladı."

Mamoon'un asla düşünceli bir insan olmadığını söyledi Marion. "Ama onun gözlükleri bende duruyor, her pazar günü gözlükleri siler, bir yandan da tenini kokusu ve dokunuşunu, dumanlı sesini –bazen pürüzlü, sert ama şefkatli sesini– ve beni güldürürkenki o dikkatli zamanlamasını hatırlarım."

Mamoon'u iyi taklit ediyordu ve görünüşe göre, iki tarafı da kendisi canlandırarak sohbet etmeyi seviyordu. Hiç gerilmeden Liana'yı sordu; boyunu posunu, Mamoon'un iniş çıkışları ve öfke nöbetleriyle baş edip edemediğini, nasıl yemek yaptığını, alışverişi sevip sevmediğini, hazımsızlık yaşayıp yaşamadığını, iyi uyuyup uyuyamadığını, Mamoon'un kâbuslarıyla baş edip edemediğini ve onu güldürüp güldüremediğini merak ediyordu.

Mamoon'un ne üzerine çalıştığını, saçlarını boyayıp boyamadığını, sağlığının, özellikle de sırtı, midesi, bağırsakları ve dişlerinin ne durumda olduğunu öğrenmek istiyordu. Zor bir soru sorulduğunda kafasını halen belli bir şekilde hareket ettirip ettirmediğini bilmek istiyordu. Ayrıca evi ve araziyi, sadece fotoğraflarını gördüğü ama bir zamanlar âşık olduğu adamla hayatının geri kalanını geçireceğini düşündüğü yeri de merak ediyordu.

Sonra tiz bir kahkaha attı ve devamında da kendini tutamayarak ağlamaya başladı. Harry de ağladı, böylece daha kibar ve "katılımcı" olmuştu. Birbirlerine sulu göz dediler. Harry peçete ararken, Marion yüzünü yıkamak için banyoya gitti.

Marion kendini hazır hissettiğinde, Harry kayıt cihazını çalıştırdı.

Annesi İngiliz Yahudisi olan Marion Kolombiyalıydı. Harry'ye Mamoon'la bir konferansta nasıl tanışıp birbirlerine âşık olduklarını anlattı. Beş yıl boyunca Mamoon onu sık sık ziyaret etmişti ve beraber Hindistan'a, Amerika'ya ve Avustrulya'ya gitmişlerdi. Marion, Mamoon'la tanıştıktan kısa bir süre sonra sıkıcı kocasından ayrılmış ve Mamoon orada geçen bir roman yazmayı düşündüğü için New York'ta, West Village'da küçük bir daire tutmuştu. "Unutma," dedi Marion. "O bir Müslüman ve kadınları temelde hizmetçi olarak görüyor. Benim sayemde ilerleme sağladı ama ancak bu kadar olabiliyor."

Marion ve Mamoon'un her zaman konuşacak çok şeyleri olurdu ve bütün çekici erkekler gibi Mamoon da edebiyat, siyaset, diğer insanlar ve bilhassa da kendisi konusunda eğlenceli ve zekice laflar ediyordu. Kendini düşünen ama kendine hayran olamayacak kadar kaygılı ve güvensiz biriydi. Marion'un söylediğine göre, Mamoon kendisini delirmekten kıl payı kurtaran çalışmaları konusunda sürekli endişeliymiş ve bazen de tamamen kendini kaybedebiliyormuş. Marion'a müsveddeleri gösterirmiş, Marion da elinde kalemle masada karşısına oturup ona yardım edermiş. Mamoon onun görüşlerini dinler ve ciddi ciddi cevap verirmiş. Marion'a kendini değerli ve yaratıcı hissettirirmiş. Marion da o meşhur kitapların nasıl yazıldığına şahit olmuş.

"*Katille Bir Akşamüstü*'ndeki röportajların bazıları elbette uydurma. Bunun herkesçe bilinmesi gerekiyor."

"Kimse böyle bir şey söylememişti. O röportajları kaydetmemiş miydi?"

"Evet, kasetlerin deşifrelerini bazen Peggy yapıyordu, bazen ben, bazen de bir sekreter. Yazmak için masa başına oturduğunda işin önemli bir kısmı bitmiş olurdu. O meşhur idam sahnesini görmemişti. Bana "neredeyse" orada olduğunu itiraf etmişti."

"O yaratıcı bir sanatçıydı, eserlerini yaratırdı..."

"Ya da uydururdu," dedi Marion. "Bazı malzemeleri çıkarır, bazılarını değiştirir, hikâyeye uyması için bazı alıntıları tahrif eder ve hatta yeniden yazardı. Hiç gitmediği yerler ve hiç görmediği şeyler hakkında yazardı."

Harry omuzlarını silkti. "Romancılar böyledir. Piç kuruları."

"Sen de hiç şüphesiz kendini aynı şeyi yaparken bulacaksın," dedi Marion, gözlerini Harry'ye dikerek. "Bunun iyi bir fikir olduğu kafana dank ediyor anlaşılan."

"Joyce buna 'çalıntı-anlatı' diyor. Ve Mamoon da gayet akıllıca bir laf edip, 'Umarım gerçeklerin yeterli olduğunu düşünen o aptal yazarlardan biri olmazsın,' demişti. Mamoon orijinalliğin doğru şeyleri çalma sanatı olduğunu düşünüyor. O insanları eğlendiren..."

"Ne kadar ucuz ve edepsizsin. Tartışmayı seven bir baş belası olduğunu düşünmeye başladım. Buna devam etmemizin gerçekten bir anlamı var mı? Eğer kalkabilseydim, şimdi kalkar giderdim," dedi Marion ve arkasını döndü.

Bugün zor geçecekti. Harry bir yere varabilecek miydi? Çekip gitmeli miydi? Sessizce bekledi, babası da böyle yapmasını nasihat ederdi.

"Mamoon için çok şeyden vazgeçtiniz," dedi en sonunda.

"Evet, evet, her şeyden."

"Bu konuda konuşmak sizin için tabii ki zor olacaktır."

"Kesinlikle."

Yine bir sessizlik oldu; sonra Marion'un konuşmaya başlamasıyla Harry derin bir nefes alıp, rahatladı. Kocası bir kayıp sayılmazdı ama sevgili çocukları, eski kocasının "kişisel heyecan" dediği şey için ailesini terk etmesinden dolayı ona kızgındılar. Ama Mamoon tıpkı Ömer Şerif gibi –Mamoon'u ona benzetiyordu Marion– bir kadının uğruna bir şeylerden vazgeçebileceği bir adamdı. Onu seviyordu; Mamoon onun kaderiydi; Marion aşkın her şeyden üstün olduğunu düşünüyordu. Mamoon, Peggy'nin hastalığından ötürü Amerika'ya daha seyrek gelse de, Marion onun kendisine hayat boyu göz kulak olacağını varsayıyordu. Mamoon öyle yapacağını söylemişti.

Marion'un ona inanmamak için hiçbir nedeni yoktu. Aşk hayatları daha önce yaşadığı her şeyden daha tatmin edici ve güçlüydü ve tam anlamıyla beraberdiler. Onun dışında sadece Peggy vardı ve sonunda Marion, zavallı Peggy'nin ölmesini beklediklerini anlamıştı. Onun için "yatak işgalcisi"[1] dese de, Peggy'ye karşı bir garezi yoktu ve onun yanında kaldığı için Mamoon'u takdir ediyordu. Mamoon "nafile" görevini yerine getiriyordu.

"Neden nafile diyorsunuz?" diye sordu Harry.

"Görebildiğim kadarıyla," dedi Marion, "ikisi o kadar kapalı bir çemberde, dış etkilere o kadar kapalı yaşamışlar ki Peggy onu hipnotize edip, acısının sebebi olmakla kalmayıp aynı zamanda tek çaresi olduğuna da inandırmış. Onu bu yanlış inançtan kurtardım."

Bunun için kendisine teşekkür falan edilmemişti. Sonuçta Marion, Mamoon'u bir yıl görememişti. Peggy'nin öldüğünü öğrendiğinde büyük gün gelip çatmış, Mamoon'un araması için kendini hazırlamıştı. En sonunda New York'u terk edip İngiltere'ye, Mamoon'un evine taşınacaktı. Evi nasıl döşeyeceğini bile düşünmüştü. Camlar açılacak, Peggy'nin eşyaları hemen atılacak ve her şey yeniden düzenlenecekti. Ölü bir kadınla birlikte yaşamak istemiyordu.

---

1 Hastanelerde gereksiz yere yatak işgal eden hastalara (bilhassa da yaşlı hastalara) verilen isim. (ç.n.)

Marion, Mamoon'u aramıştı. Telefonu açan kadın –Harry bu kişinin Ruth olduğunu tahmin ediyordu– mesajını ileteceğini söylemişti. Bu birkaç kez yaşanmıştı; Ruth mesajını ilettiğini söylemişti. Günler geçmiş ama Marion hiç haber alamamıştı. Mamoon'un cenaze işleriyle ve diğer meselelerle uğraştığını düşünüyordu. Günler böyle geçip gitmişti.

Mamoon'dan haber alamayan Marion, Bogota'ya gitmiş ve Kolombiya'da dolaşıp durmuştu, acı çekiyor ve her yerde onu görüyordu. Birkaç ay sonra bir dergiden Mamoon'un Liana'yla evlendiğini öğrenmişti. Mamoon, Liana'yla on sekiz ay önce İtalya'da romanını tanıtırken tanışmıştı. Görünüşe göre Liana'yı görmek için defalarca İtalya'ya gitmişti ve beraber Paris'te bir daire tutmuşlardı. Nihayetinde de Liana'yı Venedik'e götürüp, evlenme teklifi etmişti. Marion ikisinin fotoğraflarını incelemiş ve unutmaya çalıştığı her şey geri dönmüştü.

Ümitsizce bir açıklama bekleyen Marion, Mamoon'a sık sık yazmış ve defalarca telefon etmişti. Sonra bir gün Mamoon telefonu açıvermişti; eğer telefonun hemen yanında oturuyorsa bazen açabiliyordu. Marion'un sesini duyduğuna şaşırdığını söylemiş ve artık her şey için çok geç olduğunu bildirmişti. Aralarındaki her şey uzun zaman önce ölmüştü. Marion bunu anlamamış mıydı? Mamoon ondan hiçbir şey istemiyordu. "İnsanları doğru zamanda yüzüstü bırakmalısın", demişti ve bu lafı Marion'un aklına kazınmıştı. Geçmişinin önemli bir kısmı ve geleceğinin tamamı aniden paramparça olurken, çığlık atmış ve öfkeden deliye dönmüştü. Mamoon aptalca fanteziler ürettiğini ve onu bir daha aramamasını söylemişti; o evli, mutlu bir adamdı artık, o kadar. Ve telefonu kapatmıştı.

Harry, Marion'un yeniden, bu sefer koltuktaki yastığı döverek ağlamasını izledi. Utanmış ve rahatsız olmuştu; iyi bir yazar için bilgilendirici bir kitap yazmak istemişti, yaşlı bir kadını bir psikodrama seansı aracılığıyla sinir krizine sürüklemek değil.

Marion'la yaptığı bu ilk görüşme günün büyük bölümü kaplamıştı, söylediklerini düşünüp değerlendirmesi lazımdı. Oteline geri döndü, kaseti dinledi ve notlar aldı.

Alice'i arayıp ne kadar yorgun ve tükenmiş olduğundan bahsetti. Ve şaşırarak, Alice'in bütün hafta sonunu Liana ve Mamoon'la geçirdiğini öğrendi.

"Şimdi orada mısın?" diye sordu.

"Evet. Mamoon gittiğini biliyordu ve bu yüzden beni buraya davet ettiler," dedi Alice.

"Kurnazca."

"Bana kalırsa, kibarca. Dinlenmem ve Mamoon'a kravat, gömlek ve başka şeyler getirmem gerekiyordu."

"Sevdi mi bari götürdüklerini?"

"Bayıldı. Görünüşünü yenilemek istiyor."

"Mantıklı."

"Neyse, burada olmamı seviyorlar ve ben de burayı huzurlu buluyorum. Mamoon gücünü geri kazanmak istiyor; uzun yürüyüşler yapıyoruz."

"Öyle mi? Ne konuşuyorsunuz?"

"Öylesine laflıyoruz. Harika bir şey bu Harry; ona istediğim şeyi anlatabiliyorum, hiç yargılamıyor ve hep akıllıca bir şeyler söylüyor. Müthiş bir beyni var. Özellikle de şu anda çok kaygılı olduğum için, burada dinlenmek bana çok iyi geliyor."

"Odaya döndüğünde söylediklerini not alsana?"

"Niye ki? Biliyorsun ben anı yaşamaya inanırım. Her şeye dair özel bir sohbet bu."

"Neymiş o her şey?"

"Hayat, babalar, sanat, siyaset, seks."

"O konuda bir şey biliyor mu ki?"

"Derin derin düşünmüş Harry, ortalama insandan daha fazla düşünmüş, bunu biliyorsun, söylediği her şey ilginç, sen de bu yüzden onu inceliyorsun. Bana psikanaliz uyguluyor ve sorunlarımı derinlemesine ele alıyor. En son sizin eve gittiğimizde babanın düşündüğü gibi benim yüzeysel ve narsist olduğumu düşünmesinden çok korkuyorum."

"Benim babam ne yaptı sana Alice?"

"Sesin kısıldı birden. Bu konuda aşırı hassas davranma."

"Pardon?"

"Kadınları asla babanla tanıştırmaya götürmediğini söylemiştin."

"Çok özel olmaları gerekiyor. Bu benim için büyük bir olaydı Alice."

"Beni afakanlar bastı. Emin hatırlıyorsundur; masaya oturduktan sonra masaya şöyle bir göz atıp, iki eliyle masaya vurup bana 'Söyle bakalım, mali kriz hakkında neler düşünüyorsun?' demişti."

"Ne düşünüyordun?"

"O kadar gözüm korktu ki bir panik atak geçirip, yüzüme soğuk su çarpmak için lavaboya koştum. Aniden televizyona çıkmak gibi bir şeydi bu."

"Görünmez olmayı tercih ettiğini biliyorum."

"Sizin evde durum hep böyle miydi?"

"Babam çok demokrat bir adamdır, bütün aptalları dinler, işi bu. Seni kesinlikle yüzeysel bulmadı. Epey yol kat etmiş olduğunu söyledi. Ve eminim Mamoon da her lafını can kulağıyla dinleyecektir. Yaşlı adamları sevmediğini sanıyordum."

"Bir roman gördüğümde zihnimin nasıl dağıldığını biliyorsun ama Mamoon'un kitaplarından birine başladım."

"Sevdin mi?"

"Merak etme, entelektüel olma ihtimalim yok. Benim aptal olmamı mı tercih ediyorsun? Kendini tehdit altında mı hissediyorsun?"

"Hayatım, bu kitabı yazmak beni mahvetti. Hindistan çok zorladı beni. Çok yorgunum."

"Mamoon sana karşı çok anlayışlıydı."

"Öyle mi?"

"Marion'un seni çok fazla yanlış yönlendirmediğini ümit ediyor."

"Onun hakkında ne dedi?"

"Söylediği tek bir kelime bile doğru değilmiş. Kendi iyiliğin için, söylediklerine kanmamanı ümit ediyormuş," dedi ve devam etti. "Biliyor musun, Mamoon'un öyle olmak moda olduğu zamanlarda fitilli kadifeler giyen o Maoculara saldırırken ne kadar cesur olduğunu anlamaya başladım. Senin baban da Maocu değil miydi?"

Harry kahkaha attı ve "Mamoon mu söyledi bunu?" dedi. "Ona hesabını sorarım bunun."

"Hayır, lütfen yapma yoksa söylediği diğer şeyleri sana anlatamam."

"Niye, başka ne söyledi ki?"

"Marksist arkadaş ve tanıdıklarının da en az köktendinciler kadar hipnotize olduğunu söyledi. Yaptıkları her şey işçi sınıfının 'çıkarına' hizmet edecek şekilde hesaplanmıştı. Ve Marksizmin aniden çok düşkün oldukları o özgürlükleri pek desteklemeyen bir sistem olduğu anlaşılmadı mı?"

"Evet, Mamoon bu konuda güzel bir yazı yazmıştı: 'Sekülerlerin Hurafeleri.'"

"İnanılmaz derecede ileri görüşlüymüş, öyle değil mi?"

"Mamoon her zaman her şeyin saçmalık olduğunu ve bir şeye inanan herkesin aptal olduğunu düşünmüştür," dedi Harry homurdanarak. "En baştan böyle inançsız ve alaycı olursan, yanılma şansın olmaz zaten."

"Sen halen sosyalist misin? Mamoon öyle olduğunu söyledi."

"Öyle mi? Liberal demokratım ben Alice ve bir bardak limonlu soda kadar zararsızım."

"Baban Mamoon hakkında ne düşünüyor?" diye sordu Alice.

Harry cevap vermeden önce bir an düşündü. "Babam İngiltere'nin en büyük savaş sonrası başarısının, Ulusal Sağlık Sistemi'nin yanı sıra, çok-ırklı bir toplum olmak olduğunu düşünüyor. Ama Mamoon tam da İngilizlerin devri geçmiş, sahneyi melezler devralırken bir İngiliz olmak istemişti. Babam, özellikle de yetmişlerde en tehlikeli dönemini yaşayan İngiliz ırkçılığı mikrobundan hiç bahsetmediği için Mamoon'un basiretsiz olduğunu düşünüyor. Mamoon bu sanki hiç başına gelmemiş gibi davranıyor. Babam ayrıca onun kendini miadını doldurmuş bir sınıfla özdeşleştirdiği için gülünç bir snop olduğunu düşünüyor. Ama en azından daha sonraları İslamcıları, yedinci yüzyıldan kalma o sahte kahramanları eleştirdi."

"Biliyor musun," dedi Alice, "Mamoon bana çok güzel bir şey söyledi; sanatçı olabilirmişim."

"Sanatçı mı?"

"Neden olmasın? Belki bir gün, gelecekteki bebeğimiz beşiğinde uyurken ciddi ciddi resim yapmaya başlarım. Mamoon eğer konuşmakta zorlanıyorsam, kendimi başka şekillerde daha fazla ifade etmem gerektiğini söylüyor."

"İyi fikir."

"Mamoon ayrıca hınzırın teki," diye devam etti Alice. "Bunu söylememem lazım ama bir hayranı nasıl, hangi kalem ya da bilgisayarla yazdığını sormuş, o da sabahları parmağını kıçına sokup doğrudan tuvalet duvarına yazmayı sevdiğini söylemiş."

"Beni seviyor musun?" diye sordu Harry.

"Evet, elbette. Sana binlerce kez söyledim."

"Liana nasıl?"

"Çok görmedim onu. Bahçeyle uğraşıyordu, sonra manikür için Londra'ya gitti. Sevgili medyumuna uğradı ve iş için biriyle görüştü."

"Orada ne kadar kaldı?"

"Sadece üç gece, sanırım."

Harry hemen Julia'yı aradı. Julia da olup biteni yakından takip ettiğini iddia edip, Mamoon ve Alice'in sadece bir şeyler yiyip, konuştuklarını söyledi. Geceleri mum ışığında geç saatlere kadar oturuyorlarmış; Julia yan odadaki divanda Mamoon'u okuyormuş; bir odadan sesini duyuyor, bir odada kelimelerini okuyormuş. Halinden memnun bir şekilde uyuyakalmış, rüyasında da Mamoon'u görmüş. Sabah battaniyenin altında uyanmış. Mamoon ve Alice'in konuştuğu her şeyi hatırlamıyormuş; birkaç mırıltının ne önemi varmış ki?

"Ne demek önemsiz! Sadece konuştular diyorsun! Konuşmak en tehlikeli ilişki şeklidir!"

"Liana sorun etmiyor, yani bence zararsız bir şey. Aksi takdirde Mamoon'u ve sonra da Alice'i öldürürdü."

"Ama beni devre dışı bırakmayı başardı. Mamoon önemli bir şey söyledi mi onu söyle bari."

"'Bahçecilik yapan herkes insanlık için kayıp bir vakadır,' dedi sadece.

"Beni seviyor musun," diye sordu Harry.

"Evet," dedi Julia. "Her geçen gün daha fazla. Seni görmeyi o kadar çok istiyorum ki. Senin tişörtünü giyiyorum."

"Öyle mi? Nerede buldun?"

"Odanda. Yüzümü kıyafetlerine gömüyorum," dedi. "Sen *beni* seviyor musun?"

Harry suratını asıp sessizliğe büründü, aralarındaki denizi dinliyordu.

"Sen kim olursan ol Julia, ben seninim."

"Sana verdiğim defterleri okudun mu?"

"Evet, şimdi tekrar inceliyorum."

"Ne düşünüyorsun?"

ON SEKİZ

Harry ertesi gün Marion'u tekrar ziyaret etmeye gitti ama içeri girmeden önce evin etrafında dolaşırken, geri dönmeye değip değmeyeceğini düşündü. Alice'in Mamoon'a dair heyecanı sinirini bozuyordu; taksiye atlayıp havaalanına gitmek, Londra'ya uçmak, yaşlı adamı devre dışı bırakmak ve Alice'e kendi varlığını hatırlatmak istiyordu. Alice'le olan ilişkisine kendini daha fazla vermeliydi yoksa aralarındaki ilişki zayıflayıp, sona erecekti. Marion dün söylediklerine ne ekleyebilirdi ki? O üzüntü, pişmanlık ve ümitsizlik çadırına tekrar girmek istemiyordu. Ama kendine çekidüzen verdi: Mamoon ondan kasten kurtulmuş olsa da, bu halen onun işiydi. Kendini Marion'a çiçek almaya zorladı; gidip tekrar zilini çaldı.

Bugün daha canlı, hatta flörtözdü; üzerinde etek, dekolte bir bluz ve mücevherler vardı. Mamoon'la birlikte çekilmiş fotoğraflarını gösteriyordu.

"Harry bak nasıl da elimi tutuyor. Bana nasıl ihtiyaç duyuyor. O kır evinde bir korku ve öfke atmosferi içinde yaşıyorlardı. O ev sana hayaletli gibi geldi mi?"

"Evet, biraz."

"Bu onun, Peggy'nin hayaleti; musallat oluyor ama yaşamıyor! Mamoon'un asıl ev hayatı hiç böyle değildi. Peggy'nin sefaleti onu çürütüyordu."

"Ona bunu nasıl söyledin?"

"Ona aşk ihtimalini gösterdim. Ve seks ihtimalini. Biliyorsundur, tam bir *caliente*'ydi. Üzerinden dumanlar yükseliyordu. Ama bir süredir doğru düzgün seks yapmamıştı. Mamoon bir kadına ihtiyaç duymanın sigara içme isteği gibi olduğunu düşünüyordu. Büyük bir istek olabilirdi ama insan geçene kadar beklerse, dönüp daha önemli işlerle ilgilenebilirdi.

Hakkını vermek gerekirse, Peggy iyi kalpliydi, sadece onu düşünürdü. Onu toplum içinde yönlendirir, onunla ilgilenebilecek insanlarla tanıştırır ve insanlara dünyanın İngiltere'den daha büyük olduğunu anlatırdı. Ama Mamoon biraz..."

"Neydi?"

"Az sevişmişti."

"Bunu söyleme şekline bayıldım, Marion. Dobra dobra."

"Peggy'nin onun üzerinde cinsel bir gücü yoktu. Hüzünlü bir kadındı; histerikti. İş çiftleşmeye gelince bir tabak soğuk makarnaya benziyordu, anlamsızca konuşuyor ve zavallı Mamoon'u sanki tutku her varlığın kalbinin tam ortasında bir yere sahip değilmiş gibi yaşamaya zorluyordu. Mamoon'un bazı konularda ne kadar naif olduğuna inanamazsın."

Harry "naif" derken neyi kastettiğini sordu.

"Bazı açılardan genç bir çocuk gibiydi. Sanki karşısındakinin onu çekip çevirmesini bekliyordu. Muhtemelen biliyorsundur, gençken çeşit çeşit macera yaşamış. Yetişkinler ellerini ondan çekemiyorlarmış. Siyah saçları, bir film yıldızınınkine benzeyen vücudu ve uzun, ince aletiyle acayip yakışıklıymış. Neredeyse senin kadar yakışıklıymış hayatım ama daha haylaz, daha güçlü bir karaktermiş ve daha yetenekliymiş. Mağrur bir görünüşün olsa da senin de biraz haylaz olduğunu tahmin edebiliyorum." Bir önceki gece *Teorema*'yı izlemişti. "Pasolini sana bayılırdı. Hiç yaşlı bir adam seni yatağa attı mı?"

Harry bir şey söylemeyince Liana devam etti: "Şunu hayal etmeye çalış. Onunla ilk tanıştığımda Mamoon hayatının sonuna kadar düzgün, evli bir adam olacağını hayal ediyordu. Peggy ile ayrılacaklarını hiç düşünmüyordu. Ama benimle tekrar keşfedince, cinsellik onu ele geçirdi. Ona yeni bir özgüven verdi. Seksi sevdi, hem de çok sevdi. Kendinin kayıp bir parçasını tekrar ele geçirdi ve bunu sürekli istemeye başladı. Sonra da daha fazlasını istedi, daha fazla aşırılık istedi." Nasıl bir aşırılıktan bahsettiğini sorduğunda Marion "Eğer sana söylersem ve sen de kitabına koyarsan," dedi, "insanların benim hakkımda bildiği tek şey bu olacak."

"Bunu düşündün mü?"

"Elbette."

"Aynı zamanda hikâyeyi kendi tarafından anlatmak istiyorsun değil mi?"

"Söylediklerimi inkâr edecektir, biliyorum," dedi. "Gülecek, omuz silkecek ve beni delilikle suçlayacaktır; erkeklerin ortak stratejisi. Geçenlerde bir gazeteciye benim bir sınırsız fanteziler balonu, bir büyülü gerçekçi olduğumu söyledi; külahıma anlatsın! Bu suçlama hayatını insanlar yaratıp, onları konuşturan ve öldüren birinden geliyor! Ama bu dünyadan göçmeden söyleyeceğimi söyleyeceğim."

Harry kayıt cihazını ona doğru yaklaştırdı. "Neyden bahsediyorsun?"

"Kapat şu kahrolası cihazı." Harry cihazın üzerinde bir düğmeye bastı. Marion gülümsedi, cihazı elinden kaptı, odadan dışarı, koridora fırlattı ve Harry'ye kapıyı kapatmasını söyledi.

Ve anlatmaya başladı: Yıllardır yakın arkadaşı olan evli, zeki, çekici birkaç kadın varmış ve onlarla tanıştırmış. Bir gece Mamoon onları çekici bulduğunu, Marion'dan sıkıldığını söylemiş. "Penisini güldürmeyi başaramıyordum. Onlarla takılacaktı, kalemine güç katacaktı bu."

Mamoon ona artık faydacı olduğunu, olabildiğince çok insan için olabildiğince mutluluk yarattığını söylemiş. Ayrıca morali fena halde bozukmuş. Babası ölmüş ve o kendini suçluyormuş. Bir keresinde babasıyla kavga etmiş, yaşlı adamı sandalyesinden kaldırıp, duvara fırlatmış.

"Evet, duymuştum. Detayları nedir bu olayın?"

Mamoon'un okulunun müdürü ve müdürün karısı babasının çok eski arkadaşlarıymış. Ve bu müdür –"bu arada, kendisi tek bacaklıymış"– kibarlık edip, Mamoon'un okula indirimli olarak kabul etmiş. Sonradan anlaşılmış ki on beş yaşındaki Mamoon, okul müdürünün okulun hemşiresi olan karısını revirde hemen hemen her gün beceriyormuş. Kadın ayrıca ona kitaplar veriyormuş ve ilk yazdığı hikâyeleri de okuyor, düzeltiyor, herkesin sahip olmak isteyip, çoğu insanın sahip olmadığı şeye, yani yeteneğe sahip olduğunu söyleyerek onu cesaretlendiriyormuş. Mamoon yazmaya başlar başlamaz sevildiğini ve takdir edildiğini görmüş. Edebiyat bacakları açan şeymiş. İyi bir paragraf birkaç kadeh şaraptan daha çok işe yarıyormuş.

"Mamoon yirmili yaşların ortasına gelene dek müdür bundan haberdar olmamış," dedi Marion. "Müdür, eşi öldükten sonra doğru babasına gidip, karısının sadakatsizliğinin hayatının son yıllarına leke sürdüğünü söylemiş. Karısı ölmeden önce Mamoon'u sevdiğini söylemiş. Müdür de utancından yerin dibine girmiş." Marion ataerkil bir Hindu aksanıyla devam etti. "Sonra babası Mamoon'a şöyle demiş; 'Seni gidi piç kurusu, hepimizi rezil ettin, bize cömert bir indirim yapılırken okulda bir aile dostumuzla düşüp kalktın! Daha ne dalavereler çeviriyorsun acaba?'"

"'Kadın da çok hevesli ve halinden çok memnundu ama,' diye cevap vermiş Mamoon. 'Bu seni neden rahatsız ediyor ki? Kıskanıyor musun yoksa? Yalnız olduğunu söylüyordu. Onun için ben 'ikinci bacak'tım. Uğrunda ölünecek bir vücudum vardı ve fermuarımı dişleriyle açardı. Arkadaşın fena halde sıkıcıymış. Kadının keyfini yerine getirdiğim için bana bir tebrik telgrafı çekmen lazımdı.' Tahmin edebileceğin üzere, gitgide daha da öfkelenen babası bu noktada Mamoon'un suratına bir tokat atmış ve o zamanlar gayet güçlü olan, halter çalışan Mamoon da babasını olduğu yerden kaldırmış ve bir basketbol topu gibi odanın karşı tarafına, çöp kutusuna doğru fırlatmış.

Hayatının ilerleyen yıllarında Mamoon bundan utanmış ve yaptığına pişman olmuştu ve babasını çok kafasına takıyordu. Ben de babası acaba *gay* olabilir mi diye sormuştum."

Harry az daha küçük dilini yutuyordu. "Bunu nasıl karşıladı peki?"

Mamoon bunu ciddiye almıştı. Parçalar yerine oturuyordu. Mamoon'un babası görücü usulüyle evlenmiş, karısıyla sürekli kavga eder, çoğu gece kumar oynar ve fena halde içermiş. Ama asla kadınlarla takılmazmış ve oğluna asla evlenmemesini söyler dururmuş. Mamoon ergenlik yıllarındaki tuhaf cinsel hayatının babasının kafa karışıklığının bir resmi olup olmadığını merak etmeye başlamış.

"Artık sen de öğrenmişsindir ki," dedi Marion, "Mamoon sadece Nietzsche çalan bir müzik kutusu gibiydi, her durum için hazır bir alıntısı vardı. Özellikle de şu alıntıyı severdi: 'Babada sessiz kalan şey oğulda dile gelir.' Bunu çok yoğun bir şekilde tartıştık. İnsanlar yumuşayınca konuşmaya başlar, aşk da o zaman başlar. Birkaç şişe şarap eşliğinde bütün bir geceyi konuşarak, her şeyi çözerek geçirirdik. Çok yakındık ve beraber yaşıyorduk çünkü o sıralar Amerika'da ders veriyordu."

Harry onunla birlikte vakit geçirmenin nasıl bir şey olduğunu sordu.

"Onunla vakit geçirmek harikaydı ama çatışmasız da değildi. Mamoon'la hiçbir şey çatışmasız olmaz. Yetkililerle bazı çatışmalar yaşadı, bunlar da kadın düşmanlığıyla suçlanmasına yol açtı vesaire."

Harry bu konuda bir şeyler duyduğunu ve bunu araştırmak istediğini söyleyip, Marion'a olayın detayları sordu.

"Birkaç aydır üniversite yerleşkesi dışında beraber yaşıyorduk," dedi. Mamoon üniversite için çok başına buyruk olduğunu belli etmişti. Ama insanların kendi fikirleriyle ilgilenmesini nasıl sağlayacağını da biliyordu. "Sonra maalesef bir partide siyahi bir feminist üniversite hocasıyla bir olay yaşandı. Partide ona 'Bugünlerde siyah olmak başlı başına bir kariyer, öyle değil mi?' dedi."

"Sonra ne oldu?"

"Ortalık ayağa kalktı. Buna ek olarak bir de Afro-Karayipli topluluk arasında baba yokluğuna bağlı olarak psikozun çok sık görüldüğünü söyleyince, Mamoon'un işi bitti. Olay çirkinleşti. Pılımızı pırtımızı toplayıp oradan hızla uzaklaşmak zorunda kaldık. Bir şehirden kovulmak gibi bir şeydi."

"Dert etti mi bunu?"

"Elbette, sırf teni koyu kahverengi olduğu ve ırkçılığa bizzat maruz kaldığı için ırkçılık yapma hazzından mahrum kalmak istemiyordu. Başkalarından asılsız, keyfi nedenlerle nefret etmek en büyük hazlardan biri olsa gerek demişti."

Olaydan sonra bir daha asla ders verememişti. Bu da ona pahalıya mal oldu. Meseleyi itiraf edemeyeceği kadar dert etmişti çünkü hayatını adadığı sanatına dair söyleyecek çok şeyi vardı. Kendini bir şekilde bu saçma yenilgilerin içinde bulmuştu. Olup biteni aklı almıyordu ve "teselli"ye ihtiyacı vardı.

"Kadın tesellisine mi?"

"Onunla beraber olabilmek için çok şey feda ettiğimi söyledim, gözümün önünde en yakın arkadaşlarımla oynaşmasına izin veremezdim. Benim can sıkıcı olduğumu söylüyor ve surat asıyordu. Oral sekste iyi olmadığımı söyleyecek kadar da küstahtı."

"Ah tatlım. Dişlerine dikkat etmen lazım," dedi Harry. "Herhalde biliyorsundur bunu. Biraz pratik yapabilirdin belki."

"İnan bana bebeğim, istesem seni öyle bir yalarım ki beynini kıçından çıkarır çöp kutusuna atarım."

"Peki, o nasıldı oral sekste?" diye sordu Harry.

"Bazen hevesli oluyordu. Ama tam beceremiyordu. Zaten..."

"Zaten ne?"

"Zaten bir adam seni yalayıp yutmak istemiyorsa, olayınız bitmiş demektir."

"Hayattaki en acı derslerden biri olmalı bu."

"Mamoon insanı hakikaten dışlayabiliyordu," diye devam etti Marion. "Sonunda bunun yarattığı kaygıya dayanamaz oldum. Üçlü takılmak bana göre değildi, daha önce denemiştim. Erkekler üçlü takılmayı sevdiklerini düşünüyorlar ama gözleri aletlerinden daha büyük. Bir erkeğin, bırak iki kadını, tek bir kadını bile tatmin etmesi ender görülen bir şeydir. Yine de eğer isterlerse bu kadınların teker teker bize katılabileceğine karar verdim. Neden olmasın? Altmışları yaşamadık mı? Neden geleneksel olup her şeye hayır diyelim ki? Ve kaldı ki diğerleri de özgür kadınlardı. Birkaç kez böyle takıldık. Mamoon bunun hayatında yaşadığı en heyecan verici şey olduğunu söyledi."

"Kadınlar neden kabul etti bunu?"

"Sanırım Mamoon gücü, konumu ve karizmasını kadınları baştan çıkarmak için kullanabileceğini ilk o zaman fark etti. Söylediği gibi, meşhur, zeki ve yakışıklı olması onu bir menopozsavara dönüştürüyordu. Bazı şeylere o kadar düşkündü ki dünya onun etrafında dönüyor gibiydi. Ve bu kadınlar da meraklıydı. Ama kocaları, çocukları ve kendi hayatları vardı, bu yüzden de Mamoon her istediğinde uygun olmuyorlardı. O da bize katılması için profesyonelleri davet etmek gibi parlak bir fikirle çıkageldi."

"Kaç kere yaptınız bunu?"

"İki hafta boyunca hemen hemen her gece. Kendimizi o kadar kaptırmıştık ki banka hesabında büyük bir delik açtık ama umurunda değildi. Neden umurunda olsun ki? Sanırım paranın çoğu zaten Peggy'nindi ve Mamoon da Peggy'nin ona borçlu olduğunu düşünüyordu."

"İçip uyuşturucu alıyor muydunuz? Katılan başka erkekler de var mıydı?"

"Çok düşkündü."

"Bunun doğru olduğunu nereden bileceğim?"

"Mektuplar var."

"Eğer onu köşeye sıkıştıracaksak, mektupları görmem lazım."

"Öyle mi?"

"Yoksa senin hayal âleminde yaşayan bir deli olduğunu söyleyebilir."

Bir an tereddüt ettikten sonra ayağa kalktı, Harry'yi odadan dışarı, koridora çıkardı ve yatak odasının kapısını ittirerek açtı.

Harry'nin tam karşısında, Richard Avedon'un çektiği bir Mamoon fotoğrafının büyük bir baskısı çerçevelenmiş olarak duvarda asılı duruyordu. Harry'nin daha önce sadece bir kitap kapağında pul büyüklüğünde gördüğü bu fotoğrafta takım elbise ve kravatıyla, sigara dumanları arasında poz veren Mamoon kırklı yaşların ortalarında olmalıydı; siyah saçlar, kederli kara gözler, dayanma gücüne sahip şair ruhlu bir adam, Asyalı bir Camus. Her zaman devrimci bir dil kullanan radikal bozguncu Mamoon zamanla diğer yazarlarla tartışıp, onlarla yollarını ayıracaktı; siyasi ya da dini nedenlerle birçok ülkeye girmesi yasaklanacaktı; hakkında gülüp geçtiği bazı fetvalar verilecek, birçok ödüle layık görülecek ve iyi kitaplar yazacaktı.

"Görüyor musun?" dedi Marion.

Marion arkasında dururken, Harry fotoğrafa bakmaya devam etti; eğer gençken Mamoon'u –hiç çekinmeden karanlığa bakan, hakikate ve sahiciliğe güvenlikten daha fazla önem vererek gördüklerini anlatan bu sert adamı, harbi sanatçıyı– neden sevdiğini unuttuysa, gurur, öz bilinç ve ihtişam dolu bu fotoğraf bunu ona hatırlatacaktı.

Rob'un sık sık tekrarladığı gibi, yazarlar, aslında bütün sanatçılar, şeytandı, yaratıcılık açısından Tanrı'yla yarışıyor ve hatta onu geride bırakıyorlardı, evet doğruydu bu. Tanrı kesinlikle insanoğlunun yarattığı en ölümcül şeydi, şeytanın *kitsch* kevaşesiydi. Tapınılmak ve hayran olunmak konusundaki ısrarı nedeniyle Tanrı sanat tartışmasını zaruri kılıyor, insanlardaki muhalefet ateşini canlı tutuyordu. Asıl muhalif de, hayal gücüyle aklı ve akıldışını, altı ve üstü, rüya ve dünyayı, kadın ve erkeği kapsayan sanatçıydı.

Son Papa gibi Platon da ortalıkta haylazlık eden, hayal ve sihirle kendinden geçmiş bir halde, elinde tuttuğu hakikat kaşığıyla kazanları karıştıran bir sanatçının ne kadar tehlikeli olduğunu fark etmişti. Ve bu yüzden, çizgiyi aştıkları ve Tanrı'nın ateşini çaldıkları için sanatçılar yasaklanmış, hapse atılmış, lanetlenmiş, susturulmuş ve öldürülmüşlerdi. Her zaman sayfanın azizleri olarak kalacaklardı.

Harry'nin âşık olduğu şey, Tanrı'yla ve kendi haklılığına inananlarla boy ölçüşen bir kahraman ve kutsal ihlalci olarak Mamoon görüntüsüydü; bu Faustvari imge sayesinde bugün bu odaya gelmişti, arkasında da yıllarca her gece o fotoğrafın altında uyuyan bir kadın vardı. Bu aynı zamanda Harry'nin bir zamanlar olmak istediği kişinin fotoğrafıydı. Ama şimdi o görüntüdeki kişi değil, sadece bir illüstratördü. Acaba nasıl daha fazla o görüntü gibi olabilirim, diye merak etti. Geçmişte ne kadar cesur ya da cüretkâr olmuştu ki?

Marion parmaklarını öpüp, fotoğrafa bastırdı.

Harry, Marion'un dar tek kişilik yatağının kenarı hariç oturacak bir yer olmadığını fark etti. Tozu alınmamış rafta çocuklarının gençlik fotoğrafları vardı. Çocukların çok sevimli olduğunu söyledi Harry.

"Kadınlar kaçıp gitmemelidir," dedi. "Çocuklarım beni cezalandırdı. Biri, ben evi terk ettiğimde intihara kalkıştı ve halen de akıl hastanesinde yatıyor. En küçük çocuğumsa torunlarımı görmeme izin vermiyor."

Harry'den yatağın altındaki bir ayakkabı kutusunu çıkarmasını istedi. Kutudan yaklaşık elli tane mektup çıkardı. İki tanesini açtı ve Harry'ye tarihlerini ve Mamoon'un o tanıdık küçük yazısıyla yazdığı 'Sevgili Marion' ve 'bütün sevgimle, Mamoon' gibi ifadeleri gösterdi.

"Bu süreçte bana onu sıktığımı ve artık yaşadığını hissedemediğini söyleyip durdu," dedi. "Bizim için yeni şeyler düşünmesem, delirecekti. Sevişme şekillerine, farklı kadınların tepki verme, hareket etme ve öpüşme biçimlerine ve her seferinde kendini yenilenmiş hissetmeye bayılıyordu. Bu onun için neredeyse adli tıpta bir vakayı incelemek gibiydi.

Aramıza erkekleri de davet edebileceğimizi söyledim, eğer isterse o da izleyebilirdi. İzledi de; sonra da katılmak istedi. Diğer erkeklerle güçlerini birleştiriyor gibiydi. Çok fazla erkek gelip gitti. Onu memnun etmek için de olsa yapmaya katlanamadığım şeyler yaptırmaya başladı bana. O kadar pis şeylerdi ki düşününce midem bulanıyor. Kaplan... kaplan...

Hızlandırılmış bir vecd hali, Poe'nun 'zihni heyecanın sonsuzluğu' dediği şeyi istediğini söylüyordu. Bu aşırılığın, bu tekrar eden ihlal ve günahkârlık halinin, dinsel tecrübeye en yakın şey olduğunu iddia ediyordu. Burada kendini verimli bir şekilde ve tamamen kaybedebileceğini, babasına defalarca ihanet edebileceğini söylüyordu. Kalabalığın püf noktasını, insanı nasıl kendinden uzaklaştırabileceğini anlamıştı.

Normalde dokunmayacağım insanlarla seviştim. O zamanlar tehlikeli bir şeydi bu ama onu kaybetmemek için her şeyi yapardım. *Her şeyi.*"

"Canını yakıyor muydu?"

"Şimdi dönüp bakınca kendimi kullanılmış hissediyorum. *Kullanıldım* ben. Beni hep seveceğini, benimle evleneceğini düşünerek aptallık etmişim," dedi. "O zamanlar güçlüydü. Suratımı kavrar ve bir adamın apış arasına sokardı. Şöyle düşündüğümü hatırlıyorum: 'Kendi zevkin için benim canımı yaktın. Kendi zevkin senin için daha önemli.' Sekste insanı küçük düşüren çok şey var, öyle değil mi?"

"Doğru yapılmadığında, evet. Mamoon'un sapık olduğunu söylüyorsun?

"Ciddi bir yazar mısın yoksa *National Enquirer* için mi çalışıyorsun?"

"*Enquirer.*"

"Gerçek seksin çok çok çok manyakça bir şey olduğunu öğrendim," dedi. "Her şeyi, özellikle de duygu ve aklı gölgede bırakabilir seks. Ve şunu da unutmamalısın; benden nefret ederken bile beni çok seviyordu. Seksüel anlamda onu zaptetmiştim ve artık benimdi. Neyse ki bir yandan çok seyahat ediyor ve bana yazıp, eve döndüğümde yerine getirmemi istediği 'ricalarda' bulunuyordu."

"Öyle mi?"

"Nihayetinde zihinsel ya da bedensel olarak iyi durumda olmayan Peggy ondan geri dönmesini istedi. Mamoon günlerce tereddüt etti. Aniden çekip gitse ne olurdu? Ne kaybeder, ne kazanırdı? Ya peggy? Bir görev miydi yoksa aşk mı? Onu hiç o kadar dertli görmemiştim. Aptallık ettim: Hangi yönü seçerse seçsin onun yanında olacağımı söyledim. Bana bir veda öpücüğü verdi. Benimle evleneceğini düşünüyordum. Bir an için bile, onu bir daha görmeyeceğimi düşünmedim. Sanırım geri döndüğünde başka bir kadınla görüşmeye başladı, Liana değildi bu. Daha onun sırası gelmemişti."

"Başka bir kadın mı? Kim olduğunu biliyor musun?"

Marion omuz silkerek, "Sen biliyor musun peki?" dedi. "Evet, belli ki biliyorsun." Harry bir şey söylemeyince konuşmaya devam etti: "Daha sonra, yazdıklarını okuduğumda, beraber yaşadığımız deneyimlerin onda travmalara yol açtığını öğrendim. Bütün o çiğ deneyimleri işleyebilmesi için bir odada aylarca oturması gerekmişti. Sanırım halen cinselliğine sırtını dönebileceğini ve ona yüce bir anlam yükleyebileceğini düşünüyordu.

Peggy on sekiz ay dayandı. Mamoon'un ihtiyaç duyduğu ortamı yarattı, o da orada hayatımda okuduğum en çirkin kitaplardan biri olan o korkunç metni yazdı; son derece bilinçsiz bir sadizm içeriyordu kitap, çünkü aslında Mamoon kadınları seviyordu. Son derece bilinçli bir sanatçıydı ama insanın başına gelen şeyleri, hakikati gösteren bazı şeyleri de bir kenara bırakması gerektiğini biliyordu."

"Sana bir şey sormam gerek," dedi Harry. "Sana yazdığı mektupları göremeyeceğimden emin misin? Birer kopyalarını alabilir miyim? Telefonumla fotoğraflarını çekebilirim. Bir Amerikan üniversitesinin senden bunları satın almasını sağlayabilirim. Bunlardan çok para kazanabileceğini söylememe de gerek yok herhalde."

Mariona bir kahkaha attı ve "Farkındayım ve sağlığım için fena halde paraya ihtiyacım var," dedi. "Ben aptal değilim, Harry. Bu malzemeler kitabında bir bölüm oluşturacak. Bunları şimdilik kendime saklıyorum, çünkü benim için başlı başına bir kitap olacaklar. Benim kitabım seninkinden çok daha renkli, tutkulu ve acımasız olacak. Diğer kadınları da tanıyorum ve onlar da, kimliklerini açık etmeden, anılarıyla beni destekleyecek. Kitabıma da başladım. Yarışalım mı?"

"Bunu benim sormam şımarıkça gelebilir ama," dedi Harry, "bu özel malzemeleri neden ortaya sermek istiyorsun ki?"

"Flabuert'in sevgilisi onunla ilgili bir kitap yazsaydı ne olurdu? Ya da Kafka'nın nişanlısı? Bir yazarın edebi eşlikçisi olmak nasıl bir şey olurdu? Onunla yaşadığım hayatı yazdıktan sonra, onunla sonsuza dek yan yana olacağız. O beni sevdi ve kullandı. Şimdi aynı şeyi ben de ona yapabilirim!"

"Çok magazinel bir durummuş."

"Bastırılan genelde kadınların sesi olmuyor mu? Ona gıptayla bakıyorsun ve onu sevmenin nasıl bir şey olduğunu asla bilemeyeceksin. Ben sana manzarayı yatak odasından sunacağım, yakın temas içeren bir resim vereceğim. Eğer bir adamı tanımak istiyorsan, aşkta nasıl olduğuna bakman lazım. Hakikatin yattığı yer burası değil midir?"

"Evet hakikat hep bir yerlerde yatar. Eserin karmaşıklığında da yatıyor olabilir."

"Bu kitabın kılıfı olabilir sadece."

"Ya seni geri isterse?" dedi Harry.

"Şimdi bile, ok gibi fırlar giderim. Bunu ona söyleyecek misin? Acımasız, yakışıklı ve zekiydi, bir adamın olması gereken her şeydi. Harry, onun karşısında benim adımı söyleyip yüzünün alacağı ifadeyi izler misin? Hâlâ benim olduğunu, benden kaçamayacağını çok iyi biliyor."

Kapıda Marion yüzünü Harry'nin yüzüne yaklaştırdı. Harry onu yanağından öptü ama onun dudağından öpmek istediğini gördü. Muhtemelen son öpüşmesi olacaktı. Kısa bir süre ona dudağını sundu. Neden olmasın? Marion onu kendine doğru çekmeye çalıştı ama Harry, Marion'un ellerini bedeninden uzaklaştırdı.

"Halen fiziksel olarak bir şeyler hissedebiliyorum," dedi. "Eğer bana yardım edersen, sana mektupları gösteririm."

"Ne demek istiyorsun?"

"Yoruldum artık. Yarın yine gel olur mu? Bir gün daha? Önemli bir şeyler göstereceğim."

Ertesi gün mektuplardan bazılarını onun yatağında okuyabileceğini öğrendi, Marion da yanında yatacaktı. Harry'nin üzerinde tişörtü ve pantolonu olacak ve Marion'un sadece vücudunun üst tarafına –göğsü, omuzları, başı ve saçlarına– dokunabilecekti. Harry, Marion'un okşamalarına karşı çıkmadı; bir işe yaradığı için memnundu ve birçok haklı nedenden ötürü de gergin.

Marion'un elleri üzerinde dolaşırken Harry malzemeleri gözden geçirdi; bunlar aşk mektuplarıydı, başkalarının onlara "yürüyüşlerinde" eşlik etme gibi taleplerin ardına gizlenmiş randevu talepleri içeriyorlardı. Marion'un verdiği sözlere ve "geçen gece"nin Mamoon'un hayatının o anında ne kadar çok şey ifade ettiğine ve "insan sahneleri" dediği şeyle ne kadar çok "ilgilendiğine" ve kendini ne kadar "yenilenmiş" hissettiğine dair cümlelere rağmen, teyit olarak kabul edilebilecek önemli bir şey yoktu.

Harry'nin yapabildiği tek şey Marion'a teşekkür etmek, onu öpmek ve hoşça kal demekti. Eğer başka bir şeye ihtiyacı olursa ona yazacaktı.

"Lütfen tekrar gel, ne zaman istersen," dedi Marion ellerini tutarak. Harry acaba beni hiç bırakacak mı, diye merak ediyordu. "Lütfen, başka resimler ve notlar da bulmaya çalışacağım. Söylesene, bana, bir yazara dair birkaç hatırasından başka hiçbir şeyi olmayan bu yaşlı kadına acıyor musun?"

"Sana hayranım, Marion."

"Ne için?"

"Saplantılı olduğun için, tek bir fikir uğruna, aşk uğruna her şeyi bıraktığın için. Ve halen de bu aşkı yaşıyorsun."

"Peki *sen* böylesi bir fedakârlık yapar mıydın?"

"Benim için dünya kadın dolu. Çok ama çok fazla güzel kadın var."

"Seri aşklar insanı güvende tutar ve bu da en tehlikeli şeydir. Hiç kimseyi özlemezsin ve eğer fedakârlık yoksa, aşk da yoktur."

Harry ona aşkını şimdi nasıl yorumladığını sordu; bağlılık olarak mı yoksa bir mazoşizm işareti olarak mı?

"Sen sorana kadar bağlılık olduğunu düşünüyordum. Sen söyle."

İnsanın kendini feda etmesi, kurtulması en zor bağımlılıklardan biridir. "Üzerine gelen bütün o amansız sevgi ve sahiplenme hali Mamoon'u rahatsız etmişti."

"Sen olsan öyle hissederdin. Bazı çıtkırıldım erkeklerin kadınlardan korktuğunu biliyorum. Ama Mamoon için neden öyle diyorsun?"

"Senden kaçtı."

"Demek buradaki kurban oymuş."

"Âşık olmak harika bir şey olsa gerek," dedi Harry. "Ama âşık olmayı bırakmak, o yanılsamayı kaybetmek; işte bu öğrenilmesinde fayda olan gerekli bir sanattır."

"Sanırım yazacağın şey bu olacak. O halde ben kendi kitabımı yazmalıyım," dedi iç çekerek. "Ben kendi hayatımı mahvetmiş gibiyim ama sen kendininkini kurtarmış gibisin."

"O kadar aceleci olma," dedi Harry. "Kız arkadaşımla Londra'da bir test yaptırdık; hamileymiş. Çocuklar üzerine konuşmuşluğumuz var ama kesin bir şeye karar vermemiştik. Ben şahsen halen bir ergen gibi hissediyorum kendimi"

"Kendini yanlış tanıyorsun," dedi Marion. "Bu çok tehlikeli bir şey."

"Nasıl doğru tanırım peki?"

"Asıl mesele bu."

"Ama nasıl? Nasıl?"

"Bunu yaptın bile," dedi Marion. "Kendini doğru tanıdın. Şimdiyse üzerini kapatıyorsun. Kendini kendinden gizliyorsun." Ona bir öpücük kondurdu. "Unutma, geleneksel olarak, aslında çoğu insanın istediği şeye sahipsin. Bana ufaklığın bir fotoğrafını gönder."

ON DOKUZ

Londra'ya döndüğünde Rob öğle vakti tren istasyonundaki aşırı kalabalık barda buluşmayı önerdiğinde Harry, adamın bir sorunu olduğunu tahmin etmişti. Yolculuğa çıkmayı falan düşünmüyordu; artık "anonim yerleri" ya da "yer gibi olmayan" yerleri sevdiğini söyledi. Buluşur buluşmaz etrafında koşuşturan sayısız kaygılı bedene dair yorum yapıp, uzuvları sahipleriyle bağlantılarını yitirmiş, elektrikle çalışan dallara benzetti.

Rob bir süredir içiyordu, terlemişti ve normalden daha da fazla titriyordu. Kıyafetlerinin çoğunu bir yolcu çantasına tıkıştırmıştı ve Harry bir sürü müsvedde, Bulgar, Arnavut ve Tunuslu yazarların romanları ve şiir kitaplarını görebiliyordu. Editör bir mezar gibi koktuğu için, Harry oturduğu tabureden kalktı, orada oturmanın tuhaf olduğunu söyleyip, bir masaya geçmelerini önerdi, Rob böylece ondan biraz uzakta olacaktı.

"Şahane görünmüyor muyum?" dedi Rob. Gözlerini iyice açtı ve etrafa ürkek bakışlar attı, her an saldırıya uğrayabilirmiş gibi. Harry babasının paranoyaklar karşısında ne kadar kibar olduğunu, onlarla sakin sakin, rahatsız edici sorular sormadan, genelde de söylediklerini fısıltıyla tekrarlayarak konuştuğunu hatırladı ve bu sakin tavrı korudu, ta ki Rob onunla beraber Mamoon'un kır evine gelmeyi planladığını söyleyene kadar.

"Öyle mi? Neden?" diye sordu Harry.

"Arınmak için güzel bir yer değil mi? Ormanda yürürken kitabı konuşabiliriz. Malzemeleri düzenlemene yardımcı olabilirim."

"Rob, ben buna hazır değilim," dedi Harry. "Bilmen gereken tek şey şu: Hindistan müthişti."

"Ya Amerika?"

"Yalvarmak zorunda kaldım ama sonuçta Marion'dan iyi malzemeler çıktı. Arsızlığı ve özgüveni açısından Liana'ya çok benziyor. Mamoon'un fark etmeden aynı tip insanlara ilgi duyduğunu bilmesi lazım. Ama Marion, Liana'dan daha zeki ve daha kurnaz. Mamoon'u daha iyi tanıyor. Ama gördüm ki bizim huysuz ihtiyara yıllardır âşıkmış ve halen de epey âşık. Onun için başka kadınlar bile bulmuş."

"Zevkler ve renkler tartışılmaz. Özellikle de edebi devler söz konusu olduğunda kadınların balıklama ateşe atladıklarını göreceksin. Biz hayranlar edebiyatın yanlış tarafında duruyoruz."

"Ona istediği her şeyi, ayrıca istemediği birçok şeyi vermiş," dedi Harry. "Bu Mamoon'a ağır gelmiş, o da hayatını kurtarmak için kaçmak zorunda kalmış; bu, yakınıp duran, Mamoon'un spermi dışında her şeyi yutmaya hazır ayyaş Peggy'ye dönmek anlamına gelse bile."

"Kendini paçavra metinlere gizlemesine şaşmamalı."

"Gizlendiğine pişman olduğunu düşünüyorum. Öpücükleri kaçırmak ona iyi gelmemiş. Yine de, ikisiyle de ne işkenceler yaşadığını düşünmek hoşuma gidiyor. Aşk uğraşından kaçmasını sağlayan Liana ortaya çıktığında rahatlamış olmalı. Liana'yla her şeyin daha kolay olacağına inandı muhtemelen."

"Mamoon için işler yolunda gitmiş mi? Kır evinde hayat nasıl gidiyor? Sanırım bu gece ilerleyen saatlerde öğreneceğim."

Harry'nin suratında şaşkın bir ifade belirmiş olmalıydı. "Çantamı topladım bile. Çok ilginç şeyler bunlar Harry. Devamını dinlemek için sabırsızlanıyorum!"

"Zamanı gelince."

"Nasıl yani?" dedi Rob. "Azcık koklatmayacak mısın?"

"Rob, iyice manyak gibi konuşmaya başladın. Lafları birbirine karıştırıyorsun. Çok da iyi görünmüyorsun."

"Mamoon'un ihlallerine dair herhangi bir nesnel teyide ulaştın mı? Kitaplarıma boktan dedikodular koyamazsın, avukatlar fırlatıp atacaktır bunları."

"Bunu biliyorum."

Rob, Mamoon'un yıllar geçtikçe daha da kıymetli hale gelen ikinci kitabını tekrar okuduğunu söyledi. Her şeyi görmüştü: Marksizm ve köktendinciliğin sessizlik talep ettiğini ve sessizliğin olduğu yerde de kötülüğün devreye girdiğini görmüştü. Kaybolup gitmek bir yana, Mamoon daha da hayati bir figür haline gelmişti. O ve Harry dünyaya Mamoon'un halen var olduğunu haykırmalı, insanlar da onu duymalıydı. Rob sonra işlerin kendisi için de iyi gitmediğini söyledi. "Karım beni evden attı. Şiddet içeren bir münakaşa yaşadık, şiddet uygulayan oydu. Benim kişilik bozukluğundan mustarip paranoyak bir alkolik olduğumu söylüyor."

"Bak sen, kimin aklına gelirdi?"

"Ayrıca narsistmişim, ona göre sürekli onu düşünmeyen herkes narsist zaten. Depresyon tedavisi göreceğim. Eğer haplar işe yaramazsa, beni sarsıp sağlığıma kavuşturmaları için elektrik vermelerini isteyeceğim. Elektriğe bağlandığımda elimi tutar mısın?"

"Rob, işlerin *benim* için yolunda gitmediğini söyleyen *sendin.*"

"Pardon, unutmuşum. Halin iyi değil. Daha kötü olamazdı, hayır." Harry'ye doğru eğildi. "Etrafına iyi bak, arkana, sağına soluna, önüne."

Harry bir kahkaha attı ve "Niye ki?" diye sordu. "Kısa süre önce New York'taydım, Amerikalı yayıncıyla kitabı konuştuk. Bir sürü fikrim var. Yayıncı çok memnun kaldı."

Rob, Harry'ye doğru eğildi. "Genç bir tip var, üniversiteden yeni çıkmış, işe senden daha uygun, senin kadar dağınık ve dalgın da değil. Sen buralardan gidince Liana hemen Londra'ya gelip gizlice onunla görüşmüş. Senin sıra dışı doğrucu tavrınla ne kadar zorlayıcı olduğunu söylemiş ve onu kitap konusunda teşvik etmiş."

"Bana bunu nasıl yapar?"

"Genç tip biyografiyi bir sene içinde teslim edeceğine ve Mamoon'u yepyeni güzel bir paket içinde sunacağına söz vermiş: Savaş sonrası edebi dehaların sonuncusuymuş Mamoon, geri kalanların hepsi blog yazarı, internet şöhreti ve amatörmüş. Liana'nın vajinasının heyecanla alkış tuttuğunu duyabiliyordum."

"Dalga geçiyorsun herhalde Rob. Sözleşme imzaladım."

"Eğer Liana karar verirse, kullanılmış bir prezervatif gibi atılırsın. Ben ve süper mülayim yardımcım Lotte seni görevde tutmak için insanüstü bir çaba harcıyoruz."

"Nasıl yani?"

"Diğer şeylerin yanı sıra, tehdide başvuruyoruz. Liana bana güvenmek zorunda: Genç tipin senin yarın kadar beyne ya da yeteneğe sahip olmadığını söyledim. Sanki iyi bir iş çıkarıyormuşsun gibi. Senin için biraz daha zaman kazandım. Ama bastırmalısın dostum. Benim korumam olmadan işler sarpa saracak gibi. Seni antidepresan kullanırken görmek istemem. Ne oldu? Diken üstendesin. Başka tarafa bakıyorsun. Bu gece yola çıkacaksın biliyorum, ama lütfen bensiz gitme."

"Üzgünüm Rob, kabalık etmek istemem ama daha Alice'i doğru dürüst göremedim bile."

Rob aynı şeyin kendisi için de geçerli olduğunu söyleyince, Harry masadan kalktı, hesabı ödedi ve yürümeye başladı. Rob da peşinden gitti, konuşmaya devam ediyordu. "Diyorum ki, yakında buluşalım, malzemeleri ortaya koyalım. Orada buluşsak daha iyi. Orada keçilerin, balıkların ve eşeklerin arasında kendimi arınmış hissedebilirim." Ve şöyle devam etti: "Eğer malzemelerin hakiki olduğunu teyit edemezsem, olay bitmiştir ve sana yaratıcı yazarlık yolu görünür dostum. Anladın mı?"

Harry, Rob'dan uzaklaştı ve bir süreliğine saklandı. İki gündür alışveriş yapan Alice nihayet hediye dolu arabasıyla istasyona geldi. Çay içtikten sonra Mamoon'un evine doğru yola çıktılar.

"Keyfin yerinde," dedi Alice. "Yolculuğun detaylarını dinlemedim daha. İstediğin şeyi alabildin mi?"

"Bir hikâye bulmuş olabilirim. Dur sana anlatayım. Kitabın bir merkezi var artık. Marion'un anlattığına benzer olaylar kendisinin son dönem romanlarında da geçiyor. Suçluluk hissiyle dolup taşan teröristlerinden biri onunla aynı şeyi, kadınları diğer erkeklerle küçük düşürmeyi seviyor vesaire. Mamoon onu 'ahlaksız pislik' diye tanımlıyor ki bu da beni daha da doğruluyor."

Alice bunun yeterli olup olmadığını sordu, Harry de "Marion döneminin" Mamoon için hayati bir süreç olduğunu söyledi. Haftalarca oyalanıp düşündükten sonra Mamoon, Marion'u Amerika'da bırakıp Peggy'ye dönmüş ve onun ölmesine yardımcı olmuştu. Peggy ona yalvarmıştı; yıllardır evi çekip çeviren ve tek arkadaşı olan Ruth dışında kimsesi yoktu. Her gün eve hemşire geliyordu ve o zamanlar küçük bir kız olan Julia ayak işlerine bakıyordu. Ama Peggy çok yalnızdı.

Peggy ayrıca Ruth'un teşvikiyle Mamoon'un gelmemesinin Peggy'nin üzerine kayıtlı olan ev üzerindeki mülkiyet hakkından feragat etmesi anlamına geleceğini de açıkça belirtmişti. Eşyaları bahçeye atılacak ve ev Peggy'nin kız kardeşine kalacaktı. Mamoon'un hiçbir şeyi yoktu. Nerede yaşayacağını ya da akşama ne yiyeceğini hiç düşünmek zorunda kalmamıştı. Peggy en azından anaçtı. Onun bir sanatçı olmasını mümkün kılmıştı. Evlilik seks artı mal mülkten başka nedir ki? Asıl önemli olan da mal mülktür.

Bu yüzden eli kolu bağlanan Mamoon sessiz sedasız geri dönmüştü. Zehirleyici bir şeydi bu, şantaja dayalı, vahim bir kopuştu. Keşfettiği yeni hayatı sabote edilmişti. Harry, Marion'a geri döneceğine dair söz vermişti. Onu sürekli düşünüp durmuş ama geri dönmemişti, onu yanına da çağırmamıştı. Bir süre oluruna bırakmıştı. Sonra da uzunca bir süre...

Peggy'nin günlükleri bu noktada, hiç de şaşırtıcı olmayan bir şekilde, seyreliyordu ama Mamoon'un biraz zorlandığında ne kadar kibar olduğunu not etmişti. Çok yalnız kalmıştı ve artık buna dayanamıyordu. Mamoon odadan içeri girer girmez kalbi yerinden oynamıştı. Prensi eve dönmüştü. Onu övgülere boğmuş ve ona, kocasına binlerce kez teşekkür etmişti. Mamoon çantalarını yere bıraktı. Artık Peggy'nin istediği yerdeydi.

Peggy dinlenip uyurken Mamoon onun yanında oturuyor ve odanın diğer ucundaki masada yazıyordu. Sürekli yazdı: romanlar, günlükler ve hayatına dair notlar. Harry, Alice'e Peggy'nin kulübedeki eşyaları arasında Mamoon'a ait yıpranmış defterler bulduğunu ve şu an bunları incelediğini söyledi. Aslında ona Julia'nın verdiği bu notlar Mamoon'un Peggy'ye hizmet edişini anlatıyor ve yöntemine dair şaşırtıcı ipuçları sunuyordu: Ölüme doğru küçülen bir bedeni, ellerini, ağzını, onu nasıl yıkadığını, onun çektiği acıları ve utancı betimliyordu. Ayrıca Hindistan anıları, siyasi ve felsefi fikirleri, karakterleri ve yazı fikirleri gibi şeyler de vardı defterlerde. Bir süre, hayatta kalabilmek için zombiye dönüşmüştü. Peggy'ye olan sevgisi uzun zaman önce bitmişti ve Peggy de bunu biliyordu.

Mamoon, Peggy'nin varlığının onu hasta ettiğini itiraf ediyordu. Sesi midesini bulandırıyordu; onu duygulandırma şekli irkilmesine yol açıyordu. Asıl korkutucu olan şey ölmemesiydi. Nefret ve görev bilincinin karışımı, Mamoon'u mahvetmişti; kontrolden çıkmıştı, fena halde mutsuzdu, yarı delirmiş gibiydi, durmadan içiyor ve ona neden bu kadar sadık olduğunu merak ediyordu. Marion'la kalması ve Peggy'yi terk etmesi gerekmez miydi?

Peggy nihayet öldü. Mamoon odasına gidip, masasında bir yandan yemek yiyip bir yandan ağladı; en azından zihninde ayrıldığı Marion için de ağlıyordu. Marion'la da işi bitmişti. Ama bu kadar çok insanla "işinin bitmesi" ne anlama geliyordu? Geriye ne ya da kim kalmıştı?

İçindeki cehennemi yeni bir dürüstlük ve ciddiyetle kaleme aldı. İşte bu "hakiki" bir sanatçı olduğu andı. Artık sadece bir yanına sarılmakla kalmıyor, her şeyi açıkça ifade ediyordu. Harry hiç kimsenin ölüm ve yasın, yalıtılmışlığın ve yoksunluğun insanı nasıl delirttiğini ondan daha iyi anlatamadığını söyledi.

"Mamoon on sekiz ay boyunca kimseyle görüşmedi," dedi.

"Hayır, hayır."

"'Yeni ailem' dediği insanlar hariç. Elimdeki günlükte onlardan çok bahsediyor."

"Ne? Aile derken neyi kastediyorsun."

Peggy ölünce, diye açıkladı Harry, Ruth ona eşlik etti. Mamoon durumla baş edemediği ve Peggy de bu yönde ısrar ettiği için Ruth çocukları Julia ve Scott'la birlikte eve taşınmıştı. Mamoon elbette ki çocukları yıllardır tanıyordu. Peggy de

Ruth'un ne kadar acımasız bir anne olduğunun farkındaydı. Bu yüzden küçükken Julia tatillerde haftalarca yanlarında kalır, Peggy'yle vakit geçirir, kek falan yapar, hayvanlara bakar ve orayı kendi evi gibi görürdü.

Fakat Mamoon artık onların mevcudiyetinden daha yetişkinlere özgü, daha sorumluluk sahibi birinin alacağı keyfi alıyordu. Hayatında hiç ağlayan bebekler ya da sızlanan çocuklar istememişti ama şimdi şaşırarak fark ediyordu ki bir baba figürü olmayı sevmişti. Otorite sahibi, güvenilir biri olmak hoşuna gidiyordu. Çocuklar ona kafasının içinin dünyadaki tek ilginç yer olmadığını öğretmişti.

Eğlenceli olabildiğini, tıpkı anne babası gibi etrafta şakalar yaparak dolaşabildiğini keşfetmişti. Ayrıca özenliydi de; yaşları ilerledikçe çocukların nelere ihtiyacı olduğunu anlıyordu. Beraber yemek yiyor, maç ve film izliyorlardı. Çocuklar onu koltukta defterlerine bir şeyler karalarken görmeye alışıktı. Ruth ona biraz huzura ihtiyacı olup olmadığını sorduğunda Mamoon gündelik ses ve gürültüleri sevdiğini söylemişti.

Onlara bir yüzme havuzu bile yaptırmıştı, civardan arkadaşları da gelir yüzerdi. Julia'yı arabayla okula bırakırdı. Julia yakınıp duran, asık suratlı, nazlı bir çocuktu ama Mamoon ona acıyor ve hatta onu seviyordu. Aklından geçen her şeyi ona anlatıyordu –her zamanki gibi serbest çağrışımla siyasetten, çocukluğundan, yazmaktan ve okumaktan bahsediyordu– ve o da dinliyordu. Ona yazdığı bir hikâyeyi de okumuştu. Scott'la da bahçede boks maçı yapıyorlardı. Scott motosiklet tamir ediyor, motorlarla oynuyordu. Scott'ın civardakilerle başı büyük belaya girdiğinde Maoon gidip karşılarına dikilmiş, Ruth da bunun üzerine adeta ayaklarına kapanmıştı.

Mamoon, Julia'ya gitgide daha da hayran oluyordu. Kırsal bölgede büyümekten kaynaklı cehaleti onu dehşete düşürdüğü için, Julia'yı piyano ve dans derslerine yazdırmış, sanat dersleri almasını sağlamıştı. Ona Yunanca öğretmeye başlamış ve –delice bir şey yapıp– Homer ve İncil'i okutmuştu. Ona klasik plaklar almış ve Mahler dinlerken yanında oturmuştu. Ağladığında seviniyordu çünkü bu bir "duyarlılık" göstergesiydi. Onu üniversiteye göndereceğine söz vermişti ama bu gerçekleşmedi. "Sanırım bunun nedeni artık Liana ile birlikte olmasıydı," dedi Harry. "Ama sanırım ona para vermeyi hiç bırakmadı."

"Niye yapsın ki bunu?" dedi Alice aniden. "Ah hayır, Ruth'la beraber olmamıştı, öyle değil mi?"

"Olmuş olabilir. Henüz bilmiyorum. Şimdiki kadar abartmasa da Ruth o zamanlarda içiyordu ve feci bir ümitsizliğe kapılabiliyordu."

Ruth o zamanlar çok berbat ya da yarım akıllı falan değildi. Fena halde heyecanlıydı. Elbette her şeyi birden istiyordu: aşk, ev, bir gelecek... Eğer Mamoon'a hizmet ederse bunlara sahip olabileceğini düşünmüştü. Sonra bir hata yaptı: Kendini tam anlamıyla feda etmedi. Belki de Mamoon'un neye ihtiyacı olduğunu anlamıştı. Belki de onun iyiliğini istiyordu. Harry halen onun iyiliğini istediğini düşündüğünü söyledi.

"Sonra ne oldu?" diye sordu Alice.

Ruth, Mamoon'a bu işten bıktığını söyledi. Paralar suyunu çekmişti. Kendine çeki düzen vermeli ve kariyerine devam etmeliydi. "Annem," dedi Harry, "içindeki şeytanlara teslim oldu. Onlar da onu yiyip bitirdi." Ama Mamoon direnmişti; ayağa kalkmış ve uzamış sakallarını kesmişti. Ruth onun saçlarını kesip, ona bir öpücük vermişti. Onun için her gün kıyafetlerini hazır etmek yerine, bavulunu toplayıp onu temsilcisi ve yayıncısını görmesi için Londra'ya postalamıştı. Mamoon da bu esnada onlara para göndermiş, o uzaktayken evde kalmalarına izin vermişti. Aile orada mutluydu; ev, sessizlik ve yalıtılmışlık güzeldi, Julia da düzenli olarak o güzel kütüphaneye gitmeye ve sanat kitaplarını karıştırmaya başlamıştı.

Defterler bu noktada bitiyordu.

Harry, Alice'e, Mamoon'un arkadaşlarıyla konuştuğunu söyledi; arkadaşlarından, Ruth'un yönlendirmesi sayesinde Londra'ya giden Mamoon'un göçle oluşan yeni bir Britanya'dan bahseden insanlar ve çokkültürlülük, etnik köken ve kimlik hakkında yazan genç bir kuşakla karşılaştığını öğrenmişti. Mamoon kendi kimliği üzerine hiç düşünmemişti. Her zaman olduğu kişi olmuştu. Muhtemelen sorunu da buydu. Londra'da anlaşacağı yeni insanlar bulamamıştı ve arkadaşlarından da sıkılıyordu. Kadınları tavlamaya çalışmıştı ama pek cazibesi kalmamıştı artık: Çok yaşlı ve didaktikti, çok muhtaçtı ve formdan düşmüştü.

Mağlup bir halde geri dönemeyeceği için durumu zorlamıştı. Avrupa'da –Prag, Viyana, Madrid, Budapeşte, Lübliyana, Trieste– dolaşıp otel odalarında yazmış, kafelerde tek başına gazete ve defteriyle, İngiltere'deki öğrencilik yıllarında olduğu kadar yabancılaşmış bir halde oturmuştu. Sonra da trenle Roma'ya gitmişti.

Nihayet bir gün kendine bir kadın bulmuş ve onu evine getirmişti, Liana'ydı bu. Aralarında ani, manyetik bir çekim olmuştu. Heyecan doruktaydı.

Artık, tahmin edebileceğin gibi, diye devam etti Harry, Büyük Beklentiler Evi'nden Liana sorumluydu, evliliğin getirdiği her şeye hayran olmuştu, etrafındakilere bağırıyor, evi yeniliyor, eski şeyleri atıyor, yeni perdeler takıyordu, ta ki her şey dönüşüne dek. Yeni bir kadın. Yeni bir dünya. Yeni bir açılım. Ruth, Julia ve Scott yine "hizmetçiler" ya da "hizmetliler" olmuşlardı. Mamoon önceden yazıp, onlara evlerine geri dönmelerini bildirmişti. Artık temsili baba değildi. Ailesini terk etmişti; artık her şey farklıydı. Mamoon açıklama yapmak konusunda pek de iyi sayılmazdı.

Scott mahvolmuştu ama ne diyebilirdi ki? Halen çalışmak için bahçeye geliyor ve bütün ufak tefek işleri yapıyordu. Kan içinde kalana kadar bacaklarını yaralamıştı. Somalili bir göçmenin babasını sopayla kovalamış ve dövmüştü. Ama Mamoon, Scott'ı görmeye ve onu dinlemeye devam etmişti; ilgili ve katıydı, ona akıl veriyor ama para vermiyordu.

Liana o gelmeden önce yaşanan aile dramından haberdar değildi. Mamoon duyarsa fazlasıyla kıskanacağını biliyordu. Ailenin evde çalışmasına asla izin vermezdi. "Doğrusunu istersen, hiçbir kadın vermezdi," dedi Harry.

"Ama Harry şu anda onu bütün bunları görmeye zorluyorsun. Adeta gözünün içine sokuyorsun."

"Alice," dedi Harry, "söz veriyorum, bu kitap sayesinde hiç bilmediği bir dünya ile yüzleşecek."

"Ama Liana mutlu. Onu neden rahatsız edesin ki? Bu çok tehlikeli bir şey Harry. Hep söyledim sana."

Harry, Mamoon'un huzurlu bir dönem geçirdiğini çünkü en azından yeni karısıyla evinde neşeli ve iyimser olduğunu söyledi. Bu dönemde iyi yazmıştı ve hayatta olmaktan mutluydu.

"Sadece bir süreliğine mi olmuş bu?" diye sordu Alice.

"Şu anda keyifli mi yoksa yine huzursuz mu?"

"Nereden bileyim ben? Tanrım," dedi Alice. "Bu kitap onlar için kâbus olacak. Mamoon onu suçlayacak. Mamoon çok acımasız, hatta pislik olabiliyor. Bunu unutup onlarla arkadaş olamaz mıyız?"

"Arkadaş olmam için para vermiyorlar bana."

"Ama onlar artık benim arkadaşım. Bana şefkatli ve iyi davranmaktan başka bir şey yapmadılar."

"Alice, seni uyarıyorum, mesafeni koru."

"Seni bu kadar kabalaştıran ne Harry? Çok uzun kalmayacağım ama neyse ki onlara güzel şeyler getirdim."

Alice, Londra'nın altını üstüne getirip yemek örtüsü, bardak, çatal bıçak takımı, kaliteli votka, küpe, fındıklı kek ve Liana için bir domuz resmi almıştı. Alice ve Harry arabayla ön bahçeye girip ganimetleri eve taşıdıktan sonra, Alice köpeklerden korkup yaygara kopardı. Nihayetinde Liana'yla oturup bir yandan hediyeleri incelerken bir yandan da dedikodu yaptılar.

Mamoon dışarı çıkmadı. Harry camdan yaşlı adamın haberleri izlediğini gördü. Ne de olsa bir insandı o da, sadece bir anlatı değil. Harry kapıda belirdiğinde Mamoon kafasını sallayarak selam verdi.

"Her şey yolunda mı efendim?" dedi Harry, elinde bir şişeyle içeri girerek.

"Keyiflenmem için Alice'in o parıltılı gülümsemesi ve en sevdiğim votka yeter, sen de biliyorsun bunu."

"Marion konusundaki kibar yardımlarınız için teşekkür etmek isterim efendim."

"Evet, seni keyifli görünce moralim bozuldu biraz. Marion iyi miymiş?"

"Güçlü ama kırılgan bir hali vardı."

"Ah be, eskiden hayat doluydu."

"Mamoon, bana her şeyi anlattı."

"Her şeyi ha? Çok uzun sürdü mü?"

"Bana bazı mektuplar gösterdi ve sana bir erkek ve yazar olarak ne kadar hayran olduğundan bahsetti. Ona zaman ayırmak ve şefkat göstermek konusunda cömert davrandığını söyledi. Senin buraya geri dönüşün hayatının en acı anıymış."

"Bir kuduz köpeğin dişleri arasında bana doğru bir 'ama'nın yaklaştığını hissediyorum."

"Onunla beraberken hayatının değiştiğini söyledi. Cinselliğini tekrar keşfetmiş ve geliştirmişsin. Kadın arkadaşlarının yanı sıra başka erkekleri de içeren olaylar anlattı bana efendim."

Mamoon kahkaha attı. "Casanova, Dante'nin cehennem tasvirine can sıkıntısını dahil etmeyi unuttuğunu iddia etmişti. Araştırmaların esnasında duymuş olabileceğin gibi, bir hastalık olarak can sıkıntısından mustaribim ve bu hastalık insanı sadist yapabiliyor. Marion'un ilgimi canlı tutmak için birkaç zayıf girişimde bulunduğunu hatırlıyorum. Onu hiçbir şey için suçlamıyorum. Benim için istediğini söyle Sherlock ama bu saçmalık yüzünden onu kınayacak olursan seni sıkı bir sorgudan geçiririm."

"Siz yazarken o da bir günlük tutuyormuş. Sizinle yaşadığı maceralara dair bir kitap üzerinde çalışıyor."

"Öyle mi?"

"Bilmiyor muydunuz?"

"Her yarı-okumuş hikâyeci sonsuza dek çiziktirse bile, ben bunu neden dert edeyim ki ya da aslında, sen niye dert edesin ki?"

"Eğer her şeyi anlatırsa kitabı basmaya hazır bir yayıncı olduğunu söylüyor," dedi Harry. "Sanırım," diye devam etti, "onu durdurmanın tek yolu sizin onunla konuşmanız, onu ikna etmenizdir. Eminim sesinizi duymak çok hoşuna gidecektir."

Mamoon'u ateşlemek zor işti ama bu bilgi gözlerinin fal taşı gibi açılmasını sağlamıştı. Kendine bir çeki düzen verip, o ağırkanlı, gür sesiyle şöyle dedi: "Dâhi Nietzsche'nin bize söylediği gibi: 'Varoluşun sonsuz kum saati, içinde toz lekesi olan senle birlikte, yeniden ve yeniden baş aşağı çevrilecek.'" Harry'ye baktı. "Ve sen de toz lekesisin," dedi.

Harry sandalyeden kalktı ve odayı terk etti.

Sonra da üst kata Alice'in yanına çıkıp, kapıyı kapattı.

YİRMİ

Harry, Alice'in yanına oturdu ve Mamoon'un hikâyesinin bu kısmının onu çileden çıkarıp cesaretini kırdığını itiraf etti. Doğruydu, birinin cinsel anlamda sadist olduğunu söylemek olmazdı. Mamoon zaten düşmanca yaklaşıyordu mevzuya ve Marion da mektuplarından alıntı yapmasına izin vermeyecekti; zaten verse de kanıt sayılabilecek çok bir şey içermiyorlardı. Devam etmek için Marion'un iddialarından fazla bir şey olmadığına göre elinde, bu malzemeden vazgeçip yavan bir kitap yazmak zorundaydı.

"Eğer bahsettiğimiz içten, psikolojik portreyi çizemezsem projeden çekileceğim," dedi. "Bir adamın eksiksiz arkeolojisi. O konuşuyor; herkes konuşuyor. Vasat olma fikrine katlanamıyorum Alice. Sıradan olmaktansa ölmeyi tercih ederim."

"Ne yapabiliriz?"

"Ona gidip, Marion'un doğru söyleyip söylemediğini sorabilirsin."

Alice dehşete kapılmış gibiydi. "Neden bana söylesin ki, Harry?"

"Seni baştan çıkarabileceğini düşünmek yaşlı ahmağın gururunu okşuyor. Onunla ormanda şen şakrak dolaşmıyor muydunuz?"

"Şen şakrak dolaşmak demeyelim, hayır. Çok uzağa yürüyemiyor zaten. Yürürken aşkın ve sanatın doğasından bahsettik, o kadar."

"Bir de şu açıdan bak," dedi Harry. "Bizim ihtiyarı itiraf etmeye ikna edersen, bana ve de kuracağımız aileye yardım etmiş olacaksın. İkimizin ortak geleceğini güvence altına alabiliriz."

Alice tırnaklarını yemeye başlamıştı. "Harry, beni neden bu şeyin içine çekiyorsun?"

Mamoon'u "kandırmak" zorunda kalmak istemiyordu. Mamoon ona güveniyor, o da Mamoon'u seviyordu ve Harry'nin bu kadar ısrarcı ve baskın olması berbat bir şeydi.

"Yardımına ihtiyacım var," dedi Harry. "Mali sorunlar yaşıyoruz. Benim için bu küçük iyiliği yapamaz mısın?"

Akşam yemeğinden önce Harry, Alice'e başıyla işaret etti. Alice de aşağı, Mamoon'un yanına inip, ona hoşuna gideceğini bildiği kaşkol, kol düğmeleri ve kravatı verdi. Sonra da kolunu uzatıp, yürüyüşe çıkmayı önerdi. Ses kayıt cihazı olarak kullanacağı telefonu yanındaydı. Harry onu Mamoon'a sorması gereken çeşitli eylemler konusunda bilgilendirmişti. Çok sayıda hikâye vardı; Alice duydukları karşısında afallamış ve Mamoon'un böyle şeyler yapacağına inanmamıştı. "Bundan kesinkes emin misin?" diyordu sürekli.

"Sakın hiçbirini unutma. Geçmişinin bu kısmına dair tavrının ne olduğunu duymak istiyorum."

Gitmelerinin üzerinden uzunca bir süre geçmişti. Alice, Mamoon'la birlikte geri döndüğünde Harry'ye bakamadı ama telefonunu verdi, Harry de telefonu üst kata çıkarıp, bilgisayarına taktı. Alice'in işveli bir tonla Mamoon'a duyduğu gibi maço olup olmadığını sorduğunu duydu. Gücünü ve konumunu hiç cinsel çıkar elde etmek için kullanmış mıydı? Göründüğü kadar baskın mıydı? Yaşlı adam homurdandı ve kahkaha attı. Alice eğer Harry'yi ikna edebilirse, bizzat denemek istediği bazı "cinsel heyecanlar" olduğunu söylüyordu. Merak ediyordu, acaba Mamoon öyle şeyler denemiş miydi?

Mamoon Alice'in sorduğu şeyleri belli belirsiz onaylamış ya da en azından inkâr etmemişti. Aslında, demişti, Marion'un bir sürü tuhaf arzusu vardı ama bunlar, ne yazık ki, kendisi için çok zorlayıcıydı. Dişilerin tutkuları bir girdap gibiydi: kendini bir kadına adayamazdı; düşünmek ve yazmak için zamana ihtiyacı vardı. Aslında, sanatı hayata tercih ediyordu. Liana'yla tanışınca her şey daha kolay gelmeye başlamıştı. Evlilik, istenmeyen heyecanlara karşı iyi bir koruyucuydu, herkese tavsiye ediyordu.

Harry konuşmayı dinleyip, kafasını sallayarak notlar alırken, Alice yatakta onun yanında oturuyordu.

"Solgun görünmüyor muyum?" dedi.

Harry ona baktı. "Solgunluk senin doğal halin."

"Neler olduğunu bilmek istemiyor musun?"

Alice dışarı çıkalım dedi, Harry de onu en yakın araziye kadar hızla yürüyerek takip etti. Alice'in beti benzi atmıştı ve titriyordu. Gözleri yaşarmıştı.

Harry'ye defalarca vurdu ve bağırmaya başladı. "Neden bana bir yabancıyla böyle pis konuşmalar yaptırdın? Onun bundan hoşlandığını düşünüp durdum. Ve telefonu kapattığımda, bil bakalım ne oldu? Panik atak geçirdim, kalbim güm güm atıyordu, sanki biri göğsüme taşla vuruyor gibiydi. Yere yatmak zorunda kaldım."

"Aman Allahım, üzgünüm."

"Sen asla üzgün olmazsın!"

"Ne yapabilirim?" dedi Harry. "Çıldıracağım şimdi! Bana bu projede yardım etmek istedin. Sana kolay olacağını falan söylemedim."

"Mamoon ben kendime gelene kadar alnımı ovuşturdu," dedi Alice. "Bana söylediği şeylerin beni delirtip, hasta edeceğinden korkuyordu."

"Haklıymış. Hassas birisin sen. Şimdi iyi misin?"

"Beni bu duruma düşürdüğün için sana teşekkür edecek değilim. Bana göz kulak olmak istediğinden emin misin? Liana bundan hiç emin değil. Senin kişiliğine dair bazı gözlemleri var."

"Benim de onunkine dair var. Seni seviyorum, hayatım. Bir kere öpebilir miyim?"

"Ben bu haldeyken nasıl böyle bir şey düşünebilirsin?"

Alice eve doğru yürümeye başlamıştı bile. Harry onunla bir süre konuşmasa daha iyi olacaktı. Harry'nin gerçek tutkusu onu bir suçluya dönüştürmüştü. Alice Liana ve Mamoon'la yemek yemek istemiyor, hiç kimseyle konuşmak istemiyordu; oturma odasındaki kanepenin üzerinde bir kuştüyü yorgana sarındı ve orada başparmağını emerek, yünlü beresiyle uyuyakaldı. Ertesi sabah Harry arabayla onu istasyona götürdü Alice de trene atlayıp bir fotoğraf çekimi için Cornwall'a gitti. Harry onu öpüp teşekkür etti ve ona ne kadar hayran olduğunu tekrar dile getirdi ama bu haldeyken ne yapsa olmayacaktı.

Harry eve geri dönüğünde Mamoon salonda oturuyordu. "Size şunu sorabilir miyim efendim," dedi. "Altıncı romanınızdaki Ali karakterinin Marion'la, *amour fou*'nuzla yaşadıklarınıza dayandığını düşünmekle tamamen hata mı ediyorum?"

Bir sessizlikten sonra Mamoon "Zaten bildiğin üzere Harry," dedi, "sanat ve deneyim arasında banal ve indirgemeci bağlantılar kurmanı reddederek entelektüel gelişimine katkıda bulunmak istiyorum."

"Biliyorum efendim. Bu konuda bir üstat olarak sizi takip ediyorum. Sanat kaynağını ve hakkında söylenen her şeyi aşan sembolik bir yaşam düşüdür. Ama o zamanki eserlerinizde belirgin bir arzu ve aşk, hatta bir mutluluk patlaması vardı. Daha öncesinde erkek karakterleriniz yalıtılmış, naif, kitaplarla yaşayan karakterlerdi. Sonra, çok parlak bir hamleyle, yeni bir adım attınız."

"Öyle mi yaptım?"

"Daha önce, eğer her çağın kendi merkezi felsefi meselesi varsa, bizim çağımızın meselesinin de dinin siyaset biçiminde yeniden canlandırılması olduğunu söylemiştiniz. Ve radikal İslamcılığı ve o tuhaf cinselliğini beden nefretiyle, kendini feda eden, öz-ölümde yanan bedenle ilişkilendirmiştiniz. Bu en derin itaat jestidir. Batı'nın, altmışlı yıllarda otoriter olsun olmasın baba figürünü ortadan kaldırmayı denediğini biliyoruz. Ve böylece, sizin de sık sık işaret ettiğiniz gibi, bir 'yalnız anneler' kültürüne ulaştık. Mesela, Ruth'u düşünelim.

Baba figürü –babaların hep yaptığı gibi– ya *Baba* veya sizin en sevdiğiniz dizi olan *Sopranos*'taki gibi bir gangster olarak ya da bir dini otorite olarak geri döndü. Ayrıca babanın, cinselliği tamamen yok etmek değilse bile dışlamak gibi bir girişimi var. En azından diğerlerinde. Bu mite göre baba belki de bütün kadınlara kendisi sahip olmak ister. Cinsellik de, ister istemez bir sapkınlık, bir nevi sadizm olarak geri döner. Kadınlara duyulan nefret olmasa bile korku elbette ki tüm dinlerin merkezindedir." Mamoon esnedi ve "Bunları söylemişim öyle mi?" dedi. "Söylediysem de ne olmuş yani?"

"Bir kadını dünyanıza aldınız efendim. Cinselliğin insan sırrının merkezinde durduğu ve erotik olanın bizi hem kutsal hem de dünyevi yeni deneyimlere ulaştırdığı söylenir. Sizin zihninizde beraber olduğunuz kadın ve yarattığınız eser arasındaki, eğer varsa, bağlantı nedir?"

"Ne demek istediğini hiç anlamadım."

"Lütfen düşünün efendim: Burada sizi ilginç göstermeye çalışıyorum. Sizi yatakta ve yatak dışında iyi gösterebilirim! Marion, o bacaklarını açtığında ve ikinizin Amerika'daki maceralarınıza başladığınızda sizin zihninizin de yeni fikirlere açıldığını söyledi."

Çoğu insanın aksine Mamoon konuşması üstünde neredeyse eksiksiz bir kontrole sahipti; kelimelerinin ağzından kaçmasını sevmezdi. Ama bir an için büyük bir mermer parçası yutmuş gibi oldu.

En sonunda, "Marion'un Atlantik'in öte yanından bildirdiği görüşlerini duymak beni her ne kadar sevince boğmuş olsa da, neyden bahsettiğini hiç anlamadım," dedi. "Beni bir soğan gibi soymaya çalışmamanı tercih ederdim. Herkes gibi ben de bilinmezliği seviyorum. Karanlıkta çalışmak istiyorum; benim için, bütün sanatçılar için en iyi yer budur. Sonra her şey tıpkı bir rüyada olduğu gibi sıkıştırılmış olarak ortaya çıkıyor." Bir an sessiz kaldıktan sonra devam etti: "Marion'un beni ateşleyip yeni bir yaratıcılığa sevk ettiğini inkâr edemem. Zekâ ve libidonun birbirine bağlanması lazım, aksi takdirde eserde hiç hayat ışığı olmaz. Sanatçı dediğin pipisi ya da kukusuyla çalışmalıdır. *Herkes* can sıkıntısını def etmek, her şeyi canlı tutmak için arzusuyla çalışmalıdır. İyi olan her şey sapkın değilse bile, biraz pornografik olmalıdır."

"Fakat biyografi yazarı kaçınılmaz olan şeyleri, defalarca tekrar eden aynı paradigmatik cinsel senaryoları görüyor," dedi Harry. "Aşk ve seks söz konusu olduğunda, geçmiş geleceği yazar. Herkesin hikâyesi böyledir. Yamyamlardan ayak fetişisti çıkmaz."

"Harry, benim birçok benliğim hakkında benden daha çok şey biliyorsun. Sen hatırlama işiyle meşgulsün, bense unutma oyunuyla ve unutmak ruhsal lükslerin en tatlısıdır, ruh için hazırlanmış ılık, parfümlü bir küvettir. 'Otur ve unut' tavsiyesinde bulunan, bunamanın koruyucu azizi Chuang Tzu'nun izinden gidiyorum."

"Bunu bana söylediğiniz için teşekkürler."

"Muhtemelen karım seni ihtiyacım olan o ufak çaplı hatırlamayı gerçekleştirmen için işe aldı. Şunu söylemek zorundayım ki hiç yaşanmamış şeyleri hatırlamanı özellikle seviyorum. Şimdi hayali bir hayat uyduruyorsun."

"Nasıl yani?"

"Yaşadığım haliyle benim hayatım bir *Marx Brothers* filmi oldu; bir dizi yoldan çıkma, hata, yanlış anlama, kaçırılmış fırsat, gecikme, yanılgı ve çuvallamadan ibaret. Ben şemsiyesini asla bulamamış bir adamım. Sanırım senin hayatın da benimkine benziyor. Burada teleojik bir ok olduğunu varsayman duruma çok fazla anlam ve niyet yüklüyor. Yine de bir kurmacaya dönüşme fikri bana cazip geliyor. Bence şaşırtıcı bir şekilde sanatçı potansiyeline sahip olabilirsin."

"Sizin seviyenize ulaşabileceğimden şüpheliyim efendim," dedi Harry. "Marion'la yaşadığınız aşırılıkları ve suçluluk hissini atlatıp, eve dönmeniz ve gecelerce yanında oturarak Peggy'nin o feci ölümüne tanıklık etmenizden çok etkilendim. Sonra da hayatınıza devam ettiniz. Hatta bir süre için bir çeşit aileye bile sahiptiniz. Daha önce bu rolü yadsıyan biri olarak, bir nevi baba olmayı sevdiniz. Nasıl bir şeydi bu sizin için?"

Mamoon başını sallayarak onayladı. "Biliyorsun insan çeşitli sapmalar ve aptallıklar yaşayabiliyor. Beni her defasında kurtaran bir işe sahip olmak ve dünyaya fikirlerimin merceğinden bakmak gibi bir şansım oldu. İnşallah bir gün sen de bu temel tutarlılığa ulaşırsın."

"İş dediğiniz şey sizi ne açıdan kurtardı?"

"Beni çapkın göstermeye çalışıyorsun, halbuki Philip Larkin bile benden daha çok seks yapmıştır. Oysa ben kendimi hep kelimelere adadım. Hep masama dönüp daha önce var olmayan bir şey yaratmak istedim. Burada, yeryüzünde bir şeyleri düzeltmek adına yaptığım tek –naçizane– katkı budur."

Mamoon bunu söyledikten sonra gözlerini kapattı ve hafiften horlamaya başladı. İstediği zaman şekerleme yapabiliyordu ama en çok da Harry onu sorgulamaya başladığında uykuya dalıyordu.

Harry biraz egzersiz yapıp, ağırlık çalışmak için şort ve spor ayakkabılarıyla bahçeye çıktı. Bir ağaca uzun bir boks torbası astı ve torbayı yumruklayıp tekmelemeye başladı. Mamoon'la işler tatsızlaştığında ve daha da ümitsiz sorularla ona dönmek zorunda olduğunu bildiğinde kullandığı rutin bir rahatlama yöntemiydi bu.

Buna daha ne kadar devam edeceğini merak ediyordu.

Birkaç dakika sonra Liana file çorapları ve lastik çizmeleriyle mutfaktan çıktı ve önemli bir hanımefendiye dair popüler bir biyografi, bir fincan çay ve okuma gözlükleriyle kapının önündeki banka oturdu. "Bravo!" diye seslendi. Kendini bir edebi biyografi yazarından çok bir erkek dans grubunun üyesi gibi hisseden Harry soluklanmak için ara verdi ve Liana da ona bir fincan çay doldurdu.

"Ah zavallım, yorulmuş olmalısın. Ben çok yoruldum. Bak sana enerji veren şu nemlendirici kremi aldım," dedi ve ona küçük bir kavanoz uzattı. "Bence seveceksin."

"Ne kadar kibarsın Liana. Niye zahmet ettin?"

"Cildinin pürüzlü olduğundan yakındığını duymuştum. Mamoon bunun senin için ekonominin çöküşünden bile daha ciddi bir şey olduğunu söyledi."

"Daha da kötüsü. Çocukluğumda geçirdiğim egzamanın sonucu bu. Yıllarca kendimi öldüresiye kaşıdım. Buradaki kaygılı halim yüzünden egzama nüksedebilir diye korkuyorum."

"Ne kaygısı? Bu krem cilde çok iyi geliyor. Biraz diken üstü görünüyorsun."

"Öyleyim."

"Sanırım artık kocama dair benden daha fazla şey biliyorsun."

"Sorun da bu zaten."

"Marion sevgilim hakkında kibar konuştu mu? Yoksa diğer kadın gibi o da dertli miydi?"

"Biraz dertliydi, tamamen de haksız da sayılmaz. Fevkalade bir insanmış."

"Emin misin? Flört edip durmuşsunuzdur kesin."

Harry kollarına krem sürdü. "Birçok konuda söyleyecek bir sürü şeyi vardı. Daha yazmadım ama kitapta ilerleme kaydettiğimi hissettim."

"Nereye doğru ilerleme kaydettin, canım? Beni endişelendiriyorsun Harry."

"Öyle mi?"

"Kendini kaptırmanı ve beni de ateşe atmanı istemem. Kitabında her şeyi kontrol altında tutalım, olur mu?"

Alice onu dikkatli olması konusunda uyarmıştı; küçük görülmeye ve hatta aşağılanmaya dayanmasını, kesinlikle açık vermemesini ve sönüp gideceğine dişini sıkmasını söylemişti ama bu tavırla bir yere vardığı söylenemezdi. Yine de hem Harry hem de Rob'un Mamoon'da hayran olduğu şey yetenekli bir provokatör olması, karmaşa ve öfke yaratıp, sonra da arkasına yaslanıp yıkıntıları seyredebilmesiydi. Mamoon bazen Joseph Conrad'dan bile daha Johnny Rotten[2] olabiliyordu. Harry, aslında babasının söylediği gibi fazla pasif olduğunu düşünmeye başlamıştı. Korkuları onu çok korunaklı bir yerde tutmuştu. Ortalığı biraz karıştıracaktı; haylazlık yapma ve risk alma zamanı gelmişti.

"Liana, eminim zaten biliyorsundur," dedi.

"Neyi?"

"Marion hikâyesinin arka planını. Mamoon'un bir Amerikan üniversitesinde genç bir kadını 'kariyer zencisi' diyerek aşağıladığını ve küçük düşürdüğünü. Oradan ayrılmak zorunda kalmış ve kısa bir süre sonra da feci bir ruhsal çöküntü yaşamıştı."

---

2 Sex Pistols'ın sahnedeki "pislikleriyle" ünlü solisti Johnny Lydon'un takma adı. (ç.n.)

"Bunu kitaba dâhil edecek misin?"

"Araştırmamı yaptığımda. Bu olaydan sonra Peggy'yi terk etmeye ya da ondan uzak durmaya karar vermişti, bir yandan da Marion'la yaşıyordu. Marion'la sapkın bir ilişkiye başlamışlardı. Merak ediyorum acaba bu şey hayatının değişmez bir parçası mıydı?" Liana sessizliğini koruyordu. "Yoksa aslında bir kereliğine yaşanmış bir şey miydi?"

"Sapkın derken?"

Harry öyle de denebileceğini söyledi.

"Bundan emin misin?"

"Mamoon bunu doğruladı. Bu malzeme ortaya çıkınca insanlar ikiniz hakkında farklı düşünmeye başlayacak. Ismarlama yazı yazanlar ve gazeteler olayları basitleştiriyor. Buna sadomazoşizm diyebilirler."

Liana bir an için düşündü ve "Ne yaparsan yap, bunu kitaba koyma," dedi. "Ama şimdi, acaba en başta beni işerken izleyip izleyemeyeceğini neden sormuştu merak ettim. Bir hanımefendi olarak, hayır demiştim. İnsan neden böyle bir şey ister ki?"

"Özel bir yakınlık biçimini tecrübe etmek için."

"Harry," dedi Liana. "Sen ne demeye çalışıyorsun? Açıkça söylesene? Aptal gibi karanlıkta yaşamak istemiyorum!" Yüzünü ona yaklaştırarak devam etti: "Senin de hatırlatıp durduğun gibi, olgun bir kadın olarak, Marion hikâyesinin her detayını bilmem lazım."

"Neden?"

"Onun hakkında benim bilmediğim şeyler bilmen ne kadar fena olurdu."

Harry eşofman üstünü giydi ve onunla oturmaya devam etti. Çok geçmeden Liana kızardı ve sanki bir yangını söndürmeye çalışıyor da aksine alevleri daha da kuvvetlendiriyor gibi kitabıyla yüzünü yellemeye başladı, hiddetle. Harry'yi sonuna kadar sabırla dinledi ve şöyle dedi: "Ve bu pislikleri sana sipariş verdiğimiz kitaba koyacaksın öyle mi?"

"Eğer kitap için gerekliyse evet. Kitabın o dönemlere ait bölümleri çok karanlık ve hatta bazen de çok acımasızlaşıyor."

Liana ağlamaya başladı ve elleriyle yüzünü kapattı. "Zavallı Marion. Onu ve nasıl reddedildiğini sık sık düşünüyorum. Aynı şey benim de başıma gelecek!"

"Neden gelsin ki?"

"Onun ilgisini canlı tutabilmek için yeterince şey yapamamıştı. Mamoon onu terk ettiğine pişman."

"Öyle mi?"

"Ona ilham veriyordu, zekiydi. Shakespeare'den bahsetmeyi seviyorlardı. Marion Arapça öğreniyordu ve Mamoon onun kendisinden daha zeki olduğunu söylemişti. Onun mektuplarını sözlük yardımıyla okuyordu. Akıllı bir babam vardı, bu yüzden erkeklerin onlara faydalı olan, asistan gibi davranan kadınları sevdiklerini biliyorum."

Harry kendini toparlayabilecek misin diye sordu Liana'ya.

"Sevgili Harry, onun aşkını ve öpücüklerini kazanmama yardım edeceğini söylemiştin. Şimdiyse bana bu *merda* ile geliyorsun. Olayı kurcaladığım için beni suçlayacak Mamoon. Ne yaptın sen!" Ayağa kalktı ve ağaçlıklara doğru yürümeye başladı, sonra da dönüp şöyle dedi: "Seni lanetledim. Arıları senin üzerine salmayı düşündüm ama bunu yapmayacak kadar soyluyum. Ama başına çok kötü bir şey gelecek, bu gece."

YİRMİ BİR

Harry o akşam odasında üstünü değiştirirken ikisinin bağrıştıklarını duydu, birbirlerini sorgularken sesleri birbirine karışıyordu. Evlilikleri üzerinde bir etkisi olduğunu düşündü. Çok kötüydü bu; yazması gereken bir kitap vardı. Yazmak şeytani bir şeydi ve onu yazması için işe almışlardı.

Kulaklıkla müzik dinledi ve ortalık iyice kararana kadar bekleyip, mutfak ışığı açık olmasına rağmen arka kapıdan sessizce çıktı. Bahçede sigara içiyor ve arabaya binmeye hazırlanıyordu ki birinin bağırdığını, hatta feryat ettiğini duydu. Mamoon mutfaktan çıkıyor ve portresini yazacak adama doğru yürüyordu.

Mamoon son zamanlarda hep kullandığı bastonuna yaslanmıyordu, bastonu Harry kendisi yontmuş, başına da kabaca bir tavşan şekli vermişti. Baston elinde, başının üstünde havada duruyordu ve Harry'nin tahminine göre, onu genç yazarın düşünme organına indirmek gibi ciddi bir niyeti vardı.

Harry arkasını döndü ve bahçe boydan boya aşıp yola doğru koşmaya başladı. Mamoon da, şaşırtıcı bir şekilde, arkasından koşuyor, sanki uzuvlarından kurtulmaya çalışır gibi sendeliyordu.

"Mamoon efendim, lütfen," dedi Harry.

Harry biraz daha koştu, Mamoon da onu takip etti. Mamoon'un derin derin nefes aldığını duyuyor ve yorulduğunu tahmin ediyordu. Harry aklını kullanmaya ve edebiyat konuşmaya düşkündü. Pahalı bir eğitim almıştı ve şu anda bile bu eğitimi boşa harcamak istemiyordu.

"Bir dakika dinleyin," dedi Harry ve durdu. Mamoon üzerine saldırdı. Harry üzerine doğru gelen bastondan başını eğip arkasını dönerek kurtuldu. "Lütfen, efendim."

Mamoon bastonu bütün gücüyle sırtına indirdi. Harry yere düştü ve Mamoon iki kere daha vurdu. "Görüyor musun pis hain, düz vuruşlarda hâlâ kuvvetliyim!"

"Yapmasanıza, Tanrım! Acıyor! Niye yapıyorsunuz bunu?"

"Şöyle bütün kortu kat edecek iyi bir servis ister misin?" dedi Mamoon bastonu tekrar havaya kaldırarak. Harry'nin suratına vurmaya hazırdı. "At kamçısı geliyor ha!"

"Hayır, yapmayın."

Harry hızla sürünerek kaçtı, ayağa kalktı, Mamoon'un elinden bastonu aldı ve bahçenin diğer tarafına götürüp, arabasının üzerine koydu. Adrenalinle dolup taşan yaşlı ahmaksa bastonun arkasından sendeleyerek yürümeye başladı ve sıçramaya falan çalıştığında sportif günlerinin geride kaldığını fark etti. Tökezleyip yüz üstü yere kapaklandı ve çakıllı kumların içinde inlemeye başladı.

"Dokunma bana. Marion'un söylediklerini hemen yetiştirmişsin," dedi Mamoon öfleyip pöfleyerek, Harry de bu esnada onu ayağa kaldırıp, üzerindeki tozu toprağı temizledi.

"Bugünlerde hayatın her anının kayıt altında olduğunu siz de kabul etmiştiniz efendim."

"Eğer becerdiğin herkes sonsuza dek peşinden gelseydi hoşuna gider miydi? Muhtemelen de peşinden gelecekler, ağır lanetler yağdırarak uluyan hayaletimsi bir ölü canlar güruhu. O zaman gülen ben olacağım."

"Hep muhalif, uzlaşmaz ve anarşisttiniz. Çoğu iyi kitap cinsel zayıflığa dair değil midir?" Bir metinlerarası tartışma için uzun zamandır beklediği fırsatı yakaladığını hisseden Harry şöyle devam etti: "Strinberg'e hayransınız, eserini tiyatroya uyarladınız ve onun hakkında bir makale yazdınız. Kafka'nın Felice'e yazdığı acı dolu, histerik mektuplar sizi hep büyüledi. Erkek yazarların kadın cinselliğinin gücünü nasıl tarif ettiğine bir bakalım."

"Kes şunu piç kurusu! Liana beni öldürüyor, bağırıp çağırıyor, saçmalıyor. Ondan başka biriyle iyi vakit geçirdiğime inanamıyor. Beni yatak odasından senin yanındaki odaya kovdu. Şimdi de ona Marion'la yaşadıklarımın her detayını anlatmamı istiyor. Nasıl yapabilirim bunu? Onu nasıl geri kazanacağım?"

"Onu istiyor musunuz?"

"Berbat bir rüya gördüğümde ya da gece hastalandığımda bana hayat öpücüğünü *sen mi* vereceksin?"

"Benim öpücüklerim yumuşak ve derindir, efendim. Ama dürüst olmak gerekirse, bu malzemeler bir şekilde, Marion ya da benim aracılığımla ortaya çıkacaktı. Hakikati düğüm düğüm çözmekten başka ne yapıyorum ki, tıpkı *Dedektif Arıyor*'daki Bay Goole gibi?"

"Bana tanrılık taslamaya çalışan bir gulyabanisin. Bu çok özeldi, kahrolası."

"Beni buraya hikâyenizi anlatmam için çağırdığınızda o haktan feragat ettiniz. Cinselliğin herkesi aptal durumuna düşürdüğünü biliyorken, neden endişeleniyorsunuz ki?"

Mamoon, Harry'ye bu malzemeyi teyit edemeyeceğini söyledi ama Harry de Marion'un ona mektupları gösterdiğini açıkladı. Mamoon "Marion bunu neden yapsın ki?" diye sorduğunda Harry şöyle cevap verdi: "Hayat ve yazı aynı kitabın parçasıdır. Bütün yazarlar için geçerlidir bu."

"Marion, yani Liana, televizyona çıkmak isteyen bir tip olduğunu söyledi bana. Benim üzerimden kariyer yapmaya çalışıyorsun delikanlı!"

"Birbirimize bağlanmış durumdayız, efendim. Tek bir canavar olarak ya yüzer ya da batarız."

"Senin bütün olayın kıskançlık ve sen ahlaksız bir cazibe ve gitgide kaybolan bir yakışıklılıkla ayakta kalan üçüncü sınıf bir yarı başarılı asalaksın. Ele aldığı yazar kadar iyi yazan bir biyografi yazarı okudun mu hiç?"

Ve sanki bu da yetmezmiş gibi, Mamoon, Harry'nin yakasına yapıştı ve onu arabaya doğru ittirmeye çalıştı.

"Kovuldun Harry. Bu dedikoducu işi asla bitiremeyeceksin ve yarın öğle vakti işten döndüğümde bu saçma maceranın sona erdiğini görmek istiyorum! Senin yerini almak için sırada bekleyen başka bir yazar var. Kravat takan bir yazar!" Yüzünü Harry'ye yaklaştırdı ve devam etti. "Şunu unutma, ufaklık. Hiçbir şey bilmiyorsun. Sen bir hiçsin. Ve hep bir hiç olarak kalacaksın."

Mamoon bütün gücünü tüketmiş gibiydi, öksürmeye başladı. Harry onu mutfağa götürdü ve bir kadeh viski eşliğinde masaya oturttu.

"Liana'yı çağırmamı ister misiniz?" Harry onun üst katta bir yerde olduğunu, bir şeyleri devirdiğini ya da Leonard Cohen dinlediğini tahmin ediyordu.

Mamoon kafasını sağa sola salladı ve Harry kapıya doğru giderken, "Sana çok yaşlı ve aciz mi görünüyorum?" dedi. "Aniden yaşlandım mı? Beni bırakma, çok ömrüm kalmadı herhalde."

Ama Harry hızla dışarı çıktı ve bir süre arabada oturup, kendini toparladı ve sonra arabayı Julia'nın evine doğru sürüp, Julia'nın onun için bıraktığı anahtarı aldı.

Koridordan sessizce geçip yukarı çıkarken Ruth'un oturma odasında olduğunu gördü, Liana'nın Mamoon'un doğum günü yemeğinde giydiği parlak gömlek vardı üzerinde. İki oynaşıyla masada oturuyordu, duman altı olmuşlar, bira bardaklarında Mamoon'un şampanyasını içiyorlardı ve Harry çok geçmeden anladı ki taklit imzaya dayalı bir para planı üzerinde çalışıyor, imza denemeleri yapıyorlardı. Harry onları sessizce selamladı. Maalesef onların ilgisini çekmişti; adamlardan biri ayağa kalktı ve bağırarak bir bira için onlara katılmasını söyledi, Ruth da "Harry, Harry, Harry," diye seslendi, "bir içki içmez misin bizimle?"

Harry mantıklı davranarak, görmek için geldiği kadına doğru ilerledi.

Çatı katında Julia onu yatakta bekliyordu.

Harry gömleğini çıkardı. "Bak!"

"Harika. Teşekkürler, ben de bunu bekliyordum."

Harry arkasını döndü. "Morlukları fark ettin mi?"

"Aman Tanrım, kim yaptı bunu? Abim mi? Döndü mü geri?"

"Neyse ki hayır. Mamoon yaptı."

Liana gülmeye başladı. "Hadi canım oradan."

Harry, Julia'nın elini tuttu ve yüzüne dayadı. "Yaşlı bir adam için gayet tehlikeli biri Julia, güçlü bilekleri var."

"Tanrım, tuhaf bir renge bürünecek bu. Patlıcana benzeyeceksin."

"Sevmediğim bir sebzedir bu. Al şu telefonu da yaraların fotoğrafını çek. Her şey ters gitti. Sepetlediler beni."

Julia fotoğrafları çekti ve sonra da kıyafetlerinin geri kalanını çıkarıp, Harry'nin üstüne çıktı. Öpücükleri yatıştırıcıydı.

"Senin sevgine ihtiyacım var Julia."

"Biliyorum. Tebrikler, çapkın çocuk."

"Niye öyle diyorsun?"

"Sepetlenmekle kalmayıp bir de dayak yemişsin. İyi iş çıkarmış olman lazım."

"Evet, bizim ihtiyar gündelik aptallıkların ötesindeymiş gibi davranıyor, o kendini üstün gören kaplumbağa bakışlarıyla uzaklara dalıp gidiyor, muhtemelen kaçırdığı bütün o cinsel fırsatlar için pişmanlık duyuyor. Sonra da onun için ellerimle yonttuğum bastonla sağa sola saldırıyor."

Julia, bunun onu rahatlatacağını bildiği için Harry'le sevişmeye başladı. "Sana bir şey sorabilir miyim? Sürekli bunu düşünüyordum. Buradayken Alice'i kaç kere becerdin?"

"Sadece bir kere. Sen odaya girdiğinde iş üstündeydik. Kapının önünde çalışıyor gibi yaptığını ama kulaklarının radar gibi açık olduğunu biliyordum. Sen kahkahalarını tutamayıp kendini belli et diye araya birkaç özel inilti ekledim."

"Dinlemiyordum ki!"

"Kuralları hep Alice belirler, kraliçeden bir randevu koparmak gibi bir şey bu. Son numarası da şu; sperme alerjisi varmış. Canı yanmış bir çocuk kadar katı olabiliyor."

"Tacize uğramış gibi, derdim ben. Ondan gitgide daha az karşılık göreceksin, tatlı çocuk."

"İlişkiler ne kadar da çabuk yıpranıyor. Bir değişikliğe neredeyse hazırım."

"Ama insanları bırakmayı sevmiyorsun."

"Gerçekten ne düşünüyorsun söylesene."

Julia, Harry'nin ağzına bir cigara tutuşturdu ve yaktı. "Eğer senin kıymetini bilirse, ikinizin bir şansı olabilir. Senin komik ve tatlı biri olduğunu fark etmiyor. İnanılmaz şeyler söylüyorsun ve iyi bir arkadaşsın. Bizim ihtiyarın aksine, sen insanlarla ilgileniyorsun. Bunlara bir de oral seksteki başarın eklenince erkekler arasında yüzde birlik dilime giriyorsun."

"Bu kadar obur olmak pratik gerektiriyor."

"Senin için hep harika bir parfüm bulunduruyorum Harry ama şu anda benim için sürmeni istemeyeceğim." Işıkları söndürüp mumları yaktı ve Harry'nin gözkapaklarına doğru hafifçe üfledi. "Çok bitik görünüyorsun; karşımda ağlayacak gibisin."

"Moralim bozuk. Bu gece son gecemiz. Harbiden sepetlediler beni. Açıkçası o kadar üzülmeyeceğim, ikisinden de bıkmıştım zaten."

"Saati kuracağım. Sanırım sana yardım edebilirim. Unutma, ben senin sevgilinim."

"Eğer beni bundan kurtarırsan," dedi, "tam bir dâhisin. Seni Hint lokantasına götüreceğim."

"Benim için bir şey yapacaksın, Harry. Ne olduğunu biliyorsun. Daha önce de istemiştim bunu. Beni de götür, Azgın Boğa."

"Nereye?"

"Londra'ya."

Harry bir kahkaha attı. "Keşke yapabilseydim. Şu an çok yorgunum."

YİRMİ İKİ

Sabah uyandığında "Camın önüne niye projektör koydun?" diye bağırdı Harry.

"Eh... kapa çeneni. Ona güneş deniyor," dedi Julia. "Hasta mısın?"

"Julia, bütün bunları bırakıp Londra'ya geri döneceğim."

"Şimdi doğru Liana'ya gidiyorsun."

"İkisiyle de yüzleşemem. Hiçbir şeyle yüzleşemem."

Julia onu yataktan kaldırdı, tıka basa karnını doyurdu ve arabaya bindirdi, bütün bunları yaparken de talimatlar verdi, Harry de kafasını sessizce sallamakla yetindi. Harry'nin eve dönmesini ve mutfakta oturmasını sağladı. Harry mezgit balığını buldu, Arnold Bennett'e eşlik etmesi için bir Bloody Mary yaptı ve nihayet Liana saten sabahlığıyla mutfağa girdi.

Liana parmaklarını saçlarında gezdirerek, halinden memnun bir şekilde güne başlamaya çalışırken, Harry mutfakta hızla hareket edip, en sevdiği kahvaltıyı önüne koydu.

"Afiyet olsun, sevgili Liana."

"*Ciao bello*, çok tatlısın, bu ne incelik, teşekkürler. Balığı nereden buldun? Ne ziyafet ama."

"Ve bu da senin için."

"Nedir o?"

"İstediğin şeylerden bazıları."

Harry ona küçük bir tabak dolusu hap verdi. Julia'nın yatak odasında bir kavanoz dolusu ES hapı, haşiş ve mantar vardı. Liana için yanına bir şeyler almasını söylemiş, Harry de cömert davranıp bir sürü hap almıştı.

Bütün gece Mamoon'un sözlerinin hayaleti uğursuz fısıltılar halinde ona musallat olmuştu; aşırı eğitimli ama vasat, değersiz, asalak...

"Sen iyi bir çocuk olabiliyorsun," dedi Liana, hapları sabahlığının cebine koyarak.

"Bir Nirvana dokunuşu," dedi. "Sen topuklu ayakkabıların üstüne bu ipek sabahlığı ve pijamaları giyince, Mamoon sana nasıl hayır diyebiliyor anlamıyorum. Ben bile... "

"Kapa çeneni, daha çok erken, çıkar şu güneş gözlüklerini! Bana ya da herhangi bir kadına karşı dürüst müsün? Herhangi bir kadını hayatına alıyor musun? Aptal olduğunu düşünmüyorum, sadece zorlu, ele avuca sığmaz ve muhtemelen de sahtekâr bir adamsın. Dudaklarıma küçük bir sabah öpücüğü kondur, hayatım."

"Lütfen Liana, balık kokuyorsun ve ancak senin gibi bir diplomatın halledebileceği bir sorunum var. Sonum geldi, kovuldum."

"Kim kovdu?"

"Kocan. Dün gece beni bastonla kovaladı. Marion konusunda biraz sinirliydi."

"Ben de öyleydim."

"O zaman ayrılıyor muyum?"

"Neden olmasın?"

"Pekâlâ. Eşyalarımı toplayayım."

"Tabii o pisliğin tek kelimesine bile inandığımdan değil. Sen inandın mı? O *puttana* intikam ve şöhret için uydurmuş hepsini.

Mamoon'un öyle davrandığını bir an olsun hayal edebiliyor musun? İngiliz halkı mantıklıdır ve durumu anlayacaktır. Mamoon'un seninle kavga edeceği belliydi."

"Zaten herkesle ölümcül bir kavgaya girmiyor mu? Özellikle de kadınlarla."

"Benimle değil," dedi. "Burada patron benim, *tesoro*, merak etme."

"Alice'e telefon edip, senin bana yardım edeceğini söyleyeceğim," dedi Harry. "Evde beni merak edip duruyordur."

"Çok hassas biri, ona göz kulak olmamız lazım," dedi Liana. "Yanlış anlama ama onun seni eğlenceli bulmaması seni hiç endişelendirmiyor mu?"

"Teşekkür ederim, Liana."

"Çok komiksin aslında, biliyorsun." Harry'ye baktı ve "Mamoon'a gelince," dedi. "Onu asla göz ardı etme ve asla da dinleme. Sen işine dön, ben en uygun zamanda onunla konuşacağım." Göz kırptı ve ekledi: "Onun hassas noktasına nasıl ustaca atış yaptığımın seyret. Parmaklarını kaptırmadan aslan beslemek gibi bir şey bu."

Mamoon alnında bir sargıyla içeri girdi. Harry'nin Mamoon'un dün geceki tehditleri hatırlayıp hatırlamadığını dert etmesine gerek yoktu.

Mamoon kaşlarını çattı ve Harry'nin henüz alışamadığı bir hışımla şöyle dedi: "Sırtım sürekli ağrıyor, burnumun ucunu göremiyorum ve başım dönüyor. Dizim cam kırıklarıyla dolu bir zarf gibi ve penisim de ilaçla bayıltılmış bir sümüklüböcek gibi..."

"Kabız mı oldun? Yine o rüyayı mı gördün?" diye sordu Liana.

"Bu bacaksız halen mutfağımda, karşımda duruyor." Harry'yi şöyle bir dürttü ve devam etti: "Rob'u aradım ve senin bana gölge etmemeni emrettim, canım."

"Hayır, Mamoon," dedi Liana eline bulaşık fırçasını alıp, hafifçe Mamoon'a vurarak; kediler masaya atladığında da aynı şeyi yapardı. "Salak ya da değil, ona bu kahrolası işi verdik ve yazmayı tamamlaması gerekiyor. Bu öfke nöbetlerinle komik ve müdahaleci oluyorsun."

"Bu yılan, bu tahtakurdu beni aşağıladı."

"Nasıl?"

"Haysiyetimi zedeleyen ithamlarda bulundu."

"Bu ithamların kesinlikle, baştan sona yanlış olduğunu mu söylüyorsun nihayetinde?"

"Liana söylemiştim sana, tam bir baş belası bu çocuk."

"Öyle. Alice bile bu tahtakurdunun insanın sabrını zorladığını kabul ediyor. Ama o kalıyor."

"Tek bir kelime bir yazmamış olan bir sahtekârı neden savunuyorsun? Sanırım onu biraz fazla seviyorsun."

"Ne için biraz fazla?"

"Senin yaşındaki bir kadında itici duruyor bu hal. Koyun pirzolasına benziyorsun."

Liana gülmeye başladı. "Ye beni o zaman!"

"Kapa çeneni."

"Bak geliyor," dedi Liana, elindeki fırçayı ona doğru sallayarak.

Harry; Liana'nın bunu yapmasını istemezdi ve Mamoon'un daha genç olsa bu noktada fena halde sinirli ve saldırgan olabileceğini gözünde canlandırabiliyordu. Mamoon, Liana'ya doğru fırlatabileceği bir şey arıyor gibiydi, sonra solukları yavaşladı, gözlerini kapattı ve yaralı alnına dokundu.

"Gözüm görmesin şu herifi."

"İkimiz bir karar verdik ve bu kararı böyle manyakça fetva falan vermeden uygulamalıyız. Yoksa seni beslemem." Ocağın üzerinden tencereyi aldı ve çöp kutusuna doğru gitti. "*Dal makhani*, en sevdiğin yemek. Ve taze peynirin, peynirine bay bay de."

"Liana..."

"Ve tuzlu *ratia*'mı da çok seversin. Ardından da elmalı tart ve kaymak gelecekti. Seçimini yap: Yemek mi tavır mı?"

"Ne diyorsun sen? Sakın atma! Yemeği seçiyorum." Mendilini alelacele gömleğinin yakasına sokuşturdu. "Domates de var mı? Geçen sefer çok güzel pişirmiştin."

"Öyle mi?" dedi Liana göz kırparak. Yanına gidip Mamoon'u öptü ve elini gömleğinden aşağı kaydırdı. "Sevdin mi, *habibi*, aşkım?"

"Eğer her şeyi böyle pişirsen daha lezzetli olurdu."

"Pişiririm, sen iste yeter ki."

"Bir şey daha," dedi Mamoon parmağıyla Harry'yi göstererek. "Alice nerede?"

"Niye?" diye sordu Liana.

"Yatıştırıcı elleri var," dedi Mamoon.

Liana ellerini Mamoon'un göbeğinde gezdirdi. "Benim yok mu?"

"Ama o profesyonel."

"Elimden geleni yaparım," dedi Harry.

"Sana son bir şans daha verildi sanırım," dedi Liana. "Şu kitabı bitirsen iyi edersin. Yakında bir kısmını okuyacağız ve sevsek iyi olur..."

YİRMİ ÜÇ

Alice ve Liana bahçede sıcağın altında oturmuş, bir kap vanilyalı dondurmayı paylaşıyor ve Büyük Beklentiler Evi'ne genç insanlar getirme planları yapıyorlardı. Liana güneşten korunmak için kafasını bir şemsiyenin altına sokmuş, Alice de ayaklarını tabureye uzatmıştı, dondurma kaşıklamadığı anlarda elinin tersini aşırı ısınmış ve kaygılı alnına koyuyor ve derin derin iç çekiyordu. Sonra Harry'yi fark etti ve zar zor toparlanıp doğruldu.

Liana listeler yapıyor ve yüksek sesle düşünüyordu; "genç" ve "sanatçı" kelimelerini, ayrıca da "yoga merkezi" ve "yazar evi" ifadelerini çok sık kullanıyordu. Ama Mamoon evi yakında halka açılacak bir adam gibi görünmüyordu. Uzak bir noktada gölgede oturmuş, *Amaçlar ve Araçlar* adlı makale derlemesinin son okuması üzerine çalışıyor, karısını duyamıyordu. Ara sıra mırıldandığı Everything But the Girl şarkısına ara verip, kendi tutarsızlığı konusunda homurdanıp yakınıyor ama sesini kimseye duyuramıyordu. Liana'nın talimatıyla Julia ortalıkta elinde çayla dolaşıyordu; Mamoon nihayetinde Julia'yı, kendisini Çin çayıyla zehirlemeye çalışmakla suçladı. Harry'nin arka kapının önünde bir aşağı bir yukarı yürüdüğünü görmesine rağmen Mamoon'un keyfi yerindeydi. Harry yoğun çalışıyordu, son zamanlarda birkaç cümleyle çok şeyi değiştirmişti.

Alice iki gündür oradaydı, nehirde yüzüyor ve dinleniyordu, Mamoon da tekrar çalışmaya başlamıştı. Marion'la yaptığı konuşmalardan sonra Harry de tekrar işine dönmeye çalışıyordu. Araştırmalarının karmaşası içinde bir açıklığa ulaşma çabası zorlayıcı olmuş ve hayal kırıklığı yaratmıştı. Günlerce mektupları okumuş ve Mamoon'un arkadaşlarına, meslektaşlarına ve olası sevgililerine mektup yazmış, bir yandan da Mamoon'un eserlerini hayatı bağlamında değerlendirip, yıllarca yaşadığı şeyler üzerinden bağlantılar kurmuştu.

Ama Rob, Mamoon'un ısrarla istediği gibi, Harry'yi köşeye sıkıştırmaya devam diyordu. Harry resmi biyografi yazarı görevine tekrar atanmış olabilirdi ama bir koşulla: Liana, Rob'u denetleyecekti. Harry edebiyata mani ya da edebiyat için tehlikeli olmadan, "tuhaf bir istikamette" fazla ilerlemeden ya da kitabı "kendi kaprislerine" göre şekillendirmeden Harry'nin editör tarafından sorgulanması gerekiyordu, bunun vakti gelmişti. Mamoon kitapta kendisi gibi görünmek istiyordu.

Mamoon öfkelenmiş olabilirdi ama Harry aslında Rob'u da kışkırtıyordu. Harry bir süredir Rob'un iletişim kurma çabalarını görmezden geliyor, bu aralar "kapsama alanı dışında" olduğunu iddia ediyordu. Fakat Harry o sabah geç saatlerde Alice'le uyandığında perdeleri açtı ve donakaldı. Rob büyük bir bavul ve çantayla onlara doğru yaklaşıyordu. Çok geçmeden eve girdi, Julia'dan kahvaltı istedi ve Harry onu karşılamaya gittiğinde, Rob bilgisayarını görmek konusunda ısrarcı oldu.

Rob, Harry'nin yazdıklarını yüksek sesle ve kendi kendine okurken Harry "Buna hazır değilim Rob," dedi. "Bunlar sadece notlar. Niye yapıyorsun bunu?"

"Liana haklı. Bilmem lazım."

"Neyi bilmen lazım?"

"Şu dışarıdaki adam bir sanatçı," dedi Rob, Alice ve Ruth'un Mamoon'un talimatları altında bir ağacı budadığı bahçeye işaret ederek. "Paris'te yetmişli yılların ortalarında Borges'le tanıştı. İki üç kere beraber yemek yediler. Neyden bahsettiler peki? Kafka'dan? Sıfatlardan? Temsilcilerinden? Bize neden bunları anlatmıyorsun?" Parmak eklemleriyle tehlikeli bir şekilde Harry'nin bilgisayarının ekranına vurdu. "Yetenek altın tozu gibi bir şeydir. Milyonlarca insanı tarasan, ancak bir parçacık bulabilirsin. Kelime'ye Adanmışlık çağımızda piyasaya duyulan muhafazakâr inanca ters düşüyor. Bunu unuttun mu?"

"Rob, sana söylüyorum, Mamoon sıradan insanlar için kötücül, faşist canavarlar içinse büyüleyici biri."

"Bunu kitaba koy."

"Mamoon zıvanadan çıkmış. Bana bastonla saldırdı." Harry gömleğini kaldırdı ve Rob'a halen görülebilen morlukları gösterdi. "Joyce, Ellmann'a böyle bir şey yapmamıştı!"

"Tanrım, kötü olmuş. Yine de," dedi Rob, burnunu çekerek, "basit insanlar iyi olabilir. Mamoon'un günahkâr olma cesareti var. Liana bana telefon açıp duruyor. Diğer şeylerin yanı sıra, senin kendini Kaf Dağı'nda gördüğünü söyledi."

"Hakikaten söyledi mi bunu?"

"Bana Ruth aktardı: Alive ve sen, uzun boylu sarışın çocuk, acayip uzun boylu ve ince, platin sarısı moda güzeli sevgilisiyle kasabada köpeklerle, modaya uygun pejmürde kıyafetler ve yırtık botlar içinde fink atıyorlar ve ısırganotlu fettucine satan bir yer bulamadıkları için hayal kırıklığına uğruyorlar, dövmeli magandalara sanki bir Afrika kabilesi keşfetmiş gibi bakıyorlar. Bir magandanın köpeğinin fotoğrafını çektiğini bile duydum. Liana gidip bizzat özür dilemek zorunda kalmış."

"Köpekten mi?"

Rob kurukafa yüzüğünü çıkardı ve Harry'nin suratına bir tokat attı. Sonra da tepki vermeye davet eder gibi yüzüne baktı. "Söylesene, nasıl oldu da seni daha fazla dövmediler burada?"

"Dövmeleri mi lazımdı?"

"Parti bitti. Artık gerçeğin zamanı geldi." Rob, Harry'nin ekranda görünen çabalarına çevirdi gözlerini. "Benden çıkan her türlü sızıntıyı içine çekecek kadar yakın oturacaksın bana ve ikimiz neler yaptığını inceleyeceğiz. Sinir krizi falan mı geçiriyorsun sen? Delirmiş gibisin, üzgün ve huzursuz görünüyorsun."

Doğruydu: Alice ikizlere hamile olduğunu öğrendiğinden beri kaygıları kırmızı alarm veriyordu, aynı şey Harry için de geçerliydi. Harry'nin babası konuşmak için en küçük oğlunu Londra'ya çağırmıştı. Harry için bu haylaz bir kardinali ziyaret etmek gibiydi ve babası neşeli bir şekilde vaazını tekrar etmişti: Bir aileye bir bebeğin ya da daha kötüsü, iki bebeğin gelmesi kalabalığa vuran kasırga gibiydi. Havaya uçan her şeyin yeni, daha kapsamlı bir düzenek içinde yeniden düzenlenmesi gerekiyordu ve bu da bir çocuğun değil yetişkin bir adamın yapabileceği bir şeydi. Baba olmak doğuştan gelen bir yetenek değildi; insanın tahta kurulması gerekir, dedi tahta-kurulmuş olan babası. "Bazı zorluklar da olacak tabii," diye ekledi, gözlerini ovuşturarak. Ama halinden de memnundu; Harry parlak zekâsı ve kibre olan yatkınlığıyla ve özellikle de kadınlar söz konusu olduğunda kapıldığı sefahat düşkünlüğüyle babasına onun hiçbir şey başaramayacağını düşünmesi için haklı nedenler vermişti. Aslında babası neredeyse bu durumu kabullenmişti.

Şimdi dondurmasını bitiren Alice bahçenin karşı tarafından Harry'ye doğru yürüyordu. Sanki Rob onu yeterince sıkıştırmamış gibi, şimdi de sıra Alice'teydi.

Kendini hasta ve halsiz hissetmesinin yanı sıra Alice, artık Harry'yi çok gürültücü ve küstah buluyordu, ayrıca nefesi soğan kokuyor, parmakları terliyordu ve gözleri de aniden küçülmüştü. Öte yandan, Alice kendini "lağım çukuru" olarak tanımlasa bile Harry'nin onu itici bulması yasaktı.

Alice, Harry'nin sırtına hafifçe dokundu ve yürümeye başladılar. Nerede yaşayacaklarını düşünüp duran Alice gece hiç uyuyamamıştı. En azından daha büyük bir yere, güvenli bir mahallede bahçeli bir eve ihtiyaçları vardı. Çocuklara nasıl bakacaktı? Bunun için yardıma ihtiyacı olacaktı; Harry ona kruvasan getirecek reklamcı kızlarla kütüphanede espresso yudumlarken, Alice'in hem ev işlerini hem de çocuk bakımını üstlenmesini bekleyemezdi.

"Daha da çok çalışacağım Alice. Mamoon'un da bildiği gibi, bu oyundan insanın hayatını kazanması zor bir şey. Paranın olduğu yere, Amerika'ya gideceğiz; orada ders verebilirim."

"Ne dersi?"

"Yaratıcı yazarlık."

"O konuda hiçbir şey bilmiyorsun," dedi. "Devon'a taşınmamız gerektiğini düşünüyorum."

"Ne yapacağız orada?"

"Sakin bir yere ihtiyacımız var. Saklanabileceğimiz bir yere."

Ağlamaya başladı. "Hamile oluşum bir yana, sen buradayken icra memurlarından tehditkâr mektuplar gelip durdu. Harcamalarımı biraz abarttım. Sen buradayken birinin eve girip senin *Telecaster* ve *Gibson*'ını alacağından korkuyorum."

Harry için "icra" kelimesini duymak dünyadaki bütün ümidin buharlaşması demekti. "Peki sen ne dedin onlara?"

"Beni sakın azarlama. Harcamalarımı kısacağım," dedi Alice. "Hazır buradayken lütfen Rob'dan biraz daha para iste."

"İsterim. Ama bu kadar parayı nereye harcadın?"

"Mantolar, takılar, kız arkadaşlarımla yemek ve birkaç çift ayakkabı. Dur sana göstereyim." Ön kapıda duruyorlardı ve Alice, Julia'nın yakınlarda olduğunu tahmin ederek seslendi. "Julia, ayakkabılarımı getirebilir misin lütfen? Sanırım odamızdalar." Sonra kısık sesle ekledi: "Julia tatlı bir kız. Benzer bir geçmişimiz var. Sosyal konutlar ve yalnız anneler."

"Öyle mi?"

"Sanırım bunu Mamoon'dan kapmışsın ama soruya soruyla cevap vermemeni tercih ederim."

"Pardon."

"Julia'nın nasıl biri olduğunu fark etmedin mi?"

"Kitapla çok meşguldüm."

"Yine beraber alışverişe gittik. Kasabada ne nerede iyi biliyor. Kardeşi de bana güvende olmam için kickboks dersleri verebilirmiş."

"Nasıl tekme atacağını biliyormuş yani, öyle mi?"

"Huysuzluğun üstünde. Temiz bir kız olduğu için mi pislik gibi davranıyorsun ona?"

"Pislik mi?"

"Harry bazen tam bir ukala olabiliyorsun, biliyorsun."

Julia elinde iki kutuyla geldi. Alice bir çift ayakkabıyı denedi, aynısından Julia da giydi. Harry'nin önünde poz veriyorlardı ki Rob geldi ve kızların Harry'ye ayaklarını gösterdiklerini gördü.

"Biliyordum," dedi Rob. "Burada tek yaptığın bu, kızlara bakmak. Şimdi iki kalem tükettim ve bugünlük işimi bitti." Başka bir açıklama yapmadan "İkimiz konuşalım," diye ekledi.

Liana, Alice'i Londra treni için arabayla istasyona bıraktı. Onlara eşlik eden Harry de Alice'e bir yandan geleceklerini düşünürken, çok çalışacağına söz verdi. Sonra Alice'e el salladı ve Liana onu Rob'un beklediği bara bıraktı. Harry para meselesini hemen halledecek, Alice'e mesaj atacak ve biraz rahatlayacaktı.

Rob barda, karşı tarafta arkadaşlarıyla oturan Julia'yı görebildiği bir yere oturmuştu bile. Harry'nin arkadaşlarının çoğunun aksine, Rob içip konuşmaktan başka yapacak bir şeyin olmadığı barlarda kendini rahat hissediyordu.

"Bugün beni görmeye buraya geldiğin için teşekkürler Rob," dedi Harry. "Biraz daha avansa ihtiyacım var, dostum. Şu anda nakit açısından başım biraz belada, baskı altındayım."

Rob kahkaha attı. "Senin kitabı bitirmekle kalmayıp kitabın orijinal bir çalışma olduğu kesinleşene kadar başka bir avans ayarlayamam. Şu anda ne üzerine çalışıyorsun?"

"Görüşmeler ve bazı planlar yapıyorum. Ama kitabın çoğu kafamda hazır."

Rob kafasını sağa sola salladı. "Seni bu görevde tutmak için büyük mücadele veriyorum. Mamoon saygınlığını artırmak için *Reader's Digest* usulü masum bir hayat hikâyesi yazıvereceğini düşünmüştü. Kirli çamaşırlarını kurcalamakla kalmayıp, bunu onun yüzüne de söyleyeceğini düşünmemişti. Seni işe aldığıma pişman olabilirim."

"Öyleyse hata yapmış gibisin."

"Sanatla ilgili her şey bir risk taşır."

"Ama sen sanatçıları fazla idealize ediyorsun Rob. Daha ilginç ve faydalı insanlar var dünyada."

"Bunu hakaret sayarım."

"İyi çalışıyorum ama sen bana köstek oluyorsun. Bu beni çok rahatsız ediyor. Bak ellerim nasıl da titriyor."

"Kibarlık edip bana ısmarlayacağın içkiyi dökme sakın. Biliyorsun üstümde hiç bozuk para taşımam." Harry ayağa kalktı. Rob da "Bu arada," dedi. "Hazır ayağa kalmışken bana bir iyilik yapar mısın? Şu kıza sorar mısın..."

Barın diğer tarafına işaret etti.

"Julia'ya mı?" dedi Harry.

"Acaba benimle daha sonra çiftleşir mi? Zamandan kazanmak için kabaca söylüyorum. Sen birkaç süslü laf üretiver, sayın kelime tellalı."

"Mevzubahis çiftleşme için nereye gelmeli?"

"Ay ışığı altında tarlaya yayılmış bir paltonun üzerinde olur mu? Taşrada olmak bende pastoral haller yaratıyor. Ama biraz esintili olabilir. Senin lüks arabana ne dersin?"

"Bir düşünsene Rob," dedi Harry, "bir süredir tıraş olmadığın ve yıkanmadığın için ona nasıl görüneceksin?"

Rob, Harry'nin yakasına yapıştı. "Ne diyorsun sen? Burası İzlanda gibi, yıllardır yabancı birini görmemişler. Londralılarla yatmak için sıraya giriyorlar."

Ama Julia gitmişti, Rob da içkisiyle oyalandı. Harry onun edebiyat dünyasındaki ilginç olaylara dair konuşmasını uzunca bir süre dinledikten sonra, eve döneceğini söyledi. Alice'i arayıp sakin sakin konuşması gerekiyordu. Alice artık eve varmış olmalıydı; bazen kibarlığı tutar, Harry'yi gerçekten dinlerdi.

Rob'u ayağa kaldırmak meşakkatli bir işti. Daha uzun süre içebilmek için adi uyarıcılar da kullanan Rob'un beyni artık boğulmuştu, gölete düşmüş bir Ferrari gibiydi.

Harry yolda Rob'un yürümesine yardım ederken Scott ve arkadaşları önlerine çıktı, hepsi kapüşonluydu. Harry ve Rob durdu. Scott şort giymişti ve çalışır durumdaki ender sokak lambalarının birinin altında durdukları için ayak bileğindeki gri elektronik kelepçe görülebiliyordu.

"Çok ileri gittin. Kardeşimi becerdin ve malımı çaldın," dedi Scott. "Bana gülüyormuşsun. Ne yaptığını sanıyorsun sen?"

"Kim bu?" dedi Rob, Harry'ye kısık sesle.

"Becermek istediğin kızın abisi."

"Haa," dedi Rob, kusmak için öne doğru eğilirken.

"Ne malı?" dedi Harry.

Scott ve arkadaşları Harry ve Rob'a doğru bir hamle yaptı. Harry şu küçük bok parçasına bir tokat atmayı düşündü; aklı başına gelirdi böylece. Ama Rob ayakta duramıyordu ve çocukların da muhtemelen bıçakları vardı. Harry üçüyle birden baş edemezdi. Bacakları titriyordu.

Scott elinde bir tahta parçası sallıyordu. "Bu gece bir zenci öldürmek isterdim. Bir Arap iyi giderdi. Ama onun yerine, elimizde sen varsın."

"Bana bakın çocuklar," dedi Rob. Onlara doğru bir adım daha attı ve telefonunu düşürmesiyle serserilerden birinin üzerine basması bir oldu.

"Sende çalmak isteyebileceğimi bir şey olduğunu hayal edemiyorum," dedi Harry, Scott'a.

"Uyuşturucular. Julia'nın odasındakiler. Londra'dan gelip bizim malımızı alabileceğini mi sanıyorsun?"

Harry elini cebine soktu ve Scott'a iki yirmilik uzattı. "Ne kadar?"

Scott yere tükürdü ve spor ayakkabısıyla tükürüğün üstüne bastı. "Salağın tekiymişsin."

Arabada Rob, "Bu durumda kızla hiç şansım yok değil mi?" dedi. "Bakıyorum da buralara iyice yerleşmişsin. Ateşli bir yer di mi? Yıllardır böyle iyi vakit geçirmemiştim. Burası İngiltere ya da Britanya değil tamamen farklı bir yer. İngiliz diyarı diyorlar buraya, İngiliz diyarı." Rob Büyük Beklentiler Evi'ne gidene kadar "İngiliz diyarı, İngiliz diyarı, İngiliz diyarı..." diye şarkı söyleyip durdu.

YİRMİ DÖRT

Sanattaki bütün iyi şeyler yeni bir şey görüp dile getirmekten doğmuştur, dedi Harry kendi kendine. Bu yüzden kitap söz konusu olduğunda en önemli şey *Harry*'nin kitabı sevmesiydi. Ve dünya suratına patlıyor gibi olsa da, her şey anlayamadığı şekillerde hareket edip değişse de, yazmak için zamana ve düzene ihtiyacı olduğunu biliyordu. Bütün gün çalışıyor ve her akşamüstü ormana koşmaya gidiyor, ağır ağaçların altında ortalığı kasvet ve karanlık kapladığında da yolunu Julia'nın pazarda bulduğu bir madenci baretinin ışığıyla aydınlatıyordu.

Akşamın ilerleyen saatlerinde Harry evden çıkmayı seviyordu. Yolun başında Julia'yla buluşuyordu. Gülümseyerek ağaçların içinden çıkan kız, Harry'nin arabasına atlıyordu ve beraber içmeye gidiyorlardı. Julia civardaki bütün güzel mekânları biliyordu. Eğer barlardan sonra Harry yatak odasında da ona eşlik ederse, bundan memnun oluyordu. Annesinin ve gergin taliplerin kuşatmasını gitgide daha fazla hisseden Julia, Harry'den ona kitap okumasını ya da o şarkı söylerken gitar çalmasını istiyordu.

Ciddi bir uyarıda bulunan Rob gitmişti: Pılısını pırtısını bavuluna tıkıştırıp romantik bir şair gibi yollara düşmüş, ormanlar ve tarlalardan, nehirler ve otoparklardan geçip barlara girmişti. Kırsal bölgenin bilgisine ancak kırsalın acısını çekince ulaşabileceğine inanıyor gibiydi. Harry, Rob'un gidişini kutlamak için Julia'yı bir Hint lokantasına götürmeyi düşündü. "Ne dersin?"

Julia gelmek üzere olan çocuklara sevindiğini, kendi yerini bildiğini, ağzını kapalı tuttuğunu ve kendisine sunulan şeyi kabul ettiğini söyledi. Ailesi de her zaman yanlış tarafta olmuştu. Ama akşam yemeği fikri karşısında biraz kafası karışmıştı. Evde ton balıklı sandviç ve kola dururken, neden para harcayacaklardı ki? En son "resmi" olarak dışarı çıktıklarında ikisi de birer Ectasy almış ve kasabanın hemen dışındaki, içinde bir mega-sinema, McDonald's ve KFC olan Hollywood Bowl adlı, projektörlerle aydınlatılmış bir alışveriş merkezine gitmişlerdi. Işıltılı, parıltılı, çizgi film gibi bir akşam olmuştu.

Ama Harry yaşlandıkça uyuşturucuları aptalca bulmaya başlamıştı. Bu sefer konuşacaklardı, ne hakkında olduğunu hiç bilmiyordu. Endişelenmesine de gerek yoktu. Eğer aşk konuşkanlıksa, yatakta Julia'nın vücudundan ve geçirdiği değişimlerden, kilosundan ve saçından konuşurlardı ve Harry şunu kabul etmeliydi ki Julia'dan günümüz İngiltere'si hakkında kimseden öğrenmediği kadar çok şey öğrenmişti. Yatakta Harry kitap hakkında düşünürken, Julia yanındaki kaynağı boşa harcamak istemediği için, ona sorular sorardı.

"Sevgili Harry," derdi, "savaştan bu yana kaç başbakan geçti? En iyisi kimdi? En ilginç gazete hangisidir? Kanarya Adaları hakkında ne düşünüyorsun? Beni oraya götürecek misin? Muhammed Ali kimdi? Erkekler karılarını neden aldatır? Beni bırakacak mısın?"

Ona acı veren şeyin şu olduğunu söylemişti: Harry kasabaya bir süreliğine gelip, sonra giden bir sirk gibiydi. "Sen ve Alice gittiğinizde arkada bırakılmaktan korkuyorum. Annem gitgide kötüleşiyor. Eve sürekli yeni adamlar geliyor. Ona sürekli ayak bağı oluyorum. Benim onu seven insanların hevesini kırdığımı söylüyor."

Ama Julia, Harry'yi seviyordu ve ona vermek istediği bir şey vardı; Harry'nin gösterdiği şefkate karşılık özel bir hediye. Ve Julia'nın söylediği gibi, "İnsanın sevgilisinin kız arkadaşının hamile kalması her gün görülen bir olay değildi."

O gece, daha önce Mamoon'un doğumgünü partisini verdiği Hint restoranına girdiklerinde perdelerin arkasından bir kız çıktı. Julia bir arkadaşının onlara katılmasını sağlamıştı. Julia'dan daha güzel olan arkadaşı gözlerine far, dudaklarına da parlatıcı sürmüş ve yüksek topuklu ayakkabılar giymişti, futbolcularla buluşmak üzere dışarı çıkmış gibiydiler. "Arkadaşım Lucy," dedi Julia, kız Harry'yi öperken. "İkimiz de seni kutlarız."

Lucy ikisine de MDMA verdi ve onları obez bir kadının yere kustuğu bir kulübe götürdü. Julia başka bir yere gitmeyi önerdi; Julia'nın evine gidemezlerdi, kardeşi orada olabilir, çakıyla alnına dövme yapıyor olabilirdi; Lucy'nin evine de gidemezlerdi çünkü çocuğu vardı. Kızlar Harry'nin onları kasabada bir otele götürmesini istiyordu. Alkol ve kokain aldılar, perdeleri ve telefonlarını kapattılar ve ertesi gün öğleden sonraya kadar odadan çıkmadılar.

Fakat sabahın ilerleyen saatlerinde kızlar iki yanında uyurken hiç uyumamış olan Harry, Mamoon'un Marion'a dair söylediği bir şeyi hatırladı. "Gerçek şu ki gerçekten arzuladığımız her şey ya yasak, ya ahlaksızca ya da sağlıksızdır ve eğer şanslıysan, üçü birdendir."

"Bundan ne sonuç çıkarmalıyız efendim?"

"Cezalandırılsan bile arzularından vazgeçme. Cezayı zarafetle, bir övgü gibi kabullen ve asla şikâyet etme."

Öğleden sonra Harry ve Lucy otelin önünde durup, sutyenini odada unutan Julia'yı bekliyorlardı. Lucy Harry'yi öptü, Harry de onun kalçalarını avuçladı.

"Üçlü takılmak harika," dedi Lucy.

"Sana karşı koymak imkânsız Lucy," dedi Harry. "Dün gece o kadar eğlenceliydi ki, bundan sonra tek düşünebileceğim şey sonsuz bir pişmanlık ve kendini suçlama döngüsü olabilir."

"Daha sık eğlenemeyeceğin için mi?"

Harry ceplerini yokladı. "Al bunu. Mezbahanın kapanması muhtemelen senin de hayatını mahvetmiştir."

Ona neredeyse 100 pound vermişti ama Lucy "Bebeklere kıyafet alman için lazım olacak," diyerek parayı geri çevirdi. "Eşin Alice'in iki bebeği olacak değil mi?"

"Evet. İkiz."

"Ne zaman öğrendiniz?"

"Geçen gün ultrasondayken hemşire 'İşte bebeğiniz,' dedi, 'aa bir tane daha var. Görünen o ki iki taneler.'"

"Baş edersin merak etme," dedi Lucy, numarasını Harry'nin telefonuna kaydederken. "Tam bir soytarısın ve seni bir kadınla beraber olmak kadar mutlu eden bir şey yok. Bizi yiyip bitirmek istiyor gibisin. Senin de ikiz kardeşlerin vardı, öyle değil mi?"

Harry genelde kendisine dair mümkün olduğunca az şey anlatırdı. Babası gibi, o da dinlemeyi tercih ederdi: Böylesi daha güvenliydi. Ama uyuşturucular dilini çözmüş ve onu gerçeğe mahkûm etmişti. Julia gelip onlara katıldığında, abilerinin ikiz olduğunu, annesinin de paranoyak olduğunu anlatırken buldu kendini. Annesi duyduğu seslerin etkisiyle, nehir kenarına gitmiş ve kendini boğmuştu.

"'Suda ölümden kork,' der Tarot. Annem bana musallat olup duruyor ve ben onu Ophelia gibi suyun üzerinde süzülürken hayal ediyorum."

"Ne fena," dedi Julia ve Harry'yi öptü.

"Ölümlerin en kolayı bu; eğer ağzını açık tutarsan otuz saniye içinde gidersin," dedi Harry. "Ölüm arzusu neyin arzusudur? Annem hep o istikamette ilerlemiyor muydu? Bir kayayı bile delirtebilecek olan biz üç erkek kardeş, bunca sene bizim yanımızda olduğu için şanslıydık aslında. Annem çok sadıktı bence."

"Neye sadıktı?"

"Kafasında duyduğu o faşist sese. Bazı insanların dediği gibi, fazla deli olmak bir yana, fazla itaatkârdı."

Lucy, Harry'nin koluna sert bir darbe indirdi. "Julia bana tuhaf biri olduğunu söylemişti."

"Eğer bana bir nebze olsun delilik bahşedilseydi, kesin gözüm gibi bakardım ona."

"Kahvaltıda anne ya da babası kendini öldürmüş olan insanların listesini yaptığını söyledi."

"Ve intihara meyilli olanların. Hitler'in bütün kadınları –sanırım yedi taneydiler– kendini öldürdü. Bu katlanılması özellikle zor olan bir ölüm türü. Olası en kötü şey olmuş bitmiştir. Bunun nasıl bir psikolojiye yol açtığını merak eder dururum." İnsanın, eğer annesi ya da babası kendini öldürdüyse, en sevdiği şeylerin elinden alınacağı korkusundan hiç kurtulamadığını söyledi. "Bu sabah, siz güzellikler uyurken, intihar edenler ve onları sevenlerle ilgili küçük bir kitap yazmalıyım, diye düşündüm. Babamla annem hakkında konuşur, annemin arkadaşlarıyla ve düşkün olduğu yazarlarla tanışırım. Yani *onun* biyografisini yazarım."

Harry'nin arabası kapının önüne geldiğinde, Julia'nın abisi Scott ön bahçeye gelip, dik dik Harry'ye bakmaya başladı, iki kız da sessiz ve temkinliydi.

"Beni korumaya çalışıyor ama benim için ne anlam ifade ettiğini biliyor," diye fısıldadı Julia.

Harry camı indirdi. "İyi akşamlar."

"Her şey yolunda mı?" dedi Scott.

Scott kızlara bir işaret yaptı ve kızlar hızla eve girdi. Scott arabanın önünde duruyordu. Harry camı tekrar kapatmaya çalıştı ama olmadı.

"Günün iyi geçti mi?" diye sordu Scott, sesini yükseltmeden ama yere tükürmeden de edemedi.

"Evet, teşekkürler," dedi Harry. Hızla dönüp gidebileceğini ama bunun da kabalık etmek gibi algılanabileceğini düşündü. İkisi birbirine bakmaya devam etti, ta ki Scott kenara çekilene dek.

YİRMİ BEŞ

"Gerçekten kötü giden bir şeyler mi var?" dedi Mamoon. "Neden eğlenceli bir şarkı mırıldanıyorsun?"

"Yoğurdunuza bal ister misiniz?"

"İlk defa deneyeceğim ama alayım, teşekkürler Harry," dedi Mamoon; mutfak masasında oturmuş, genç adama gülümsüyordu. "Bu keyfinin kaynağı nedir biyografi canavarı dostum? Yoksa bir sürü aşk çocuğu olan bir eşcinsel olduğumu falan keşfedip, böylece televizyon programcısı olmanı sağlayacak skandal *best-seller*'ı yazmayı garanti altına mı aldın?"

"Önce uzun bir yürüyüşe çıkıp, sizin hayatınızı düşünecek, sonra da Londra'ya dönüp her şeyi mümkün olduğunca pis bir üslupla yazacağım, yanımda da Alice olacak."

"Neyse ki ben hiç okumayacağım kitabı. Liana ve ben de nihayet biraz huzur bulacağız."

Julia hızla eve girdi ve yere büyük bir çanta attı, sonra bir tane daha. "Pardon, beni bırakması için kardeşimi beklemek zorunda kaldım." Harry hakikaten de, gitmeden önce çatık kaşlı kardeşi pencereden görmüştü. "Hazır mısın? Çantalarımı arabaya koyayım mı?" dedi Julia.

"Pardon?"

"Seninle geliyorum," dedi Julia. "Londra'ya. Alice sana söylemedi mi?"

"Hayır."

"Hamileliği ilerledi ve çok yorgun; daireyi boşaltmanıza ve kiraladığınız yeni yere taşınmanıza yardım edeceğim. Sen yazıyor olacaksın; Alice senin parmağını bile kıpırdatmayacağını ve kendisinin de bu işi tek başına halledemeyeceğini söylüyor. Sorun çıkarma Harry. Merak etme, kimse bir şey demez. Anlaşırız. Harika vakit geçireceğiz."

Harry ve Julia birkaç gün önce son defa dışarı çıktıklarında Julia, Harry'ye onu da götürmesi için bir kez daha yalvarmıştı. Artık gitmeliydi Julia; onu burada tutacak hiçbir şeyi kalmamıştı. Liana acımasızdı, Ruth da kendine ve etrafındaki herkese yönelik nefretiyle iyice vahşileşmişti. Ruth, Julia'yı asla sevmemiş ve onun evi terk etmesini istemişti: Julia'nın yaptıklarını "tasvip etmeyen" bakışları onu aşağı çekiyor ve erkek arkadaşlarını kaçırıyordu. Julia'nın ruh hali de kötüye gidiyordu; rüyasında insanların onu öldürmeye çalıştığını görüyor ve uyumaktan korkuyordu. "Benim de bir temizlikçi olmam an meselesi," dedi Julia. "Sürekli çalışacağım Harry, sana asla yük olmayacağım."

Harry bunun imkânsız olduğunu söyledi; Julia, Londra'yı hiç bilmiyordu, Londra onun için fazla hızlı, büyük ve pahalıydı. Nasıl yaşayacaktı? Neyse ki Julia bunlara hiç kulak asmamıştı.

"Neler oluyor? Herkes gidiyor mu?" dedi Liana, sabahlığıyla içeri dalarak.

"Evet."

"Sen de mi Julia, olamaz. Ütüyü kim yapacak? Sana bu izni kim verdi?"

"Gidip bu sabah kendi biletimi aldım Liana. Annem yukarıda, odaları topluyor. Beni idare edecek."

"Hayır, üzgünüm, buna izin veremem," diye inledi Liana. "Alice burada değil, iki kızım da gitti! Burası buz gibi soğuk ve sessiz olacak; evdeki sesleri, yemek pişirme telaşını ve hareketliliği seviyorum! Mamoon ben ne yapacağım şimdi?"

"Liana burada genelde ne yapıyorsun?"

"Sana bakıyorum. Bakıcıyım."

"Evet sen benim karımsın."

"Peki *sen*, kocam mısın?"

"Bana bak Liana, eğer ters tarafından kalktıysan, kahvemi yaptıktan ve iki haşlanmış yumurta getirdikten sonra tekrar yatağına dönmekte özgürsün."

"Mamoon, kendine bazı ciddi sorular sorman lazım. Çalışma odanda yalnız geçirdiğin bütün o saatler akıl sağlığına iyi gelmedi. Uykunda kendi kendine şarkı söylüyorsun."

"Şarkı mı? Çalışma odamda çalışıyorum ben ve senin için çalışıyorum. Bu kahrolası yemekleri masaya kim getiriyor sanıyorsun?"

"Tek yaptığın kendi keyfine bakmak Mamoon."

"Bunu şimdi, onca zaman sonra, benim işimin bu olduğunu gayet iyi biliyorken mi söylüyorsun? "

"Ama bundan bıktım artık *habibi*, bir kadın olarak daha fazlasına ihtiyacım var. Kızların ikisi de daha fazla hayat için gitti buradan! Lütfen hadi Harry'nin arabasına atlayım gidelim! Hadi kaçalım buradan!"

İlk başlarda bu tartışmalar Harry'yi kaygılandırıyor, bunların bitmesini istiyordu. Şimdiyse kır hayatındaki seslerin bir parçasıydı bunlar. Onları kendi hallerine bıraktı ve bahçede – seslerini oradan bile duyabileceğini düşünse de– sakinleştirici bir yürüyüşe çıktı. Ama daha da önemlisi, kapıdan çıkarken bir an dönüp baktı. Liana lavabonun önünde kollarını kavuşturmuş

Mamoon'u azarlamaya devam ederken, Julia, Mamoon'un yanına gidip, saygılı bir tavırla yanağından bir kere öptü. Mamoon, Julia'nın bileklerini tuttu ve gözleri bir an yaşarır gibi oldu. Harry ilk defa birbirlerine dokunduklarını görmüştü.

Julia'yla birlikte yola çıktıklarında Harry bu eve asla dönmeyeceğini düşündü. Arabanın aynasından Liana'nın el sallamasını, el kol hareketleri yapmasını ve yüzünü kapatmasını izledi; herhalde bütün gün ağlayacaktı Liana. İçinde bir şeyler değişmiş ve aurasına siyah bir gölge düşmüştü.

"Nasıl görünüyorum?" dedi Julia.

"Alice saçını güzel kesmiş. Sen de vücuduna iyi bakmışsın."

"Göğüslerime hayran olman hoşuma gidiyor. Tenlerimizin birbirine değmemesine katlanamıyorum."

"Ruth'un bizi üst kattaki pencereden izlediğini gördüm. El sallamadı. Senin adına mutlu mu?"

"Burada kalamayacağımı biliyor."

"Mamoon hakkında benimle konuşacak mı?"

"Bilmiyorum," dedi Julia. "Sana getirdiğim defterler, Mamoon'un bir aile olarak bize dair tuttuğu defterler..."

"Evet?"

"İşe yaradılar mı?"

"Şu Little Richard şarkısını açsana."

"Hangisini?"

"'I'm in Love Again.' En sevdiğim şarkısı."

Kafalarını sallıyorlardı. Harry ona baktı. "Belki de bir mola vermeliyiz. Yol kenarında biraz öpüşüp koklaşır, sonra da Little Chef'te hızlı bir yemek yeriz?"

"Bir kıza nasıl iyi vakit geçirteceğini biliyorsun."

"Defterler gerçekten işe yaradı Julia. Bana yeni yollar açtılar. Büyük bir iyilik yaptın bana."

"Yine de mutsuzum" dedi Julia.

"Neden?"

"Saçımı yeterince çekip, beni yeterince bağırtmıyorsun."

"Ben biraz yumuşağım biliyorsun. Seni çok seviyorum."

"Teşekkürler. Ölüyordum," dedi Julia. "Orada ölüp gidecektim. Artık benden asla kurtulamayacaksın."

"Hayır," dedi Harry. "Sanırım haklısın."

YİRMİ ALTI

"A-ha," dedi Rob.

Harry neredeyse bomboş olan çalışma odasında oturmuş, bir masanın üzerine eğilmişti ki yeni eve bir şekilde girmeyi başaran Rob cin gibi kapıda belirdi.

"Yeni görüntünü beğendim Harry; kısa saç sana yakışıyor. Sana bir acımasızlık ve kararlılık katmış. Yeni evinizi de sevdim. Ben de taşınabilir miyim?"

Harry dairesini satmış ve Alice'in borçlarını ödemişti; çift şimdilerde uzakta olan bir arkadaşlarının evini kiralamıştı. Büyük bir evdi ama Acton'a kimsenin istemeyeceği kadar yakındı. Nihayetinde Harry ve Alice'in kendileri için daha uygun bir düzene geçmesi gerekiyordu ama Harry bunu nasıl yapacaklarını bilmiyordu. Kitapta bir hayli yol almış, fakat sona ulaşamamıştı. Mevcut koşulları kafa karıştırıcı ve dikkat dağıtıcıydı. Yapabileceği tek şeyin çalışmaya devam etmek olduğunu düşünüyordu.

"Seni masa başında yakalamak güzel," dedi Rob. "Bu sabah senin hakkında yaptığımız konuşmadan sonra doğru buraya geldim. Halen iyileşmekte olan zavallı asistanım Lotte birkaç ay önce karşılaştığınızı ve seni evine davet ettiğini söyledi. Oraya ulaşım şeklin beni etkiledi."

Harry hızla fısıldadı. "Sessiz ol; kadınlar kahrolası çocuklarımın doğumu için evi hazırlıyor. Hangi ulaşım şeklinden bahsediyorsun?"

"Bir partiden sonra Lotte kibarlık edip seni evine davet etmiş. Ama fark etmiş ki oradan hızla kaçabilmek için dışarıda bir taksi bekletiyormuşsun. Bu onun canını sıkmış."

"Queen's Park'ta yaşıyordu."

"Ve sen bunun için onu acımasızca suçladın, öyle mi?"

"O kadar uzağa gitmemin tek nedeni üstünde hoşuma giden sarı bir elbise olmasıydı. Göğüslerini görmemi istiyordu ve sevdiğim bir parfüm sıkmıştı. Sıradan kadınlara doğaüstü özellikler yükleyebiliyorum."

"Hiç sıradan bir kadın değil, zekâ ve –özellikle de Venüs gibi bacaklarıyla– güzellik konusunda üstüne yoktur. Bu seni şaşırtabilir ama onu kimsenin yapamadığı kadar güldürüp düşündürüyormuşsun. Ama Mamoon ona telefon açıp duruyor ve artık beni de köşeye sıkıştırıyor: Seni görmek istiyormuş."

Harry bir kahkaha attı. "Ben üç hafta önce oradan ayrıldığımda şampanya açıp kutlamıştı."

"Lütfen bu gece gidip onunla konuş."

"Psikolojik olarak gerginim. Annesine dair bir paragrafın ortasındayım."

"Peki yarın sabah?"

"Bana söyleyecek özel bir şeyi mi var?"

"Yürek burkan bir hali var," dedi Rob. "Feci bir şekilde öldüğü rüyalar görüyormuş. İkiniz için de güzel hediyeleri var ve seninle dürüstçe konuşmak istiyor."

"Bu bir ilk olacak," dedi Harry. "Eğer önemli bir durumsa ve kullanabileceğim bir malzeme verecekse, birkaç gün içinde gidebilirim."

"İkinizin de gitmesini istiyor. Bilhassa Alice'in."

"Neden?"

"Mamoon kasabanın Alice'in gergin hali için yatıştırıcı olduğunu, rahatladığı tek yerin orası olduğunu söylüyor. Bir kadına ihtiyacı olan şeyi vermeyi öğrenmelisin. Bana baksana, hiç kimsem yok, hıçkıra hıçkıra ağlarken geceleri sessiz ve ıssız oluyor."

Harry, Rob'a sert bir bakış attı. "Alice ikizleri beklemekle meşgul."

"Olayın vahametini kavrayamıyorsun dostum," dedi Rob. "Liana da arayıp duruyor. Bayan Yalnızkalp, Mamoon'un gitgide vahşileştiğini söylüyor."

"Nasıl yani?"

"Liana'nın saçını falan çekmiş. Liana da tırnaklarını geçirip, çığlık atmış. Mamoon çaresizlikten ağlamış bile."

"Birbirlerini hak ediyorlar."

"Ben bundan emin değilim."

"Pardon?"

Rob, Harry'nin masasının üstündeki kâğıtların üzerine oturdu, Harry'nin ellerini tutup okşadı ve dudaklarına götürüp öptü. Yayıncılık dünyasında daha önce ona kimse böyle bir şey yapmamıştı.

"Bak yakışıklı çocuk, Mamoon her zaman görünmez şeyleri betimlemek için gerçek kelimeler kullanmak gibi neredeyse imkânsız bir görev üstlenmiştir. Sen ve ben dilin tek büyü olduğunu biliyoruz. Alternatif sihir –büyüler, kristaller, lamba cinleri– hoş ama boş bir çabadır. İhtiyar Mamoon, Alice'e âşık olmuş. Karısının aksine Alice onu, o da Alice'i dinliyor. Mamoon ona hiç dokunmadı, biliyorsun. Alice leziz bir yem yani."

"Seni serçe parmağımla kaldırıp camdan dışarı atsam nasıl olur?"

"Oltaya geldiğinde ortaya dökebileceği şeyleri bir düşün. Buradaki fırsatları görmüyorsun."

"Henüz pezevenkliğe başlamadım."

Rob eline birkaç roman alıp, duvara fırlattı ve bağırmaya başladı. "Bana bakmıyorsun bile! Ama sana bir şey anlatıyorum. Tahtakurdu."

"Bana böyle mi hitap ediyor?"

"Dünyanın en büyük sanatçılarından birine ne yaptığını ve kontrolden çıkmış alevleri konuşmak için buradayım," dedi Rob.

"Kontrolden çıkmış alevler derken?"

Mamoon birkaç gün önce evde kendi kakasını inceleyerek – yaşlı insanlar bunu yapmayı sever– faydalı bir şekilde oyalanıyor ve *Odysseia*'nın yeni bir çevirisini okuyarak ve Avustrulyalı kriketçiler Lillee ve Thompson'ın bir DVD'sini izleyerek rahat bir akşam geçirmeyi düşünüyormuş ki haykırışlarla kesilen müzikal sesler duymaya başlamış. Bu hiç hoşuna gitmemiş, kulaklarını kapatmak istiyormuş. Yardım için seslenmiş ama Ruth kendi evindeymiş, patronunun votkasını yarılamış bile. Mamoon bastonuna yaslanarak yürümüş ve kütüphanesinin kapısını açmış; adeta cehennemin kapısını açmış gibi olmuş.

Liana en azından bir haftadır huzursuzmuş. Mamoon çalışırken yatakta baygın baygın yatıyor, geceleri kalkıp bir şeyler okuyor, e-posta falan gönderiyor ve evde aylak aylak dolaşıyormuş. Şarkı söyleyip dans etmeye ve kendi kendine İtalyanca konuşmaya başlamış. Mamoon bunun kesin bir delilik işareti olduğunu düşünüyor.

Kütüphanenin kapısını açtığında Liana'yı "inlerken" bulmuş; beyaz, dökümlü bir gecelik içinde hayalet gibi sıçrıyormuş, göğüsleri açıktaymış, canlı beyaz yüzünde cennetsi ve donuk bir mutluluk ifadesi varmış, bir kelebek ya da tanrıçaya benziyormuş. Ne yaptığını sorduğunda Liana kendini durduramamış, gelen kişiye bir an bakmış ama boş gözlerle, tanımamış gibi.

Mamoon ona doğru yaklaşırken, aralarında yerde bir tabak mum olduğunu fark etmiş. Liana tabağı almak için eğilmiş ve saçları alevlerin arasına düşüp aniden alev almış. Bir anda bir canlı bir maytaba dönüşmüş, yüzünün etrafında bir alev halesi oluşmuş. Kendinden geçmişçesine dans ederken alevler masadaki kâğıtlara sıçramış; sonra rüzgâr alevleri Mamoon'un en sevdiği Venedik halısına taşımış ve halı yanmaya başlamış. Battaniyesinden dumanlar çıkıyor, bir kitap için için yanıyormuş.

Bizim ihtiyar topallaya topallaya masaya gitmiş, büyük bir vazoyu eline almış ve içindekini zavallı, histerik kadının üzerine döküp onu söndürmüş. Sonra da daha fazla su almak için mutfağa doğru seğirtmiş ve yanmaya başlayan odasına su dökmüş. Yorgunluktan tükenmiş bir halde, ağlayarak, suları dökerek, lanetler yağdırarak odayla mutfak arasında gidip gelmiş.

Mamoon nihayetinde Liana'yı durdurmuş, titremeleri geçene kadar onu soğuk, ıslak şeylere sarmış. Kadının bazı yerlerinde izler kalmış ve saçını da kesmesi gerekmiş ama çok kötü yaralanmamış. Mamoon onu sakinleştirmiş, birkaç yatıştırıcı hap vermiş ve yatağa yatırmış. Sonra da yatakta yanına oturup defterini açmış ve yeni bir eser üzerinde çalışmaya başlamış. Liana bir süre yemek yapmayı ve eve bakmayı bırakmış. Köpeklerinden biri bir ördek yakalayıp bahçede öldürdüğünde de yataktan kalkıp yardıma gelmeye yanaşmamış ve çimenlerin üzerine yayılmış kanlı lekeler ve iç organlara bakmak Mamoon'un midesini bulandırmış. Scott'ı çağırmak zorunda kalmışlar.

"Biliyorsun Scott pis işleri hiç şikâyet etmeden yapar," dedi Rob. Berbat bir kara öfke ve depresyon içindeki Mamoon,

Scott'a yanmış halıyı da attırmış. "Ve sonra ne olmuş biliyor musun? Scott halıyı kurtarmış. Yanık yerleri kazımış, mümkün olduğunca temizlemiş ve halıyı Julia'nın alabileceğini söylemiş. Julia halıyı sana verecek ve sen de halıyı çalışma odanın duvarına asacak, böylece de on yıllar arasında savrulup durduğun ayları, büyüyüp olgunlaşana dek yüzleşmek zorunda kaldığın mucize ve sırları hatırlayacaksın."

Mamoon baş dönmesi yaşıyor, sık sık düşüyormuş. Onu yerden kaldıracak, çekidüzen verecek, yemek ve çay getirecek bir tek Ruth varmış yanında. Harry'nin tahmin edeceği gibi, Ruth'un cesedi andıran, Bayan Danvers suratı da Mamoon'u dehşete düşürüyormuş. "Onun tırnak makasıyla sana doğru gelip tırnaklarını kesmesini istemezdin değil mi?"

"Mamoon telefondan nefret eder ama beni aramaya başladı. Liana'nın delirdiğinden, delinin tekiyle taşrada sonsuza dek kapana kısılacağından korkuyor. Ölümcül bir yarışa dönüşmüş bu: Acaba hangisi akıl sağlığını koruyarak diğerini önce delirtecek. Birbirlerini sürekli kışkırtıyor ve lanetliyorlar. Yani, günaydın Harry. İşte bu noktada sen devreye giriyorsun." Harry Bu benim suçum mu?" diye sordu. Evet onun suçuydu. "Evet, Liana senin etkine dair bir şeyler geveleyip duruyor. Tam olarak ne olduğunu anlatmaya yanaşmıyor. Ama Mamoon senin onu büyülediğine ikna olmuş durumda."

"Nasıl yapmışım bunu?"

"Tam olarak biliyorum nasıl olduğunu. Ona verdiğin uyuşturucular. O ütopya fragmanları: sihirli mantarlar ve diğer şeyler. Bunu inkâr mı edeceksin?"

Harry elleriyle yüzünü kapattı. "Aman Tanrım."

"Kadıncağızın aklı kafatasından çıkıp gitmiş. Sen neyle oynadığının farkında mısın?" Rob kafasını ciddi ciddi sağa sola salladı ve devam etti: "Bizim ihtiyarın sana dair ağır bir meselesi daha var." Rob öne doğru eğilip, Harry'nin kulağına "Alice ve Julia bizi duyabiliyor mu?" diye fısıldadı.

"Nereden bileyim? Kıyafet deniyorlar. Dahası da mı var? Daha da mı kötü?"

"Sorun Julia. Buradaki mesele o ve gelenek görenek sorunu; gelenek görenekler saçma şeyler ama yine de varlar." Harry başını ağır ağır, evet anlamında salladı. "Görüyorum ki mülayimleşmişsin. Maroon'un burnunun dibinde çalışanlarından biriyle takılma cesareti göstermen bir açıdan hayranlık uyandırıcı bir şey elbette. Tehlikeli bir şey ama Mamoon asla açık etmez bunu."

"Neden etmez?"

"Senden hoşlanıyor. Ama onu asla zorlama. Edebiyat dünyasındaki insanların, senin Mamoon'un evinde canavar gibi davrandığını söyleyip durmasını istemezsin."

"Rob yemin ederim ki hayalet gibi süzülüp durdum."

"Ha ha! Bunalımda olmadığın zamanlarda Mamoon'u sözlü olarak taciz ediyor, karısıyla da oynaşıp onu kışkırtıyordun. Karısını ona karşı dolduruşa bile getirdin. Litrelerce içkisini içip, karısının yemeklerini yerken çalışanlarından birini becerdin; Mamoon'un defterlerini çaldın, kafasına vurdun ve onu sadomazoşist olmakla suçladın. Hayaletlik bunun neresinde? Adın çıkacak, bir daha hiçbir yerde iş bulamayacaksın. Mamoon için bir şeylerden vazgeçmen gerekebilir, anlıyor musun?"

Bir sessizlik oldu. Rob'a öyle geliyordu ki, bir sakinleştiricinin yavaş ama kaçınılmaz etkisini hisseder gibi Harry de vaziyeti kavrıyordu. Bu kavrayış Harry'yi sararken ve beynini dumanlandırırken, Rob yazarın kollarını sıvazladı.

"Aferin sana," dedi Rob. "Düşün, düşün. İyi düşün. Tatlım benim."

Alice elinde telefonla içeri girdi. Rob'un yanına gidip onu öptü. "Liana bana mesaj atıp duruyor. Mamoon bile aradı ve Liana'nın hazırlık yaptığını söyledi."

"Ne için?" dedi Harry.

"Bizim ziyaretimiz için. Sabah yola çıkmak güzel olur. O açıklığı, manzarayı ve suları özledim. Eğer istemiyorsan, gece kalmak zorunda değiliz."

"Sevgilim, bunu istediğinden kesin emin misin?"

"Kitap için halen konuşmadığın biri olduğunu söylemiştin. Ve biliyorsun, Mamoon'la yaptığımız konuşmalar bana güç veriyor."

Harry, Rob'a baktı ve derin bir nefes verdi. "Tamam," dedi. "Gidiyoruz."

"Pişman olmayacaksın," dedi Rob. "Daha işin bitmedi."

"Hayır," dedi Harry. "Bitmiş gibi görünmüyor."

YİRMİ YEDİ

Sabah kasabaya vardılar ve önce Julia'yı annesinin evine bıraktılar.

Harry, Liana'nın onları gerçekten orada isteyip istemediğini merak ediyordu. Ama içeri girdiklerinde zahmet edip, deniz ürünlü makarna, avokado ve mozzarella salatasından oluşan bir erken öğlen yemeği hazırladığını gördüler. Masa her zamanki gibi davetkâr görünüyordu. Liana dışarı çıktı ve onları kucakladı.

Keyifli ve daldan dala atlayan bir sohbete başladılar; Mamoon zekice ve esprili konuşuyor ama sadece televizyonda gördüğü şeylerden bahsediyordu. Sonra, Mamoon ve Alice masada tüm zamanların en iyi beş pudinginin hangileri olduğu ve bunları nerede ve hangi koşullar altında yediklerini konuşurken Mamoon, Harry'ye üst kata onun için "özel bir hediye" bıraktığını söyledi. "Hadi git; hoşuna gidecek. Senin olsun," dedi.

Harry çalışmaya devam etmek için üst kata çıktı ve yatakta, bir zarf içinde hediyeyi buldu: Mamoon'un dört sayfalık bir erken dönem hikâyesinin elyazması. Aradan çok geçmeden Liana kapıya geldi ve onunla oturup oturamayacağını sordu; peruğunu çıkarmış, kesik saçlarını gizlemek için Nepal usulü yünlü bir şapka takmıştı. Her zamankinin aksine, gevezelik etmedi ve kendini övmedi ama dilini yine tutamadı.

"Şu morluklara bak! Gözlerimin altındaki şu cehennem halkalarını gördün mü? Az daha yanıyordum, duydun değil mi?"

Liana tarifsiz ruhsal acılar çekiyordu, yanmış cildi ve acıyan kemikleriyle zavallı bir zombi gibi bütün gece ortalarda dolaşıyordu. Çok fazla mastürbasyon yapıyordu, bazen günde dört kez. O yumuşak kıvrımlara dokuna dokuna parmağının ucu aşınmış, ve kendini öldürebileceğini düşünmüştü. Fakat durum ümitsizdi. "Aklımda dünya durmadan dönüyor. Durdurmak için ne yapabilirim? Mamoon bile geri dönmeniz konusunda ısrar etti. Son zamanlarda üzerinde anlaştığımız tek konu bu."

"Buraya gelmemizi neden istedi?"

"Yalıtılmışlığımızı kırmak için." Başını Harry'nin omzuna yasladı. "Biraz yürüyüşe çıkalım mı? Bütün hilekârlığına ve inadına rağmen, senin hep şefkatli bir kalbin olduğunu ve kadınları sevdiğini düşündüm. Beni karşılık beklemeden dinlemiştin mesela."

Etrafı duvarlarla çevrili bahçedeki yenilikleri ve göletteki sazan ve japon balıklarını büyük bir hevesle gösterdi Harry'ye. Ve onu nihayet açtıkları yüzme havuzunun oradan geçirerek kulübelerin arkasına götürdü. Sonbaharın ilk günleriydi ama mevsim normalleri dışında ılık ve harika bir gündü.

"Muhtemelen Mamoon'u orada bulacağız," dedi. "Biliyorsun, bana herkesten daha çok acı verdi ama köşeyi dönüp karşımda onu bulmayı halen seviyorum."

"Bahçenin o kısmına nadiren gittiğini sanıyordum."

"Son zamanlarda ne kadar tuhaf davrandığını anlatamam."

Mamoon havuzla ilgilenmeye başlamıştı. Çok şaşırtıcı bir şekilde, havuzun Ruth ve Scott tarafından iyice temizlediğinden ve istediği sıcaklıkta tutulduğundan emin olmak için bir gününü feda etmişti; normalde yapacağı bir şey değildi bu. Daha da şaşırtıcı olan ise Scott'tan yemek, şarap, bahçe eşyası, şezlong ve havlu almak için kendisini arabayla kasabaya götürmesini istemesi ve sonrasında da bunları hemen eve götürmesini söylemesiydi. Liana bu olay karşısında sevinmiş, Mamoon'un yaptığı işin ağırlığını unutmaya başladığını düşünmüştü.

Yürümeye devam eden Harry ve Liana, elinde bir balık ağıyla, üstü çıplak bir halde havuzdan yaprakları toplayan Scott'ı gördüler. Scott'ın biraz ilerisinde, güneş gözlükleri, beyaz sutyeni, iç çamaşırı ve gitgide büyüyen gövdesiyle Alice –bu haliyle hayranlık uyandıran bir umursamazlığı vardı– kendini suya bırakıyordu.

Mamoon da Alice'e yakın bir yerde oturmuş el çırpıyor ve onu suya girmeye teşvik ediyordu. "Sıcaklığı iyi mi?" diyordu. "Kesin iyidir! Gir hadi! Güzel. Biraz daha. İşte böyle..."

"Aman da aman," dedi Harry, Liana'ya. "Neyse ki Mamoon havuzu nihayet kullanıyor." Liana "Sence ne konuşuyorlar?" diye sordu Harry'ye. "Çoğu sanatçının bir ilham perisi olmuştur," dedi Harry. "Alice onun için bir hayat kaynağı, ilham perisi ve poster kızı. Mamoon onun rüyalarını anlatmasını dinliyor ve geçmişiyle bağlantı kurup yorumlar yapıyor. Alice de ona hangi pantolonun yakıştığını söylüyor."

"Rüyalarını mı dinliyor dedin?"

"Seninkileri dinlemiyor mu? Boş zamanlarında artık bir rüya tabircisi oldu. Bir rüyanın bir günü rezil de vezir de edebileceğini öğrendi."

"Beni başından savıyor."

Harry, Alice ve Mamoon'a doğru işaret etti. "*Onu* başından savmıyor. O havluyu yakalamak için nasıl atıldığına bakılırsa, Mamoon Olimpiyatlara hazır gibi görünüyor; son otobüsü yakalamak için acele eden çığırından çıkmış bir ihtiyar. Keats'in dediği gibi: 'Sonsuza dek nefes nefese.' Ama Alice'i baştan çıkaracağını sanmıyorum," diye devam etti. "Çok gergin görünüyor. Sadece Alice'i incelemek istiyor."

"Ama niye? Niye?"

Alice sudan çıktığında çıplak gibi görünüyordu. Mamoon kolunda havluyla olduğu yerde donup kalmıştı.

"Mamoon bana, bence gayet akıllıca ve şahsen uyduğum bir tavsiyede bulunmuştu; bir erkeğin arzuladığı her kadınla sevişmesi gerektiğini düşünmesi için aptal olması lazım."

Harry bir şezlongun üstünde titreyen Alice'in yanına gitti, onu havluyla sardı ve kafasını öptü, sonra da elini tutup yanına oturdu. Karnına hafifçe vurdu ve içerdeki çocuklarına seslendi: "Selam çocuklar, nasılsınız? Su sizin için çok mu soğuktu? Bizi görmeye ne zaman geliyorsunuz? Sizi istiyoruz!"

Liana da Mamoon'un yanına oturdu ve elini tuttu. "Ne harika bir iş çıkarmışsın. Havuz biraz soğuk herhalde ama çok cazip görünüyor hayatım. Ben yüzeceğim. Bana katılmaz mısın? Beraber, yan yana girsek çok hoş olurdu ve ben de senin ne kadar güçlü olduğunu görürdüm. Mamoon beni duyuyor musun, iyi misin?" Mamoon başını hafifçe sağa sola salladı. "O halde beni izleyip, boğulmamamı sağlar mısın hayatım?"

Liana yakındaki kulübede üstünü değiştirirken Harry, Mamoon'a "Sizi günün bu saatinde çalışma odanızda görmediğime çok şaşırdım efendim," dedi. "Üzerinde çalıştığınız şeyi bitirdiniz mi?"

Mamoon kafasını başka yöne çevirdi. "İşim asla bitmeyecek."

Alice gözlerini kapatmış, uykuya dalmak üzereydi. "Bu hamile haliyle Alice'e bakmaya doyamıyorum," dedi Harry. "Artık daha da büyüleyici; cildi, gözleri, saçları adeta parıldıyor." Mamoon asık bir suratla başını salladı. "Bir keresinde, uygun koşullar altında 'Bir çocuktansa bir kitabı tercih ederim' demiştiniz, değil mi?"

"Sen uydurdun bunu."

"Bunu Peggy'nin günlüklerinde okumuştum sanırım," dedi Harry.

"Neden böyle bir şey düşündünüz?" dedi gözlerini açan Alice. "Hiç çocuk istemediniz mi maestro?"

"Okuduklarının tek kelimesine inanma," dedi Mamoon.

"Kanım çekildi," dedi Alice. "Çok halsiz hissediyorum kendimi. Daha fazla nefesim var sanıyordum. Çocuklar hayatımı tüketmeye başladı bile."

Harry, Alice'in saçlarını okşadı. "Kitaplar birer tuzaktır; binlerce kütüphanedense bir çocuğu tercih ederim. Hikâyeler bir şeylerin yerini doldurur sadece."

"Neyin yerini?"

Harry, Alice'i öptü. "Gerçek şeyin, kadınların," dedi ve kafasını kaldırdı. "Ah, Liana geliyor, mayosuyla çok güzel görünmüyor mu?" Harry ayağa kalktı, Alice'in kalkmasına yardımcı oldu ve kolunu omzuna dolayarak, ona eşlik etti. "Hadi sen morarmadan içeri girelim ve beraber uzanalım. Yağmur yağabilir. Mamoon da Liana'yla vakit geçirmek istiyor."

"Mamoon," diye seslendi Liana. "Kolumu tut ve aşağı inmeme, pardon suya girmeme yardım et. Neredesin sevgili kocacığım?"

"Sonra görüşürüz, sizi baş başa bırakıyoruz," diye bağırdı Harry.

YİRMİ SEKİZ

Harry bahçede, elinde bir kutuyla yağmurun altında duruyordu. Birinin onu izlediğini hissediyordu ama bunun ne önemi vardı ki?

Ruth öğle yemeğinden sonra evi temizlemeye gelmiş, Harry'nin odasını boşaltmasına yardım etmesi için Julia'yı da yanında getirmişti. Julia, Harry'nin son gidişinde almayı ihmal ettiği kitap ve kâğıtlara çekidüzen verirken Harry de malzemeleri arabaya taşıdı. Bahçede oyalanırken, içinden bir şey bazı alıntılara ve kâğıtlara son bir kez göz atmasını söyledi.

Mamoon, Peggy'yi genellikle, özellikle de eve taşınmalarından bir süre sonra kürtaj olduğunda görmezden geliyor ve yok sayıyormuş. Görünen o ki tam da o sıralarda aniden "Bir çocuktansa bir kitabı tercih ederim" demiş. Harry'ye göre, Peggy'nin Mamoon'un erken dönem tarihine dair söyledikleri güvenilir ve inanılası şeylerdi ve en sonunda Peggy'nin "Keşke sevgili kocam insafa gelse ve gözden geçireceğim birkaç sayfa getirse, bunun şu anda benim için en önemli şey ve aramızdaki yegâne bağ olduğunu o da biliyor" diyerek Mamoon'a yalvardığı ve Mamoon'un da yatakta onun yanında berbat bir sessizlik içinde, başını ellerinin arasına alarak oturduğu kısım yürek parçalayıcıydı. Kabul edilmeyen kişi hep hayalet olarak geri gelirdi. Harry günlüklere göz atar ve Peggy'nin ona yakarışını duyabildiğini düşünürken, Mamoon'un hikâyesinin yanı sıra onun hikayesini de –ne olursa olsun– anlatacağına söz verdi.

"Harry!" dedi, eve döndüğünde mutfak kapısında durmakta olan Mamoon ve Alice'in gönderdiği müzikleri dinlemek için takmaya başladığı kulaklıkları çıkardı. "Senin burada ne işin var? Yine Peggy'yi mi kurcalıyorsun? Artık bıraksan iyi edersin," dedi. "Bu hafta bütün günlükler üniversiteye gidiyor. Şömineye atmalıydım onları. Şahsen tanıyıp sevdiğim Ted Hughes, Slyvia'nın günlükleri konusunda doğru bir karar vermiş ve mektupları da kadının kafasıyla birlikte fırına atmıştı. Böyle yapmazsan yazdıkları okunmayan o akademisyenler bunlardan bir kariyer ve servet kazanmaya çalışır ve adamı da gulyabani gibi gösterirler. Durumu istedikleri gibi görüyorlar, hayal güçlerini hiç kullanmıyorlar. Ve asıl nefret ettikleri şey, sıradan erkek cinselliği."

"İstediğiniz gibi dürüstçe konuşuyorsak eğer," dedi Harry. "Pişman olduğunuz söylenebilir mi?"

"Acımasız olmak bir yana, fazla sadık ve vazifeşinastım. Ölmüş bir arzuyla ne yaparsın? Ben onu hiç arzulamıyordum ve onun tek arzusu da acı çekmekti. Mantıklı olan hızla olay yerinden uzaklaşmaktı."

"Önerdiğiniz kural bu mu efendim? Birini artık arzulamadığınızda onu bırakır mısınız? *Don Giovanni* aklıma geliyor. Bu durumda insanın duygusal hayatı bir döner kapıya benzer."

"Olayı karikatürleştiriyorsun. Durumun iç yüzünü ya da zorluğunu kavrayamıyorsun."

"Peki suçluluk hissine ne demeli?"

"Suçluluk hissi tabii ki var kahrolası geri zekâlı ve bu hisle yüzleşip uzlaşmak lazım. Ama ölü bir aşkın cesediyle yaşamak kimin işine yarar? İnsanın kendine ihanet etmemek için başkalarına ihanet etmesi zor bir iş. Muhtemelen sen karşındaki kişiyi halen cazip olduğuna ikna etmeye çalışırdın. Bu esnada da kendini Proust'un, Odette'nin mektup kutusunu açarak küçük düşüren, onun evini gözleyen ve her geceyi Verdurinlerin korkunç evinde geçiren zavallı miyop Swann'ına dönüştürürdün. Kıskançlık arzuya baskın çıkıyor ve Swann boka batmak için o kasvetli akılsız kadını kullanıyor."

"Sizi bu kadar sinirlendiren şeyin ne olduğunu sorabilir miyim efendim?" dedi Harry. "Gözlerinizden kıvılcımlar çıkıyor."

"Sen benim halimden anlıyorsun. Evet, iyi yazmaya başladım. Yaşlılık üzerine bir şey yazmak istiyorum. Yazmak basit bir haz ve tek iyi bildiğim şey de bu."

Mamoon çoğu zaman mutsuzdu; aslında memnuniyet duyduğu ya da tamamen keyifli olduğu anlar nadirdi. Dünyanın hali düşünüldüğünde, ancak bir aptal gün boyu ıslık çalabilirdi. Mamoon bunun önemli olduğunu düşünmüyordu, "diğer insanlar" için işleri zorlaştırdığını düşündüğü zamanlar hariç. Mamoon'un istediği şey yaratıcı olmak ve gerektiğinden fazla zarara yol açmamaktı fakat zarar denen şey de, tıpkı savaş ve cinayet gibi, genelde gerekliydi, o başka.

Harry, Mamoon'un koluna dokundu. "Şanslı bir adamsınız efendim. Hayatınızın sonunda sizi seven, size hayran olan ve her sabah sizi görmek için sabırsızlanan birini buldunuz."

"Gerçekten mi? Kimmiş?"

Harry boğazını temizledi. "Liana."

Mamoon yenilenmeden söz etmeye başladı. Hep içgüdüsel olarak yazmıştı –bir şey başka şeylere yol açardı– ve bu yüzden sanatını açıklamakta zorlanıyordu. Artık yaptığı şeyin, malzemeyi nasıl planladığının daha bilincinde olmak istiyordu. Bu yeni yaklaşım onu heyecanlandırıyor ve bunun da okurun heyecanını şimdiden garanti ettiğini düşünüyordu. Yazmaya başladığı kısa kitap, o yaşta bile, yeni bir yönelimdi. Birçok söyleşi yapmıştı ama bu farklıydı; kuşaklar arası, yaşlı biriyle genç biri arasındaki konuşmaları içeriyordu. Henüz tam olarak odaklanamamıştı; temel bir samimiyet eksikliği vardı.

Halkın bu kitapla ilgilenip ilgilenmeyeceğini de bilmiyordu. Piyasa değişmişti; artık okurdan çok yazar vardı. Herkes konuşuyor, kimse duymuyordu, tımarhane gibiydi ortalık. İnsanlar sadece diyet kitapları, yemek kitapları ya da egzersiz kitaplarını okuyordu. Dünyayı daha iyi bir yer haline getirmek değil, sadece daha güzel vücutlu olmak istiyorlardı. "Ama sözümü söyleyeceğim ve henüz bitmediği için senin bana dair kitabından sonra yayımlanacak. En azından bu açıdan senden daha "genç" olmak istiyorum." Bu noktada Harry saatine baktı. "Ama sen huzursuzsun. Seni heyecanlı bir şeyden mi alıkoyuyorum?"

"Trafiğe yakalanmak istemiyorum."

"Londra'ya mı gidiyorsun?"

"Sanırım akşamüstü yola çıkacağız."

"Neden kimse bana bir şey söylemiyor?"

Mamoon elini sallayıp Harry'yi uzaklaştırarak konuşmayı sona erdirdi. Julia'ya seslenip, çalışma odasına hemen çay getirmesini ve Alice'i de bahçeden çağırmasını istedi. Bazı şeyleri "tartışmaları" gerekiyordu. Julia, Alice'e Mamoon'un isteğini iletti ve sonra Lucy'yi ziyarete gitti.

Ev kısa bir süre için sessizdi. Harry gitme vaktinin geldiğini anlamıştı ama daha işi bitmemişti. Ruth'a bakınıp, ona seslendi. En sonunda en üst katın koridorunda elinde havlularla buldu onu. "Benimle konuşur musun biraz, lütfen?" Ruth havluları yere bıraktı. Sanki günahlarının açığa çıkarılacağı an gelmiş gibi korkmuştu. "Her şeyden konuşacağız," diye devam etti Harry. "Seni yakın bir yere götürebilir miyim?"

Ruth'un beti benzi atmış ve titreyen ellerini dua eder gibi birleştirmişti. Başını salladı ve yakalanmaktan korkar gibi Harry'den önce evden çıktı. Harry onu yakındaki bir kafeye götürdü.

Harry kayıt cihazını ve notlarını hazırladı ve ondan Mamoon hakkında konuşmasını istedi. Ruth'tan ses çıkmayınca 50 pound uzattı.

"Daha önce bana kimse bir şey sormamıştı," dedi Ruth. "En bariz kişiye, her şeyi görmüş olan kişiye başvurmadığı için bu Harry pek de zeki değil, diye düşünmüştüm."

"İlk günden başla lütfen," dedi Harry. "Nasıl tanıştığınızdan."

Konuşma Ruth her şeyi sayıp dökene kadar devam etti. Peggy'ye hemşirelik, ümitsiz zamanlarında da Mamoon'a bakıcılık yapmıştı. Mamoon'la iki kez yatmıştı; onun yatağına girmiş, Mamoon da onu geri çevirmemişti. "Beni sevmesi imkânsızdı," dedi "ama duygu ve hazdan yoksundum. Ama sen başarısızlık ya da hiçbir şeye sahip olmamak ne demek hiç bilmezsin."

Sonra yeni gelin Liana bahçede belirtmişti. Ruth işini kaybetmemek için çenesini kapalı tutmak ve Liana'nın çantalarını açmak zorunda olduğunu biliyordu. Kadınların artık "kariyere falan filan" sahip olduklarını da biliyordu ama kendi toplumsal konumunun üzerine hiç çıkamamıştı. Kötüye gitmese bile olduğu yerde sayıyordu ve artık daha da yaşlıydı; siyahlar daha fazla fırsata sahipti, Somalililerin daha güzel evleri vardı; altın işlemeli minderlerde oturup, platin kaşıklarla havyar yiyorlardı. Onun ve toplumsal sınıfının durumunda hiçbir iyileşme olmamıştı. İçmeyi seviyordu, hepsi bu kadar.

Harry notlarını toplarken Ruth "Kitapta yer alacağım kesin, öyle mi?" dedi.

"Tabii ki."

Ruth sevinçle ellerini çırptı. "Beni hep sevdiğinden de bahsedecek misin?"

"İkiniz sevgili olarak hiç yol kat edememiştiniz, Ruth. Mamoon, Avrupa'ya gitmişti."

"Aynen; çünkü ona Peggy'nin konuştuğunda dünyadaki en tatlı insanlardan biri olsa da, yıllarca bir vampir gibi davrandığını, onun kanını emip durmadan yakındığını söylemiştim. Peggy öldükten sonra bazı sabahlar Mamoon o kadar kasvetliydi ki gidip kendini kulübede asacağından korkuyordum. Onun ölüsünü bulacağımı düşünüyordum. Bu yüzden uzaklara gitti ve Liana onu gizlice ele geçirip, bizden sonsuza dek uzaklaştırdı." Harry'ye doğru eğilip, kulağına adeta tısladı. "Mamoon buna pişman oldu. Bence ilk başlarda harika vakit geçirdik. Çok şaşaalı günlerdi. Bizimle, ona tapan ailesiyle mutlu olabileceğini biliyordu. Bizi hâlâ sevdiğini ve istediğini biliyorum. Belki de Liana kaza geçirse iyi olur." Ruth masanın üzerinden uzanıp Harry'nin ellerini tuttu. "Fotoğraf da olacak mı kitapta? Eğer Mamoon'la birlikte bahçede çekilmiş mutlu bir fotoğrafımızı bulursam, kitaba koyacağına söz veriyor musun? Liana bizi durdurmaya çalışır mı?"

"Önce bir göreyim fotoğrafı," dedi Harry.

Bu esnada Alice mesaj atıp bir gece daha orada kalabileceklerini söyledi, zira kopacağı tahmin edilen fırtınada yola çıkmak istemiyordu. Harry bunu çok istemiyordu ama Ruth'un anlattığı şeyleri yazmaya başlayabilecekse, bunu çok da sorun etmiyordu. Ruth'u evine bıraktı; kadın ağlamaya başladı, Harry de onun eve girip, Scott'ın yanına gitmesine yardım etti. "İçimi boşalttın!" diye bağırdı Ruth. "Hayatla olan kavgalarımı kaybettim, öyle değil mi? Yaşlandığımda bana kim bakacak?"

Harry avluda arabadan indiğinde bir an için hareketsiz kaldı. Birinin sesini yükselttiğini duydu: Liana'nın sesiydi bu. Bunu

Mamoon'un cevabı takip etti, o sert ses tonunda öfke vardı. Harry bazı şeylerin kırılıp döküldüğünden emindi. Hızla ilerledi ve Mamoon'un kapısının alışılmadık bir şekilde açık olduğunu gördü, Alice de eliyle ağzını kapatıp, geri geri adım atarak yağmura çıkmış gibiydi.

İçeride Liana, Mamoon'un masasının yanında duruyordu. Masadaki kirli şarap kadehlerini, içi kalem dolu fincanları, CD ve gazeteleri yere atmıştı, bir yandan da Mamoon'a piçin ve orospu çocuğunun teki olduğunu söylüyordu.

"Bu yıkıcılıkla beni öldürüyorsun," dedi Mamoon.

"Orada bir kızla eğlenecek kadar güçlü görünüyorsun!"

"Eğlenmek mi? Benim işim ve onun hayatı hakkında önemli şeylerden bahsediyorduk."

Liana tavşan başlıklı bastonu aldı ve Mamoon'un üzerine yürüdü. "Bu bastonla neden alnına bazı güzel kelimeler kazımıyorum ki? Ben mutfakta en sevdiğin acılı yaban havucu çorbanı yaparken sizin beraber kahkahalar attığınızı duyabiliyordum! Sanatçı olacağım diye ortadan kayboluyor ve bütün gün beni yalnız bırakıyorsun! Odana girmemi kesinkes yasaklıyorsun. Sonra da onu içeri alıyorsun."

"O benim kızım gibi, ikimizin de kızı. Bunu çok iyi biliyorsun."

"Hadi oradan pis herif, benim neyim eksik, ben niye senin kızın olamıyorum? Sonra da Harry'yle konuştuğum için bana lanetler yağdırıyorsun!"

"Öyle mi?"

"Beni balıkçı kadınlar gibi flört etmekle ve göğüslerimi lastik gibi şişirmekle suçluyorsun. Ve sonra da, beni dünyada en çok istediğim şeyden bilerek ve acımasızca mahrum bırakıyorsun!"

"Neymiş o Liana, lütfen söyle. Biliyorsun senin için her şeyi yaparım!"

"Chelsea'de bir ev! Para harcamayacak kadar cimrisin!"

"Asabımı bozma yoksa o şişko suratına tokadı yersin ve suratını yerde bulursun seni gidi cahil kaltak."

"O kadar erkek değilsin sen."

"Defol git!"

"Ne dedin?"

"Hayır, hayır Liana, özür dilerim, seni sinir bozucu bulsam da seni sevdiğimi biliyorsun," dedi, kollarını uzatıp masanın üzerinden ona doğru uzanırken.

"Eğer beni seviyorsan," dedi Liana ondan uzaklaşarak, "şunu kabul edeceksin. Birkaç hafta önce kulübede Alice'le Abba eşliğinde dans ediyordum. Julia bize DJ'lik yapıyordu. Adeta kendimizden geçmiştik. Aniden bir ilham geldi. Bir kişisel gelişim kitabı yazacağım."

Mamoon afallamış görünüyordu ama o koşullar altında tek yapabileceği şey dinlemeye devam etmekti.

"Bana dair bir kitap, benim hikâyem olacak," dedi Liana.

"Hikâyen tam olarak nedir?"

"Bilmiyor musun?" Mamoon başını sağa sola sallayınca, Liana masaya doğru eğildi ve şöyle dedi: "Çok güçlü bir sanatçının kalbini ele geçiren, akıl almaz egosuyla uğraşırken kariyerini canlandıran ve bir yandan bir kır evini çekip çevirirken bir yandan da onu bir efsaneye çeviren çekici, cesur bir kadın."

"Bahsettiğin hikâye bir mucize ve hikâyenin kadın kahramanı da açıkça bir asalak. Kişisel gelişim bunun neresinde?"

"Bir erkeğin nasıl baştan çıkarılıp evliliğe ikna edileceğine dair iyi tavsiyeler içerecek."

"Doğru, beni temelde para için kullandın," dedi Mamoon.

"Keşke kullansaydım," dedi Liana. "İnsanlar öyle yapmamı tavsiye etmişti." Liana, Harry'ye döndü ve "Kitabı birkaç hafta önce sana gösterdiğimde," dedi, "iyi bir başlangıç olduğunu söylememiş miydin?"

"Şey, evet ama sadece şöyle bir göz attım Liana..." dedi Harry.

"Pis lekelerinin etrafa bu derece yayıldığı doğru mu Harry?" dedi Mamoon.

"Canımı sıkıyorsun, Mamoon," dedi Liana. "Senin amacın ne hakikaten?" Harry gibi o da Mamoon'un masasına bakıyordu, üzerine konan birkaç taş sayesinde açık duran günlüğü fark etti. Günlüğün yanında da Mamoon'un bir şeyler karaladığı birkaç beyaz kâğıt vardı. "Şu günlüğü ver de okuyayım," dedi Liana. "Beraber bakacağız. Sırlarımız falan yok, öyle değil mi?"

Mamoon küçümseyen bir kahkaha attı. Ama bu hal uzun sürmedi. Liana, Julia'nın Mamoon'a gün içinde sürekli getirdiği bir fincan çayı aldı ve birazını günlüğün, kalanını da diğer kâğıtların üzerine döktü. Yazarın kelimelerinin eriyip gidişini ve masada bir su birikintisine dönüşüp, masadan yere damlayışını izlediler.

Liana kalçasını masaya yasladı ve masayı ittirmeye çalıştı. "Ben senin hayranın değilim ve tek işi kocasını yalamak ve alışveriş yapmak olan bir kadın olmak istemiyorum. Buraya, senin yanına taşınıyorum. Bana en güzel kelimeler konusunda tavsiyelerde bulunabilirsin."

"Komik bir şey bu, ikimiz yan yana okullu çocuklar gibi," dedi Mamoon. "Bir daha asla buraya gelmeyeceğim."

"Nereye gidersen git, ben de yanında olacağım."

"O zaman ben de kendimi öldürürüm."

Vahşi bir kahkaha attı Liana. "O kadar cesur değilsin."

"Senden kurtulmak için yaparım bunu."

Liana, Mamoon'un kâğıt ağırlığı olarak kullandığı bir taşı masadan aldı. "Bunu neden suratının ortasına geçirmiyorum ki?"

Taşı fırlattı da, öyle yavaşça falan da değil; Mamoon elini kaldırdı, taş da sekip yere düştü. Eğer Mamoon kahkaha atmasaydı,

Liana, bir adım daha yaklaşıp suratına vurmayacaktı. Yüzüklerinden biri yüzüne gelmiş olmalıydı, çünkü birden bir kan şeridi belirdi ve kanı fark eden Mamoon'un çığlığı duyuldu.

Liana yapacağını yapmış ve kulübeden çıkıp koşarak eve doğru gitmişti. Mamoon da mendiliyle yüzünü tutarak arkasından gitmişti, Alice ve Harry de onun arkasından.

Liana eve girince bağırarak üst kata çıktı. "Beni rahat bırakın pis sahtekârlar! Eğer peşimden gelen olursa kendimi öldürürüm!"

YİRMİ DOKUZ

Mutfakta Alice, Mamoon'u lavaboya götürdü. Kanayan çenesini temizledi ve bir yara bandı yapıştırdı. Harry de su ısıtıcıyı çalıştırıp çay yaptı. Oradan ayrılmak için bunun iyi bir fırsat olabileceğini işaret etmek için Alice'le göz göze gelmeye çalıştı ama bu tartışma tatlıya bağlanana kadar gidemeyeceklerini tahmin ediyordu.

Mamoon üzgündü ama yıkılmış değildi; bunu daha önce de yaşamıştı. Daha sonra Liana için bir şişe şampanya açacaktı. Her şey yoluna girecekti. Harry'nin sürekli yanında taşıdığı deftere bakarak, "Umarım bizi deli gibi göstermek için bunları kötü bir İngilizceyle not almıyorsundur" dedi.

"Maestro, yazmayacağını garanti ederim," dedi Alice.

"Liana seni suçladığı için üzgünüm," dedi Mamoon.

"Beni mi suçluyor?" dedi Alice. "Gerçekten benim suçum mu bu? Harry eğer öyleyse lütfen söyle."

Liana elinde bir bavulla aşağı indi. "Kurukafalardan yapılma kolyemi taktım; nefret ettiğim bir kolye bu. Kapıyı çarpacağım şimdi ve size elveda! Alice lütfen köpeklere göz kulak ol."

Mamoon hızla yanına gidip kolunu tuttu. "Liana, yalvarırım, çok uzattık."

"Evet, bakalım şimdi diş fırçanın pillerini kim değiştirecek? İncinmiş ayağına kim krem sürüp, haplarını kim verecek? Burada tek başına öleceksin. Bu genç maceraperestlerin seni gerçekten önemsediğini mi sanıyorsun?" Bavulu kapıya doğru sürükledi. "Beni seven ve kıymetimi bilenlerin yanına gidiyorum."

"Kimmiş onlar?"

"Sen de Alice'i alabilirsin ihtiyar bunak, ama seni nasıl kullandığını göremeyecek kadar aptalsın!"

"Saçmalık!"

"Harry, Marion'la hiç yapmadığın şeyleri itiraf etmeni sağlamak için göndermiş onu, Rob'dan duydum."

"Böyle bir şey yapmadın değil mi Alice?" dedi Mamoon, olan biteni anlayamadan.

"Bir bakıma yaptım," dedi Alice.

"Sevgili Alice, seni bu halde düşünemiyorum," dedi. "Bu işin arkasında Harry olmalı. Merak etme, ona haddini bildireceğim."

"Otursana Liana, otur da konuşalım doğru düzgün," dedi Harry.

"Evet," dedi Mamoon. "Lütfen Marion, yani Liana, kendini çok fazla zorluyorsun!"

Mamoon bavulunu elinden almaya çalıştı ama Liana onu itti. Mamoon da masanın üstüne düştü, dönüp kıvrandı ve öylece çöküp kaldı.

"Aman Tanrım, Mamoon," dedi Alice ona doğru giderek. "Sırtın mahvoldu!"

"Gördün mü, gördün mü bak!" diye bağırdı Liana. "Anahtarı ver bana!"

"Asla."

"O zaman arsalardan yürüyerek istasyona giderim," dedi ve kapıdan çıkıp yağmurlu havaya karıştı. "Sonsuza dek elveda!"

"Gitmesine izin verme," dedi Mamoon, Harry'ye.

"Ne yapabilirim ki?"

"Hava kararmaya başladı bile. Ya göle düşer ve boğulursa! Git yakala onu!"

"Ben giderim," dedi Alice ve dışarı çıktı.

Alice yola çıkan patikaya doğru ilerlerken Harry de onun peşine düştü; yağmur şiddetli, rüzgâr da uğultuluydu ama Alice'in Liana'ya seslendiğini duyabiliyordu. Alice'i bulması uzun sürmedi. Önceliği oydu. Onu zorla eve götürürken, sessiz olmasını söyledi. Fakat buna rağmen Liana'nın sesini duyması mümkün olmadı.

Alice sırılsıklam olmuştu, eve girdiklerinde Harry ona havlu ve sıcak tutacak kıyafetler getirdi. Sonra da battaniyeyle Mamoon'un yanına gitti. "Lütfen kanepeye uzanın ve bekleyin. Liana yakında geri dönecektir."

"Eğer Londra'ya giderken yoldan Liana'yı da alırsan, seni oracıkta öldürürüm," dedi Mamoon.

Harry, Mamoon'u kanepeye yerleştirdi ve "Bizimle gelmek istemeyecektir, emin olun," dedi.

"Sürekli sizden bahsediyor," dedi Alice. "Eğer sizi çok sevmeseydi, bu kadar gergin olmazdı. Sizi korkutmaya çalışıyor."

"Korktum zaten, ürperti ve çarpıntı da cabası." Alice, Mamoon'un ağrı kesicilerini buldu ve su getirdi. "Bu sefer hakikaten bayılacağım," dedi Mamoon. Ağlamaya başlamıştı. "Artık dayanamıyorum. Beni burada böyle bırakmayacaksınız, öyle değil mi? Ruth nerede? Ne yiyeceğim ben? Hayvanlara kim bakacak?"

Harry, zaten Julia'ya telefon etmiş, Julia da Mamoon'a göz kulak olacaklarını söylemişti. Ne yaşanmış olursa olsun Alice ve Harry'nin dışarı çıkmasını istemiyordu; karanlıktan korkan iki histerik ve kafası karışık şehirlinin kimseye faydası dokunmazdı. Julia bölgeyi "yakından" tanıyordu.

Alice, Mamoon ve Harry mutfakta yemek yiyip çay içerken ve Liana'yı merak ederken, pek de kolay bir akşam geçirmemişlerdi. Julia, Ruth ve Scott ellerinde meşaleler ve battaniyelerle bağırarak Liana'yı arıyorlardı. Çok uzağa gitmiş olamazdı; muhtemelen kendi etrafında daireler çizip duruyordu. Mamoon, Harry ya da Alice'in onu bırakmasına izin vermiyordu; kanepede uzanmış uzaklara bakıyor ya da gözlerini kapatıyor ve dalıp gitmiş gibi görünüyordu.

Haber gelmesini beklerlerken Harry, Julia'nın ne kadar yetkin ve güvenilir olduğunu tekrar etti. Eğer biri Liana'yı bulacaksa, bu Julia olacaktı. Alice de onun Londra'ya gelmesinin işlerini kolaylaştırdığını söyledi. Bunu kalıcı bir anlaşmaya çevirmek istiyordu ve Julia da kabul etmişti. Julia en azından on sekiz ay boyunca onlara ve çocuklarına bakacaktı.

Harry bunu duyduğuna şaşırmıştı; en iyisinin Julia'nın Liana'ya, Mamoon'a ve ait olduğu bölge halkına geri dönmesi olacağını düşünüyordu. Ama Alice kararlıydı; "au pair"lere ve dadılara dair feci hikâyeler duymuştu. Julia'nın uygun olmaması için bir sebep yoktu. İstekliydi, çocuklarla arası iyiydi ve onu ve ailesini tanıyorlardı.

Harry'nin tartışmasına imkân yoktu; ikisiyle birlikte yaşamak zorundaydı. Mamoon orada uzanmış sonsuzluğu düşünüyor olabilirdi ama hafiften sırıtmayı ihmal edecek kadar da dalıp gitmemişti.

Liana'yı bulmaları için aradan bir saat daha geçmesi gerekmişti. Öfkesi onu çok uzaklara taşımıştı ama en sonunda bir hendeğe düşüp kalmış, Scott ve Julia da onu orada inleyip sızlanırken bulmuşlar ve hastaneye götürmüşlerdi. Onu muayene eden doktor yorgun düşmüş olduğu ve hafif yaralandığı için geceyi hastanede geçirmesine karar vermişti. Harry arabayla Alice ve Mamoon'u hastaneye, onu ziyaret etmeye götürdü. Liana derin bir uyku çekmişti. Ertesi gün öğleden sonra Harry onu eve götürdü, Alice de yatağına yatırdı. Mamoon endişeli, kibar ve sessizdi.

Ertesi gün Alice ve Harry nihayet yola çıkarlarken Mamoon halen yazı odasını Liana'yla paylaşmak zorunda kalıp kalmayacağını merak ediyor ve Harry'ye ne yapması gerektiğini sorup duruyordu. Liana yanında otururken çalışamazdı; saçma bir şeydi bu.

Arabaya giderken Harry bahçede ekipmanlarını hazırlamakla meşgul bir film ekibi buldu. Bir Alman televizyon kanalı, Liana'nın teşvikiyle Mamoon'a dair bir belgesel çekmek için randevu almıştı. Mamoon'un iyi bir ödeme karşılığında, hakkında hiçbir şey bilmediği birçok güncel meseleye dair fikirlerini paylaşmayı kabul ettiğini söylediler.

"İçlerinden birinin elinde sorularla dolu bir dosya var," dedi Mamoon, Harry'ye. "Korkarım bu benim ölüm videom olacak. Söyle onlara gitsinler buradan."

"Bunu ancak sen söyleyebilirsin," dedi Harry.

"Tabanları yağlayıp bizi böylece bırakıyor musunuz yani?"

"Evet."

Londra'da Alice, yol açtığını düşündüğü şeylerin utancı içinde kafasına yün bir bere geçirip, iki gün yataktan çıkmadı. Harry ve Julia'ya ise ona havuç suyu götürmek, elini tutmak ve yakınmalarını dinlemek düşmüştü.

"Bu kadar kolay incinebileceklerini bilmiyordum," dedi Alice. "İkisini de çok seviyorum. Benim için bir aile gibi oldular. Ne yapmalıyım? Özür dilemek için mektup mu yazsam ya da telefon mu açsam? Aman Tanrım, Liana beni asla affetmeyecek... Harry, beni neden uyarmadın? Mamoon'la vakit geçirmemden rahatsız olmamış gibiydin. Yoksa sana malzeme toplayabileceğim için memnun muydun durumdan? Lütfen cevap ver. Bu gece onlarla konuşacak mısın?"

Harry cevap veremiyordu. Büyük Beklentiler Evi'nden uzak olduğu için mutluydu. Bir süre Mamoon ya da Liana'yı görmek istemiyordu; en az on sekiz ay bir odaya kapanacak ve kitabını istediği gibi yazacaktı. Mamoon, Mamoon olarak kalacaktı; Harry onu ne seviyor ne de sevmiyordu. Harry'nin zihninde Mamoon başka bir şeye, sadece Harry bir kitap yazabilsin diye yaşamış olan kurmaca ya da uydurma bir adama dönüşüyordu.

OTUZ

Bir edebiyat partisine katılan Harry kendini biraz durgun hissediyor ve hiç konuşmak istemiyordu. Bir duvara yaslanıp içkisini yudumlamak ve etrafı seyretmek çok daha makul bir fikir gibi gelmişti, ta ki Lotte'yi görene dek. Lotte; Rob'un asistanıydı, bir süre işten ayrılmış, seyahat edip terapi görmüş ve geri dönüp tekrar Rob'la çalışmaya başlamıştı; bu sefer editör olarak görev yapıyor, Mamoon'un makale derlemesi üzerine çalışıyordu. Harry onu gördüğüne sevinmişti ama Queen's Park olayından sonra ona halen kızgın olup olmadığını merak ediyordu. Lotte güldü ve Rob'un olayı abarttığını söyledi. Harry'yi gördüğüne memnun olmuştu ve parti sonrasında bir planı yoktu. Beraber yemek yerler miydi acaba?

İki yıllık ciddi bir yazım sürecinden sonra Harry'nin vakti çoktu, aslında bomboş uzun geceleri vardı. Lotte'ye anlatacak çok şeyi olduğunu düşünüyordu. Hiç olmadığı kadar çok çalışmış olan Harry nihayet kitabı bitirmişti ve Liana'nın biyografiyi okuyup onaylamasını beklerken, bir yandan da Rob'un teklif ettiği bir sonraki işi kabul edip etmeyeceğini düşünüyordu.

Paraya ihtiyacı vardı. İkizlerin doğumu olaylı geçmişti. Prematüre doğan ikizlerden biri neredeyse ölüyordu ve bir ay hastanede kalması gerekmişti. Alice ve Julia bitip tükenmişlerdi. Alice sadece diğer anneler ve au pair'lerle dışarı çıkıyor ve kadınlar bağımlıların uyuşturucudan bahsettiği gibi uykudan bahsedip duruyorlardı.

Harry'nin babası baba olmayı seviyordu, abileri de seviyorlardı ve Harry de bundan hoşlandığını fark etti. İkizlerin devasa çocuk arabalarını ittirerek Londra'da saatlerce yürüyordu. Harry artık ikizlerin motoru, göbek bağı ve yaşam destek ünitesi olarak temelde onlara hizmet etmek için yaşıyordu. İkizler de ilgi odağı ve ünlü olmuşlardı, gittikleri her yerde hediyelere boğuluyorlardı. Harry oğullarının ağızlarını, tenlerini ve –aralarına sık sık brokoli ya da mısır parçaları sıkışan– saçlarının kokusunu seviyordu, tıpkı kadınları sevdiği gibi.

Uzun zaman önce beraber vakit geçirmekten çok hoşlandığı Alice artık gergin bir anneye dönüşmüştü; asla kurtulamayacağı bir yükün altına girmiş gibiydi. Harry'nin her zaman iyimser olan babası Londra'daki kulübünün loş locasında alaycı bir ifadeyle kıkırdayarak onun Londra'nın park ve müzelerine hayatında hiç olmadığı kadar aşina olacağını, bir yandan da eşi ve arkadaşlarından gitgide uzaklaşacağını söylemişti. Yeni babanın yalnızlığı gibi bir yalnızlık zor bulunurdu, Harry kendini normalde uzak duracağı yerlerde, uzak duracağı insanların içinde bulmuştu. Babasının söylediği gibi, Alice'in annelik orjisinden çıkması en az beş yıl sürecekti ve bu da ancak Harry'nin yoğun ikna çabaları sonucunda olacaktı. Çocuklar, yani altları bağlı, ciyak ciyak öten küçük faşist pipiler Alice'in isteyeceği yegâne küçük çükler olacaktı. Harry beklemek, sabretmek zorundaydı. Babası bu tavsiyesinden sonra Harry'nin cebine, böyle durumlarda hep yaptığı gibi, 20 pound sıkıştırdı, bir satıcıya borcunu öder gibi. "Canım oğlum," diye mırıldandı, "kadınların seni koruduğundan emin ol. Ve bir dahaki sefere, sadece iyi babaları olan kadınlarla beraber olmaya dikkat et." Harry babasına teşekkür etti ve babası da şöyle devam etti: "Ve bir kadınla karşılaştığında başına neler geldiğini öğrenmeyi ihmal etme, zira çok geçmeden aynı şeyleri sana yapacaktır. Ha ha..."

"Keşke bunu daha önce söyleseydin."

"Nerede yanlış yaptığın daha yeni kafama dank etti. Yardımcı olduğuma sevindim."

Harry'nin önceliği, gurur kaynağı, diğer çocuğu ise kitabı olmuştu. Aylarca günde on iki saat çalışarak, halen yaşadıkları evin köşesindeki kafede düzgün bir taslağı tamamlamıştı. Yayınevine teslim ettikten sonra Rob'un keyfi kararlar veren, sadist bir editör olduğunu gördü. Müsveddeye "saçmalık bu," "çöp" ve "milyonlarca kez düzeltilmesi lazım" gibi notlar düşülmüştü. Harry ilk başta, berbat bir strese katlanmak zorunda kalsa da, değiştirilen ve kesilen kısımlar konusunda Rob'la tartışmış, sonundaysa teslim olup durumu kabullenmişti ama böyle yapınca kendini daha kötü, aşağılanmış ve sindirilmiş hissetmişti. Alice onu değişmesi gereken yerleri değiştirmeye ve geri kalan kısımlara direnmeye teşvik etmişti. Harry yazarların zorlu olmakla nasıl ün salabildiklerini anlamaya başlamıştı.

Rob, Harry'ye işkence ettikten sonra, biyografinin canlı ve yetkin olduğunu ilan etti ve küçük çaplı bir başarı yakalayacağını söyledi. Kitap birçok dile çevrilecekti ve Harry de Mamoon'a dair bir televizyon belgeselinde başı çekecekti. Basım tarihi geçici olarak belirlenmişti. Rob; Harry'ye kitabı Mamoon ve Liana'ya göndermesini söyledi, ki Harry zaten bu koşulu kabul etmişti. Harry, Mamoon'un kitaba gizlice bile olsa göz atmayacağını ama Liana'nın kitabı okuyacağını ve görüşlerini bildirmekten de geri durmayacağını biliyordu. Harry, Liana'nın kaleminin kitabı hiddetle karaladığını uzaktan duyabiliyordu.

Beklerken Harry, Julia'yla vakit geçirdi; Julia boş zamanlarında Londra'nın Harry'nin bilmediği bir kısmının parçası olmuştu; uluslararası bir öğrenci, göçmen ve aylak şehri olarak Londra. Julia'nın Brezilyalı, Angolalı, Somalili ve Hindistanlı arkadaşları vardı ve onunla dışarı çıktığında Harry gece otobüsleriyle, yeni karanlık barlarla ve ucuz yemeklerle tanışıyor, gece geç saatlerde şehirde dolaşıyordu. Gece dörtte otobüse binmeyi sevmişti; şehri ve bu şehrin nasıl bir mucize olduğunu görebiliyordu. Harry ve Julia'nın arasında birbirine düşkün olan eski sevgililerinkine benzer bir uyum vardı ve Julia ona sadık olmaya devam ediyordu; Harry daha önce hiç böyle bir sevgi görmemişti, içerdiği akıl dışı bağlılık açısından deliliğe benziyordu.

Lotte, Harry'nin elini tuttu ve "Seni bu sıkıcı partiden çıkaracağım," diye fısıldadı. "Merak etme, gittiğimiz yeri çok daha fazla seveceksin. Sana söyleyeceklerimi duyman lazım."

Harry'nin elinden tutup onu Berwick Caddesi Pazarı'ndan geçirdi. Köşeyi dönüp dar bir sokağa girdiler ve on sekizinci yüzyıldan kalma yarı yıkık bir evin siyah, kırık kapısından içeri girdiler. Halısız merdivenleri tırmandılar ve duvar boyaları dökülen, parkeleri yıpranmış, büyük, süssüz bir odaya girdiler. Bitkin bir kitap eleştirmeni ve önemsiz bir şair, sallanan bir masada oturuyordu ve bir Lucian Freud tablosundan çıkmış gibi görünen bir kadın onlara servis yapıyordu. Lotte servis yapan kadını ve ev sahiplerini öptükten sonra Lotte ve Harry yan yana oturdu, Harry Lotte'nin saçlarını okşarken, Lotte onun kulağına yaklaşarak konuşmaya başladı.

Lotte, Mamoon ve Liana'yı bir öğle yemeği için ziyaret etmişti. Mamoon üç ay önce geçirdiği felçten sonra halen güçsüz ve gergindi ama konuşması düzelmiş, hatta şöyle demişti: "Ölüm benden uzak duruyordu ama artık beni istediğini biliyorum, çünkü Ömür Boyu Başarı ödülleri alıp duruyorum."

"Sen Mamoon'u ziyarete gitmedin, öyle değil mi?"

"Onun portresini çizebilmem için kendimi özgür hissetmem gerekiyordu," dedi Harry.

"Herhalde Rob da söylemiştir sana, bir süre yaratıcılığını kaybetti. Felçli olmaktan nefret ediyordu ve depresyonu daha da derinleşmişti. Liana sayesinde hareket edebiliyordu. Ama harika bir haber var: Fiziksel engellere rağmen, uzun bir aradan sonra yeni, kısa bir kitap yazdı. Sen ona kitap için fikir vermişsin."

Harry'nin hatırladığı tek şey şuydu: Bir keresinde mutfakta Liana'ya doğru işaret edip, Mamoon'un yazdığı romanın aslında hep evlilikle alakalı olduğunu ve Mamoon'un da fark etmeden aslında araştırma yaptığını söylemişti. Mamoon bu fikirle ilgilenmiş gibiydi ama elbette hiçbir şey söylememişti. "Bununla mı ilgili kitap?"

"Bilmiyor musun?"

"Hayatının erken ve orta dönemlerine odaklandım. Liana'yla evlendikten sonra evde oturmaya, seks yapmamaya ve tartışmaya başlamışlar, herkes gibi. Edebiyat dünyası bununla hiç ilgilenmez."

Lotte, Harry'ye bir şey göstermek istediğini söyledi. Onu Goodge Caddesi'ndeki, kısa süre önce taşındığı evine götürdü. Eşyalarının çoğu halen kutulardaydı ve yatağı da odanın orta yerindeydi. Birkaç mum yaktı. Oturacak başka bir yer olmadığı için, kıyafetleriyle yatağa uzanıp konyak içtiler.

Lotte, Harry'ye neler yaptığını sordu. Harry de psikozu ve annesini anlattığı başka bir kitaba başlamak için notlar aldığını söyledi. Babası annesinin her türden laf tacirinin ağına düşmeye eğilimli olduğunu söylemiş ve söz konusu yazarlardan birinin yazdığı mektubu göstermişti. Harry'nin gözünde Vargas Llosa'nın yerli versiyonu canlanmıştı ama bu karakter bir sosyal konutta sefil bir dairede yaşıyordu.

"Etrafı çürüyen kâğıt yığınlarıyla kaplı olan bu adam kasıntı konuşmalar yapan ve durmadan saçmalayan bir sahtekârdı. Annemin heyecanlı ve esnek bir sevgili olduğunu ama çok konuşup, kimseyi dinlemediğini söyledi. Annem bir keresinde onu saçından yakalamış ve diziyle çenesine vurmuş. Onu hiç rahat bırakmamış, ta ki suratına kapıyı kapatana dek. Bu herif benim bu kadar makul bir insan olmama şaşırmıştı. Üç kuruş karşılığı bana dokunmaya çalıştı. Yaşam öyküsü denen şeyin bir hayal kırıklığı süreci olduğunu öğrenmiş olmam lazımdı, değil mi?"

"Ne yapacaksın?"

"Ortalıkta çok fazla baba ve yaşlı adam var. Deli annelerin vakti geldi. Kadınların bedenlerine değil, zihinlerine girmek istiyorum. Sen hariç tabii."

Biraz daha içtiler, sonra Lotte bir yığın kitabın üzerinde duran ince bir dosyaya eliyle hafifçe vurarak "Bahsettiğim şey bu," dedi. "Mamoon'un son yazdığı şey."

Lotte dosyayı Harry'ye verdi. Harry de şöyle bir göz attı ve başlığı dikkatini çekti: *Son Bir Tutku.* Dosyayı geri verdi, Mamoon'dan bıkmıştı. Lotte'den ona hikâyeyi fısıldayarak, kısaca özetlemesini istedi.

"Emin misin?"

"Benim bir hiç olduğumu söyleyip duruyordu," dedi Harry. "Kendimi bir hiç gibi hissetmemi istiyordu. Benimle alay etti ve beni neredeyse yok edecekti. Aklımı kaçıracağımı düşündüğüm zamanlar oldu. Sonra iki çocuğum oldu ve iki hafta yataktan çıkamadım. Bir şeyin bana saldıracağını falan düşündüm, mide ve bağırsak enfeksiyonu geçirdim. Annemin ve Peggy'nin hayaletleri durmadan konuştu. Dünyayı yok edebilirdim. Yardımcımız Julia bir kibarlık abidesiydi, babam da bana bir terapist ayarladı."

"Alice neredeydi?"

"Başka bir âleme dalmıştı, arkadaşlarını ziyaret edebilmek için çocukları Julia'ya bırakıyordu. Ya da erkenden baş ağrısıyla yatağa girip, kapısını kapatıyordu. Düşünecek benden daha önemli şeyleri vardı. Kendi kendini yetiştiren bir çocuk olduğum için, yine aynı şeyi yaptım. Kendimi yataktan zorla çıkarıp, yazarak içimdeki Mamoon'u dışarı attım. Konyağı uzat, ondan kurtuldum artık Lotte. Şerefe!"

"Yerinde olsam o kadar ileri gitmezdim," dedi Lotte, Harry'ye bakarak. "Bu yeni kitap Mamoon için alışılmadık bir şey. Yaşlı bir yazarı ziyarete gelip, onunla yaşamaya ve onun hakkında bir kitap yazmaya başlayan genç bir hayranı anlatıyor. Yani, genç yazar onun hakkında kitap yazarken, yaşlı yazar da gizlice genç yazar hakkında yazıyor. Mamoon için alışılmadık derecede komik bir metin. Bir aşk hikâyesi."

"Yaşlı adam genç adama dair ne diyor?"

"Kitap büyük ölçüde yaşlı adamın genç bir kadına, çömez yazarın seksi ama soğuk, vanilya saçlı karısına duyduğu aşkı konu alıyor. Kadının bir Modigliani duruluğuna sahip olduğunu söylüyor. Aşkın sekiz ölümcül işaretinden en az beşini sergileyen yazar, ona tapıyor ve onu bir mite dönüştürüyor."

Harry, Lotte'ye çok hızlı gittiğini söyledi. Bu karşılaşma nasıl yaşanmıştı?

Lotte, genç adam biyografi konusunda paniğe kapılarak yaşlı adamın evinde günlükleri ve belgeleri okurken, yaşlı adam ve genç kadının beraber vakit geçirmeye başladığını, yoğun ve samimi sohbetler ettiklerini söyledi.

Kitap üzücüydü, çünkü yaşlı adam kıza âşık olmuş ve kızın genç adamla olan acı verici ilişkisini sürdürmesine öfkelenmişti. Genç adam, yaşlı adamı yattığı kadınlar konusunda bir dizi yalanla oyalamaya çalışıyordu. Bu budala çocuk cinsel gücü konusunda kendiyle övünmeyi ne kadar da seviyordu! Bir günde beş kadınla yattığını bile iddia etmişti. Ona Azgın Boğa demeleri hiç şaşırtıcı değildi!

"Yazar kıza o azgın serseriden ayrılmasını tavsiye ediyor. Kız hamile kaldığında bunu ilk yazara söylüyor. Bir süre genç adama, gerçek babaya haber bile vermiyor. Yaşlı adam hamileliği ciddiye alıyor. Bu konuyu uzun süre kendi aralarında tartışıyorlar."

"Ne açıdan tartışıyorlar?"

"Yazar, ona kürtaj olmasını tavsiye etse mi acaba diye kendi kendiyle mücadele ediyor. Bu onun için acı verici bir şey, çünkü muhtemelen yıllar önce kız arkadaşının kürtajla aldırdığı çocuk için pişmanlık duyuyor."

Harry birdenbire patladı: "Ee ne olmuş yani? Neler oluyor? Ne bok yemeye karışıyor bu işe?"

Lotte omuzlarını silkti. "En nihayetinde yaşlı adam kıza bunu bir daha düşünmesini söylüyor."

"Tanrım! Küstahlığa bak! Suratına tokadı yapıştırmak istiyorum!"

"Ama yaşlı adam genç aptalı bastonla dövmek zorunda kalmış," diye devam etti Lotte. "Yaşlı adam çok görüp geçirmiş biri olduğunu belirtiyor ve babacan bir tavırla, sevdiği genç kadının bu şeyleri enine boyuna düşünüp düşünmediğini bilmek istediğini söylüyor."

"Sanki herhangi biri düşünüyormuş gibi."

"Yaşlı adam, genç adamın ancak hiçbir sorumluluk almadığı felaket yüklü ilişkiler yaşayabileceğini söylüyor."

"Ne aptal adammış şu ihtiyar," dedi Harry. "Umarım roman bunu açıkça belirtiyordur."

"Ne gariptir ki, belirtmiyor."

"Çocuk doğuyor mu?" Lotte başını evet anlamında salladı. "Güzel hikâye," dedi Harry. "Umarım hepsi bu kadardır." Lotte bu kadar değil dercesine baktı. "Niye burada sona ermiyor ki? Daha fazlası nasıl olabilir? Daha fazla ne olabilir?"

Harry cam kenarına gidip pencereyi açtı ve pervaza oturup, gece havasını içine çekti. Dışarıda Londra uğulduyordu. Soho'ya geri dönüp içebilir, caz eşliğinde dans edebilirlerdi. Lotte'nin söylediklerini neden dert ediyordu ki? Onu ne diye dinlemişti? Dışarı çıkıp, bir daha asla dönmese olmaz mıydı?

OTUZ BİR

"Çok yüksek değil ama düşersen bileklerini kırabilirsin, geriliyorum," dedi Lotte. "Gel buraya hayatım."

"Niye?"

"Hikâyenin sonunu dinlemek için," dedi Lotte, Harry'nin arkasından. "Olay bundan ibaret sanıyorsun değil mi?" Ama yaşlı adam sekseninci yaşında ve "orta yaş krizi" ya da "yaşlılık Eros'u" dediği şey içinde –kız çocuğunu doğurmuşken ve erkek arkadaşı da kitabına gömülmüşken– genç kadını onunla Londra'da buluşmaya ikna ediyor.

Harry, Lotte'ye döndü. "Ne amaçla?"

"Sence?"

"Nereden bileyim?"

"Rica ederim Harry..."

"Ne var?"

"Lütfen gel ve yanıma otur."

Yanına gitti; Lotte, Harry'yi dudağından öptü, kucakladı ve Mamoon'un her zamanki dikkatiyle buluşmayı özenle ayarladığını söyledi: Bir arkadaşlarının Victoria'daki neredeyse boş, soğuk evinde buluşmak üzere acele eden yalnız bir çift. Yaşlı adam kadını görmenin onu ne kadar canlandırıp rahatlattığını gördüğüne şaşırmış, insani duyguları geri gelmiş. Yaşlılar, diyor, kendi arzularına ne kadar da yabancılaşmış. Kadına hediyeler alıyor ve ona, yeni ilham perisine bakmayı seviyor. Adam hep eşofmanla dolaşırken, kadın onun için giyinmeyi seviyor. Adam kadının ayakkabılarını çıkarmasını seviyor ve kadın da ona itaat etmekten mutluluk duyuyor.

"İtaat etmekten niye mutluluk duyuyor?" diye sordu Harry.

"Bir adam tarafından gerçekten arzulanan bir kadın o adama karşı koymakta zorlanır. Hayatta ne sıklıkla bu kadar hayran olunuyoruz ki? Yaşlı adam Kont Şasa Kolowrat'ın ölüm döşeğinde Marlene Dietrich'i ziyaretine çağırdığını ve eteğini kaldırmasını sağladığını söylüyor."

"Bu kadın yaşlı adam için bunu yapıyor mu?"

"Neden olmasın? Adam seyrederken kadın şöminenin önünde çırılçıplak uzanıyor. Bir sanatçının modeli gibi poz veriyor, adam onu seyretmeye devam ederken. Bu onlar için çok heyecanlı bir şey. Bu kelime ustası kendini kelimeler olmadan ifade etmek ve sadece diğer insanla 'birlikte olmak' istiyor. Halinden memnun bir bebeğin annesiyle birlikte olması gibi."

"Peki karısı ne yapıyor?"

"Yaşlı adam onu eskiden severmiş. Bir süre sonra birbirlerine söyleyecek hiçbir şeylerinin kalmayacağı aklına bile gelmezmiş. Onunla olayı bitmiş ve ayrılmak istiyormuş ama bu ona pahalıya mal olur ve karısını delirtebilir, hatta intihara sürükleyebilirmiş. Bu yüzden karısı her şeyden habersiz Londra'da alışveriş falan yaparken, yaşlı adam bir nevi çöküş yaşıyormuş."

"Neden? Nasıl bir çöküş?"

"Gündelik rutinine, onu bir arada tutan hapishanesine geri dönemediği için savunmasız hissediyormuş kendini. Bu yaşta bile kendine eski, ölü benliklerimizden nasıl kurtulur ve yeni benlikler inşa ederiz, diye soruyormuş.

Yaşlı adam kendisini ve genç kadını Prospero ve Miranda diye tanımlıyor ve kadın ona iyi bir kız çocuğu gibi göz kulak oluyor.

Kadın onun resmini yapıyor, beraber çay içiyorlar ve hayatlarından, eşlerinden ve geleceklerinden konuşuyorlar. Konuşmak zorundalar."

"Bu çiftin nasıl bir geleceği olabilir ki?"

"Bu içi boş kız, kendinden bihaber görünen bu yumuşak erotik şey yaşlı adamın kendini ölüme hazırlamasına yardımcı oluyor. Yaşlı adam onun güvenilmez, aptal ve yavan olduğunu biliyor ama kız en azından samimi ve daha birkaç yıl sürecek gerçek bir güzelliğe sahip. Ayrıca yaşlı adam başkalarını çileden çıkarıp, onlar için çok az fedakârlık yaparak vaktini boşa harcamış olduğunu düşünüyor ve bunun için kendini paralıyor. Birçok insan gibi o da bir katil olduğunu düşünüyor kendi içinde.

Yaşlı adam, ölürken oturup bütün filmlerini kronolojik sırayla izleyen Ingmar Bergman'ın hikâyesinden çok etkilenmiş. Mamoon bunu çok takdir etmiş ve son bir bütünsellik çabası içinde yaşlanmanın, insanın kendi hayatına hiç çekinmeden bakmasının ne demek olduğunu anlatmaya çalışmış. Geçmişin ne kadar değişken olduğunu, insanın geçmişi nasıl sürekli yeniden yazdığını görmek, Mamoon'u afallatmış.

Vanilya saçlı kız onu eseri aracılığıyla, sevdiği bütün insanlara dair bir şeyler söylemeye teşvik etmiş," diye devam etti Lotte. "Hatta pişmanlık duyduğu bazı insanlara mektup yazmasına yardım etmiş."

"Kime mesela?"

"Sanırım Amerika'da yaşayan bir kadına. Ona bir açıklama ya da özür borçluymuş. O odada yaşlı adam ve genç kadın arasında bir onarma ve telafi oyunu devam ediyor, diye düşünüyorum. Bu harika bir şey Harry. Mamoon kendi cinselliğinden ve babasının cinselliğinden yeni bir merak ve kavrayışla bahsediyor; o yaşta bile yeni bir konu bulmuş gibi. İlk romanlarından bu yana yazdığı en samimi, en etkileyici şey bu.

"Eminim. Tanrım, aklımı yitireceğim." Harry bir süre sessiz kaldı. "Lütfen bana söyler misin genç kadının bütün bunlardan çıkarı ne?"

"Bir nevi eğitimden geçiyor, dünyayı daha derinlemesine görüyor. Hayatında ilk kez birinin hayatını bütünlüğü içinde kavrıyor. Okumaya başlıyor. Yaşlı adam da onun sayesinde tekrar yazmaya başlamıştı. İnsanlar birbirini geliştirebiliyor işte. Odada şöminenin başında yan yana otururlarken yaşlı adam kitabın bir kısmını ona dikte ediyor."

"Bunu gizli mi tutuyorlar?" dedi Harry.

"Evet mecburen, mahrem bir durum," dedi. "Sanırım bu seni de ilgilendiriyor."

Lotte Harry'e ne düşündüğünü sordu. Harry onu öptü ve sırt üstü uzandı. "Henüz bilmiyorum," dedi. "Mamoon kitabın konusunu öğrenmemi istiyor muydu?"

"Şey, evet. Senin kitabı okuyacağından emin değildi."

"Senin ve benim yeniden buluşmamız ve senin bana bunları anlatman için sabırsızlanıyor muydu?"

Lotte, başını evet anlamında salladı. Harry doğruldu, çantasını aradı ve Lotte'ye görevini tamamladığını söyledi. "Beni buraya bu yüzden mi davet ettin? Benden tek istediğin bu muydu? Şimdi siktir olup gideyim mi?"

"Seni tekrar görmek istedim," dedi Lotte ve ellerini tuttu. "Yani hayır lütfen ağlama ya da siktir olup gitme."

"Daha fazlasını mı istiyorsun benden?"

Lotte saçını, alnını, burnunu ve ağzını öptü Harry'nin. "Evet," dedi. "Ah evet. Sana bakabilirim, saatlerce bakabilirim."

"Ben de sana," dedi Harry, iç çekerek. "Kahretsin, tek önemli şey aşk. İnsanı hazırlıksız yakalıyor."

"Rob bana artık bekâr olduğunu ama halen aynı evde yaşadığını söyledi."

"Biraz okuyorum," dedi Harry. "Ölü anneler üzerine düşünüyorum. Ama Paris'te hep daha iyimser olurum; oradan her şey daha iyi görünüyor. Birkaç günlüğüne gitsek mi?"

Ertesi sabah Harry ve Lotte kahve içmek için bir kafeye gittiler ve sonra Harry kadına işyerine kadar eşlik etti. Öpüşüp ayrılırlarken, "Mamoon ve Liana konusunda ne yapman gerektiğine dair bir fikrim var," dedi Lotte.

OTUZ İKİ

Çocuklarla seyahat etmek büyük bir operasyondu ve böyle manevraların önceden planlanması gerekirdi. Ama Lotte'nin Harry'ye önerdiği gibi, bu işleri yirmi dört saat içinde yoluna koymaya niyetindeydiler. Alice listeler hazırlamakta becerikliydi, Julia eşyaları arabaya yerleştirmesiyle ünlüydü, Harry ise yakınacak, ortalığı karıştıracak ve daha yola çıkmadan bütün sandviçleri yiyecekti. Rob'a danıştıklarında Rob "süreci tamamlamalarının" harika bir fikir olduğunu söyledi ve öğleden sonra otobanda şen şakrak yol almaya başladıklarında çocuklar kusuyordu.

Liana arabanın sesini duydu ve köpeklerle birlikte onları selamlamak için avluya çıktı; Harry'nin yanında Rob'la birlikte korku ve heyecan içinde oraya ilk gittiği o pazar öğleden sonrasında durduğu noktada duruyordu Liana. Eskiden Mamoon'un aksiliği ve Liana'nın iradesi her şeyi canlı tutarken, artık ev ve bahçeler yaban hayata geri dönecekmiş gibi duruyordu. Mamoon yazı odasını bir daha kullanmamıştı; Scott serayı ot yetiştirmek için kullanıyordu ve eskiden "arşiv odası" olan kulübeyi tamir atölyesi olarak kiralamıştı. Bahçede yarı sökülmüş arabalar ve metal parçalar vardı. Scott üstü başı kir içinde ve üst tarafı çıplak bir halde orada duruyor, İngiliz anahtarıyla bir yağ tenekesine vuruyordu; çetesinden iki üye de arkasında duruyordu.

Julia, Scott'a selam verdi ve Ruth'u bulup teselli etmeye gitti. Birkaç hafta önce bir gece Ruth'un bir erkek arkadaşı –muhtemelen oynaşı– evde başka bir arkadaşına saldırmış, onu kırık şişeyle yaralamıştı. Adam ölümden dönmüştü. Ortalık kana ve ümitsizliğe bulanmış, mahkeme ve hapishane yolu görünmüştü. Mamoon ikinci felcini geçirmeden önce Ruth ona, baba figürüne gitmiş ve yardım, teselli ve akıl istemişti ama Mamoon sadece "Bir insan nasıl senin gibi yaşayabilir?" diyen bir bakış atmakla yetinmişti.

Liana ameliyat olmuş, büyüyen bir tümör aldırmıştı; kalın gözlüklerin ardındaki gözleri yorgundu, makyaj yapmamış, takı takmamıştı, üzerinde sadece bir kot ve aşırı bol bir süveter vardı. Dediğine göre hiç bu kadar zayıf ya da üzgün, öte yandan arkadaşları ve taptığı "torunlarını" gördüğüne de hiç bu kadar mutlu olmamıştı.

Geçirdiği felç ve kalp rahatsızlıklarından, haftalarca hastanede kaldıktan sonra Mamoon evde kalmakta ısrar etmişti ve Liana kendi güçsüzlüğüne rağmen ona bakmakta kararlıydı. Scott'ın kütüphaneye bir yatak getirmesini sağlamıştı, böylece Mamoon yatakta etrafı destek yastıkları ve güllerle çevrilmiş bir şekilde dışarıyı, bahçeyi görebiliyor, Liana'yı çalışırken izleyebiliyordu.

Ruth ve kız kardeşi Whynne, Mamoon'u yıkıyor ve üstünü değiştiriyordu; Scott onu sağa sola taşıyor, Liana da yanına oturup kulağına fısıltıyla şiirler, çocukluğundan kitapları, *Alice Harikalar Diyarında*'yı, Dickens metinlerini, *Binbir Gece Masalları*'nı spor haberlerini ve en sevdiği şey olan *Neşideler Neşidesi*'ni –"Sevgilim benimdir, ben de onun; zambaklar arasında koyun otlatıyor. Ah, ne güzelsin, sevgilim"– okuyordu çünkü Mamoon onun sesini duymayı, birinin orada olduğunu bilmeyi sevdiğini söylemişti.

Alice, Mamoon'u görmeyi çok istiyordu. Büyük Beklentiler Evi'ndeki sakinliği, uzaklık ve ferahlık hissini; Liana'nın yemeklerini ve durup dinlenmeden devam eden konuşmalarını özlemişti. Yine de gitmek konusunda içi rahat değildi; Liana'ya sık sık telefon açıyordu ve Mamoon'un durumunun ne kadar kötü olduğunu biliyordu ama halen onu göremeyecek kadar şokta ve üzgündü. Liana'yla arasını iyi tutmak ve mümkünse, gelecekte de onunla birlikte çalışmak istiyordu. Ama Liana bunu düşünemeyecek kadar bedbaht, meşgul ve ağlak bir haldeydi. Diğerlerinin gelmesi onu çok mutlu etmişti.

Liana, Mamoon'un ona çok düşkün olduğunu ısrarla belirterek, Harry'nin onunla biraz oturmasını istedi. Harry de kitabı ve Mamoon arasındaki ilişkiyi düşünerek Mamoon'un yanına oturdu, hatta onun elini bile tuttu. Harry aralarındaki çekişmeli sohbetleri özlemişti; daha önce hiç kimse ona bu kadar yüklenmemiş ve onu bu kadar düşünmeye sevk etmemişti. Bir noktada Harry, Mamoon'un ağzından akan salyayı sildiğinde ve telefonunu çıkarıp fotoğrafını çekmeye cüret ettiğinde, Mamoon doğrudan ona baktı ve "Burada ne kadar kalabilirsin, Latif?" diye sordu. "Ev ödevini de getirdin mi? Hikâye bitti mi?"

Bu neredeyse ölü olan evde Ruth, kardeşi ve Liana bebekleri görmekten mutluydu; Harry ve Alice'in yine o bildik ağaçlıklarda ve nehir kenarında köpeklerle birlikte yürüyebilecekleri anlamına geliyordu bu.

Alice kendine bir daire tutacaktı, Harry de öyle; Julia da yakınlarda bir oda kiralayacaktı. Alice ve Harry para ve çocuklar ve sorumluluklarını nasıl paylaşacaklarından başka bir şeyden konuşmaz olmuşlardı. Harry şimdi ona şöyle dedi: "Mamoon'un yeni romanını okudun mu?"

Alice hayır anlamında başını salladı; Harry bildiği kadarıyla romanın yaşlı bir adamın genç bir kadına, bir gazetecinin eşine âşık olmasını konu aldığını söyledi.

"Yapmış yani, bahsettiği kitabı yazmış," dedi Alice. "Sen onun özel hayatında tüneller kazarken, o odada aylarca duvara bakarak oturdu. Ben de onu anladığımı söyledim," dedi. "Benim de kasvetli bir tabiatım var."

"Öyle mi?"

"Ama sen beni dinleyerek bana bu konuda yardımcı oldun. Sana bunun için saygı duyuyorum, görece tutarlı vesaire bir insan olduğun için de."

Harry, Alice'e teşekkür etti.

"Aslında Mamoon'a inanmadım," dedi Alice. "Çöp kutusu buruşturulup atılmış kâğıtlarla doluydu. Çocuklar için bir hatıra olabileceğini düşünerek, bir tanesini alıp açtım. Kâğıt karalama doluydu. Gerçekten işinin bittiğine inanıyordu. Ve sen ona hatırlayamadığı ya da –kesinlikle *o şekilde*– hatırlamak istemediği şeyler hakkında sorular sordun; hayatının bir ahmak tarafından bir fars olarak yeniden anlatıldığını hissettiren sorular. Başka bir şey daha vardı."

"Neymiş?"

"*Anna Karenina*'yı tekrar okumuştu. Evlilik, kadınlar ve çocuklara dair kavrayışından ötürü Tolstoy'a tapıyordu. Yapabileceği en iyi şeyi yapmıştı ama o kadar hakiki, anlayışlı ve evrensel bir şey yaratamayacağını da biliyordu."

"Bu konular hakkında neden Liana'yla konuşmamış?"

"Korkuyordu. Liana talepkârdı, daha fazla aşk, seks ve para istiyordu. Mamoon çalışamıyor ve onu tatmin edemiyordu. Onunla kadınlar arasında hep ters giden şey neydi acaba? Ona birinin onun evinde yaşayıp hayatını yazmasının, sanki ölmüş gibi hayatı hakkında onunla röportaj yapmasının tuhaftan da öte rahatsız edici olduğunu söylemiştim," dedi ve ekledi: "O anda senin yaptığın şey hakkında ve bunun kendini nasıl farklı görmesini sağladığına dair bir şeyler yazmaya karar verdi."

"En sonunda arşivi ve arsalarının bir kısmını sattı," dedi Harry. "Liana'yı sakinleştirmek için de Londra'daki daireyi kiraya verdi. Seni bir arkadaşının evinde düzenli olarak görebiliyordu."

"Bütün bunları anlatıyor mu kitap?"

"Liana olan bitenden haberdar değildi."

"Onu incitemezdim. Yanlış anlardı."

"Ben de haberdar değildim. Beni aldattın. Tanrı biliyor ya, ben de aynı şeyi başka şekillerde sana yaptım."

"Senden bıktım artık," dedi Alice aniden.

"Aynen. Ölesiye sıkıldım ben de."

"Niye siktir olup gitmiyorsun?"

"Bana böyle vurma," dedi Harry, kolunu tutarak. "Alice, Mamoon'un beni vasat biri olarak gördüğünü biliyorum..."

Alice kıkırdadı. "Evet, sabırsız ve öfkeden kuduran birisin. Ve muhtemelen de kişilik bozukluğun var!" dedi ve devam etti: "Kitapta seni onun için bırakmamda ısrar ettiğini de söylüyor mu? Masajı seviyordu, onun dışında ona dokunmak zorunda değildim. Başka âşıklarım olabilirdi. Onunla tek yapmam gereken şey konuşmaktı."

"Niye?"

"Sanırım bana âşıktı."

"Hoşuna gidiyor muydu bu?"

"Gururum okşanıyordu, ilgiyi seviyordum. Sen bana pek ilgi göstermiyordun."

"Sen de bana."

"Çok zorlayıcı ve talepkârdı ama onunla güzel bir deneyim yaşadım. Öyle bir adama yakın olmak, düşünmeyi öğrenme şansına sahip olmak, unutulmaz bir şey."

"Taleplerine nasıl cevap veriyordun peki?"

"Ona Liana'ya karşı sorumluluklarını hatırlatıyordum. Benim için harika bir arkadaş o," dedi ve omuzlarını silkti. "Kitabı okumayacağım. Hikâye olduğunu biliyorum. Ben onun halüsinasyonu oldum, tamamen hayaliydim ve benden geriye bir şey kalmadı. Bazen insan çok fazla şey bilebiliyor. Kendimi lime lime olmuş gibi hissediyorum. Eğer bu berbat sarmal ve döngüler hayatsa, şu anda daha fazla hayatı kaldıramam. Hayat bu mu Harry? Biliyor musun? Bir kez olsun bana cevap veremez misin?"

Harry yeterince dinlemişti. Yürümeye başladı, Alice de onu takip etti. "Keşke bana önerilen yeni ve dolgun ücretli işten haberdar olabilseydi," dedi.

"Neymiş o?"

"Rob'dan bir hediye, son işimden sonra bana acıyor ve biraz rahat etmemi istiyor. Annemi anlatan kitap üzerine çalışırken, bir yandan da uluslararası bir futbolcunun otobiyografisi için hayalet yazarlık yapacağım. Bir santraforun suflörü olacağım. Nihayet bir aile olarak bir klasımızın olduğunu söyleyebilirim."

Ama onlar gerçek bir aile değildi ve Alice buna kahkahalarla gülerken, Harry babasının annesine dair sözlerini hatırladı, kabaca şöyle bir şeydi: *O senin annendi Harry ama benim için sıradan bir kızdı sadece.* Harry yirmi yıl sonra oğullarına böyle bir şey söyleyip söylemeyeceğini merak etti.

Muhtemelen Alice de benzer bir şeyler düşünüyordu. "İlişkimiz yürümediği için üzgünüm. Ama hepimizi maddi olarak destekleyebileceğin için çok memnun ve minnettarız Harry."

"Ne zaman istersen," dedi. "Lütfen, lütfen bana son bir kez sarıl."

"Asla."

Eve dönmelerini ve Harry'nin kitabın sonuna, ölmek üzere olan yazara dair birkaç paragraf eklemesini öneren Lotte'ydi. Harry şimdi, akşam yemeğinden önce Scott'ın kulübesinin kapısında duruyordu, burada elinde bir büyüteçle saatlerce otururdu eskiden. Peggy'nin günlükleri gitmişti, Amerikan arşivine dâhil edilmişti; sanki Peggy'nin kendisi de nihayet oradan uzaklaştırılmıştı. Harry günlükleri tekrar hayata döndürmüş, Peggy'nin Mamoon'un eserlerine olan katkısını ve Mamoon'un ona ne kadar muhtaç olduğunu vurgulamıştı; Ruth da Mamoon'u ileri taşıyan biri olarak kitapta yerini almıştı ve kitapta Marion'a, onun Mamoon'u nihayet kendi benliğine doğru nasıl yönlendirdiğine dair de yeterince şey vardı.

O gece mutfakta hep beraber yemek yediler ve çocuklar beyaz battaniyelerine sıkıca sarılmış tırtıllar gibi uyuduktan sonra, Liana ve Harry hariç herkes erkenden yatağa gitti. Harry, Liana'nın kütüphanedeki şöminedeki ateşi kurcalamasını izledi ve nihayet cesaretini toplayıp biyografi hakkında ne düşündüğünü ve hoşuna giden bir yanı olup olmadığını sordu.

"Ne zaman soracaksın diye merak ediyordum," dedi Liana ve odadan çıkıp, elinde bir kâğıt parçasıyla geri geldi. "Çok zamanım olmadı, Mamoon'un son kitabını bile okumadım. Sen okudun mu?"

"Okuyacağım."

"Evet. Şimdi, bu hatalardan bazıları beni çok kızdırdı," dedi, kalemini döndürüp, Harry'ye ihtişamlı ters bir bakış atarak. Harry onun geçici bir süre için eski girişken benliğine geri dönmesine memnun olmuştu. "Gözlerim iyi görmüyor. Aklım da gidip geliyor. Ama temel olarak harika bir iş. Bunu artık çok önemsemiyorum, ben asıl sana hayranım Harry. En sevdiğim insanlardan birisin. Bana hep vakit ayıracaksın, öyle değil mi? Bunlar benim düşüncelerim." Gözlüklerini taktı. Harry'nin midesi alt üst oldu; defterine notlar almaya hazırdı. "İyice araştırma yapma zahmetine katlanamadın mı?"

Liana'nın babası eczacıydı, o bölgede bir dizi dükkânı vardı. İsimlerinin bir şampuanın üzerinde yazılı olduğu da doğruydu. Babası bir kasaba derneği kurmuştu, duvarlarında gerçek sanat eserleri vardı ve bir de kütüphane inşa etmişti. Liana'nın dört değil üç dil konuşabildiğini de nereden çıkarmıştı. Hep ata binmişti ve artık uzun mesafeler de kat ediyordu Liana vesaire. Bu düzeltmeleri yapmak Harry'nin çok vaktini almazdı.

Bir sürü akşamı kaygı içinde, dikenüstü bir halde bir aşağı bir yukarı yürüyerek geçirdiği avluya çıktı.

"Liana'dan acayip övgüler aldım," dedi Rob'a telefonda. "Kitabı 'harika, müthiş' diye tanımladı. Bunu yaz bir kenara. Hemen özürlerini ilet ve para gönder."

Harry arkasını dönüp mutfağa doğru baktığında, Liana'nın kapı girişinde ağladığını gördü. Rob'la konuşmaya son verdi, Liana'yı dışarı, gece havasına çıkardı ve ne olduğunu sordu.

"En sonunda Londra'da, hastalanmadan önce, nihayet benim isteğimi yerine getirdiğinde, bu arada sağ ol çünkü bence senin ısrarınla oldu bu –çok düşünceliydin, sevgili oğlum, hem de çok!– tekrar yakınlaştık," dedi. "Benimle yemek yemek istedi."

Güneşli parklarda dolaşmışlardı; Mamoon ona kıyafetler almak istemiş ve sözünü dinlemişti; birden çocukluğundan bahsetmeye başlamıştı. Bir öğleden sonra eve geldiğinde Liana'nın saçlarını okşamıştı; gözlerini kapatmış, Liana'nın ona dokunmasına ve bir uçurumdan düştüğü rüyasını anlatmasına izin vermişti. Sonra da yorum yapmıştı, sesi cennetten bir öpücük kadar yumuşaktı. Bir gece göğsünü ağzına bile almıştı.

"Bu yüzden, yakında, Mamoon'un bütün kitaplarını tekrar okuduktan sonra, senin kitabın da dahil ona dair yazılmış her şeyi yutacağım. Onun adını dünyada yaşattığın için teşekkürler. Müteşekkiriz ve seni seviyorum."

"Ama şimdi, şimdi onu geri istiyorum," diye devam etti. "Nereye gitti? Onu o zamanki haliyle geri istiyorum! Onu bana geri getir! Dünya onsuz çok soğuk!"

OTUZ ÜÇ

Harry, Mamoon'u son kez bundan birkaç ay sonra büyük bir salonda başka bir yazar için düzenlenen müsrif bir yemekte gördü. Mamoon'un geleceğini bile bilmiyordu; o akşamı artık beraber yaşadığı Lotte'yle birlikte geçirmek için gitmişti oraya.

Herkes oturduktan hemen sonra, başını önüne eğmiş mağrur görünüşlü Liana yaşlı adamın tekerlekli sandalyesini ittirerek görkemli salona girdi; Mamoon'a bir smokin giydirilmişti ve üzerinde kazandığı edebi madalyalar vardı. Herkes dönüp onlara baktı; fısıldıyor, mırıldanıyor ve büyük yazarla en azından bir kere aynı ortamda bulunduklarını ifade ediyorlardı. Dünyada bu adamın kitabını barındırmayan tek bir saygın kitapçı ya da onun adını duymamış tek bir ciddi okur bile yoktu. Biri alkışlamaya ve tezahürat yapmaya başladı, sonra herkes kendiliğinden ayağa kalktı; Liana kafasını kaldırıp odadakilere baktı ve ağlamaya başladı, Mamoon da ağzını sessizce kıpırdatıyordu.

Harry, Lotte'yle birlikte Liana'nın yanına gitti ve onu öptü. Sonra da eğilip Mamoon'a selam verdi ve elini tuttu. Harry yaşlı adamı karalamadan yazmak istediği kitabı yazmıştı ve onun da bunu bildiğini umut ediyordu. Mamoon'un tıraşı pek düzgün değildi ve yüzünde çarpık bir gülümseme vardı; gözleri buğuluydu. Harry'nin elini güçsüzce ama içtenlikle sıkarak onu selamladı; ona bakmasına rağmen Harry, Mamoon'un neler olup bittiğini anladığından şüpheliydi.

Liana, Mamoon'un çok uyuduğunu, pek konuşamadığını ve elinin kalem tutmadığını söyledi. Ama Liana onu beslerken gözlerinde bir ifade beliriyordu ve Liana onu ilk tanıştıkları günkü kadar seviyordu. Tabii böyle bir yalıtılmışlığı ya da bu kadar uzun süre böyle bir fedakârlık ve adanmışlığın gerekliği olacağını o da öngörmemişti. Kasabada Mamoon, Ruth ve Scott'la baş başa kalan Liana ziyaretçi özlemi çekiyordu; niye hiç kimse gelmiyordu? Marion'la telefonda konuşmuştu. Marion Mamoon'la vedalaşmak istediğini söyleyince, Liana onu kalması için davet etmiş ve günlerce konuşmuşlardı. Zavallı Mamoon ölüm döşeğindeyken etrafı nefret ettiği kadınlarla çevrelenmiş, diye düşündü Harry. Daha iyisi olamazdı; Mamoon tam da böyle olsun isterdi.

Liana hafta sonu ziyarete gelmesi için Harry'ye yalvardı ama Harry yakın bir gelecekte Büyük Beklentiler Evi'ne dönmeyecekti. Görevini tamamlamıştı; Mamoon'un bir sanatçı, bir yazar, bir kelime yaratıcısı, en önemli gerçekleri dillendirmekten çekinmeyen biri olduğunu ve bunun da bir şeyleri değiştirmenin, iyi yaşamanın ve özgürlüğü yaratmanın bir yolu olduğunu insanlara anlatmıştı.